narrativa

Biblioteca

Elena Poniatowska

Elena Poniatowska

Hasta no verte, Jesús mío

PLAZA & JANÉS EDITORES, S.A.

⊔ DeBOLS!LLO

Diseño de la portada: Equipo de diseño editorial
Ilustración de la portada: © Corbis/Cover

Primera edición en bolsillo: enero, 2002

© Elena Poniatowska
© 2002, Plaza & Janés Editores, S. A.
 Travessera de Gràcia, 47-49. 08021 Barcelona

Printed in Spain – Impreso en España

ISBN: 84-8450-829-3 (vol. 326/4)
Depósito legal: B. 48.318 - 2001

Fotocomposición: Zero pre impresión, S. L.

Impreso en Novoprint, S. A.
C/. de la Tècnica, s/n
Sant Andreu de la Barca (Barcelona)

P 808293

A Jan, mi hermano;
a todos los muchachos
que murieron en 1968:
Año de Tlatelolco

Algún día que venga ya no me va a encontrar; se topará nomás con el puro viento. Llegará ese día y cuando llegue, no habrá ni quien le dé una razón. Y pensará que todo ha sido mentira. Es verdad, estamos aquí de a mentiras: lo que cuentan en el radio son mentiras, mentiras las que dicen los vecinos y mentira que me va a sentir. Si ya no le sirvo para nada, ¿qué carajos va a extrañar? Y en el taller tampoco. ¿Quién quiere usted que me extrañe si ni adioses voy a mandar?

JESUSA

1

Ésta es la tercera vez que regreso a la tierra, pero nunca había sufrido tanto como en esta reencarnación ya que en la anterior fui reina. Lo sé porque en una videncia que tuve me vi la cola. Estaba yo en un Salón de Belleza y había unas lunas de espejo grandotas, largas, desde el suelo hasta arriba y en una de esas lunas me vi el vestido y la cola. Alcancé a ver que se estiraba muy lejos, y allá atrás ya para terminar, en la punta, figuraba un triángulo jaspeado de tigre con manchas negras y amarillas. Toda la ropa era blanca; ajuar de novia, pero allí donde acababa el vestido estaba el pedazo de piel de tigre como la flecha en la cola del diablo. Junto a mí se asomaron al espejo Colombina y Pierrot, Colombina de un lado y Pierrot del otro, los dos de blanco y con esas lunas negras que siempre les ponen.

En la Obra Espiritual les conté mi revelación y me dijeron que toda esa ropa blanca era el hábito con el que tenía que hacerme presente a la hora del Juicio y que el Señor me había concedido contemplarme tal y como fui en alguna de las tres veces que vine a la tierra.

—Lo único que te queda de mancha es eso pinto que te vistes en la cola del vestido... Es lo único que te falta por blanquear y si no lo blanqueas, devorará tu inocencia.

Estaba con un vestido de reina, grande y con mangas anchas, lleno de guarnición. Pierrot y Colombina eran mis sirvientes pero no me acompañaban como Dios manda. Se distraían uno con otro. Y es que las reinas siempre van solas. También les dije en el templo que había contemplado un llano muy grande con harto ganado pinto:

—Es el rebaño que el Señor te encomendó para que se lo entregues limpio.

Yo tengo mucho pendiente y no sé cuándo lo voy a juntar y a quitarle las manchas, si en esta época o en la otra, cuando vuelva a evolucionar... Son un montón de cristianos enfermos del alma que tengo que curar, pero como no lo he hecho, seguimos sufriendo todos, ellos y yo. El Ojo Avizor dentro de su triángulo divino y por las antenas de sus pestañas me está viendo en todo lugar. Es el ojo todopoderoso del Creador, y si no cumplo no tendré ni por qué molestarme en pedirle a los santos el ruega por nosotros porque estaré olvidada de la mano de Dios. Por eso todo lo que yo atraviese son purificaciones. ¿Por qué vine de pobre esta vez si antes fui reina? Mi deuda debe ser muy pesada ya que Dios me quitó a mis padres desde chica y dejó que viniera a abonar mis culpas sola como lazarina. Debo haber sido muy mala; por eso el Ser Supremo me tiene en la quinta pregunta para poder irme limpiando de mi cizaña.

Para reconocer el camino espiritual necesita uno atravesar muchos precipicios, dolores y adolescencias. Así el protector que nos guía puede manifestarse a través de nuestro sufrimiento. Pero también es forzoso regresar varias veces a la tierra, según las deudas que uno tenga. En mi primera reencarnación fui de los turcos, de los húngaros, de los griegos, porque me vi con ese manto que usaba antes la Dolorosa. Traía tapada la cabeza, mi hábito era blanco y caía pesado en el suelo. Estaba yo parada en un lugar vacío, vacío. Conté doce camellos y en el número doce venía él, moreno, de ojos grandes, chinas sus pestañas, vestido de blanco con turbante. Y me tendió la mano. Creí que su mano iba a ser morena como su rostro, pero no, era plateada. En eso hizo el ademán de subirme al camello. Sentí miedo, me di el sentón, él tuvo que soltarme y que echo a correr. Puse las manos así en cruz y debe haber tenido su efecto esa cruz porque él no me pudo alcanzar en su camello veloz. Yo seguí corriendo, pero él sacó la pistola y fui matada. Al despertar, oí su nombre: Luz de Oriente.

Al otro día fui al templo y le entregué la revelación a nuestro Padre Elías, o sea Roque Rojas, que baja a la tierra los viernes primero. A través de la envoltura de la mediunidad pasan distintos seres después de recibir la luz, las facultades le dan al pueblo la explicación de sus revelaciones. Dije que había contemplado a ese hermano de piel de plata en un camello. Me preguntó el Ser Espiritual a través de la mediunidad, ahora mi madrina Trinidad Pérez de Soto:

—¿Y no sabes quién es?

—No, no sé quién es.

—No temas, es tu hermano... Y este hermano fue tu compañero en el primer tiempo...

—¿Cómo?

—Fue tu esposo en aquel primitivo tiempo cuando veniste a la tierra. Debes reconocerlo porque es tu tercer protector, el que camina conmigo por dondequiera que vayas... Todavía no te abandona, sigue guiándote hasta el presente, por eso te lo mostró el Señor tal y como había sido en la primera época...

—Ajá...

—¿Qué no lo quieres?

—Sí lo quiero.

—Pues es tu esposo, el que cuida de ti...

Me quedé callada, ya no le seguí escarbando pero solita estudié mi sueño y me viene al pensamiento quién fue y por qué me mató en el primer tiempo. Por eso él ahora sufre, porque no ha cumplido como mi esposo. Viene a ser como Pedro Aguilar; decía que viva no me dejaba en la tierra. Y siempre me llevaba junto a él. Por lo menos me lo avisó:

—Cuando yo la vea perdida, te mando a ti por delante y acabo contigo...

Dios no le concedió ver que lo iban a matar; por eso aquí estoy todavía. Así ese Luz de Oriente, como no me pudo llevar prefirió matarme. Le tuve miedo y ese miedo me salvó. Y eso que a mí me quitaron el miedo cuando comencé a andar en la tropa con mi papá porque con mis alaridos los entregaba. Al principio, al oír los balazos me ponía a gritar y los jefes se enojaban porque estábamos en la línea de fuego, que es cuando cazan al enemigo. Por eso luego mi papá sin que yo lo viera echó la pólvora en el agua:

—Ándale, hijita, tómate esta agüita...

Como yo tomaba agua hasta de los charcos, no me supo feo. Hasta después me dijeron que era agua de pólvora para el valor.

Luz de Oriente todavía está pagando porque me platican las hermanas que cuando entra en ellas y toma su carne, llora, llora y les dice:

—Llevo, llevo responsabilidad.

Dicen que habla muy finito, muy bonito; que me deja los saludos y que no me olvide de él; que él vela y vigila porque grandes responsabilidades tiene con el Señor que le ha confiado mi carne.

De eso me cuida todavía con toda su caravana. ¡Cuántos cientos de años habrán pasado y él todavía no me deja sin su protección! Pero a éste no nomás lo he visto en revelación, sino que está su retrato a colores en el Oratorio de Luis Moya, la Calle Ancha que se llamaba antes. Está metido en un cuadro así de grande y tiene sus ojos abiertos y negros, negros, renegridos, encarbonados. Lleva su turbante enrollado y le brilla en el centro una perla-brillante blanca; y al brillante ése le sale como un chisguetito de plumas.

El Ser Supremo nos envía a la tierra a lavar nuestras almas porque nos hizo limpios la primera vez y para poder retornar a él tenemos que regresar como nos mandó. ¿Y cómo nos vamos a limpiar? A fuerza de dolor y de sufrimiento. Nosotros creemos que Él se equivoca, y no; los que nos equivocamos somos nosotros porque no oímos, no entendemos, no queremos reconocer el verdadero camino, porque si la mayoría de la gente llegara a reconocer el camino limpio de Dios no habría hombres abusones ni mujeres que se dejaran. En la noche, cuando estoy solita me pongo a pensar y digo: «¡Ay Señor, dame fuerzas, no te pido más que fuerzas para poder soportar las dolencias que me has entregado!» Y ahora que ya estoy vieja y tomo medicina luego me pongo a pensar: «Ni me vale la medicina porque el chiste es no tomarla y sentir verdaderamente la purificación que Él me manda.»

En esta reencarnación Dios no me ha tenido como tacita de plata. Aquí si la consigo me la como y si no la consigo pues no me la como y ya. Dios dijo: «Sola tienes que luchar. Tienes que sufrir para que sepas lo que es amar a Dios en tierra de indios.» Aunque soy muy ignorante, yo solita con lo que se me revela voy sacando en limpio mi vida pasada. Mentalmente me profundizo mucho, tanto que hasta me duele la cabeza como si adentro trayera este mundo tan calamitoso. ¡Uy no! ¡Si me meto a escarbar puede que ya me hubiera vuelto loca! Pero son cosas que uno tiene que averiguar porque ya las trae desde el nacimiento y si las piensa uno a su debido tiempo, se manifiestan más claras. Uno tiene muchos ojos dentro del cerebro como un atadijo de estrellas. Por eso hay que cerrar los ojos corporales, macizo, aunque venga la anochecida, aunque no sea de día, para poder ver detrás. Lo digo aunque no tengo don de lenguas, pero he atravesado muchos precipicios. Por eso me pongo a reflexionar: «Sólo Dios sabrá todo lo que he sufrido desde que mi madre murió y lo que me queda por sufrir.» Tengo que seguir caminando aunque todavía me falta mucho para la hora final. Mi madrastra allá en Tehuantepec tenía un libro de adivinar los signos, toda la vida de uno estaba allí en numeritos. Ella era una persona estudiosa, instruida y sabía. Me hizo que cerrara los ojos y que apuntara con el dedo y buscó en el libro de los contenidos. Salió mi cuenta de ciento y dos años, así es que todavía está largo el camino. Para los años que tengo todavía me falta un cacho grande. No sé cuántas veces ni cómo iré a reencarnar pero yo le pido a Dios que ya no me mande a la tierra para que pueda estar una temporada larga en el espacio, descansando; pero falta que Dios cumpla antojos y enderece jorobados. Allá sólo Él tiene apuntado lo que debo. Y no es poco, porque en esta última reencarnación he sido muy perra, pegalona y borracha. Muy de todo. No puedo decir que he sido buena. Nada puedo decir.

Tenía yo una amiga, la hermana Sebastiana que vendía jitomates; su puesto era grande pero no lo podía atender porque estaba enferma. Toda ella se deshizo; se puso así grandota, engordó mucho, pero no creo yo que haya sido gordura sino que se hinchó; se esponjó de los pies y no podía andar. Sólo Dios sabe lo que le tenía que pagar pero ella sufría mucho. Y entonces no faltó quien le hablara de la Obra y vino al templo.

—Vengo muy cansada, muy amolada, con mi piel llena de desamparo. Les pido de favor que me curen porque en el último parto se me canceró la criatura por dentro y por poco y me muero. Ya estoy corrompida de mis entrañas; los médicos ya no creen que pueda salvarme.

—¿Y qué hay en tu corazón?

—Mucho veneno.

Al reconocer ella la Obra Espiritual, comenzaron a curarla; la operaron espiritualmente. No tuvo hijos pero se le quitó lo podrido. Estuvo yendo los días de cátedra y en una de tantas veces el Señor le concedió el desarrollo de la videncia y lo veía todo con los ojos abiertos sin sentir picazón; retrocedieron los siglos, se manifestaron las cosas ocultas y la hermanita Sebastiana devisó un sinnúmero de manos que apuntaban hacia ella y la cercaron:

—¡Me amenazan muchas manos!

Entonces le dijo el Señor:

—¿Y no las reconoces?

—Pues son las manos de muchas jóvenes...

—Pues has de analizar y has de estudiar lo que te pongo de manifiesto...

Entonces el Señor la miró para que reconociera que en la otra reencarnación había sido hombre y que esas manos eran de todas las mujeres que había infelizado y que ahora clamaban venganza. Durante mucho tiempo hizo mandas y penitencias en la Obra Católica y nada que se componía, y en la Obra Espiritual le dijeron que esos hijos podridos eran los de las mujeres que ella dejó abandonados en la reencarnación pasada. Y entonces Sebastiana se arrodilló y le pidió perdón al Ser Supremo.

—Estoy conforme en seguir sufriendo pero ten piedad de mí.

Todavía hace como unos ocho años fui a la plaza y la encontré, pero estaba desconocida. Seguía manteniéndose con el puesto pero se le ocurrió criar hijos ajenos que le regalaban y le salieron malos; nunca la auxiliaron, nunca la quisieron. Así es de que uno viene a pagar un adarme y va abonando en la tierra todas las deudas que el Ser Supremo tiene escritas allá arriba. Un adarme es una cosa muy poquita. Por eso regresa uno tantas veces a la tierra. Pero esto lo comprendemos los que estamos en la Obra Espiritual, porque nos lo inculcan nuestros protectores. Yo tengo tres. El primero es el ancianito Mesmer, el segundo es Manuel Allende y al final de la curación, llega mi protector Luz de Oriente que es el más guapo de los tres. Pero yo los quiero igual a todos. Nomás que Luz de Oriente me mira con mucha hambre. Tiene hambrosía en los ojos a todas horas. Y me deja pensando. Ellos están entre los grandes, pero los tres más grandes son el Padre Eterno, el Padre Jesucristo y nuestro Enviado Elías o sea Roque Rojas en lo material, que es la Tercera Persona, el Espíritu Santo. En la Iglesia Católica dicen que es una palomita porque allí no explican nada; los padrecitos tienen su manera muy distinta de hacer las cosas y conocen la Obra Espiritual, nomás que no la quieren desarrollar porque son egoístas. No quieren que despierte el pueblo porque se les cae la papa. Ellos ganan mucho dinero en la misa, en los casamientos, en los bautizos. En la Obra Espiritual no sólo despiertan al pueblo sino que la misma congregación sostiene el Oratorio; las sacerdotisas, las mediunidades, las pedestales, las columnas ayudan, y ninguno pide limosna. No le dicen al que viene entrando: «Te cuesta tanto y te hacemos tanto.» En la Iglesia Católica: «Te hacemos tu misa, pero venga a nos tu reino.» En las Honras Fúnebres nomás ponen el aparato allí, el ataúd tapado, un cajón de a mentiras, hacen un montón de figuretas y zangolotean el incensario pero no llaman a la pobre alma que está penando. Puedo dar fe porque cada día de muertos hacía el sacrificio de mandarle decir su misa a mi pobre madre y cuando ella vino a hablar conmigo por medio de la Obra Espiritual me voy dando cuenta de que estaba ciega por completo. No me conocía. Cuando a ella le dieron la luz me dijo que hasta que me había acordado de ella. Si yo a cada rato me acordaba. Pero los curas se quedaban con los centavos de las misas y no se las decían ni a ella ni a mi papá. Y yo de taruga, pagándoles tres pesos al chaschás por cada misa que le rezaban tal vez a sus propias mamacitas.

Mi mamá ni siquiera se acordaba de que tenía hijos. Allí mismo en el Oratorio de Chimalpopoca me retrocedieron a mí a la edad pequeña y pusieron su mano espiritual sobre mi cara para que me reconociera: «Despierta de tu letargo —le dijeron— y acuérdate de que es tu hija.» Echó un suspiro muy largo y dice:

—Gracias a Dios me han iluminado y me he dado cuenta que tuve un hijo.

—No nomás tuviste uno. Tuviste cinco. Allá los tienes contigo. Sólo Jesusa queda sobre la tierra.

Hasta entonces le abrieron los ojos y fueron a recoger a mis hermanos entre todas las almas muertas que andan en el espacio. Ella los comenzó a llamar por su nombre y de las filas celestes se desprendieron nomás dos. Petra y Emiliano. El mayor, Efrén, no pasó porque se cansaron de buscarlo y finalmente dijeron que había vuelto a reencarnar. Al difuntito recién nacido no supe si lo habían bautizado. Me dio gusto ver a Emiliano porque ése fue bien bueno conmigo. Durante años me cuidó cuando anduve de borracha en las cantinas. Se materializaba, se servía de otros cerebros y me sacaba de las juergas. Se me presentaba en otro señor y me decía:

—Vámonos.

Y yo me le quedaba mirando:

—Pues vámonos —le decía yo muy dócil.

Y nos salíamos de las cantinas y caminando, caminando se me desaparecía de entre la gente y luego me quedaba parada mirando para todos lados a ver por dónde lo veía. Al pasar en lo espiritual, me dijo Emiliano:

—¿Te acuerdas de cuando te saqué del «Tranvía»? ¿Te acuerdas que te fui a dejar a la calle de Mesones?

Me quedé callada: «¡Ay, pobre de mi hermanito, cuánto sufrió en andarme protegiendo!» Yo era una perdida que no quería agarrar el buen camino. En cuanto a mi hermana Petra, ésa no me dijo nada en la revelación. Siempre fue chispa retardada. Si en la tierra no habló, menos en el espacio. Pero al fin pasó a tomar la luz, la poca que podía recibir. En cambio, Emiliano me sigue todavía, nomás que no lo veo. A veces lo siento en este cuarto y a veces no. Cuando cierro los ojos le veo la cara.

Mi mamá empezó a llorar:

—Bendito sea Dios, bendito sea Dios que me llamaste, hija, a través de tantos años. Estaba perdida de mi gente pero al fin nos encontramos.

Sus hijos en el espacio la serenaron, le dijeron que se despidiera de mí. Todavía me insistió:

—Gracias, hija, que te acordaste de mí...

Son muchos los que están en las tinieblas de oscuridad y allí se quedan soterrados hasta que una alma caritativa los llama.

2

No sé si la causa era la pobreza o porque así se usaba, pero el entierro de mi madre fue muy pobre. La envolvieron en un petate y vi que la tiraban así nomás y que le echaban tierra encima. Yo me arrimé junto de mi papá pero estaba platicando y tomando sus copas con todos los que lo acompañaron y no se dio cuenta cuando me aventé dentro del pozo y con mi vestido le tapé la cabeza a mi mamá para que no le cayera tierra en la cara. Nadie se fijó que yo estaba allá dentro. De pronto él se acordó y yo le contesté desde abajo, entonces pidió que ya no echaran más tierra. Yo no me quería salir. Quería que me taparan allí con mi mamá.

Cuando me sacaron yo estaba llorando, toda entierrada. Entiendo que por haber agarrado aire del camposanto se me ponen los ojos colorados y cada que hace viento me lastiman porque desde esa época tengo el aire del camposanto en los ojos.

Los vecinos hicieron una cruz de maíz y la sembraron en un cajón en el atrio de la iglesia de la Mixtequilla. Allí rezaron el novenario, los nueve días que toma el alma para cruzar el espacio. Cuando se hizo milpita y se dio muy alta, levantaron la cruz y la llevaron al camposanto donde estaba tendida. Quedó la cruz de milpa como señal en la tierra de la vida de mi mamá.

Mi mamá murió de susto o el muerto vino a buscarla, porque soñó que un par de perritos tiernitos le estaban mordiendo la pierna. Y al despertar yo oí que le dijo a mi papá.

—¡Ay, qué feo sueño soñé! ¡Que un par de perritos tiernos me mordían mi pierna y yo los retorcí y los remolí hasta que los maté y los dejé tirados en el suelo!

Mi papá contestó:

—¿Cuáles perros dejaste tirados? Ése fue un sueño.

—Sí, sí fue un sueño. Anda, levántate para que me lleves a hacer de las aguas.

Como era pueblo que no tiene uno medio en qué servirse, mis papás salieron al patio. En las tardes allí se reunían a platicar los vecinos. En la esquina de la casa de enfrente había una piedra alargada donde cabía un cuerpo acostado. Era noche de luna que todo se ve claro:

—¡Mira, Felipe, lo que hay allá enfrente!

—¿Dónde?

—Aquí encima de la losa. ¿Quién lo mataría, oye?

—¿A quién?

—Mira, ¿quién mataría a este hombre que está aquí?

—¿Cuál? ¿Cuál hombre?

—Pues a éste que está aquí tirado en la losa.

—Yo no veo nada.

—¿Cómo no ves nada si yo le estoy agarrando los pies?

—Yo no veo nada, María, pero si tú lo estás mirando, vámonos, no sea que alguien lo haiga matado y nos carguen la muerte a nosotros.

En la mañana, cuando mi papá se levantó para ir al trabajo lo primero que hizo fue ir a ver qué huellas habían quedado. Ninguna. Encontró la piedra limpia:

—Bueno, ¿y cómo vio María ese muerto allí?

Ya no se levantó mi mamá. Al otro día amaneció con resfrío y calentura y a la semana estaba tendida. Por eso mi papá les platicó después a los vecinos:

—Saben, ella se ha de haber muerto de espanto y no del resfrío porque yo le di muchas friegas de alcohol, la curé y le di a tomar la quinina. A mí se me hace que se la llevó el muerto que ella vio en la esquina de la casa de doña Luisa.

Y allí es donde yo reconozco que la hoja del árbol jamás es movida sin la voluntad de Dios. Mi mamá vio al muerto matado porque ella tenía videncia y mi papá no. Ahora que ya estoy grande y me he entregado a la Obra Espiritual y deviso el camino, creo que mi mamá tenía una misión que cumplir y veía. Aunque ella tuvo valor y le agarró los pies, era muy corta de espíritu y por eso el muerto se la llevó.

Mi mamá todavía estaba viva cuando mi papá me hizo una muñeca de ardilla. Después nunca me volvió a hacer nada. Nunca más. Se hizo el sordo o todas las cosas le pasaron como chiflonazos.

A la ardilla le quitó la carne. En la Mixtequilla se come. Se le echa sal, pimienta y ajo, y vinagre o limón, se abre el animal de patas y se mete en unas estaquitas para que con el calor se vaya dorando al fuego. La ardilla sabe retesabrosa, sabe a ardilla y es muy buena. Mi papá dejó la ardilla en el puro cuero, la abrió para estirarla al sol, le echó cal y cuando estuvo seca le cosió las patitas, las manitas, con un palo la rellenó y vino y me la dio.

—¿Por qué está dura, papá?

—Por el relleno.

—Pero ¿con qué la rellenaste, con tierra?

—No, con aserrín.

—¿Y qué cosa es aserrín?

—¡Ay, Jesusa, confórmate, juega con ella!

Y ya jugaba con el animal ése; me tapaba mi rebozo y me cargaba mi muñeca aunque mis manos rebotaban de lo dura que la sentía.

Como mi papá no tenía medio de comprarme nada, mis juguetes eran unas piedras, una flecha, una honda para aventar pedradas y canicas que él mismo pulía. Buscaba mi papá una piedra que fuera gruesa, dura, una piedra azul, y con ella redondeaba y limaba otras piedritas porosas y salían las bolitas a puro talle y talle. Los trompos de palo me los sacaba de un árbol que se llama pochote y ese pochote tiene muchas chichitas. Escogía las más grandes para hacerme las pirinolas y nomás les daba yo una vuelta y ya bailaban. Y mientras giraban yo fantaseaba, pensaba no sé qué cosas que ya se me olvidaron o me ponía a cantar. Bueno, cantar cantar, no, pero sí me salían unas como tonaditas para acompañar a las pirinolas.

Como no tenía pensamientos jugaba con la tierra, me gustaba harto tentarla, porque a los cinco años todavía vemos la tierra blanca. Nuestro Señor hizo toda su creación blanca a su imagen y semejanza, y se ha ido ennegreciendo con los años por el uso y la maldad. Por eso los niños chiquitos juegan con la tierra porque la ven muy bonita, blanca, y a medida que crecen el demonio se va apoderando de ellos, de sus pensamientos y les va transformando las cosas, ensuciándolas, cambiándoles el color, encharcándoselas.

Yo era muy hombrada y siempre me gustó jugar a la guerra, a las pedradas, a la rayuela, al trompo, a las canicas, a la lucha, a las patadas, a puras cosas de hombre, puro matar lagartijas a piedrazos, puro reventar iguanas contra las rocas.

Agujerábamos un carrizo largo y con esa cerbatana cazábamos: no me dolía matar a esos animalitos, ¿por qué? Todos nos hemos de morir tarde o temprano. No entiendo cómo era yo de chica. Tampoco dejaba que los pajaritos empollaran sus huevos; iba y les bajaba los nidos y luego vendía huevitos, por fichas de plato, tepalcates de barro rotos, pedacitos de colores que eran los reales y los medios, las cuartillas, las pesetas y los tlacos, porque esas monedas se usaban entonces.

Luego hacía una lumbrada y tatemaba las iguanas chiquitas y ya que tronaban, con un cuchillo les raspaba la cáscara, las abría, les sacaba las tripas, les ponía dizque sal y llamaba yo a los muchachos: «¡A comer! ¡A comer! ¡Éjele! ¡Siéntense muchachos que ahorita les sirvo! ¡Éjele! Pues ¿cómo se me van a quedar con hambre? ¡No faltaba más! Pa'luego es tarde...» Ellos ¿pues cómo se iban a comer esa cochinada?

—¡Eso no se vale!

—¡Éjele! ¡Éjele!

—¡Tramposa! ¡Cochina!

—Lero, lero, tendelero...

Y me echaba a correr. Y ellos tras de mí. A nadie le gusta que lo engañen.

Luego que ya me cansaba de jugar con los muchachos me subía a los árboles y los agarraba a piedrazos. Me trepaba a las ramas a hacer averías, nomás a buscar la manera de pelear con todos. Los descalabraba, iban y le avisaban a mi mamá que yo les había quebrado la cabeza, ella me aconsejaba pero yo no estaba sosiega. Era incapaz desde chiquilla. Ahora ya todo acabó, ya no sirvo, ya no tengo el diablo.

Mi mamá no me regañó ni me pegó nunca. Era morena igual a mí, chaparrita, gorda y cuando se murió nunca volví a jugar.

A los ocho días de muerta mi mamá, mi papá se buscó otra mujer; aquella señora era muy tomadora. No me acuerdo cómo se llamaba. Era una mujer como todas las mujeres. Eso sí quién sabe dónde la conoció mi papá, pero la tuvo mucho tiempo. La primera semana le di dos reales para que fuera a comprar el mandado. Ésta quería que le dieran el dinero a ella pero como mi papá nos dijo que era una criada para cuidarnos a Emiliano y a mí, yo me hice cargo de recibir el dinero y de que la criada me diera el vuelto. Y luego me abracé de mi papá, porque ¿por qué iba a venir otra mujer a acostarse con él? ¿Si era mi mamá la que dormía con él? Aunque yo estaba chica, ya traía la malicia dentro y a pesar de haberme criado en un pueblo pensé: «¿Por qué otra gente se va a acostar con mi padre?» ¡Va! Si en un pueblo cada quien vive en su casa, ¿cómo trae uno esa inteligencia? ¿Quién le aconseja a uno? Entonces ése es un don que viene de nacencia, ya es cosa que lleva uno adentro. Yo sería ventajosa o no sé, pero no admitía a la mujer y claro que eso le disgustaba. Yo dormía con mi papá, pero como es tierra caliente, nos tendíamos en una hamaca, y nunca dejé que se fuera a acostar con la mujer ésa. Entonces ella empezó a emborracharse con lo del mandado, váyase a saber por qué.

Mi papá hacía lo que yo quería. Cuando era chiquilla, me consentía mucho pero no era cariñoso. Nosotros no supimos de cariños, de apapachos, de cosas así, no. Cuando vivía mi mamá, mi papá le decía:

—No me la andes regañando ni me le andes haciendo nada.

Por eso me hice grosera. Y cuando ella se quejaba:

—Mira, Felipe, que no se deja peinar...

—Pues yo la peino.

Y él me peinaba con mucho cuidado porque nunca me ha gustado que me agarren los cabellos. Siento muy feo que me jalen y él tenía su mano suavecita, muy suavecita. Cuando mi mamá me peinaba parecía como que me caía lumbre. Sólo de él me dejaba peinar. Como éramos dos chiquitos, mi mamá tenía que peinar a uno, cambiar a otro, calentar agua, lavar y claro que mi papá por ese lado me consintió y nunca quiso que llorara.

Jamás vi a la borracha dormir con mi papá, pero era su cuero de él. Ella me lo dijo:

—No me conviene de ninguna manera que no nos dejes en paz. Es mi marido...

Le grité que no era su marido porque era mi papá. Y por allí comenzó a peliar conmigo. Como estaba borracha me gritó horrores de la vida, que no tenía él por qué tenerme miedo a mí, que de cuando acá andaban las hijas pastoreando a sus padres:

—Te pesará —me dijo.

Le contesté que no tenía por qué pesarme y que si le interesaba mucho que se fueran lejos ella y mi papá y que a mí me dejaran allí.

A las seis que regresó mi papá de la cantera no le contamos nada. Pero al día siguiente, la tomadora ésa se fue a la cantina a gastarse lo del mandado con otros hombres. Cuando yo la atisbé que venía por el camino me llené mi cotoncito de piedras y la acaparé a puros piedrazos:

—¡Vete! ¡Lárgate! No te quiero ver aquí.

En la noche le dije a mi papá que la había corrido porque estaba siempre allí botada de borracha.

—Está bueno, hija, tú no te apures.

Otra vez mi papá se quedó solo con sus hijos. Se levantaba a repartirnos el almuerzo y se iba a trabajar. Aunque ya estaba acostumbrado a que la fulanita viniera a hacerle el quehacer, ahora él mismo tenía que moler en el metate para darnos de comer porque nosotros estábamos chiquitos. Mi hermano Emiliano me llevaría dos años, pero nos dejaba amarrados a los dos, para que no fuéramos a salir, escluincles de porra, porque yo era figurosa en eso de las maldades. Mi papá echaba unos trozos grandes de leña en la lumbre y allí hervía la olla muy calmada, zumbe y zumbe, calculando que a las doce, a la hora que él viniera, todavía tendría agua la carne o los frijoles o lo que había puesto de comer. Dejaba también la masa molida y nos hacía las tortillas gordas, porque era hombre y no sabía tortear.

Mi papá era peón de ferrocarril en el terraplén de la vía. Trabajó dinamitando los cerros para abrir la brecha por donde iba a pasar el tren al Istmo de Tehuantepec. Todos los días, mi papá se levantaba con la misma canción; volver a cocinar para darnos de comer. Claro que él sufría porque necesitaba a una mujer que lo atendiera con sus hijos.

Me avisó un día muy apurado:

—Mira, hija, es forzoso traer una mujer que te cuide, que te espulgue y que te bañe porque tengo que ir a trabajar.

Mi papá batalló mucho conmigo por ese lado, porque yo decía: «Mi papá tiene la obligación de peinarme, de bañarme, de darme de comer... Tiene la obligación de estarse aquí atendiéndome...», porque así son los niños, muy exigentes.

Cuando me avisó que una mujer vería por nosotros, le dije:

—Yo no sé, pero a mí no me vengas a engañar que la tienes de criada y luego me sales con que no es tu criada. Así es que dímelo por lo claro, y allí averíguatelas tú.

Se encontró a otra con un muchachito. Según entiendo, porque yo era muy adelantada, esta vieja tenía el cuidado de apartarle la comida a mi papá y yo veía que se raspaba las uñas grandes de los pies, que juntaba un montoncito de ese polvito y se lo regaba al traste de mi papá porque quería volverlo loco. Así me lo afiguro. Me voy a ir al infierno pero decía yo: «Bueno, pues ¿qué cosa? ¿Por qué a él le echa los polvos y a nosotros no?» Mientras ella iba a agarrar agua, yo cambiaba el traste de comida. Siempre andaba detrás de mi papá cuidándolo. «Eso es por algo. Algo malo ha de ser. Si es cosa buena ¿por qué no la hace ella toda en la misma olla?» Y la comida que me servía a mí se la daba a mi papá y tiraba la de los polvitos. Yo tenía la ventaja de que maliciaba las cosas. Con ésa sí dormía él en la hamaca. Cuando ya me explicó que la quería para su mujer, ¡qué más me daba! Pero aquella que era dizque una criada, eso sí que no, no me la corran larga porque no me dejo.

La de las uñas, la que tenía un niño, tampoco era buena con nosotros. Nos agarró inquina. Yo la oía que siempre tenía discusiones con mi papá. Él le decía a ella:

—Cuídala, péinala como si fuera tu hija, pues tú serás la que tendrás que tener mejores ganancias de ella que yo.

—Ta bueno.

Pero ni mi nombre supo. Y fue canción de muchos días hasta que me aburrí y me agarré con ella, porque ya estaba más grandecita y salí muy perra, muy maldita. Ninguno de mi casa fue como yo de peleonero. El caso es que ella duró unos siete u ocho meses, cuando mucho un año. Después mi papá dejó la cantera, porque él solo no se podía establecer en un trabajo y a las doce del día salirles con que: «Al rato regreso...», para venirnos a dar de comer... Quería un trabajo donde lo consecuentaran y como no lo encontró, jalamos todos para Salina Cruz.

3

Mi papá se iba por toda la playa hasta llegar a una roca que está al pie del faro. Las rocas despuntan dentro del agua y cuando les da la ola se abre la concha del ostión y se alimenta con el líquido de la ola; luego se cierra la concha otra vez. Entonces con su machete ¡pácatelas! mi papá arrancaba las grandes ostras, las abría y en la misma concha comíamos los ostiones porque están vivitos, fresquecitos. Yo aquí en México nunca los he comido. ¡Quién sabe cuántos meses tienen almacenados en el hielo! ¿Qué alimento tienen si ya están muertos?

El otro día me compré una docena de huevos de tortuga porque tenía muchos años de no comerlos, desde que yo era chica. Mi papá nos llevaba en la noche a la pesca de los huevos de tortuga. Las tortugas llegan del mar y se entierran en la arena, sufren y se cansan porque ponen muchas docenas. Hasta el fondo ponen una docena y luego la tapan y ponen otra docena, y se suben arriba y tapan otra docena y ponen la otra y luego la otra docena, la vuelven a tapar con arena y luego más arriba ponen la otra docena hasta que se vacían toditas. Ya para irse cubren la última capa y se meten al mar. Uno tiene que correr hasta donde está la arena revuelta antes de que se borre la huella con la marea y clavar un palo o lo que sea en el lugar donde quedó el nido. Aunque lo agarre a uno la marea hay que escarbar para sacar los huevos. Si no, allí se forman las tortuguitas, solas, solititas; se crían con el calor de la arena y del sol.

Son chistosos esos animales. Las tortugas nacen caminando, y se van derechito al agua. Allí se hunden como los pescaditos. Se parecen también a las víboras, las víboras chiquitas rompen el cascarón y luego luego echan a correr.

Nosotros íbamos a pescar en la tarde y en las noches de luna para ver la playa limpia. De día no salen las tortugas. A mi papá le gustaba llevarnos porque nosotros nos dábamos muy bien cuenta a la hora en que las tortugas regresaban al mar arrastrando la arena y corríamos a sacar los huevos. Mi papá se metía con todo y ropa. Yo también me metía a ayudarlo, vestida así como estoy y me mojaba enterita. La ropa se me secaba encima. En la pesca de la tortuga durábamos hasta la una, las dos de la mañana esperando a que se llenara el canasto que llevaba a mi papá. Era un canasto grande y hasta que no lo retacaba todo, no nos íbamos a dormir. En la madrugada nos comíamos los huevos. Lo de afuera, el cascarón que le llamamos, es un cuero redondo, boludo, una tecata. Hay unos así grandotes pero otros son medianos de tortugas chicas. Vienen con todo y arena. Se les quita la arena y se echan a hervir con suficiente sal para que les penetre por dentro. Los hervíamos y luego los comíamos fresquecitos.

Otras veces, mi papá los guisaba; embrollo, decía él. Ponía una olla con jitomate, ajo, cebolla y ya que estaba todo bien sazonado nos batía un montón de huevos de tortuga en la olla hirviendo. O nos daba de comer pescado; a pescado por cabeza. Eso sí, nunca pescó con caña. Se metía a encuevar los pescados. Hacía una cueva con peñas y solitos los pescados entraban y él en la puerta los acaparaba con una atarraya y luego la jalaba y sacaba pescados grandes como de a metro; robalo, que es el que más se da en ese lugar. Cuando la gente lo esperaba a la orilla de la playa mi papá les vendía pescado fresco, si no, los abría, les sacaba las tripas, los salaba y los ponía a secar. Y vendía pescado salado. Fresco, seco o tatemado porque muchas veces lo tatemaba y lo tenía alzado por algún tiempo.

Me bañaba como a las cinco de la mañana o las cinco de la tarde, no en el rayo del sol. Nada más esperábamos a que la ola nos mojara y nos quitara la suciedad. Se iba la ola y uno esperaba la siguiente. Ahora no sé cómo se bañan porque hace muchos años que no voy al mar; dicen que se meten nadando hasta adentro. Para esas gracias me voy a bañar aquí en una agua encharcada que está muerta. No, el chiste es bañarse en la playa donde viene la ola que ve uno que se levanta en blanco y lo tapa por entero, resistir el golpe del agua en el cuerpo, vestido o encuerado, para sentir el agua viva. Se ve tan bonito cuando se acerca la ola y ¡zás! nos tapa y luego se va, y esperar la otra que allí viene dando coletazos como si toda el agua se hubiera juntado allí en un solo chubasco. Yo era chaparrita y fuerte y sabía esperar las olas. Si volviera al mar me metería como a las seis de la tarde a esperar las olas que ve uno que se levantan y se destechan. Cuando se va la ola, la arena se ve limpia y uno queda parada así con las piernas separadas, no de frente ni de pulmón porque lo arrastra, sino de canto, bien atrancado.

Es muy sabroso el golpe del agua del mar. Pero no así como ahora dicen que se bañan, así no. A mí no me conviden a esas bañadas.

Según a como era en esa época, el puerto de Salina Cruz se veía grande. Bajo dos puentes de fierro pasan los barcos y anclan dentro de la bahía. No sé cómo sería la vida allí, porque nomás vivía como el perro sin saber cómo, pero entiendo que mi papá subarrendó un terreno y levantó una casita de vara techada con palma. Batió el lodo con zacate y enjarró las varas, las hizo pared. Y así era como nosotros vivíamos. Hacía mucha calor. Yo andaba sin zapatos porque me estorbaban para subirme a los árboles; los amarraba uno con otro y me los terciaba en el hombro y luego corría de un árbol a otro. Por lo regular los dejaba colgando de alguna rama. Nomás comíamos y yo ganaba para los árboles. Mi papá se iba a trabajar, así es de que ni quien me detuviera.

En Salina Cruz mi papá anduvo trabajando en distintas partes. Era muy figuroso, muy ocurrente, a todo se acomedía. Él nos guisaba, nos lavaba, pero a medida que fuimos creciendo dijo que era imposible que nos trajera sueltos; que podía cargar con el hombrecito pero que ¿qué hacía conmigo? Era lo que a él se le dificultaba. Entonces le dijo a una señora con la que nos encargó algunas veces cuando se iba a trabajar:

—Pues no hallo qué hacer, señora, porque yo sufro con esas criaturas... No tengo ni dónde dejarlas... Pues ¿quién se hace cargo de hijos ajenos?

—Pues nadie...

Entonces agarró él y dijo:

—Pues me voy al barco a ver si allá me ocupan, pero que sea en la noche porque en el día tengo que estar al pendiente de estos masacotes...

Y arregló trabajo en el barco. Velaba toda la noche y en el día llegaba a la casa. Se iba a las cinco de la tarde y venía a las cinco de la mañana. Nos dejaba encerrados, solitos. Antes de irse nos daba de comer y nos acostaba. ¿Ya qué hacíamos en la calle si pronto oscurecía? Además, la calor adormece. Mi papá era velador y estibador; le tocaba cargar un barco y descargar otro en la noche y si al alba no había terminado se seguía al otro turno hasta las cinco de la tarde. Así es de que allí no había descanso más que trabajar, trabajar y trabajar. Una soba. Mi papá estuvo mucho tiempo estibando la mercancía de los barcos de carga, muchos meses, no entiendo si serían años porque estaba yo chica.

En eso vino mi hermano el mayor, Efrén Palancares. Era muy prieto, muy borracho y muy perdido. Se la vivía en las cantinas. Pocas veces llegaba a la casa y si llegaba nomás era para que mi papá le pegara porque nunca andaba en su juicio. Duraba ocho o quince días en la casa y se volvía a ir. Mientras estuvo chico, Efrén anduvo con nosotros pero ya que se hizo hombre se fue de vago. Se ha de haber salido de catorce o de quince años porque mi papá era muy duro para pegar. Mi mamá no nos pegó nunca. Efrén era rebelde. De chiquillo no era borracho, pero era rebelde y desesperado.

Cuando él se fue le pregunté a mi papá:

—¿Y Efrén?

—Ya se largó.

—¿Por qué?

—Por las malas compañías...

Mi papá quiso evitarle las malas compañías como yo a Perico, pero con todo y eso, él siempre las agarró. Así es que ya el que nace de mala cabeza, ni quien se lo quite. Efrén era hocicón. El que fue de muy buen carácter era mi hermano Emiliano. Ése sí seguía a mi papá a donde quiera que iba. Cuando la estibada allí se quedaba Emiliano, bien chiquito, en el muelle esperándolo. Se daba unas asoleadas de padre y señor mío. Y cuando mi papá se iba rancheando, allá se iba el Emiliano con todos sus quereres. Yo no. Yo era un animal mesteño. Tiraba para el cerro. Efrén también era así. Quién sabe de dónde venía, quién sabe para dónde se iba. Y aunque lo supiera. Y en una de sus tantas idas y venidas que llega a la casa y le dice a mi papá que llevaba a una mujer y que a ver qué hacía con ella.

Entonces mi papá le dice:

—Bueno, ¿con qué fin te trajiste a esa mujer?

Y ellos seguro se entendieron para vivir con ella como Dios sabe. ¿Verdad? El caso es que la muchacha ésa, Ignacia, me cuidó mucho tiempo aunque yo no me dejaba. Quería que me enseñara a hacer tortillas y yo estaba acostumbrada a andar corriendo. Como desde chiquilla no me hallé sino con la libertad, todo mi gusto era andar sola en el campo o arriba de un cerro.

Mi hermano Efrén estuvo con nosotros mucho tiempo, porque allí tenía mujer, como siempre llegaba borracho, mi papá lo tenía que ejecutar. La mujer se aguantaba, pues ¿qué hacía la pobre muchacha? Ignacia también era huérfana. Tendría unos dieciséis años, no tenía quien viera por ella, así es de que no pretendía nada.

Mi papá estaba de su lado y Emiliano y yo también la queríamos, pero Efrén le daba muy mala vida. Le pegaba:

—¿Qué haces, güevona? Levántate a darme de comer.

A la hora en que llegaba quería que le sirviera su cena. Y si no le parecía se la aventaba. Luego pedía cubiertos y ni los sabía usar. Nosotros siempre comimos con tortillas. Además no había cubiertos. Pero él en su borrachera gritaba:

—¡Un cuchillo y un tenedor, hija de la rechingada!

Hasta que despertaba a mi papá:

—¿Para qué cabrones te trajiste esa mujer si así la tratas?

Y lo tumbaba al suelo de un golpe. Allí donde caía se quedaba dormido.

Una noche que llegó y no estaba mi papá, salté como un resorte:

—¡Ponte conmigo, ándale, pero a ella no le vuelvas a pegar!

Le dio una cachetada pero no le dio dos. Agarré un leño así de grueso y aunque apenas podía con él, la defendí. Lo apaleé. Ahora, cuando oigo en las casas que los niños cantan: «Aquella muchacha bonita se llama Nachita, y tiene una nalga grande, la otra chiquita», aunque me da coraje, me acuerdo de Ignacia...

Y eso que mi cuñada me pegaba también porque nunca pude aprender a hacer tortillas. Ella hacía unas tortillas chiquitas; me componía las bolitas de masa para que yo las palmeara, pero hasta la fecha hago unas pencas así de gruesas, y el pobre de Perico se las zambutía cuando estaba chiquito por más feas que me salieran. Mi cuñada me daba como castigo que me comiera todo el pedacerío, todos los cachos de tortilla que dejaba yo quemar:

—Farol de la calle y oscuridad de tu casa.

Decía que a manazos tenía que enseñarme, pero pues no nací para echar tortillas y nunca he sabido tortear.

A mi hermano Efrén le dolía que todos estuviéramos de parte de su mujer. Sufría sobre todo por mi papá. Ella tuvo una niña: Felipita. Nosotros la queríamos mucho; no había otra más que ella. Yo la entretenía y cargaba a la niña en mi rebozo, pero se murió como de unos ochos meses. Fue flor de un día. Cuando se puso grave nos venimos al hospital de Tehuantepec. Quién sabe de qué moriría pero se puso negra, negra, poco a poquito y por completo, como si la hubieran ahorcado. Mi cuñada no dijo nada y nos volvimos a Salina Cruz sin la muertita porque en el hospital se quedaron con ella.

Apenas llegamos a la casa, mi papá agarró a mi hermano:

—¡Tú pateabas a esta mujer con la criatura adentro! ¡Por eso se murió! ¡Tú le pateaste el vientre!

Cuando se cansó de golpearlo desquitando su coraje, le dijo que ya no quería estar sufriendo por él, que se largara con todo y su mujer.

Andaba yo en la calle y estaba rete nublado con esa niebla que viene del mar y el cielo se va encapotando, cuando un hombre preguntó que dónde vivía Felipe Palancares. Me acerqué:

—Yo lo conozco. Es mi papá. Es mi papá. ¿Qué cosa quieren con él?

—Llévame a verlo.

—Pues vamos.

Y que me carga él; estaba yo chiquilla. En la puerta me bajó. Mi papá estaba durmiendo. Lo recordé:

—Vini, lo busca un señor.

Entró el hombre pa dentro. Como son las casas de puerta de varas se oye todo clarito. Le dijo que se llamaba Cayetano y le contó a mi papá cómo había rescatado a Petra mi hermana mayor. Varias noches oyó que golpeaban a una mujer que lloraba adentro de la casa juntito a la suya y una de tantas dio aviso a la policía y le mandaron una escolta de gendarmes. El piquete rodeó la casa y Cayetano tocó y exigió que le abrieran. El hombre que golpeaba a mi hermana la escondió dentro de un cajón amenazándola con matarla si hablaba.

—Aquí no vive nadie —les dijo a los gendarmes.

—Sí. Llora una mujer.

—No es cierto. Yo no he oído nada.

Pero como tenían orden de registrar la casa, aunque vieron que todo estaba vacío, Cayetano oyó un rasquidito, fue hacia el cajón, levantó la tapa y sacó a la mujer de los lamentos, toda golpeada. Entonces tomaron preso al hombre y a ella también se la llevaron para que hiciera su declaración y Petra dijo que ese hombre era cabo de brigada y que pertenecía a la construcción del terraplén para hacer que entrara el ferrocarril de Tehuantepec al puerto de Salina Cruz y cuando terminó el trabajo de balasto se la robó, aunque ella no tenía amistad con él, ni se hablaban ni era su pretendiente ni nada.

Entonces declaró Cayetano que tenía tres años de estar oyendo golpes y quejidos de mujer en la otra casa.

El juez le preguntó a Petra:

—Bueno, ¿y el cabo?

—Es un asistido. Mi mamá le daba de comer a él y a los demás peones que ponían los durmientes... Yo ni lo conocí... El cabo no se hizo presente sino cuando ya estábamos muy lejos de Tehuantepec... Entonces entró al furgón donde me echaron de bulto... Yo no sé el tiempo que tengo de estar viviendo en esta casa, pero son años... ¡Quiero irme a mi tierra!

Llamaron a la mamá de Cayetano y le dijeron que si estaba de conformidad, ya que su hijo había salvado a Petra, de hacerse responsable de ella.

—Sí.

—Yo quiero irme a mi tierra, quiero irme a mi tierra —gritaba Petra.

Cayetano dijo:

—Yo estoy dispuesto a trabajar para juntar y entregarla a sus padres.

Vivían en Tierra Blanca, Veracruz. Tuvo que luchar durante un año para ahorrar el pasaje de los dos. Mi hermana que quedó en los puros huesos estuvo al cuidado de la mamá de Cayetano. De Tierra Blanca se vinieron para acá y ya tenían ocho días de andar buscando casa por casa en Salina Cruz.

—Su casa era la última que íbamos a recorrer. Hoy nos íbamos a ir.

Entonces mi papá le pidió que lo llevara a ver esa mujer.

—Está allá afuera.

Mi padre abrió la puerta y la espió:

—Sí, sí es mi hija.

—Bueno, señor, yo se la entrego y a la vez que se la entrego se la pido para casarme con ella.

No sé si se matrimoniaron pero oí que eso le dijo a mi papá. El caso es que ya vivieron junto con nosotros y como Petra llegó de mujer de la casa, mi papá descargó su obligación en ella.

—Te encargo a tu hermanita. Cuídala, péinala, lávala, haz con ella todo lo que hace una madre. Ándale, ahora a ti te toca atenderla.

Como yo no me crié con la hermana, no la quería, ni decía que era mi hermana. Yo ya estaba acostumbrada a mano de hombre, a la mano de mi padre. Petra era trigueña, más prieta que yo. Yo tengo la cara quemada del sol pero no soy prieta, pero ella sí era oscura de cuerpo y cara. Salió más indita que yo. Dos sacamos el color de mi papá y los otros dos fueron prietitos. Efrén y Petra, Emiliano y yo, mitad y mitad. Petra era un poquito más alta que yo y tenía un genio muy fuerte. ¡Se imagina para estarse quejando tres años todas las noches! Cualquiera otra se hubiera conformado, si con que se las trinquen ya les anda de contentamiento. ¡Si de eso piden su limosna, las pendejas! Pero Petra no se dejó, no se dejó del cabo, nunca fue dejada aunque se puso apolismada y tilica. Era enojona y berrinchuda, con mucha muina y mucho orgullo por dentro. Pero callada, callada, siempre disimulando.

Petra tenía quince años. El cabo la conocía pero no le hablaba ni nada. En aquellos años del Señor no se usaba como ahora que las muchachas van y se les ofrecen a los viejos pelafustanes. ¡No! ¡Ni hablar! Las conocían y muy bien conocidas, pero ¿hablarles? ¡No! Petra todo el día estaba en la cocina haciendo de comer, moliendo, torteando y no salía para afuera. Mi padre traía el mandado y se lo dejaba en la puerta porque mi mamá no estaba acostumbrada a andar de pata de perro. En la tarde, mi mamá le dijo a Petra que fuera a recoger la cobija a un árbol donde la tendían a secar porque en la mañana la lavaban y en la tarde tenía que estar seca para dormirme. Y ya no volvió mi hermana. Con la misma cobija la envolvió un peón.

Vino a saberlo mi papá hasta después, cuando ella regresó. De pronto, ni cuenta se dieron.

Mi mamá era muy limpia. Los de Tehuantepec así son. Todo el día fregaba, todo el día con la escoba de popotillo barriendo el patio, todo el día con la escobeta y la lejía. ¡Cuántas veces nos dio de comer en el patio con tal de no ensuciar su cocina limpiecita! Pero por eso de la recochina limpieza le birlaron a su hija.

A mí, Petra me daba miedo, por silencita, por flaca, por disimulada. No me gustaba su modo. Por eso yo la golpeaba, pero retirado, no me dejaba agarrar de ella y sufrió mucho conmigo.

Estaba yo empiojada y mi papá me bañaba cada semana y él me espulgaba, pero al otro día me iba a jugar a la tierra y claro que la misma mugre de la tierra me empiojaba la cabeza. De mi hermana no me dejaba bañar. Me subía yo a un árbol y allí me pasaba el día sin comer. «Acércate», le decía yo a mi hermana, «ándale, acércate», y la agarraba a piedrazos. Hasta que no venía mi papá no me bajaba del árbol a comer.

Un día le dijo Petra a mi papá:

—Como no se deja espulgar ni bañar ni nada, la voy a pelar.

Y le grité yo:

—Nomás te ocupas en pelarme y ya verás cómo te va.

Nunca me peló pero sufrí mucho tiempo, toda tiñosa, hasta que se me enguzañó la cabeza.

Teníamos no sé cuántos años o meses de vivir juntos cuando Cayetano entró a matar a Petra. Estaba acostada y como que no encontraba acomodo hasta que se durmió. Cayetano llegó con el cuchillo pero no pudo metérselo porque detrás de él venía mi hermanito y lo detuvo en el momento en que la iba a agarrar dormida. Y por el ruido que hicieron, ella abrió los ojos y va mirando a su marido con el puñal en la mano y a Emiliano el chiquillo deteniéndosela. Claro que ella se espantó pero en esa lucha que tuvo, lo ayudó a desarmarlo. Para ella, ése fue el acabadero. Petra no le había hecho nada a Cayetano. Casi nunca le habló. En realidad nunca le hizo nada de nada a nadie. Era en la tarde. No la mató pero de allí comenzó su enfermedad. Le empezaron a zumbar los oídos y a cada rato oía una voz que le decía: «Cuídate, Petra; cuídate, Petra.» Se le derramó la bilis. Nomás se fue secando, se fue secando y la cara se le puso amarilla como un limón; es el color que ella agarró. Se murió de susto, váyase a saber, pero un día la encontramos tendida.

En aquel entonces estaban escarbando la zanja para el drenaje en las calles de Salina Cruz y en una de esas zanjas abiertas se cayó Efrén mi hermano mayor y allí se murió ahogado de borracho, al rayo del sol. Yo creo que del golpe se quedó desmayado y con la calor y la borrachera ya no pudo levantarse. De esa zanja lo sacaron con los ojos abiertos y llenos de lodo. Nosotros recogimos a Ignacia y todavía duramos mucho tiempo con ella y, según cuentan, mi cuñada había quedado enferma de un niño o de una niña Palancares cuando se juntó con un pescador. Mi papá la visitaba cada vez que quería y su marido nunca dijo nada cuando mi papá se quedaba a dormir. Así es de que hay un niño Palancares por allí. Pero si el otro señor lo reconoció como hijo, pues no sabe el muchacho que es de mi familia, así es de que eso se quedó perdido.

Al poco tiempo de que Ignacia se juntó con el pescador, mi papá agarró otro caminó y se volvió a Tehuantepec. No se entretuvo. Entró de gendarme y fue cuando conoció a mi madrastra, Evarista Valencia, la que me enseñó.

4

Mi madrastra era hija de la rectora de la prisión. Era una prisión a la antigua, con una bóveda muy grande, larga larga y a la mitad tenía un enrejado y luego más rejas y rejas hasta llegar a la puerta que daba a la calle, pero antes de la calle estaba la pieza en que vivíamos. Así es de que no había por donde fugarse. Había más rejas que presas. Por lo regular caía mucha borracha; con eso se llenaban las crujías. La prisión era húmeda y oscura, y cuando hacía mucho calor, hervía como caldera, a borbollones, y a todos se les mojaban los cabellos. A las presas de pocos días o de pocos meses las sacaban a un patio para que les diera el sol, pero las sentenciadas por años estaban hasta el fondo. En esa época cuando Madero entró a México, en la cárcel del fondo, en el último enrejado no quedó sino la pobre presa aquélla que nadie sabe cuántos años le tocaban de sentencia pues debía siete muertes. Claro que ella no tenía ni para cuándo, ni esperanzas de salir. Entonces se acercaba y le pedía de favor a la mamá de mi madrastra que me dejara ir a dormir con ella porque sentía miedo.

La cárcel era inmensa de grande. Dormíamos pegadas a la reja. Yo tendría como ocho o nueve años o deben haber sido diez. No les hablaba a ninguna de las presas. Así soy, no me gusta hablarle a la gente. Soy muy rara. Han de decir que estoy enojada, pero no, es que me criaron así.

Mi madrastra era gorda, como de treinta años; no era chaparra ni era alta, de regular estatura. Tenía su pelo chino quebrado y usaba trenzas. Siempre andaba con las manos en la cintura como un jarrón, alegando. Se vestía de tehuana y se colgaba sus aretes y sus collares de oro y le brillaban muy bonito. Allá en Tehuantepec se usa mucho el oro en los dientes para que relampaguee a la hora de reírse. Mi madrastra se hizo de bienes terrenales; huertas grandes; toda la familia Valencia se hizo de hartas tierras de sembrar, labores de maíz, de coco, de mango, de chicozapote, de naranjo, de piña, de todas las frutas. Sus huertas eran inmensas como de aquí a la Bondojo y todavía más allá. Los árboles estaban que se caían de frutas. Mi madrastra Evarista me enseñó a no estar de balde. Allí todos trabajaban desde las cuatro de la mañana hasta las siete y ocho de la noche. Me levantaba a las cuatro de la mañana y primeramente por la señal de la Santa Cruz, vístete y anda a rezar; rezábamos, gracias a Dios que ha amanecido y así déjanos anochecer, y luego me tocaba lavar fogones. Se enjuagaban y se enjarraban con cenizas y tenía que mojar toda la ceniza a que quedara bien pegadita como cemento, parejita, muy blanca. Aquellos braseros se veían muy bonitos. Se lavaban piedras para poner la olla a cocer o el café o lo que se fuera a poner; a aquellas piedras muy bien lavadas con escobeta, que quedan limpiecitas, relucientes, les dicen tenamaxtles. Y ya encendía uno la lumbre y mientras hervía el café agarraba la escoba y a barrer; ya para las cinco de la mañana estaba hecho el café, nos desayunábamos y a misa. Veníamos de misa y síguete con el quehacer. A las ocho, al almuerzo, lo que Dios le socorría a uno: frijoles refritos con una salsa molcajeteada, una carne asada, juiles asados y atole. Ahora ya almorzaste, ahora síguete lavando los trastes, tanto traste de la cocina, hasta que a las dos de la tarde la comida para todos: caldo, sopa, guisado, frijoles, dulce, fruta.

Y al otro día, a las cuatro de la mañana: «Ándale a trabajar, negro, porque no hay de otra.» Como la prisión era muy grande y mi madrastra era la que guisaba, yo le ayudaba en la cocina a moler especias, a dorar el arroz cuando se hacía arroz o la sopa seca. Por lo regular les servíamos a los presos sopa de arroz, guisado y frijoles. Era media res la que se cocinaba a diario. Un día se hacía guisado en verde con pepita de calabaza y hierba santa, otro día en jitomate y chiles colorados. Les dábamos también *gina do shuba* que en otras partes le dicen cuachala, un mole de maíz tostado. La señora Evarista no platicaba conmigo nada, nunca platicó ni con mi papá. Ella me golpeaba pero yo no decía nada porque como ya estaba más grande comprendía mejor. Pensaba yo: «Bueno, pues ¿qué ando haciendo de casa en casa? Pues me aguanto en donde mi papá esté... ¿Adónde me puedo ir que más valga?» Y esta señora se dedicó a enseñarme a hacer quehacer; me pegó mucho con una vara de membrillo, sí, pero lo hacía por mi bien, para que yo me encarrerara. La familia era muy numerosa, había mucho ir y venir, mucho por quien trabajar. Molía yo harto chile, harto maíz tostado, canastas pizcadoras grandes; una de chiles y una de jitomates. Y luego una molienda de chocolate y una arroba de café cada tercer día. El chocolate se tuesta en comal de barro y se muele en metate con canela y azúcar. Se tortea con las manos para sacarle la grasa y entablillarla. Allá en mi tierra redondean las tablillas como sopes y luego se rayan en cruz con la uña para cortarlas. Aquí las hacen con molde. Luego se tienden a secar. Mi madrastra me enseñó a batir el chocolate con un molinillo, y lo hacíamos al gusto de cada cristiano de la familia y eran más de veinte, con agua o con leche, con medio cuarterón, entero y hasta con cuarterón y medio. A los presos se los dábamos en agua no porque fueran presos sino porque es el chocolate más clásico. El chocolate con atole se llama champurrado. La señora Fortunata siempre tomó champurrado. El chiste del chocolate es que esté espumoso y en su punto. Si no tiene espuma, no vale. Se tiene que batir fuerte con un molinillo de los de antes para que espume porque nomás para agua de ladrillo mejor no tomo nada. Yo aquí no hago chocolate porque me canso demasiado. Pero sí me lo compro. El «Morelia» es el que está más pasadero porque «La Abuela» tiene mucha tierra. Lo he tomado y me queda como enlodada la boca. ¡Maldita Abuelita! Pero el de antes, nomás me acuerdo, ése era otra cosa.

Mi madrastra era la que hacía la comida y mi abuela madrastra la repartía. Las quise porque me enseñaron. La mamá de mi madrastra, la señora Fortunata, era una señora grande de chongo esponjado, una señora como se usaba en la antigüedad. Antes las señoras grandes les dejaban el quehacer a las hijas y descansaban en ellas. Nomás dirigían. Y todo era de mucho respeto.

La señora Fortunata mandaba:

—Enciendan los fogones.

Todos obedecían:

—Llenen estos peroles con agua pa calentar.

Salía al patio:

—¡Aquí no han barrido! ¡Eeeeh! ¿Dónde está la de la escoba?

Y allá iba corriendo una de nosotros:

—Allá voy, allá voy, un momentito...

—Más te vale...

La señora Fortunata seguía caminando y si de casualidad nos encontraba sentadas decía:

—¿No quieren que les tome una fotografía?

Así es que yo nunca tuve campo de andar jugando ni de andar platicando, ni me acostumbraron a que anduviera metiéndome en las casas, si todo era puro trabajar desde chica. Cuando mi madre vivió tampoco se usaba ir de visita ni platicar y cuando mis padres salían a mercar nos amarraban como gallos de estaca. Emiliano en una esquina y yo en la otra. Y en la noche, ya cuando terminaba mi quehacer, me metía tras de las rejas a dormir con la sentenciada.

Mientras dormí en la prisión mi papá fue sereno. Después lo pasaron a gendarme y cuando era gendarme se vino la revolución maderista. De sereno, cuidaba las calles con una linterna. Gritaba: «Sereno alerta» de una esquina a otra. Y de esta esquina, según iba para la derecha, contestaba el otro sereno. Y era puro sereno alerta hasta la madrugada. A veces le tocaba estar en la prisión y gritaba arriba de los techos toda la noche: «Centinela alerta» para que nadie se escapara. Los presos nuevos no dormían con aquella grita. Pero por lo general se acostumbraban y después todos se dormían muy tranquilos.

Nosotros vivíamos en la prisión porque allí le daban a mi abuela madrastra la casa para que atendiera a los presos. Su marido era alcalde en Tehuantepec y le pidió que le hiciera el favor de descargarlo de esa obligación. La familia era grande; hijos y hijas, yernos y nueras; diez hijos, siete hombres y tres mujeres. Ya todos eran casados; se habían traído a sus mujeres y la hija más chica también era casadera. Tenía unos doce, trece años pero nunca nos hicimos amigas. Allí nos criamos, Emiliano y yo, con ellos al vivir mi padre con mi madrastra, pues ella tenía que habernos recogido a todos. Emiliano como era hombre acompañaba a mi papá; yo no lo veía más que en la tarde o ya de anochecida. Se iba temprano y al oscurecer regresaba a comer. Todo el día, toda la noche andaba Emiliano con mi papá. Lo quería mucho. Si en algo lo reprendía, a Emiliano le entraba mucha desesperación: «¡Ay mi papacito, ay mi papacito!» La madrastra lo trató bien, igual que a todos los muchachos de esa casa.

En 1911, Madero tomó la ciudad capital de México y fue entonces cuando ocurrió el temblor y se cayeron muchos edificios. Tembló a las cuatro de la mañana. Yo estaba solita con la presa nomás. En la noche, se me presentaba mi madrastra-abuela, con su chal negro y su manojo de llaves.

—Véngase, muchacha...

Atravesábamos el pedazo donde estaban las presas de días y mi madrastra-abuela me abría el último enrejado y me metía:

—¡Pa dentro, ándile!

Esa noche, la presa de años me dijo:

—Hoy no vamos a contar cuentos, al cabo todo es mentira.

Porque le gustaba hablar en voz alta y me contaba su vida y yo le fui tomando el gusto, pero esa vez me dijo como si le hubiera dado mala espina.

—Vamos a dormir, niña.

—Sí señora.

Y se volteó pal otro lado y se acomodó. Yo ya no supe de mí hasta la hora del temblor en que la pobre corrió a la reja y a gritos me dijo que la alcanzara. Fue cuando abrí los ojos y vi que se cuarteó la bóveda de la prisión. Ella se hincó y llamó con unas ansias, con todas las fuerzas de su alma, que tuvieran compasión, que nos vinieran a sacar. Pero mi madrastra y su mamá se habían salido a la calle y no la oyeron. Había mucho ruido. Toda la gente se hincó por fuera, en la banqueta, en el patio, por el río, por el campo, por el monte, entre las tescaleras y los huizaches, en donde andaban ya milpeando de madrugada, haciendo su quehacer. En México dicen que el temblor duró un cuarto de hora, la tierra toda alrevesada, la tierra aventaba las casas, encabronada. En Tehuantepec quién sabe, pero fue muy terrible y se estrelló la cárcel. Hasta que no pasó todo, me sacaron a mí. Le avisé a mi madrastra:

—Mire cómo se hizo el techo.

A la presa la dejaron adentro. Tenía mucho miedo. Le daban permiso de acercarse a la reja donde estaban las otras presas y aunque no se hablaban sentía su calorcito. Pero cuando el temblor, sacamos a todas las borrachas. Y a ella no. Yo nunca les he tenido miedo a los temblores porque los sentí desde chica y toda mi vida ha temblado. En mi tierra diario tiembla dos o tres veces y se oye el crujido del suelo y truena y truena y se sacude muy fuerte; es el bramido de la tierra, ruge como una leona en brama. Así golpea y resopla. El agua se sale del mar. Si ya le toca a uno morir del temblor, pues que le aplaste a uno la voluntad de Dios. Quién sabe por qué son los temblores. Cuentan que cerca del mar, las mismas olas mueven las rocas que se van rodando, y que con la fuerza que llevan las rocas, estremecen a la tierra. Dicen que dentro de la tierra hay un enorme animal inquieto y que cada vez que se sacude, rompe todo. ¿Será verdad o no será? Y cuando quiere salirse se caen también las rocas de los cerros porque es una conmoción muy fuerte. Eso cuentan, pero no me haga caso, váyase a saber la verdad.

Después del terremoto cambiaron a la presa de las siete muertes del último enrejado al primero y se pasaba todo el día cerca de la reja para mirar a la gente. Luego le decía a la señora Fortunata:

—No sea mala, regáleme un centavo para una velita de a centavo...

Mi mamá-abuela le mandaba comprar la velita. La presa estaba haciendo el novenario al Niño de Atocha y todos los días pedía caridad y todos le daban su tlaco de limosna... Faltaban dos o tres días para que se cumpliera el novenario cuando de repente llegó un niño de unos seis o siete años con una canasta en la mano y gritó el nombre de ella para que le pasaran la canasta. Como no tenía a nadie que se acordara de ella, se sorprendió. El niño siguió llevándole el desayuno en la mañana y a los tres días también le dejó la comida. Nosotros le recibíamos la canasta porque creíamos que era niño de a deveras, un cristiano, porque así lo vimos: niño. La presa decía:

—Quién sabe quién será ese niño... Pues me trae cosas, pues me las comeré...

Comió de todo lo que le llevaba y cuando se cumplieron los nueve días de desayuno y comida diaria no vino la canasta sino un joven de unos veinte años, de traje gris, como todo un licenciado, que preguntó por la presa. Traía un rollo de papeles de la alcaldía y le entregó a la señora Fortunata una tarjeta donde decía que le prestara a la presa para pasarla al Juzgado. Allí alegaron, sólo Dios y la presa saben, pero como a las dos de la tarde, regresó ella y le dijo a mi madrastra-abuela:

—¡Que me den mis hilachitas porque salgo libre!

Ya llevaba la boleta de libertad. Mi madrastra y su mamá vieron que era buena y le entregaron su tambache. Afuera la esperó el licenciado y le dijo:

—Sígase aquí derecho. Allá en la salida del pueblo hay una capillita. Allí me aguarda.

Se fue caminando y se le hizo corto el camino. Estaba oscureciendo cuando vio la capilla y se sentó a esperar a la orilla del camino. El licenciado le había dicho: «Si se hace tarde pregunta por el Niño de Atocha...» Anduvo preguntando pero nadie le dio razón, todos iban muy deprisa y no le hacían caso hasta que uno de tantos le indicó:

—Pues aquí no hay otro Niño de Atocha más que el de la iglesita.

Y entonces ella empujó la puerta y lo va mirando en el nicho con su canastita; va viendo que tenía la misma cara del abogado que la había defendido. Cayó de rodillas, empezó a llorar y le pidió al Niño que le perdonara todas sus faltas. Al oírla llorar con tanto sentimiento los que estaban afuera le preguntaron que de dónde venía.

—Salí a las dos de la tarde de la prisión de Tehuantepec.

—¿Cuál Tehuantepec?

—Tehuantepec, Estado de Oaxaca.

—Eso está muy lejos, muy lejos. No es posible.

—No, sí salí a las dos de la tarde y ahorita acabo de llegar.

Todos se acercaron y se hicieron cruces. No era más que un milagro del Niño, porque la capilla del Niño de Atocha está en Fresnillo, Zacatecas, y la presa en ese mismo día llegó caminando hasta allá. Sólo Dios y ella saben cómo.

Allá en Fresnillo, la presa luchó todo lo que Dios le dio a entender para regresar a Tehuantepec. Duró muchos años batallando para poder juntar lo del pasaje. Lo primero que hizo fue ir a la prisión. Allí preguntó por mi madrastra y por la señora Fortunata y les platicó lo que le había pasado; que de sentenciada a muerte salió ya arrepentida de todos sus pecados; se confesó y la absolvió el padre de Fresnillo. Fue el Niño el que le hizo la maravilla... Todo eso lo vine a saber después porque en ese mismo año en que ella regresó, yo me fui de la prisión.

Mi papá siempre fue muy caminante y andaba por distintas partes. Nunca calentó casa. Mi pobre madre lo soportaba porque era su marido, pero no podía tener más que las garritas que traía puestas y el petate donde se dormían y hasta allí, párele de contar. ¿Para qué quería cosas si de la noche a la mañana mi papá decía: «Nos vamos a tales horas»? Pues sin cuentos, nos vamos y ya. Lo que no dejaba era su metate porque en ése molía para hacernos de comer. Fue lo único que cargó ella, su metate y la olla en que cocía los frijoles o lo que Dios la socorría. Pero con mi madrastra la cosa fue muy distinta. Mi madrastra por ningún motivo lo podía andar siguiendo. Cuando él le decía:

—Ya me voy a tal parte...

—Bueno, que te vaya bien. Yo no te puedo acompañar porque no voy a dejar a mi madre por andarte siguiendo un día en una parte y otro en otra. Vete. Cuando te canses de andar recorriendo y vienes, pues bienvenido, y si no, pues que Dios te bendiga.

Mi papá siempre cargó con nosotros. Cuando se aburría de andar por donde andaba, nos volvíamos con la madrastra Evarista. Caminamos por Salina Cruz, por San Jerónimo, rancheando por distintos pueblos. Mi papá vendía mercancía y si no, se iba a trabajar de sembrador, de peón, pero él no hacía pie. Así estaba acostumbrado. De repente avisaba:

—Nos vamos mañana.

Allá íbamos Emiliano y yo. Así tuviera yo mucho quehacer y mucho amor a la casa y todo, pues a liar el petate y vámonos a donde Dios diga. Pero a mí me daba harto contentamiento andar de única mujer con mi papá.

Allá en Tehuantepec llegaban de las huertas las carretadas de frutas; plátanos, mangos, guanábanas, mameyes, a mí me gustaba mucho la fruta. Me gustaba y me gusta. Llevaba fruta a mi cama y allí comía plátanos, chicozapotes, guayabas. Era de noche y como todavía no acompletaba yo, comía mangos verdes con sal y chile aunque me enchilara. Yo no me enfermaba con la fruta verde. Un día me comí cien ciruelas verdes con sal. El mango tierno me lo pasaba con todo y hueso o sea la almendra, pues está blandita, y sabe buena. En mi tierra se da la naranja, el coco, el melón, la chirimoya y aparte de la fruta que me regalaba mi madrastra, yo sacaba de los canastos racimos de plátanos y mameyes enteros, caimitos, piñanonas y tiluyas. En el patio tenían atrincherada la sandía y se amontonaban las guayabas y las anonas. Todas las noches sacaba fruta de las canastas y escogía las más grandes, las que me llenarán más pronto. Me las comía tirada en la cama. Dicen que el huérfano no tiene llenadero porque le falta la mano de la madre que le dé de comer y a mí siempre me dio guzguería. Comía desde las cinco de la mañana hasta las ocho de la noche.

Yo tenía mi carácter muy fuerte pero no le contestaba a mi madrastra. Nomás me jalaba los cabellos a mí misma y me pegaba en las paredes del coraje que hacía porque me daba esas palizas. Con eso me desquitaba yo después de que me chicoteaba. Me daba yo en la cabeza con la pared, duro y duro y duro, con harta rabia. No sentía nada pero sí me acuerdo que me mordía los brazos y las manos de coraje. Después ya no lo hice, ¿qué me gano ahora con morderme? Pero antes decía «¿Cómo no me muero para que no me estén pegando?» Aquí estoy todavía; tantos años que han pasado y no me he podido morir. Diario me pegaba mi madrastra con leños prendidos; yo estaba quemada de las manos, de los brazos, por los tizones que sacaba de la lumbre y me aventaba. ¡Uy, si yo sufrí bastante! La gente de antes era muy enérgica, muy buena para ejecutar a sus hijos. Fue entonces cuando Evarista me dio la cuchillada porque se me cayeron los trastes y se quebraron toditos. Ella tenía el cuchillo en la mano y sin pensar me lo aventó y me lo clavó. Acá atrás tengo la herida. Ayer, no sé cuándo, me tenté y todavía la tengo, apenas entra así la punta de mi dedo en la cicatriz. Seguí moliendo todo el día sin más. La mamá de mi madrastra fue la que se dio cuenta porque pasé junto de ella a levantar un canasto, no sé si de chiles o de jitomates y al agacharme me vio ella toda la sangre que se había secado. Yo traía un vestidito negro, de velo transparente y claro que la ropa blanca de abajo se veía a través del negro. Me jaló la señora Fortunata y yo grité:

—¿Qué tienes? —me preguntó.

Yo no me acordaba, pero al jalarme el vestido se me despegó de la herida y me empezó a chorrear otra vez la sangre y como estaba muy chiquilla, pues a ella le llamó la atención.

—¿Qué te pasa, criatura?

—Nada.

—¿Cómo que nada? A ver, ven acá.

Y me alza las naguas para arriba y me va viendo la llaga toda ensangrentada.

—¿Quién te pegó?

—Ninguno.

—¡Ja! ¿Cómo que ninguno...? Ahorita voy a ver.

Y que descuelga el chirrión y que va y que lo moja:

—Tú la golpeaste —le dice a mi madrastra—. Tú la golpeaste, Evarista. Para que sepas cómo duele, a ti te voy a dar tus chicotazos.

Cogió el chirrión, un viril de toro, y allí ando yo enmedio de las dos para que no la golpeara.

—No le pegues, mamá abuela, no le pegues, déjala.

Lo que hizo Evarista fue hincarse:

—Pues pégame, mamá, ni modo.

Y me le abracé a mi madrastra para que no le alcanzaran los azotes. Pero bien que la golpeó, porque el chirrión del toro se pone a secar, pero cuando lo mojan, de tan correoso, abre las partes del cuerpo.

Si ya estaba hecho, ¿qué remedio? Aunque la hubiera medio matado, ¿cómo eso me iba a borrar la herida? Luego la corrió de la casa. Mi madrastra no era hija del alcalde. Era su entenada. Mi mamá-abuela ya llegó con ella a casa del alcalde. Ella era la hija mayor de la rectora, los otros nueve eran del señor alcalde. Por eso después de que mi abuela le pegó y le abrió los brazos, le gritó:

—¡Vete!

Y ella se fue con el otro hombre; con su padre.

Cuando llegó mi papá, le dijo la señora Fortunata:

—A mi hija la golpié y la corrí por cruel y a ti te voy a dar por andarla alcahueteando porque en vez de que veas por tu hija, le das todas las facultades a Evarista para que la maltrate... Tú estás mirando que pasa mala vida y no la defiendes como es tu deber. ¡Tú no habías de dar el consentimiento para que la golpeara tanto!

—Pues yo no sé nada porque Jesusa no me dice nada...

—Pues yo sí te lo digo, Felipe, porque esta muchacha sufre bastante...

Luego luego mi papá recaló conmigo:

—¿Qué te hizo, Jesusa?

—Nada.

—Entonces ¿por qué estás herida?

—Pues quién sabe, no sé.

Sí sabía, pero ¡dónde se lo iba a decir! Como mi papá se salía a la calle nunca se enteró si me pegaban o no me pegaban. Mi mamá-abuela andaba siempre al pendiente de los presos... Mi papá menos me atendía. Pero su suegra se enojó bastante y comenzó a golpearlo con el chirrión:

—No le pegue, no le pegue a mi vini que él no tiene la culpa.

—Entonces ¿quién tiene la culpa? ¿Evarista tiene la culpa?

—No. Tampoco ella tiene la culpa, tampoco tiene la culpa... No le pegue... no le pegue.

Salió igual. Ya le había pegado a mi vini y ya no había remedio. Entonces se enojaron.

—Ahorita mismo me largo —dijo mi vini...

—Pues lárgate.

No supimos nosotros ni a qué horas se fue ni cómo, pero sí pensé que mi papá y Emiliano habían agarrado pa Salina Cruz a estarse con mi cuñada Ignacia. Mi madrastra Evarista se quedó con su padre. A mí me entregó la rectora con una señora que yo no conocía y me dijo:

—Mira, es tu madrina.

—Está bien, señora Fortunata.

5

A mi madrina siempre le dije; «Señora», y ella me llamaba: «María de Jesús». No me hablaba en todo el día. Sólo en la noche daba sus órdenes: «Mañana se hace esto y esto y esto», y al otro día no abría la boca para nada. Así es de que yo sabía el quehacer y ay de mí si lo hacía mal. «Así te ha de ir», ésas eran sus palabras», «así te ha de ir». Era viuda y todos los jueves tenía yo que llevarle flores a su marido y a su hija difunta. Las ponía yo en unos jarrones de espejitos; las más sin chiste; maíz de teja para el papá y las más bonitas para la hija, y luego me venía. El panteón estaba a la orilla del pueblo de Tehuantepec y pegaba mucho sol: «Llévate los ramos bocabajo para que no se marchiten, María de Jesús.» Todos los jueves y los domingos me iba andando porque no había ni burros y todo el mundo caminaba a pie. Ni burros tan siquiera. Ahora todos han de caminar en coche.

Mi madrina tenía como devoción ir a ayudar a bien morir a los enfermos. Yo la acompañaba a las casas donde había agonizantes y no salíamos hasta que no se los entregaba a la muerte. Les rezaba con mucha paciencia para que Dios hiciera el favor de recogerlos. Si se dilataban mucho, si la muerte tardaba en llegar, entonces rezaba a gritos, tenía muy buenos pulmones: «Ten misericordia de nosotros...»

Al rato me avisaba mi madrina:

—Ya viene.

Es que yo ya había rezado quedito, yo sola, para mí nomás, sin que nadie me oyera: «Vente de una vez. De una vez por todas, no te hagas, no te andes con altanerías, ándale vente, vente muerte, no nos la corras larga, no nos tantees, vente muerte, vente que ya nos anda.»

Mi madrina se llamaba Felisa Martínez de Henestrosa y fue madrina de medidas porque entonces se usaban listones amarrados al pescuezo, pidiendo la curación de algún enfermo y esa medida estaba bendita. Ella me llevó con la medida del Señor de Esquipula, un santo negro de por allá por el rumbo de mi tierra. Antes, todo eran cintas azules para el Niño Jesús, cintas blancas para la Virgen, moradas para todos los santos, verdes y rojas y amarillas para los patrones tutelares. Antes había devoción. Ahora, el padre nomás sale y dice: «Les va a costar tanto más cuanto.» En aquellos años del Señor las madrinas eran las que pedían al niño antes de que naciera. Veían a la mamá que estaba enferma y si les pintaba bien el parto luego le preguntaban:

—¿Me va a regalar su niño o niña para que la lleve a bautizar?

A los niños los presentaban al templo antes de los cuarenta días con un ropón grande, bonito, de olanes que arrastrara hasta el suelo, y a esa sacada le decían «sacamisa». La madrina llevaba al chilpayate y a la mamá para que los fuera conociendo la Virgen en recuerdo de cuando ella llevó a su hijo con Zacarías.

En los bautizos, la fiesta era muy bonita porque se guardaba el orden, la compostura, no como ahora que, vóytelas, hacen comelitones y borracheras y bailes y sabe Dios cuánto escándalo y que échese otra copita ¿y que si ya quedaron satisfechos? y ¿que si ya se sambutieron cuanto había? y mentira que es para bautizar al niño como si esa pobre mirruña se diera cuenta... Así es de que, ultimadamente, yo no sé si me pidió mi madrina o si la buscaría la rectora de la prisión, pero mi madrina fue gente de dinero. Era señora elegante.

Tenía un hijo doctor que estudiaba en México, otro que lidiaba con la Botica Mercantil del Istmo de Tehuantepec. Era la dueña de la Botica Mercantil. Toda una cuadra es la casa aunque de mi madrina Felisa ya ni huesito ha de haber. El señor Teófilo se entendía con las medicinas y el tercer hijo era licenciado. De sus dos hijas mujeres, una estaba en el panteón y la otra, Celerina, en el Puerto de Salina Cruz con un teniente de artillería. Ése también tenía sus propiedades. El artillero era moreliano.

Yo caminaba por toda la casa haciendo el quehacer. Barría, limpiaba las recámaras, lavaba loza, sacudía la botica, la arrebotica, regaba las plantas, trapeaba los corredores. En la botica andaba como chango en las escaleras, sacudiendo los cristales, los pomos de medicina, los morteros. Molía las sustancias para hacer los remedios; sacaba el azahar al sol para los tés, las flores de naranja, el té limón, el boldo, la yerbabuena. Por eso me enseñé a cuidar enfermos porque Teófilo el boticario me mandaba con alguna poción y yo no sólo la entregaba en la puerta sino que me metía a las casas, les daba medicina a los enfermos, tenía yo buena mano y me la agarraban:

—Quédate otro ratito, Chuchita... Quédate... Arréglame los sarapes. Sólo contigo me sabe la comida... Dame de comer.

Yo les remolía muy bien los alimentos a que pudieran pasárselos, se los daba en la boca y claro, me tardaba. Mi madrina estaba en la botica sentada detrás de la caja pero no despachaba las recetas; nomás apuntaba con un lápiz que pintaba morado. Lo mojaba con la lengua y al rato traía el labio violeta. Su hijo hacía las medicinas y las surtía; diez gotas de ajenjo, polvos de ipecacuana, unos toques de violeta de genciana... tantita nuez vómica. Mi madrina nomás mandoneaba a todos detrás de la caja con su chongo alto y bombacho, peinado a la antigua, y muy enérgica. Las mujeres de Tehuantepec tienen su carácter, no son como las del Defe que tienen atole en las venas. La señora Felisa era de nervios fuertes. Daba sus órdenes y no me volvía a echar el ojo. No me traía de encargo: que necesito esto, que necesito lo otro como las patronas del Defe. Ni me miraba siquiera.

Dando las once del día tenía yo que estar en el Juzgado con la jarra del agua fresca para todos los abogados; la molía de piña, de sandía, de melón, de horchata y luego llevaba la charola con los vasos y la jarra. Un día le eché al agua tantita nuez vómica para que se les abriera el apetito a los licenciados, pero les supo amarga y ya no lo volví a hacer. Atravesaba yo la plaza debajo de los tamarindos. Eran como ocho abogados y todos los días a las once de la mañana les servía su agua fresca. El Juzgado quedaba a una cuadra junto al Palacio Municipal. Y dando las tres de la tarde, a comer. Cada quien come a su hora. Primero mi madrina, luego el abogado, luego el boticario. Si vienen los licenciados también se les sirve a ellos. En la cocina había un boquete y por allí la cocinera pasaba los platones. Le decían la ventanilla de servicio. Se hacían dos sopas, una aguada, otra seca, pescado, porque allí diario se come pescado, dos guisados. Nunca se sirvieron frijoles, porque ellos no eran de frijoles, y a cada platón se cambiaban tenedores, cuchillos, cucharas y platos; cada vez, cubierto limpio. Luego la galopina lavaba las montañas de trasterío. Había una estufa inmensa que se atizaba con leños grandes. Los platones eran grandes como charolas y las ollas panzonas y muy hondas también grandotas. En esa casa todo era grande.

Traía yo las llaves de la despensa y tenía la obligación de distribuir todo lo que se hacía de comer. Daba la carne para el almuerzo, sacaba las sopas, la seca y la aguada, y siempre estaba pendiente de que estuviera hirviendo una olla grande de caldo para hacer los guisados. A la hora del desayuno repartía yo el chocolate para unos, el café para otros y luego volvía a cerrar la despensa con llave.

Cuando todavía estaba el reguero de estrellas en el cielo, primero que nada tenía que abrirles su cuarto a los mozos para que fueran a agarrar su trabajo. Ya que se iban les abría a las criadas. ¡Súbanse a la casa grande, y allí, plumeros, escobas, trapeadores, escobetas, lejía, agua y jabón, y a fregar! Ya que cada uno atendía a su juego, iba yo y prendía la lumbre y ponía un perol grande lleno de agua —apenas podía yo con él— sobre la estufa para el baño de mi madrina. Sólo yo podía meterme a la pieza del licenciado a limpiar sus libros, sacudir el polvo de los muebles, acomodar los secantes, llenar el tintero y tirar sus papeles del cesto. Además de que la casa abarcaba toda una manzana había muchas huertas y un establo. Al amanecer cuando se levantaban, unos iban a ordeñar, otros a entregar la leche, otros a acarrear el agua, otros a rajar leña, otros a barrer el patio y la calle, otros salían al campo a sembrar o a cortar y a levantar la fruta en los huacales... Había mucho movimiento en la casa. Todo tenía que encontrar su acomodo. A las seis de la mañana ya estaba yo bañada. A veces corría al corral donde se encerraban las vacas para la ordeña a darles a los mozos algún recado de mi madrina. Ella me entregó las llaves. No le podía yo decir que no. Y allí estaba sin sueldo y sin comer. Bueno, sí comía, pero andando, como arriero. Nomás me hacía mis tacos y seguía caminando. Luego la cocinera me decía:

—¿No va a venir a comer? Ándele. Le va a hacer daño.

—No tengo campo. Sírvame mi plato; allá iré a echarme mis tacos.

¡Si de chiquilla hicieron leña de mí!

Nunca me sentaba, ni mucho menos platicaba con nadie. No se usaba andar de escucha como ahora. Antiguamente llegaba una visita y uno se iba lejos sin que le tuvieran que decir: «¡Ahora vete!» o «¡Salte!» Nomás volteaba la mamá y uno se salía al patio. Ahora con las educaciones modernas les enseñan y oyen hasta lo que no. Antes cada quien aprendía las cosas a su debido tiempo. Con los niños hay que darse su lugar; que ellos lo respeten a uno y uno también debe respetarlos. Ahora, a los siete, ocho años, hasta le dan a uno sesión de todo lo que saben. Yo no sabía cómo nacen los niños. ¿Para qué? Si yo era una chiquilla, ¿para qué se ponía mi madrastra a platicar conmigo? Si ni con los grandes platicaba ella nada. Su quehacer y ya, cada quien su quehacer y nada de platicar cosas; ni que les duele ni que no les duele; uno no sabe nada, ni ellas tampoco. Ninguno dice nada. Nadie tiene que andar diciendo nada. A mí cuando me pasó algo, no fui a decirle a mi madrastra.

—Mire, me pasó esto... o mire lo que me acaba de pasar...

Si no me hablaba a mí, ¿por qué tenía que andar contando lo que no debía? A mi madrina Felisa, menos. Ahora todo se cuentan; se dan santo y seña de cochinada y media. En aquel tiempo si tenía uno sangre pues la tenía y ya. Si venía, pues que viniera y si no, no. A mí no me dijeron nada de ponerme trapitos ni nada. Me bañaba dos o tres veces al día y así toda la vida. Nunca anduve con semejante cochinada allí apestando a perro muerto. Y no me ensuciaba el vestido. No tenía por qué ensuciarme. Iba, me bañaba, me cambiaba mi ropa, la tendía y me la volvía a poner limpiecita. Pero yo nunca sufrí, ni pensé ni me dolió nunca ni a nadie le dije nada.

Dormía en la recámara de mi madrina pero como el perro, en el balcón. En el cuarto de mi madrina había uno de esos balcones que tienen barandales de hierro. No me daba frío porque allá es tierra caliente. Tenía un petate y mi almohada era un ladrillo. Eso sí fue más duro que la tropa. Pero estaba joven y ¡qué no aguanta uno de joven! No es que mi madrina fuera mala, no, pues toda la gente de dinero es así. Al menos así era en aquellos tiempos, no sé si será distinta ahora. Yo creo que desde que el mundo es mundo, la gente rica se ha quedado igual, igualita, como quien oye llover.

A las nueve de la noche encerraba a las criadas. Después esperaba a que los mozos empezaran a llegar y yo los encerraba con llave a ellos también, y ya que le atrancaba la puerta al último me iba al balcón a dormir para poder abrirles al día siguiente y que no me ganara el sueño. Al que más le apuraba que le abriera temprano era al mozo Práxedis, que se encargaba de acarrear agua, porque luego eran las ocho de la mañana y todavía no terminaba de llenar los tumultos de ollas y un día le dijo a un muchachito también aguador que arriaba dos burros y era muy mañanero porque tenía que venir al río desde el barrio de San Jerónimo:

—¡Ay, se me hace tarde, se me hace tarde, ay, porque no alcanzo a llenar tanta olla! ¿Cómo no la recuerdas a ella para que nos abra más temprano?

—¿Pero cómo la recuerdo si está muy alto?

—Pues con un palo —dice el Práxedis.

Al aguador se le hizo fácil llevar una rama de rosas para despertarme. Me daba con ella en la cara y luego allí me la dejaba. Él se echaba el primer viaje a las cuatro de la mañana. Apenas si alcanzaba el barandal, se paraba abajo, por el lado donde asomaba la cabeza y colgaba mi pelo y sentía yo las flores en la cara. Todos los días las cortó y seguro les quitaba las espinas porque yo no sentía más que frescura. Despertaba yo y adivinaba en el reloj de Palacio que eran las cuatro de la mañana y trataba de verlo a él que se iba para el río entre sus dos burros a llenar sus ollas y luego cuando se me perdía de vista, pues yo, todo el día andaba trayendo la rama de rosas.

Y un día le pregunto yo a Práxedis:

—Oye, ¿quién es ése que me tira una rama de rosas todos los días?

—Ándale, con que eres la novia del burrero... Pues te lo voy a traer.

Una tarde lo llevó; un muchacho como de unos diecisiete años. Tenía sus ojos aceitunados, delgadito él. No platicamos nada. Nomás el mozo hizo burla delante del burrero y delante de mí.

—Ándale, ¿cómo no sabía yo que era tu novia, manito?

—No, manito, no. ¿Cómo va a ser mi novia si tú me dijiste que la viniera a recordar? Apenas si le he visto los cabellos desde abajo.

Ellos dos se decían manito porque eran amigos y en la tarde se iban a dar la vuelta. Yo nunca fui, no tenía lugar. Nomás los veía irse. Se iban abrazados con el contentamiento dentro. A mí el quehacer me sobraba y hasta que se dormían todos lavaba mi ropa. Me tenía que quitar el vestido en la noche para lavarlo y que me amaneciera seco para ponérmelo al otro día. En esa casa se me acabaron las poquitas garras que me había dado mi madrastra.

Siguió él con la costumbre de ir a despertarme a diario, hasta que me mandó la madrina para el puerto de Salina Cruz. Quién sabe si se moriría el muchacho ése. Nunca lo volví a ver.

Allá con mi madrina me dieron las viruelas. Me las curé con arena y agua de río. Son unos granos que dan mucha comezón. Yo me iba al río y con arena me tallaba todo el cuerpo, a todo donde me alcanzara yo, me enjabonaba y me raspaba hasta que me salía sangre de todas esas ronchas. Me metía al agua fría y con el agua fría se me iba la sangre y aunque me doliera, la cuestión era que se me muriera el microbio. Luego me quedaba un tiempo viendo la sangre hacerse agua. Me curé nada más con eso y con sal: agua del río con sal. Después del baño me echaba sal y limón aunque me ardiera. Yo decía: «Con algo se me tiene que quitar esto.» ¿Quién diablos quería que me curara si yo no tenía madre? Mi papá sabe Dios dónde estaba. Por eso me dediqué a buscarme la vida como Dios me diera a entender. Si no, ¿cómo comía yo?

Un día cuando iba con la charola del agua fresca, me encontró mi madrastra:

—¡Ya regresó tu vini de con los maderistas, Jesusa!

Y luego que me va viendo:

—Oye, ¿por qué andas tan mugrosa? ¿Por qué no te cambias?

—Porque no tengo qué ponerme. Anoche ya no alcancé a lavármela.

—¿Cómo que ya no tienes?

—Ya se me acabó la ropa.

—¿Cómo, si te hice harta?

—Pues sí, pero ya no tengo más que la puesta, la que me lavo en la noche para que me amanezca seca en la mañana.

Se enojó mi madrastra y le dijo a mi papá:

—Ustedes dicen que no la quiero, pero porque la quiero la he ejecutado bastante... Ahora, allá donde trabaja, trabaja de balde porque no se ha ganado ni un vestido.

Y luego me vino a ver a casa de mi madrina y se me sentó enfrente:

—Mira, Jesusa, dice tu padre que no te quiero. Mi

mamá también dice que no te quiero. Si no te quisiera no me importaba que hicieras lo que te diera tu gana, pero como te quiero no has de hacer lo que tú dices. Has de hacer lo que yo mando. Si te pego es porque no quiero que te quedes sin aprender nada. Y yo se lo agradezco, mire, porque a pesar de tantos trancazos que me dio, ¿qué sería de mí si no me hubiera enseñado a mal lavar los trastes, a mal lavar la ropa? ¿De qué me mantendría yo? ¿En qué hubiera ido a parar? Era como eso de la escuela. Mi madrastra quería mandarme a la escuela de gobierno pero mi papá era muy... pues muy tonto, para qué es más que la verdad, muy ignorante porque nunca supo leer. Pero si mi padre hubiera sido una gente de razón, hubiera dicho: «Pues que sepa cómo se llama, que se enseñe a leer y aprenda donde sea, con tal de que conozca las letras...»

Pero mi papá dijo que a la escuela de gobierno no iba aunque enseñaran mejor que las monjas, porque él no era protestante. ¿Qué tenía que ver el protestantismo con que me enseñaran a leer? Esa lucha la oí yo desde chica; es un pleito que se traen, que los protestantes, que los católicos, yo nomás de orejona, oyendo, císcalo, císcalo diablo panzón, y nada de que lo ha ciscado porque ese pleito tiene mucho y va para largo. Hasta la fecha no sé lo que serán esos argüendes que nomás atarantan, pero por culpa del maldito protestantismo no me mandaron a la escuela sino con las monjas que no me enseñaron nunca a escribir ni a leer. Nomás a rezar. A las condenadas monjas yo les echo rayos y centellas porque me hincaban en unos balcones por el lado de la calle, sobre unos montoncitos de frijoles, o maíces o garbanzos y si no sobre granitos de hormiguero, y en la mera choya me ponían las orejas de burro. Y claro que yo me hice más rebelde y me vengaba colocándoles bolas de chicle en las bancas y les pegosteaba las naguas. Luego les jalaba el capirucho. No sabía yo otra cosa pero si me las presentaran ahora, capaz que barría yo las calles con ellas, al fin que andan muy hilachudas y parecen escobas. A mí el rezo no me interesa, al menos el rezo de aquella época. Una que otra palabra me acuerdo. Lo que yo quería era que me enseñaran a leer pero no se preocuparon. Ahora ¿ya para qué? Ya voy para el camposanto. Eso, si alcanzo camposanto.

Mi madrastra era otra clase de persona. Tenía estudio. Su mamá, la señora Fortunata, era tan ignorante como mi papá, indita de idioma, indita de idioma zapoteca, pero mi madrastra sabía la idioma y el castilla porque con todo y todo la señora Fortunata la mandó a la escuela. Esa gracia tuvo. Pero yo ya no tenía remedio. Mi papá se largó de nuevo. Mi madrina decidió mandarme al puerto de Salina Cruz con su hija la casada con el militar.

—Celerina necesita una pilmama. Tú te vas para allá, María de Jesús.

Como mi papá esta vez no se llevó a Emiliano, nos fuimos los dos a Salina Cruz. Allá se lo encargué a una señora oaxaqueña, Benita, para que me lo enseñara a trabajar y como era un niño muy dócil allí se formó. La señora lo metió de matancero de puercos. Aunque Emiliano era mayor que yo, me obedecía, tal vez porque era la única mujer o porque así sería su instinto. Allí donde le decía yo que se quedara, se quedaba. Emiliano era blanquito, de mi color, de barba cerrada igual a mi papá, los ojos grandes, color aceitunado. Los otros teníamos los ojos negros. Él era el mejor y muy calmoso. Ninguno de nosotros fuimos igual a él. A Emiliano nunca le pegué. Era un hermano tan manso ese Emiliano; un pedazo de azúcar no empalagaba tanto... Si le decía mi papá:

—Son las doce de la noche, Emiliano.

—Sí, papá.

Así fueran las doce del día, se cruzaba de manos.

«Sí, papá.» Yo nunca he podido ser así. Seguía cruzado de manos: «Sí, papá, son las doce de la noche.» Y el sol pegando fuerte. Nunca lo contradecía. Yo tenía una risa burlesca. Luego me soltaba la carcajada: «¡Ja! ¡Ja! ¡Ja! ¡Ja! ¡Ja!, son las doce del día, qué caray, qué doce de la noche ni qué nada.»

Entonces volteaba mi papá:

—Te voy a romper el hocico.

—A ver, rómpemelo si puedes...

No me rajaba, nunca me le rajé a nadie. Y conmigo, le cae de madre al que se raje. Con mi papá también me ponía. Emiliano era empalagoso por bueno. Pero de nada le sirvió ser el único que nunca le contradijo a mi papá.

Con razón dicen: caballo manso tira a malo y hombre bueno tira a pendejo.

6

Estuve mucho tiempo en Salina Cruz cuidando a los nietos de mi madrina. Mi papá que se había ido con los maderistas, regresó a su antiguo puesto de policía en la prisión de Tehuantepec, pero mi madrastra y su mamá ya no tenían el empleo. Había entrado otro rector de la prisión con su familia.

En Salina Cruz yo fui pilmama, pero no ganaba ni sueldo. Tendría once o doce años cuando la Intervención Americana y mi suerte hubiera sido buena o mala, quién sabe, pero no me habría faltado con quien casarme, a lo menos con uno de tantos chinos que llegaban en los barcos. A propósito de chinos, había uno, muy joven el muchacho y bien bonito. Tenía su tiendita enfrente y allí iba yo a lo del mandado. Me lo diría de juego o de verdad o quién sabe, pero cada vez que yo iba a comprar algo decía que se quería casar conmigo, y yo pues como no comprendía nada, una tarde le contesté:

—No, tú estás loco, pero si te quieres casar, búscate a la novia y yo soy tu madrina...

Yo siempre he estado muy acostumbrada a eso de ser madrina o a tener madrinas. No me han faltado compadres ni comadres. Ahora me da risa, éjele, el chino me quería de novia y yo me le ofrecí de madrina.

Hoy que estoy grande comprendo que a él le interesaba mucho la casadera para tener hijos y no sentirse tan chino. Como a los quince días fuimos la hija de mi madrina y yo a la tienda y entonces él, detrás del mostrador saluda a la señora y luego me dice:

—¿Qué pasó Jesusita, siemple casal o no casal conmigo?

—Estás loco, estás loco. Ya te dije que te busques la novia y yo te apadrino.

Yo se lo dije inocentemente delante de la señora.

—No, pues si tú no quelel casal conmigo, ya tenel novia.

¡Chino condenado, ya tenía otra! Y entonces la señora Celerina le dice:

—Si ella te prometió que va a ser tu madrina y no te lo cumple nosotros te apadrinamos.

—¿De velas, señola Celelinita?

Y en eso quedó. A él lo que le urgía era la casadera. Dicen que son muy casamenteros, por eso hay tanta gente por allá y que las mujeres son como conejos y hasta tienen de a cuatro chinitos. Nomás que según él se interesaba más en mí porque todavía antes de casarse con la otra, me hizo la lucha. Pero yo seguí con que no y que no, con que mírame y no me toques.

La quedría o no la quedría, pero se casó. Y como él era solo en Salina Cruz, la fiesta se hizo en casa del teniente de artillería, el marido de la hija de mi madrina, Celerina. Y no me quitaba los ojos de encima, mientras la novia nomás le entraba al pulque y al *glua do shuba*. Juan Lei se llamaba el chinito birriondo. Nunca se me olvidará cómo le salía tanta mirada de esos ojos tan chicos.

La hija de mi madrina, la señora Celerina no me trató mal, pero no me pagó. Eso sí, comía yo primero que ninguno de ellos porque mientras estaba haciendo el alimento de los chiquillos me retacaba. Así es de que cuando los patrones se sentaban a la mesa, yo ya tenía la comida en los talones. El trabajo no era muy pesado porque nomás cuidaba a los niños, pero lavaba y planchaba en la noche todos sus pañales y trajecitos. A los más chiquitos los llevaba al parque, a los mayorcitos a la escuela. Yo crié a esos cinco niños muy limpiecitos. Los cambiaba por la mañana, a mediodía y en la tarde. A las cuatro, los volvía a cambiar para llevarlos al jardín. Los regresaba a las cinco, los bañaba otra vez con jabón de unto, les daba su merienda y los acostaba a dormir. Además de bañarlos, me gustaba hacerles sus chinitos. Entonces se usaba el pelo largo y a los niños se les hacía un chinito aquí en medio de la cabeza y les caía la puntita del chino en la frente. Bueno, arregladitos, bonitos muchachitos. ¡Y vaya que costaba trabajo el chino aquél! Se mojaba el pelo en agua de linaza, se enrollaba con un carrizo y ya salía el bucle redondo, botijón, tiesecito. ¡Pelos lisos no me gustaban, lacios, no, no, porque se ven muy mal! Entonces yo todo el día acicalaba a esos niños: que un botón, que el cuellito, que el chinito, que la carajadita, tenmeaquí, tenmeacá, el chiste es de que los niños se estuvieran quietos para que yo pudiera entretenerme, esténse que ahí viene el coco, callandito, callandito. Fuera de los chiquillos no tenía con quién hablar, porque mi único amigo era el metate. De eso me viene lo callado. Hasta ahora de vieja me he puesto a hablar un poquito.

Un día llegó a verme la amiga de mi mamá la muerta, doña Luisa.

—Fíjate, Jesusa, que tu papá dejó a tu madrastra. Anda por Salina Cruz en un cerro haciendo carbón y lo baja a vender los domingos al mercado...

—¿Y Emiliano?

—Allá está con él.

—¿Lo sacó de con la señora Benita?

—Sí. Y ya lo casó...

—¿Cómo que lo casó?

—Sí, lo casó a la fuerza porque la suegra de tu hermano es la querida de tu papá.

¡Muy junta que estaba esa familia! Quién sabe si sería cierto porque eso yo no lo vi, pero se me vino el contentamiento encima de pensar que iba a ver a mi papá. Me despedí de la señora Celerina y que allá voy con doña Luisa para el cerro. Llegué a aquel rancho y pregunté por mi papá; al momento salió de la casa y no nos dejó entrar:

—¿Qué viniste a hacer?

—Pues a buscarte, vini...

—¿Quién te dio mi dirección?

Yo no le contesté nada.

—No tienes para qué venirme a buscar porque tú no eres ni mi hija.

Me dio coraje.

—¿Cómo que no soy tu hija?

—¡No tengo hijas, lárgate!

Entonces yo le dije:

—¡Ah! ¿No soy tu hija...? Pues sábelo que tú tampoco eres mi padre.

Y me di la media vuelta.

—¡Ya con eso estamos pagados! ¡Ni creas que me vuelves a hablar!

Por eso yo me condeno si no era su querida la vieja aquélla. Dios los haya perdonado. Como Emiliano se casó por no contradecirlo, resulta que además de su hijo, venía siendo su yerno cachuco. De ahí que nos dio con la puerta en las narices a mí y a doña Luisa.

—¡Váyanse, váyanse! ¡Aquí no las admito!

Entonces me dice doña Luisa:

—Pues... pues... vámonos, aquí la cosa está muy chueca, mejor vámonos y olvídate de que alguna vez hubo Felipe Palancares.

—Pues cajón y flores.

A Emiliano no lo vi. Andaría cortando leña verde allá en el monte. Eso le pasó por manso. Pensé: «Él me desconoció. Bueno, pues allí que se queden cada uno con su garraleta.» Cada semana bajaba Emiliano a la plaza a vender leña pero yo nunca lo vi. Ni me buscó, ni lo busqué. No me encamoté. Pero como él y yo nos criamos juntos, nomás a él lo quise. Sí, nomás a él.

Me metí a trabajar con otra señora francesa y al lado vivía un coronel de los porfiristas. Me acuerdo que esa señora me pedía a cada rato:

—Trae la jerga.

Y no sabía otra. Pero en donde yo me crié no se usaban las jergas. Y la mujer se enojaba conmigo.

—¡Te estoy diciendo que traigas la jerga!

Uno de chiquillo es muy juzgón y todo quiere ver. Había una reja de alambrados de esos de pico y al otro lado vivían un coronel y su asistente, Cándido; y al asistente le gustaba platicar conmigo. Él también estaba como de pilmamo, cuidando niños. Cuando los niños de la francesa y los niños del coronel se juntaban a jugar, nosotros platique y platique, aunque yo no soy amiga de hablar a tontas y locas, pero ese Cándido era un señor grande, de la edad de mi papá, por allí de los treinta, treinta y cinco, y tenía una risa que a mí me daba risa. Se oía desde rete lejotes. Él les contaba cuentos a los niños y yo les hacía alguna visión, dengues que se le ocurren a uno y dábamos más risotadas que los chiquillos que nomás se nos quedaban viendo. Luego él decía: «Vamos a colgarlos.» Hacía el columpio y los mecía rete recio. A mí me gustaba subirme en los árboles y con las ramas darles en la cara a los chiquillos pero a la mamá no le parecían esos juegos. Sus tres muchachos eran cochinos. Entonces usaba yo el huipil, y la nagua tehuana. Toda mi preocupación era no mancharme los olanes blancos que me llegaban hasta el suelo. Era yo más limpia que la señora que andaba toda mugrosa, toda por ningún lado. Como mi madrastra fue muy dura y no le gustó que anduviera cochina, me malacostumbré yo. Esta señora no permitía que se cambiaran seguido y los muchachitos estaban acostumbrados a batirse en la suciedad. ¿Cómo los iba yo a agarrar? Me daban horror. La francesa los dejaba que se empuercaran y luego no los quería limpiar ella, ¿y por qué los iba a limpiar yo? Tenían sus carnitas pegostrosas, secas, secas, secas.

—No, eso yo no lo voy a limpiar.

—Por eso te pago.

—No me pague, pero a mí no me hace que meta las manos donde no debo. Enséñelos a que se limpien ellos, pero antes aprenda usted a limpiarse aunque sea con un olote.

Y allí se acabó el servicio. La señora dijo que mejor me largara y patas pa cuándo son. Que corro y que agarro para la casa de doña Luisa, pero en el camino me encontró el asistente, aquel Cándido:

—¿Adónde vas, manzanita pachiche?

(Así me decía: «manzanita pachiche» o «tehuanita».)

—Pues a mi casa.

¿Y cuál casa tenía? Nomás le dije porque no creyera que no tenía yo ni quién.

—¿Y dónde es tu casa?

—¡Uy, por aquí derecho!

Entonces el señor Cándido me encaminó hasta el mercado. Allí se quedó él porque iba al mandado y yo me seguí hasta donde vivía aquella doña Luisa.

—¿Ya viniste? —me dice ella—. ¿Qué pasó?

—Nada, ya me corrió la francesa.

Cuando me desaparecí, corrieron y le avisaron a la francesa que me habían visto que iba yo al paso del soldado. Fueron con el correveidile y como no me guarnecí en casa de mi madrastra, aunque Tehuantepec está cerca, sino que gané pa la de la amiga de mi mamá la muerta, no faltó quien le dijera a mi madrastra Evarista que yo me había ido con un soldado. Claro que mi madrastra se enojó bastante y le reclamó a la francesa.

—Pues si con usted se vino a trabajar, ¿por qué la dejó salir?

—Pues porque no me servía para nada... Mire, allí al lado vive el soldado visionudo...

La señora Evarista se asomó por el alambrado y le reclamó también al Cándido:

—No, no señora, yo no me he llevado a su hija. Si usted dice eso, está usted muy equivocada porque iba yo al mandado y ella también iba por ese mismo camino y yo le pregunté que adónde iba y me dijo que a la casa de la señora Luisa, que era amiga de su mamá... Yo entiendo que es amiga de usted...

Yo no le dije al asistente que mi mamá había muerto. Conocía a mi madrastra como mi mamá, no sabía él que doña Luisa era amiga de mi mamá la muerta, mi mamá mía, mi mamá que me nació...

Estaba yo bien dormida arriba de una mesa grande cuando va llegando mi madrastra. Y me puso una golpiza de las de antes.

—¡Sinvergüenza! ¿Cómo no te fuiste para la casa y agarraste la ajena?

—Mire, señora —se metió doña Luisa—, yo conocí a la mamá de la chiquilla, la que la nació. Comprenda usted que es una niña... Yo la recogí porque no la podía echar a la calle...

—No, no, pues me dijeron que se fue con un soldado...

—¡Aquí no vino con ningún soldado! ¡A usted le dijeron muy mal!

Como ya le había preguntado al soldado, no se animó a seguir alegando, pero sí me llevó a rastras. Doña Luisa no me defendió, pues se sentía sin derecho. Además, ni conocía a mi madrastra. Era la primera vez que la veía. Yo había ido con doña Luisa porque era la única persona que podía cuidarme de pronto, pero era muy argüendera, chismosa y siempre andaba fisgoneando vidas ajenas y asomándose a la calle a ver quién va pasando y quién no va pasando.

En el camino mi madrastra me preguntó:

—¿Dónde está tu papá?

—Pues quién sabe...

¿Cómo le decía yo que vivía con otra mujer? Ni le conté que mi papá me había corrido, diciendo que yo no era su hija. Mejor me lo guardé todo. Ya cuando íbamos a tomar el tren a Tehuantepec, le avisaron a la señora Evarista que otra tehuana, mujer de un gringo, me ocupaba. Entonces ella me arregló el trabajo y me dejó con la mujer de aquel gringo en Salina Cruz.

—Oye, Jesusa ¿y dónde está tu ropa?

—La dejé en el otro trabajo.

Mi madrastra fue por ella. La francesa le dijo que era yo muy grosera:

—Pues así es, señora. Nació para no dejarse. Además si no le parece, con irse está bueno...

Yo ayudaba a la señora del gringo en la cocina. Me enseñó a hacer unos panqueses, nomás que entonces se medía por tazas, no como ahora que todo se lo echan al tanteo. Se baten huevos, mantequilla, leche y azúcar y luego se va agregando la harina y la leche y bate y bate y bate hasta que se hacen bombitas, se echa en los moldes y se hornea con calor moderadito. Hoy como no tengo horno no me animo a hacerlos, pero bien que me acuerdo de la receta. Cuando quiera se la doy, nomás se fija en las tazas. Me gustó más cocinar que cuidar muchachos atascados.

Desde chiquilla hablaba yo castilla. Con mi madrastra aprendí la idioma zapoteca porque ella era tehuana, pero sabía las dos. Hasta la fecha entiendo el japonés, el catalán, el francés, el inglés porque trabajé con gringos.

Como quien dice, trabajé con puros extranjeros y los de aquí siempre me han tratado como extraña.

Un día, a la hora de comer, cuando les estaba yo sirviendo, el mismo americano dueño del dique contó que le habían dado un tiro a un soldado. «Lo mataron a las cinco de la tarde, en mi dique...»

Al otro día que fui al mercado, a la entrada estaba un domador de víboras hablando y yo me quedé de babosa mirando al hombre de las víboras que las tenía metidas en la camisa y se le enrollaban en el pescuezo, cuando me vio la señora Benita, la oaxaqueña a la que le dejé encargado a Emiliano, y me empezó a llamar. Pero como me embobé mirando víboras ella hable y hable y hable, y yo sin oírla. Por fin se enojó y sale del puesto de carne y me dice:

—¿Qué no te estoy hablando? ¿Qué no te estoy llama y llama y no me haces caso? A tu hermano lo mataron ayer a las cinco de la tarde, así es que si lo quieres ver por última vez, ándale y córrele al muelle. Hay tres furgones donde velaron a tres muertos. En el primero está un muerto de viruelas, en el segundo, otro que mataron a puñaladas, y en el tercer carro está tu hermano que es el que murió matado. Lo reconocerás por los balazos.

Ahí dejé la canasta y que voy corriendo hasta que llegué al muelle. Y di con mi hermano. Entonces fue cuando me desengañé que lo habían matado. Lo vi tendido y luego que me dicen los soldados:

—Ay, señora, le damos el pésame de su marido que lo mataron.

Entonces volteé y me quedé mirando al soldado que habló por los demás:

—¿Mi marido? ¡Estúpido! ¿Cómo va a ser mi marido? ¿Qué no está mirando que es mi hermano?

Como no me conocían, no podían adivinar. Ellos sabían que era casado y creían que la mujer era yo; pero la mujer no fue a verlo. No la llamaron. Al menos no vi a ninguna que fuera a reclamar nada. Por eso cuando vieron que lo abracé y empecé a llorar, creyeron que yo era su mujer. Insistieron en que me daban el pésame por la manera en que había muerto y que tomara yo resignación y quién sabe qué más zarandajas que se acostumbran nomás para quedar bien ellos, hasta que volteé muy enojada y de plano les grité:

—¡Qué mujer ni qué mujer! ¡Qué viuda de Palancares ni qué viuda de Juan Polainas! ¿Qué no entienden? Yo soy su hermana.

Se quedaron callados y el jefe me pregunta:

—¿Qué usted es la hija del señor Palancares? ¿Es usted su hija de Felipe?

—Sí, señor, yo soy.

Aunque me había peleado con mi papá, cuando me preguntó el superior pues ni modo de negar. Y a poquito llegó mi papá. Se paró abajo del carro, me dio mucho coraje y me salí:

—Yo ya vi a mi hermano. Ya me voy...

Entonces lo llamaron a él:

—¿Qué ésa es su nuera o su hija?

—Es mi hija.

Oí claramente que les dijo:

—Es mi hija.

Yo no sabía que mi hermano era soldado y nunca entendí bien lo que había pasado. Por eso cuando el señor donde yo trabajaba dijo: «A las cinco de la tarde, mataron a un soldado», yo ni me las olí. Después, la señora Benita, la oaxaqueña, que estuvo toda la noche en el velorio en el carro del ferrocarril, me contó:

—Ya ves cómo es tu papá... Se dio de alta con los carrancistas y como no tenía a quién llevarse a la revolución recogió a Emiliano. Lo metió de soldado y dijo que donde muriera él tenía que morir tu hermano...

Mi papá y Emiliano eran de la escolta de Jesús Carranza y quién sabe por qué el General ordenó que acamparan en Salina Cruz. Les pagaron a los soldados y mi hermano salió para jugar a la baraja, los albures o el conquián y, según entiendo, Emiliano le ganó a otro soldado y éste no quiso quedarse sin gane y lo balaceó. Fue así como mataron a Emiliano Palancares. La gente se echó en busca del asesino pero no lo encontraron. La tierra se lo tragó. Se amanecieron echando el lente ése de luz y cuentan que las piedras se veían limpias.

Yo entiendo que ha de haber sido algún vislumbre que protegió al hombre porque no apareció por ningún lado. Mi hermano se murió y ya, no tuvo quien lo vengara. El hombre que lo mató, pues lo mató y bien matado. No hubo manera de que compareciera... Todo eso me lo contaron a mí, ahora quién sabe cuál sea la mera verdad.

La señora ya estaba con pendiente porque el gringo venía a comer a las doce del día cuando llegué yo y le dije:

—Aquí le traigo el mandado señora, pero no voy a cocinar porque mataron a mi hermano y me voy a ir con él...

Fue de la manera que dejé el trabajo, dejé todo. Nomás me salí. A la casa siguiente de los patrones, registraban a los muertos. Y ya lo habían traído del carro.

Entré. Allí vi a mi papá pero no me le acerqué ni le hice caso. Se arreglaron los jefes con él y le pregunté a un soldado:

—¿A qué horas lo entierran, no sabe?

—Pues yo creo que lo enterrarán como a las dos de la tarde porque ahorita lo van a llevar a que le hagan la autosia.

—¿La autosia?

—Sí, para abrirlo.

Mi papá estaba con mi hermano muerto en aquel

Juzgado esperando el certificado. Del Juzgado ése, llevaron a Emiliano al descanso donde les hacen la autosia. Cuando vi que lo iban a abrir me abracé de mi hermano a no dejar que lo tocaran. Les alegué que si le iban a devolver la vida, los dejaba y si no, que no lo rajaran. Les grité que qué se ganaban con abrirlo, que no quería que lo hicieran picadillo, que no estudiaran en él y como no me hicieron caso me dio el ataque y azoté. Ya fue cuando me separaron del muerto y me encargaron con mi papá. Luego me contó él que después no atendían la autosia sino a mí porque se me amorató el cuerpo y no podía despertar. No sabían cómo volverme a la vida y se asustaron, y mi papá pues se asustó también. Cuando volví como a las tres de la tarde, ya Emiliano estaba destazado, cosido y todo metido en su caja. No hay pero que valga, los destazan y luego los acomodan por pedazos en la caja.

Esos ataques me dieron muchos años. Cuando me iban a dar sentía que se me trababan las quijadas y se me acababa la respiración. En el momento en que se me trababan las quijadas yo hacía señas de que echaran aire o agua o algo, y si no me hacían caso, azotaba y me golpeaba mucho. Me recogían en la calle o en donde fuera, pero no me podían sostener porque estaba muy pesada y tenía mucha fuerza. Me caía muerta, sin vida, como piedra en pozo. Hasta 1920 se me quitaron las pataletas.

Ese día de la muerte de mi hermano, como a las tres de la tarde cuando volví en sí, en esta mano tenía yo un algodón con dos balas. ¿Para qué me servían las balas? ¿Ya para qué? Me hubieran dejado mejor con mi hermano. Me hubieran dado una gran felicidad. ¿Para qué me quedaba yo con vida si ya me había atorzonado allí? Me hubieran enterrado juntamente con mi hermano. Siquiera no sufriría lo que estoy sufriendo ahora.

Vi cómo echaron la caja de mi hermano al agua y luego la taparon con tierra. Todavía no estaba en mi entero conocimiento, pero sí me acuerdo que lo enterraron dentro del agua; la fosa trasminaba el agua del mar. Eran como las cinco de la tarde cuando dejamos el camposanto y ese mismo día en la tarde salía para México la corporación del general Jesús Carranza a la que pertenecíamos nosotros, y digo nosotros porque ya desde ese momento anduve otra vez con mi papá. Dijo que ya que había perdido a su hijo, no quería perderme a mí.

Mientras estábamos en el entierro, el general Jesús Carranza tuvo que salir para México. Arregló que el general Pascual Morales y Molina le prestara soldados y que la gente que fue al entierro quedara al mando del general Morales y Molina, como quien dice, de prestados. Hicieron cambalache de hombres. A Molina le tocaba salir para Acapulco y ese mismo día nos embarcaron. Yo iba nomás con lo encapillado. No fui a traer mi ropa ni el dinero que junté de tres meses que me debían. Mi papá ya no quiso que regresara...

—Ya que se pierda todo...

Salimos con todos los compañeros de mi hermano, toda la gente que había ido a sepultarlo. El general Jesús Carranza quedó de recogernos en Acapulco, pero esa mañana fue la última vez que lo vieron sus soldados. Antes de que llegara a México, en un lado de por allí lo mataron.

7

Hicimos tres días y tres noches de Salina Cruz a Acapulco. La corporación dormía abajo en una planta grande, a todo lo largo y lo ancho del barco. Allí se acomodaban con sus hilachas como si fuera su casa, hombres, mujeres, gordos y flacos y todos los hijos que llevan los soldados. Pasábamos al comedor pero por partes. A veces subíamos hasta la cubierta para ver el mar y me pegaba bonito el fresco en la cara. No me marié en el barco, me marié en tierra cuando desembarcamos. Mientras estuve en el barco no sentí nada nada, andaba rete feliz. Me gustaba porque no tuvimos tempestad, al barco lo sostenían las olas con mucha precaución y no se tongoneó para nada. Salíamos arriba a caminar. Pero no hizo más que darme el aire de la tierra, se me movió la cabeza y me caí al suelo. No podía abrir los ojos porque veía visiones y la cabeza toda desconchabada me daba vueltas. Me pasé dos días en que ni comí, ni probé agua siquiera porque la tierra se bamboleaba debajo de mis pies y otra vez al suelo. Una señora de las de allí de la costa, me recetó agua de limón y ella y otra me pusieron hielo en el cerebro. Yo allí acostada ni abrí los ojos: «Tómese esta agua de limón para que se componga», pues, ¿cómo me tomaba el agua si nomás levantaba el cuello y me iba de pico? Y así duré tres días y luego me compuse. Ya no he vuelto a andar en mar. Ya mero me voy a morir ¿para qué me embarco otra vez? Sólo que me fuera de navegante en mi cajón.

Salíamos a las dos o tres de la mañana cuando tocan «Alevante» y caminábamos con la fresca porque ya cuando el sol calienta hay ensolados y ¿qué necesidad tienen de quedarse desmayados allí abandonados? Se hace alto en algún paraje mientras pasa el sol fuerte. Sólo cuando hay combate se guerrea todo el día. A mí me encantó siempre mañanear. Mi papá andaba a pie y yo tenía que seguirlo en la infantería. Yo cargaba con la canasta de los trastes y caminaba con zapatos de tacón alto, pero no con esas bayonetas que ahora se usan y que nomás andan agujerando el suelo, sino con tacones buenos. Esos zapatos me los mandó hacer mi papá con los zapateros de Acapulco, zapato negro, zapato café y mis medias. Toda la vida se usaron medias; ahora es cuando andan con las piernas encueradas y el fundillo de fuera, pero antes los niños chiquitos de un año llevaban medias, nadie traía las piernas pelonas. Yo iba nomás con mi canasta en el brazo: plato, taza, jarro, una cazuela para hacer café o freír alguna cosa que fuera a comer mi papá. No cargaba muchos trastes, ¿para qué los quería? Con un plato y una taza era suficiente. Nos trajeron con la escolta por Chilpancingo, Iguala, Chilapa, hasta Puente de Ixtla; y la emprendíamos a las tres, cuatro de la mañana según a la parte que nos tocara ir, y llegábamos a las cinco, seis de la tarde o siete de la noche. Allí nos quedábamos y al otro día, de madrugada, ándenles, a echar palante y de allí pal real.

A nosotras las mujeres nos mandaban de avanzada. Llevábamos enaguas largas y todas, menos yo, sombrero de petate. Yo nomás mi rebozo. No me calaba la calor. Si por casualidad nos encontrábamos con el enemigo y nos preguntaba que qué cantidad de gente vendría de los carrancistas y si traían armamento suficiente, nosotros decíamos que no, que eran poquitos y con poquito parque; si eran dos mil o tres mil hombres, decíamos que eran mil nomás. Decíamos todo al revés, y ellos no se daban cuenta. Luego nos avisaban:

—Adelántense porque aquí los vamos a atacar.

Por eso yo nunca supe cómo se hacían los combates de infantería porque mi papá siempre me mandó dos o tres horas antes de que él saliera.

Al llegar procurábamos prepararles la comida. Veníamos como diez o quince mujeres, adelante, luego seguía la vanguardia que es la que recibe los primeros balazos. Luego la retaguardia se preparaba para atacar y se dispersaba para rodear al enemigo. Los oficiales distribuían la cantidad de tropa que se les encomendaba. Por ejemplo, si eran mil, cada oficial se hacía cargo de cincuenta hombres y los acomodaba en la línea de fuego. Nosotros nomás oíamos el atronar de la fusilería y veíamos unas como nubecitas blancas, como unas pelotitas en el aire. A veces un estallido lo dejaba a uno con los oídos zumbando. Pero eso era todo. Cuando terminaba el combate se tocaba reunión para saber entonces cuántos hombres faltaban, los llamaban por lista y según los soldados que trae cada oficial contestaban: «Presente.» ¡Pero si no, el que se quedó, se fregó!

Por lo regular las mujeres no estábamos pendientes del combate. Íbamos pensando en qué hacerles de comer. Llegábamos a un pueblo y si de casualidad encontrábamos a algún cristiano, no nos querían ni ver la cara. Todos los del pueblo jalaban pal monte. Si venían los zapatistas los robaban, si venían los carrancistas los robaban, entonces ¿pa qué lado se hacían los pobres? A todos les tenían miedo. Así es de que no nos esperaban ni nos vendían nada.

Nosotros no éramos comevacas, éramos del gobierno constitucional carrancista y estaba prohibido robarle a la gente. Eso decía el mismo general Pascual Morales y Molina. Los zapatistas esos sí robaban las reses, las mataban y hacían avería y media y los campesinos les tenían miedo. Se escondían y ni sus luces. Nadie les avisaba que llegaban los soldados pero ellos sabían cuándo venía Zapata y cuándo venía el partido carrancista. Y si el pueblo aquél era pueblo carrancista, nos recibían más o menos regular, pero si no, agarraban para el monte. En una de tantas veces de ir y venir por Guerrero, llegamos como a las cinco de la tarde a un punto que se llama Agua del Perro. No había nada de gente, todos habían ganado para los cerros y ya estaba oscureciendo. En los jacales encontramos cazuelas con manteca, las ollas de los frijoles cociéndose y el nixtamal puesto en el metate; entonces nos pusimos a moler el nixtamal y a echar gordas. Nos subimos a agarrar gallinas. Estaban en sus estacas y las pelamos así calientes, recién matadas, luego las tatemamos, las lavamos bien, les sacamos las tripas y cortamos los pedazos. Allí nos encontramos el recaudo y las pusimos a remojar con ajo y vinagre y pimienta y sal, luego colocamos una cazuela grande con manteca en la lumbre, echamos las gallinas a que se doraran y el pellejo hasta chisporroteaba... No he vuelto a comer gallina tan sabrosa como esa vez. Era comida a la carrera y seguro me supo tan rica porque teníamos mucha hambre. Ahora, como ya no tengo hambre, nada me sabe bueno...

En una de esas idas y venidas mi papá se halló otra mujer, una comidera que iba al cuartel y se lo conquistó. Mi papá era hombre, a fuerza tenía que ser enamorado. Siempre tuvo sus mujeres y eso sí, yo siempre les pegué porque eran abusivas, porque eran glotonas, porque se quedaban botadas de borrachas, porque se gastaban el dinero de mi papá... Eso era lo que a mí me daba más coraje, que se acabaran el dinero de mi papá, eso sí que no, por eso le golpié a sus queridas. ¿A poco se lo iban a dar de oquis? Mi papá podía gustarles, pero no tanto. El caso es que una de ellas, la Guayabita, se enceló de mí. Dijo:

—Seguro que ésa es la querida porque le recoge todo el dinero.

Yo no tenía la culpa de que el pagador me entregara a mí el dinero porque se dio cuenta que mi papá tenía otra mujer y era muy poco lo que los soldados ganaban. Yo sabía que le tenía que comprar a mi papá sus cigarros, darle sus alimentos, pero no tenía por qué mantenerle a la Guayabita.

—¡Qué casualidad que tu hija se recete todo el dinero! ¡Ésa es tu querida!

—No.

Mi papá le dijo que no, que yo era su hija.

—Además cállate. Ahora, no te voy a dar nada.

—¿Cómo que nada?

—Lo que oíste. ¡Nada!

—Te pesará...

Y yo fui la que pagué el pato. La Guayabita me maltrataba en las calles, me mentaba a mi madre, me decía insolencia y media, que era yo una puta quién sabe qué, una puta quién sabe cuánto, y yo pues no sabía contestar nada, nomás me ponía a llorar al oír todas las insolencias que me decía. ¡Ahora me lo dijera la condenada! Me gritó horrores de la vida de mi papá y entonces una tarde se juntaron todas las soldaderas y me cercaron:

—Si no le contestas a esta mujer nosotras te damos caballo.

A mí me dio harto miedo que me fueran a dar caballo entre todas. Yo había visto que a los soldados los colgaban de las manos y los pies y se montaban en ellos. Pensé: «Me van a destripar esas mujeres si me dan caballo a mí.» Y entonces les pregunté:

—¿Qué hago?

—Pues tú ves lo que haces, pero reclámale... Si ella te quiere pegar, nosotros te defendemos...

Veníamos todas juntas, por una vereda del cuartel, cuando la avistaron:

—¡Allí viene! ¡Ahora, reclámale!

—¡Ay Dios mío!

—¡Ándale! ¡Y que Dios te la haga buena!

Levanté una piedra, uy, la aventé con mucha fuerza y le pegó en el pecho. Luego se cayó para atrás, que voy y que me le monto encima. Le junté las dos manos, se las crucé y se las aprensé con mi brazo. Me quité luego el zapato y le di con el tacón. Le estuve taconeando toda la cara y la cabeza. Como le tenía las manos agarradas, no me pudo pegar. Pero si me he dejado, ella me gana porque era grandota, alta; de más de veinte, seguro, ya era una mujer vieja. A mí me valió el piedrazo que le di porque si me agarro con ella así paradas las dos, me suena. Pero el miedo me encogió los músculos y se me hicieron como de acero. El miedo da mucha fuerza. O la mato o me mata. Ya le había sacado harta sangre cuando vino el jefe de vigilancia con la escolta y me la quitó. Pero las mujeres me defendieron. Rindieron parte al general y el pagador también dijo que ella me maltrataba. Entonces castigaron a mi papá por consentir que una mujer cualquiera de la calle me insultara a mí que era su hija. Como siempre, mi papá dijo que él no sabía nada, que ella sola andaba haciendo su escándalo por la calle. Como yo no le conté nunca nada a mi papá de los insultos de la mujer, ¡pues santo remedio! no se volvió a meter la Guayaba conmigo.

Mi papá dormía acostado junto a mí; siempre se tiraba junto a mí. El día que salen francos, después de pasearse en la calle tienen que pasar lista en el cuartel a las seis de la tarde y mi papá nunca faltó. Yo creo que se la trincaba antes. Esa vez le echaron diez días de arresto. Lo fui a ver al calabozo. Me saludó:

—Buenas tardes, hija.

No tenía por qué enojarse conmigo, además ¿ya qué alegaba? Él sabía que yo tenía que pegarle a todas sus mujeres, menos a mi madrastra.

Me dijo el oficial que no saliera del cuartel porque le había lastimado mucho la cara a la Guayaba de tanto taconazo, y que me podía poner un cuatro de vuelta y media.

—Ora no te andes sola porque te pueden agarrar en montón.

Pero le dijeron las soldaderas, la gente de mi padre:

—Anda con nosotras... Si la querida es montonera nosotras también somos montoneras... Nosotras no nos metimos; las dos se pegaron... Nomás procuramos cuidar a la chiquilla...

Asegún, mi papá dejó a la Guayabita.

Cuando salió del separo, mi papá me llevó a bañar atrás del castillo del Fuerte de San Diego, en Acapulco. Había un lugar donde venían las olas igual como en mi tierra. Es la única parte en que me volví a bañar. Me quité la ropa pero no me metí encuerada como un tasajo sino con corpiño y mi fondo. También por Chilpancingo nos metíamos en los ríos, pero en los ríos tiene uno que saberse bañar. Iba al río con mi papá, siempre con mi papá, en un lugar donde no llevara fuerza el agua porque si no lo arrastra a uno el río. Él también se bañaba pero se iba por otro lado y me dejaba en un recoveco donde me tapara el agua hasta acá. Allí sí me metía en cueros pero los mangles arropan muy bien la orilla y los árboles sirven de cortina. ¡Es bonito meterse donde cabe uno bien y ni quien lo vea a uno! Se jabona uno muy bien y se va uno restregando y se enjuaga porque el agua es altita. Me tallaba con jabón y arena muy fina que saca toda la mugre del cuerpo y quedaba yo lisita, lisita. Y luego se seca uno con una sábana o con lo que tenga. Jamás volví a ir al río, ya no tenía papá, ¿quién me llevaba?

Mi trenza me llegaba hasta debajo de las caderas y era muy quebrado mi pelo, no chino, era quebrado no-más así y me bajaba hasta acá. Cuando regresaba yo del baño los muchachos del cuartel me empezaban a gritar:

—¡Ya llegó la reina Sóchil! ¡Ya viene allí la reina Sóchil!

Sabe Dios qué me veían en el cabello. El caso es que mi papá los previno:

—No la toreen porque si se les avienta con algo que les pegue, yo no me meto.

A mí me daba harta muina que me dijeran la reina Sóchil. No sé, yo sentía como que me ofendían. Luego le decía yo a mi papá:

—Les voy a dar un garrotazo a esos hombres que me gritan así.

Yo no era bonita, era lo que menos tenía y he teni-do. Que me dijeran la reina Sóchil era un dicho, una plática, pero que no me echaran flores ni que me chu-learan nada porque me daba vergüenza. Al contrario, yo más bien quería hacerle de hombre, alzarme las gre-ñas, ir con los muchachos a correr gallo, a cantar con guitarra cuando a ellos les daban su libertad.

El día que se soltó la balacera en pleno mercado, yo fui al mandado. Nosotros estábamos de destacamento en el Fuerte de San Diego en Acapulco y cada dos días ba-jábamos al centro a mercar. El tianguis lo hacían frente a Palacio, en la Alameda; el Palacio era una casa chapa-rrita; entonces Acapulco era chocotito, no tenía altos, lo más alto eran las palmeras y tampoco había muchas. Lo que sí, se vendía mucho coco; el coco entero café como bola de cañón, y el aceitero se ponía a gritar en las graditas de Palacio, porque en esas graditas acomo-daban las gentes su mercancía y se vendían unos a otros ajos y cebollas y café y chocolate y azúcar cande. El pulpero mojaba los puestos con su costal bien ensopado lleno de animales apestosos y todo era regatonería...

—Démelo sin escamas.

—Pero entonces es más...

—¿Cómo que es más?

—Pues claro...

Con el calor, hedía muy feo el pescado, por más fresco que estuviera. Apestaba a vieja jedionda. Pero todos seguían trajinando, pidienteros, entre las garrochas de los tendajos. Allí fue donde los mariscaleños, la gente de Mariscal, comenzaron a balacear a Julián Blanco que era carrancista. Había sido zapatista lo mismo que Mariscal, pero cuando los carrancistas se hicieron del puerto, todos se voltearon a ser carrancistas. Se olvidaron que eran zapatistas. Así fue la revolución, que ahora soy de éstos, pero mañana seré de los otros, a chaquetazo limpio, el caso es estar con el más fuerte, el que tiene más parque... También ahora es así. Le caravanean al que está allá arriba encaramado. Pero adoran al puesto, no al hombre. La prueba es que de cuando se acaba su tiempo, ya ni quien lo horque. Bueno, pues le habían ordenado al general Blanco que saliera a combate, pero Blanco estaba esperando un barco de parque que tenían que enviarle de aquí de México.

—Mi general, he recibido la orden de que salga yo a combatir a la sabana, pero no tengo parque...

—Pues váyase...

—En estos días llega el barco de parque que me toca, pero he recibido la orden de salir hoy mismo. ¿Cómo no me presta su parque, general Mariscal, y usted recibe el mío? Usted lo recoge y se queda con él...

—No —le dice Mariscal— no te puedo prestar parque... Véte como estás...

—¿Así es que me exponen a mí a salir a combate si no tengo parque suficiente para guerrear?

—Eso es cosa tuya... Tú tienes que salir...

—Pues ni modo, me voy a exponer sin parque... Pero si yo le estoy diciendo que ya va a llegar mi barco cargado de...

—Pues yo no te puedo dar nada...

Lo mandaba, pues como quien dice, desarmado, con lo que traían nomás las carrilleras de su tropa. Los tenía formados abajo, en el frente de Palacio. Eran como las diez de la mañana. Las mujeres andaban llenando los morrales cuando sale Julián Blanco de Palacio, baja las gradas y le da la orden a su tropa de moverse:

—Pues vámonos —dice— a ver cómo combatimos.

Nomás lo dejaron que montara en su caballo y las fuerzas de Mariscal que estaban posesionadas en Palacio le comenzaron a tirar desde la balconería... Lo agarraron desprevenido. Este pobre hombre ¿qué hizo? Pues hacer fuego en retirada. Toda su gente que había estado sentada en las gradas, esperando a que él saliera, se montó muy alarmada en sus caballos, y echó a correr. Él agarró para la amatera, a salir a la arboleda de los amates, que es una avenida que había en Acapulco para llegar al Fuerte de San Diego. Como Blanco era de la misma gente del gobierno, de los carrancistas, lo dejamos que pasara y entró al Castillo. Se posesionaron en la fortaleza y todo. Siguieron guerreando desde arriba, bien parapetados. Nosotros no, porque no era con nosotros el pleito, pero estuvieron guerreando hasta donde más pudieron todo ese día y toda la noche... Y al otro día pues ¿cómo tiroteaban si el parque ya se les había acabado? El general Pascual Morales y Molina dio orden de que levantaran el puente para que los mariscaleños no se fueran a meter adentro del Castillo... Nosotros como no sabíamos ni de qué se trataba —todo era puro revolcadero, se balaceaban puros de la misma gente—, levantamos sin más el puente levadizo y nos quedamos sitiados allí, con Julián Blanco adentro, pero él ya iba herido y lo metieron a él y a toda su gente en una cuadra que desocupamos para que cupieran ellos. Su caballada quedó allí suelta en el patio. Pero como nosotros éramos de infantería no teníamos pastura, no había más que maíz y puro maíz se le estuvo dando a la caballada durante ocho días. Nadie podía salir del Fuerte a meter mandado ni nada. Así es de que no comíamos más que frijol y molíamos maíz; hacíamos el nixtamal allá dentro y a pura tortilla la fuimos pasando. Hasta que el general de nosotros, Pascual Morales y Molina, se metió a la cuadra a hablar con el general Julián Blanco... Cuentan, cuentan, a mí no me crea, pero cuentan que a este hombre no le hacían las balas porque estaba empactado con el demonio, cuentan, yo no sé de eso, que las heridas le estaban sanando, y eran heridas de muerte. A las ocho de la mañana entró el general de nosotros, Pascual Morales y Molina, a verlo:

—Mi general, está bueno que pida parlamento porque nosotros no podemos tirotear ni ponernos de parte suya... Usted está recuperándose pero nuestra gente aquí padece porque no puede salir a comprar su mandado. No tenemos ya provisiones con que sostener el sitio. La caballada tiene hambre. Estamos acorralados. ¿Cómo no pide parlamento?

—Pues yo no sé qué se trae Mariscal. No tengo ninguna rivalidad con él. Por eso hice fuego pero en retirada...

Y entonces Julián Blanco ordenó que subieran la bandera blanca y a las ocho de la noche de ese día —¡cuántas horas tenía de subida la bandera blanca pidiendo paz!— entró el general Mariscal y fue directamente hasta la cuadra donde estaba Julián Blanco herido y allí lo balaceó de arriba para abajo. Este malvado de Mariscal entró a matarlo cuando ya estaba el puente levantado y la bandera blanca... Eso no es de un hombre valiente. Allí tirado, desangrándose, lo mató como a un pajarito...

Después de eso, regresamos hacia Chilpancingo. Entre los de nuestra corporación había unos que decían que Blanco nos había metido en un lío, que no era justo, que no era el pleito con nosotros, que habíamos padecido por su culpa, pero allí en la revolución todos se hacían ver su suerte, al parejo, que tú eres traidor, no, que tú, que vamos a remontarnos al cerro, oye, éste ya se volteó, no, si es carrancista, pues ¿no que era zapatista?, los de Guerrero eran todos zapatistas pero se volvieron carrancistas, todos entre dos fogonazos, todos en la misma olla, todos desoyendo las consignas; bajaban por el laderío cuando les decían que rodearan las lomas, se iban por el despeñadero cuando había que escampar, olvidaban los mensajes, las municiones se les hacían perdedizas, se entretenían mucho en la cava de trincheras, se tomaban rivalidad y se mataban generales contra generales y casi todos caminábamos sin saber ni por dónde...

Luego en la noche, se hacían los corridos. Yo los canté, el del Mariscal y Julián Blanco; canté los del Treinta Batallón, de la Ciudad de Galeana, y supe también el de Benito Canales.... muchos corridos que ahora los pasan en el radio pero nomás unos cachitos, no los pasan enteros, ni a la mitad siquiera. Cantan nomás lo que les conviene, no lo que debe ser. Cuando se moría uno, siempre le hacían su corrido:

Mariscal y Julián Blanco
se agarraron a balazos
Mariscal en el Palacio
Julián Blanco en el Castillo...
Tira, na, na, Tira, na, na,
Tira, na, na, Tira, na, na,

¡Pero muy bonitos corridos que se hacían en esa época, nomás que eran muy largos!

Cuando este Treinta pelió
y en la ciudad de Galeana
el Gobierno se asombró
perdió el batallón la fama...

Dejamos el cuartel general en Acapulco y nos adentramos más a donde estaba la nidada de los zapatistas. Como los soldados tuvieron que combatir entre Agua del Perro y Tierra Colorada, nos mandaron adelante a las mujeres. Cuatro mujeres casadas iban conmigo. Nos vieron los zapatistas caminando y nos salieron al encuentro:

—¿Qué tanta gente viene por allí?
—Pues muy poca...
—Entonces vénganse para que no les toque a ustedes la balacera...
—Bueno, pues vámonos.

Nos fuimos con ellos y nos entregaron con el general Zapata. Él nos anduvo preguntando si teníamos ametralladoras y nosotros le dimos la razón, le contestamos al revés volteado a todas sus preguntas. Y entonces dice:

—Bueno, pues aquí van a andar con nosotros mientras llegue el destacamento de su gente de ustedes.
—Pues bueno.

Nos quedamos con él de avanzada como quince días en su campamento que estaba re bien escondido. Nos mandó poner una casa de campaña juntito a la de él y a la de la señora comidera. Zapata mandaba a su gente a traer las provisiones y nos daba pan, café, azúcar, arroz, frijoles y carne salada. Comimos mejor que con los carrancistas. Los soldados se pasaban todo el día atendiendo a sus caballos, restregándolos con paja o si no buscaban arroyos y hasta ríos para hacer rebalses con piedras y cortarles el agua a los carrancistas. En el bosque tronchaban árboles para levantar sus empalizadas. Los zapatistas, ellos, nunca tuvieron sed.

Cuando el general Zapata supo que toda la corporación estaba ya en Chilpancingo, nos dijo:

—Vénganse conmigo para irlas a entregar una por una.

Se quitó la ropa de general, se puso unos calzones blancos de indio, un gabán y un sombrero y allá vamos. Iba desarmado. Luego le dijeron los oficiales que si se reunían para acompañarlo, no lo fueran a atacar.

—Vamos de escolta, mi general.

—No, ustedes se quedan aquí en la orilla del río, aquí me esperan. Si dentro de tanto tiempo no comparezco, entonces hacen fuego.

Ya los distribuyó a toda la orilla del río.

Entonces ellos insistieron:

—Mejor lo acompañamos.

Les dijo que no, que iba solo y que si le tocaba morir, que moriría haciendo un bien, pues quería demostrarles a los carrancistas que él peleaba por la revolución y no apoderándose de las mujeres.

—Ninguno va conmigo. Nomás voy yo con ellas.

Y se puso a caminar y allí vamos nosotras con él.

Se paró en la esquina del cuartel y entonces me dice:

—Aquí me esperan.

Llegó hasta la puerta del cuartel y le pegaron el: «¿quién vive?» y él contestó:

—México.

Luego les dijo:

—Vengo a buscar al señor Felipe Palancares.

No preguntó por los maridos de las mujeres. Sólo por mi papá para que no fueran a pensar mal. Salió mi papá y le dice el general:

—Me permite tantito unas palabras.

Ya se adelantó mi papá.

Nosotros estábamos en la esquina nomás oyendo. Entonces le dice mi papá:

—Soy Felipe Palancares.

—Sí señor, lo sé... Y usted tiene una hija que se llama así...

—Sí.

—Pues aquí se la vengo a entregar. A usted le remito una hija y le remito a estas mujeres que fueron avanzadas entre Agua del Perro y Tierra Colorada.

Y entonces le dice mi papá:

—¿Quién es usted?

—Yo soy el general Zapata.

—¿Usted es Emiliano Zapata?

—Yo soy.

Voltió mi papá a ver si había resguardo que lo viniera escoltando.

—Pues se me hace raro que usted sea el general porque viene usted solo.

—Sí. Vengo solo escoltando a las mujeres que voy a entregarle. Sus mujeres fueron avanzadas pero no se les ha tocado para nada. Se las entregamos tal y como fueron avanzadas. Usted se hace cargo de las cuatro casadas porque me dijeron que venían cuidando a su hija. Ahora, como a usted se las entrego, usted hágase cargo de que no vayan a sufrir con sus maridos.

Entonces dice mi papá:

—Sí, está bien.

—Ya usted sabe lo que hace. Mi gente está posesionada en todos los aledaños. Yo soy Fulano de Tal. Si algo me pasa a mí —que usted vaya y se raje—, ya sabe que se hace la balacera en el pueblo de Chilpancingo...

—No, ya me trajo usted a mi hija, yo no tengo por qué hacerle a usted un daño.

—Pues ya sabe. Si usted le da parte a su jefe y quieren atacarnos pueden hacerlo.

Mi papá no chistó nada. Y entonces el general se

dio la media vuelta y se fue. Más tarde cuando mi papá juntó a los maridos les dijo:

—Miren aquí están sus mujeres. Vinieron con mi hija. Las trajo el señor general Zapata. Dice que le podemos dar parte a nuestro jefe pero yo les aviso a ustedes que yo no doy parte. Yo le vivo agradecido al señor general Zapata que me trajo a mi hija. Si ustedes no quedan conformes con la manera como entregué a sus mujeres, pueden ver al jefe.

Los maridos nomás se devisaron. Luego les ordenaron a sus mujeres que no fueran a contarle a ninguno del cuartel que habían acampado con los zapatistas y a mí me dijo mi papá:

—Ni tú vas a decir que anduvieron por allá.

Yo hasta ahorita se lo estoy platicando.

Como mi papá no quiso dar parte, por eso no lo atacaron, pero a los dos días se hizo tupida la balacera por el cerro de San Antonio. El general Zapata mandaba destacamentos a combatir de a uno por uno; nunca movilizó a toda la tropa. Muchos se quedaban en el campamento con la impedimenta, las mujeres y los niños. Las brigadas peleaban por emboscada; atacaban donde menos se lo esperaba uno. Ese día comenzó la balacera a las dos de la mañana y siguió todo el día hasta las cinco de la tarde en que el general Morales y Molina ordenó que saliéramos todas las mujeres, que dejáramos la plaza sola y que también salieran todos los del pueblo a dejar Chilpancingo vacío; todos fuimos hasta Mochitlán y hasta allá nos alcanzó la balacera porque los zapatistas se fueron persiguiéndonos. Sólo después de seis meses pudimos regresar a Chilpancingo. En esa batalla tuvimos muchas bajas. Los que salieron con vida es porque huyeron cuando vieron que el ataque estaba muy duro. A mí, mi papá me mandó adelante con la familia de un teniente que volví a ver aquí en México, muchos años después, cuando tenía mi puesto frente a la fábrica de Tres Estrellas.

Los zapatistas eran muy buenos para pelear pues ¿cómo no habían de ser buenos si se subían a los árboles, se cubrían de ramas y todos tapados andaban como bosque andando? ¡Váyalos usted conociendo! ¡Sólo por el ruido al avanzar! Estaban escondidos dentro de los árboles, envueltos en hojas, en ramazones, no se les veía la ropa y de pronto los balazos caían de quién sabe dónde, como granizada... Y además, conocedores del rumbo, porque todos eran de por allá de Guerrero, así es de que a fuerza tenían que perder los carrancistas porque estos bandidos tenían sus mañas para pelear. Se cubrían de yerba. Nomás se dejaban los ojos para estar mirando por dónde venían los carrancistas, por dónde venían los villistas y agarraban buenas posiciones. Como si fuera poco, ponían zanjones tapados con ramas para que se cayera la soldada. ¡Y allí iba uno con todo y caballo! Claro que tenían que acabar con la gente de nosotros. ¡Tenían que ganar! No tenía ni qué pues eran vivos, valientes, sí eran valientes, aunque fueran unos indios patarrajada, sin un petate en que caerse muertos. Los zapatistas eran gente pobre de por allí, del rumbo, campesinos enlodados... A mí, qué me iban a caer bien, ni siquiera me preocupaba, yo estaba chica; yo de eso ni sabía de que me cayeran bien o no me cayeran bien.

Cuando conocí al general Zapata era delgado, de ojos negros, encarbonados, con su bigote retorcido y su sombrero charro negro, con bordados de plata. Tendría como dos metros, así lo veía yo, ojón muy ojón y joven. No era grueso. Era muy bueno, palabra. Por la forma en que nos trató no era hombre malo. Otro, pues le da la orden a su tropa de que se arrastre a las mujeres, pero él no. Por eso digo que era hombre de buenos sentimientos. Zapata no tiraba a ser presidente como todos los demás. Él lo que quería era que fuéramos libres pero nunca seremos libres, eso lo alego yo, porque estaremos esclavizados toda la vida. ¿Más claro lo quiere ver? Todo el que viene nos muerde, nos deja mancos, chimuelos, cojos y con nuestros pedazos hace su casa. Y yo no voy de acuerdo con eso, sobre todo ahora que estamos más arruinados que antes.

Allí en la corporación me comencé a volver perra. No era que celara a mi papá, sino que ya no lo quería. Lo quise mucho y él me quiso mucho de chica, pero ya después de grande, se dedicaba a las mujeres y para qué son semejantes visiones. Dicen que nosotras somos putas, pero ¿a poco los hombres no son putos siempre con el animal de fuera, a ver a quién se lo meten? Habían pasado unos ocho meses cuando salimos para Chilpancingo de Bravo y nos paramos a descansar en Tierra Colorada. Mi papá se enojó porque yo venía hablando la idioma zapoteca con los muchachos tehuanos de la corporación. Ellos me hablaban en la idioma yo les contestaba porque yo me enseñé de chica en Tehuantepec con la mamá de mi madrastra. Y mi papá me alcanzó y me regañó. Yo no le dije nada. Venía con la vanguardia y seguí adelante y a medida que caminaba se me iba subiendo la muina y cuando llegamos a Tierra Colorada, me puse como lumbre del coraje, haga de cuenta esos tizones que arden.

—¡A mí qué me importa que venga! ¡Ora no le aparto de comer!

Y allí me estuve sin hacer la lucha por buscarle su alimento ni nada. Llegó y me volvió a gritar pero estaba tan bravo que agarró una planta de malva, así de grande, la arrancó con todo y raíz y la alzó para pegarme. Uy, me puse como perra:

—¡Ay de ti, si me pegas! Ay de ti, porque para eso

me trajiste de mi tierra pa golpiarme... ¿Por que no me dejaste allá donde estaba? Ahorita mismo quiero que me entregues a mi hermano vivo y me regreses a mi tierra.

Dio la vuelta y no me pegó, sólo jaló y se fue.

Todavía le alcancé a gritar:

—En este momento quiero que me mandes a mi tierra.

Allí me planté como perra enojada. No me moví. Como a las dos o tres horas se fue la gente que tenía que seguir la jornada pero yo no salí. Allí permanecí sola... Después, cuando empezó a oscurecer, fui con el resguardo del general Genovevo Blanco pregunté por él, me pasaron y le dije al general:

—Aquí estoy porque a mi papá le entró la muina y me iba a pegar. Ahora quiero que me haga el favor de regresarme al Puerto de Acapulco y de allí a Salina Cruz y luego a mi tierra.

—Está bien, pero tengo que dar parte al general Pascual Morales y Molina.

A media noche vino a buscarme mi papá con una escolta pero yo no me hice presente, ni me moví siquiera. Me buscaron por todas las casas menos en la del general, y claro no me encontraron. Todavía oí que mi papá gritó: «¡Jesusa! ¡Jesusa!» Y yo ya estaba para contestarle cuando se me trabaron las quijadas, se me hizo un graznido en la garganta y me quedé silencia.

8

Todos regresaron a Acapulco a caballo, pero yo no sabía montar y andaba a pie con la gente. La hija del general Genovevo Blanco venía a caballo, ya era grande, tendría como unos veinte años. No era amiga mía. Era la hija del general. Yo no platicaba con ella. Sólo cuando llegábamos a alguna parte, allí donde ella se hospedaba, allí me arrimaba yo. Dormía junto a ellos, en cualquier lugar, junto a la pared, en el suelo, pues ¿cuál cama se usa en campaña? Yo venía pegada a la familia del general Genovevo Blanco porque cuando él vio que yo era chiquilla me dijo:

—Bueno, hija, ai júntate con mi muchacha, ai te vienes con ella.

La hija del general, la señorita Lucía, jalaba parejo en todo. Cuando ordenaban: «¡Pecho a tierra!», ella se tiraba como todos los demás al suelo, y así iba avanzando y disparaba su fusil. Nunca se quedó con la impedimenta. Jamásmente. Yo me afiguro que era machorra. En la noche, se ponía con su papá frente a la mesa a mirar y a calcular los planes: la estrategia le llamaban. Pero jamás oí que le dijera papá, sino: «Mi general.» Se sabía todos los atajos de Guerrero; toditos, las colinas y las hondonadas. En las noches caminaba por el campamento y los hombres conocían el paso de sus botas:

—¡Allí viene!

Y rápido guardaban la botella. Pero ella se las olía a leguas:

—¡A éste que le den unos cintarazos!

Iba a la enfermería:

—¡Háganle un torniquete, hombre! ¿En qué están pensando? ¿Qué no ven que ya se vació?

—Por eso no tiene remedio.

—¡Le hacen un torniquete y le aprietan con un marrazo! ¡Si no, son tres días de arresto!

—Ta bueno.

Todos la obedecían. Revisaba la puntería de los hombres. Entrenaba la caballería. Conocía el calibre de las balas y con su papá planeaba ataques y defensas. «¡Limpien a los caballos!», «¡Revisen los bastimentos!», «¡Pónganle más paja a la carreta», «¡Junten esta piedra suelta!», «¡No se me engolondrinen!»

Eso sí, era muy devota. En las noches se hincaba a rezar su rosario, y bajo su camisa no traía un escapulario sino tres.

Venía yo caminando cuando un muchacho me dijo que subiera a su caballo para que no me cansara. Yo me ofendí.

—¿Y a usted qué le importa que me canse o no me canse?

No le hice caso, ni él tampoco me dijo más nada, pero desde ese momento se dedicó a seguirme porque a cualquier parte que llegábamos y quería yo comprar algo de comer, a la hora de pagar me decían que ya estaba pagado. ¡Ah, qué caray! Yo dejaba el bulto allí en el mostrador. Si no le he pagado yo ¿por qué lo he de recoger?

Así anduvimos durante ocho meses. En todas las tiendas a la hora de sacar los centavos me decían:

—Ya está pagado.

—¿Quién lo pagó?

—Eso está pagado. Tómelo usted y todo el mandado que quiera llevarse, lléveselo.

—Pues no lo necesito.

Nunca lo recogí. Como el muchacho era oficial, pues lo veían y les parecía que veían a Dios. Él les dijo:

—Si viene Jesusita a comprar, dénle todo lo que pida y yo les pago.

Por eso, a ellos se les hizo fácil venderme.

—Está pagado, niña, todo está pagado.

—Pues quédense con su cochina mercancía.

Me preguntó la hija del general:

—¿Ya compraste tu mandado?

—Fui a comprarlo pero no me quieren vender...

—¿Por qué?

—Porque me dicen que ya está pagado y como yo no se los he pagado, pues allí se los dejo.

Entonces ella me dijo:

—Pues aquí comes con nosotros, compañera.

Cuando llegamos a Acapulco ya estaba allí mi papá. Regresaba de Chilpancingo donde tuvo asamblea, mientras nosotros anduvimos por Tres Palos y por otros rumbos. De pronto llega el muchacho oficial que me seguía y me dice:

—Señorita, señorita, aquí está su papá. ¿Vamos a verlo?

Yo no le creí ninguna mala ventaja ni pensé que me lo dijera por mal y le contesté:

—Sí, sí, déjeme avisarle a la señorita del general para que me dé permiso.

Agarré y fui con la señorita Lucía:

—Fíjese que dice este señor que si me da permiso de ir a ver a mi papá que está aquí cerquitas...

La señorita, como ya lo conocía a él y era oficial, se le hizo fácil dejarme ir. Llegamos con mi papá y el muchacho le habló:

—Aquí está.

Lo vi muy enojado, aviejado. Me dice:

—¿Con qué sí, señora? ¡Ya viene con su marido!

—¿Cuál marido? —le digo yo.

El muchacho se puso colorado.

—No señor, se la vine a pedir, pero todavía no soy su marido...

¡Pero si yo no había platicado con él ni con nadie, si no era ni mi novio, pues! Nunca pensé que me fuera a pedir con mi papá sin mi consentimiento.

Mi papá no me miraba siquiera. El muchacho volvió a decirle:

—Se la vine a pedir para casarme con ella, sí, pero no es nada mío todavía... Ella viene con la familia del general Blanco y la cuidan mucho.

¡Uy, cuándo le entraban razones a mi papá! Cuando se ponía terco no le entraba ni el aire, ¡y mucho menos las palabras!

—¡Vini! —le dije...

—No, Jesusa, como vienes con tu marido, ya no te puedo recoger ni nada.

—Yo se la vine a pedir —repitió el muchacho— para que me la dé usted y nos casemos. Pienso casarme con ella por el cevil.

Y entonces dice mi papá:

—No, por el cevil no, porque no soy protestante. Si se casan ha de ser por la iglesia y no por el cevil... Pero a mí no me vengan a decir nada usted y su señora...

¿Qué hacía yo? ¿Qué hacía aquel hombre? Pues regresarme con el general Blanco y decirle que habíamos hablado con mi papá, pero como mi papá no quería dar el consentimiento, que le suplicaba que él hiciera las veces de mi padre...

El general me preguntó:

—¿Te quieres casar?

—No. Yo quiero irme. Aquí traigo mi dinero para que me mande usted a mi tierra.

—Bueno, te voy a arreglar el pasaje.

El muchacho se quedó viéndolo nomás. Entonces aclaró el general Blanco:

—Ella trae su dinero y quiere irse para su tierra. No le interesa casarse ¿qué no lo estás viendo...? No te quiere.

—Bueno, pues a ver si se va. Si se va, yo quedo conforme, pero si no, necesito casarme con ella.

El general fue a la aduana. Pidió un pasaje a Salina Cruz, pero el barco era de carga y no de pasajeros. Le dijeron los marineros que si era yo mujer me llevaban, pero cuando el general les dijo que no, que era una muchacha, una niña que no cumplía ni los quince, contestaron que no se hacían responsables de mí porque ellos eran puros hombres. Y entonces dijo el general:

—No, pues de entregársela a la tripulación del barco a entregársela a un hombre, se la entrego a uno nomás.

Como no se me concedió irme, forzosamente el oficial se casó conmigo, pero no por mi voluntad. Todo porque el capitán del barco no quiso hacerse cargo de mí. Me quedría el muchacho oficial o no me quedría, no sé. Entiendo yo que si él no me hubiera querido, como era militar y andaba en la revolución, pues me arrebata y me lleva y ya. ¿Qué le interesaba andarme pidiendo? ¿Qué les interesa a los soldados el consentimiento de una mujer? Quisiera uno o no quisiera:

—¡Tú jálale y vámonos, ándale! ¡A lo que te truje, Chencha!

En cambio él no; se esperó hasta que supo que no me recibían en el barco. Le pidió al general Genovevo Blanco que hablara con mi papá y el general así lo hizo:

—¿Da su consentimiento para que se casen por el cevil como lo ordenan las leyes?

Mi papá dijo que no.

—Bueno, pues entonces vamos a arreglarlo de otro modo.

Todavía habló el general con el muchacho. Al general le cayó bien, porque dijo que si no me quisiera no andaría pensando en casarse conmigo, porque yo, como quien dice, no tenía quien me amparara. Sin embargo él fue y me depositó en la misma casa donde me fue a buscar, respetando primeramente al general que nos arregló la casada y la hizo de papá en la iglesia. Nomás nos casamos por la iglesia porque ésa era la voluntad de mi papá, pero no la mía. Al salir de la iglesia ya me fui con mi marido; quieras que no. Nos matrimoniamos en Tres Palos, Guerrero, y mi papá nunca se presentó.

Mi marido se llamaba Pedro Aguilar; tendría unos diez y siete años, dos más que yo. No tenía por qué haberse atravesado en mi camino. Fue una sirvergüenzada de él, un abuso porque yo no le había dado ninguna voluntad ni a él, ni a nadie. Montado en su caballo me iba hablando a media calle. ¿Con qué derecho? ¿Cómo anduvo él informándose de quién era mi padre, tomando los pasos por su cuenta? Yo no se lo tomo a bien. Allá en los apretados infiernos ha de estar ardiendo el ingrato, pues no tenía por qué hacerme la vida desgraciada como me la hizo.

Pedro Aguilar me llevó a su casa. Allí me encerró y luego se fue a parrandear:

—Aquí te quedas hasta que se te bajen los humos.

Se le quitó todo lo manso y lo caravanero. Su asistente me daba de desayunar, de comer y de cenar, y hasta los quince días de casados volví a ver a mi marido.

Y eso porque el general Blanco le dijo que tenía que salir de avanzada a un cerro con su destacamento. Durante los quince días me mantuvo adentro del cuarto sin hacer nada, esperando a que el asistente me trajera la comida. Quién sabe dónde andaba Pedro.

Cuando el general le ordenó que saliera a combate, le avisó:

—Por Jesusa no te apures, ella se queda con mi hija.

Pedro le contestó:

—Lo siento mucho, mi general, usted mandará en mí porque soy de su tropa, pero en mi mujer no manda; en mi mujer mando yo y va donde yo la lleve.

Llegó como perro enfurecido y le ordenó al asistente que empacara las cosas y fue cuando me montó en la yegua bruta para que me matara. «Ahora pagas todos tus desaires.»

Tuve que salir de destacamento. Arreglaron todo, llevaron caballos y yo no sabía montar. Mi marido me subió a una bestia como yo, que nomás él montaba. Cuando alguien se le subía tenían que taparle los ojos para que no lo viera. Como iba enojado, le metió un sablazo al animal y arrancó la yegua, se desbocó y allí va como alma que lleva el diablo. Yo le solté las riendas. «¡Córrele y mátame de una vez!», le dije. Me agarré de la silla: «Pues me va a matar pero yo no la detengo.» Y corrió hasta donde más pudo, llegó a una barranca, se voló la barranca de un lado a otro y siguió corriendo hasta que se cansó solita y solita se entregó. Algunos querían rodearla pero no la pudieron alcanzar hasta que rendida se domó. Todos creyeron que nos matábamos las dos: la yegua y yo. Pero no. Sólo fuimos a dar hasta donde ya no pudo más y allí se paró. Los soldados me preguntaron que si no me había pasado nada, y la yegua nomás vio a mi marido y empezó a bufar. Como no la toqué ni le pegué ni nada, el animal se dio cuenta que el sablazo se lo había dado otro... Si los animales serán muy animales, pero bien que entienden y conocen. Me bajé del caballo, bueno, de la dichosa yegua, agarré al animal de la rienda y no se hizo para atrás. Me dijo el asistente:

—Déjeme pasearla, pobre animal, se ha cansado mucho.

Y entonces le dio sus vueltas. Ya que descansó me preguntó el asistente:

—¿Se anima a volver a montarla?

—Ya me trajo. A ver si de una vez me mata.

Me monté en la yegua pero ya no la vendaron. Desde entonces el animal no dejó que nadie se le acercara. Sólo yo podía subírmele, sólo yo le daba de comer y le traía agua. Ni de mi marido, ni del asistente se dejó agarrar ya. Luego yo le apretaba los cinchos, la cepillaba a pelo y a contrapelo. A Pedro no lo podía ver, se le iba a mordidas o le daba de patadas o se le paraba de manos y nomás la tentaba yo y se apaciguaba. A lo mejor me estaba vengando. Se domesticó conmigo el animal. Y como mi marido ya nunca la pudo domar, siempre andaba conmigo esa yegua. Se hizo buena. Yo la tenía que detener para que me la ensillaran y luego la montaba. Le daba azúcar, le daba tortilla, lo que trajera en las manos. Se llamaba «La Muñeca». Era alazana con sus manos blancas. Muy bonito animal. Mi marido tenía su caballo alazán igualito a La Muñeca, creo que eran hermanos los dos.

De chica nunca monté, ni burro siquiera. Cuando mi papá me llevó a la revolución íbamos a pie. Caminaba mucho. Caminaba y camino porque a mí me gusta caminar. Pero apenas me casé, como mi marido era de caballería tenía que andar a caballo. A mí ya no me dio miedo montar, pues ¿qué difícil es sentarse en una silla? Y cuando arranca el caballo, se agarra uno y ya.

Cuando Pedro andaba en campaña, como no tenía mujeres allá, entonces sí me ocupaba, pero en el puerto no se volvía a acordar de mí. Por allá en el monte, los soldados nos hacían unas cuevas de piedras donde nos metíamos. Él nunca me dejó que me desvistiera, no, nunca; dormía yo vestida con los zapatos puestos para lo que se ofreciera y a la hora que se ofreciera; el caballo ensillado, preparado para salir. Venía él y me decía: «¡Acuéstate!» Era todo lo que me decía: «¡Acuéstate!» Que veía algún movimiento o algo: «¡Ya levántate! ¡Prepárate porque vamos a salir para donde se nos haga bueno!»

Yo nunca me quité los pantalones, nomás me los bajaba cuando él me ocupaba, pero que dijera yo, me voy a acostar como en mi casa, me voy a desvestir porque me voy a cobijar, eso no, tenía que traer los pantalones puestos a la hora que tocaran: «¡Reunión, Alevante!», pues vámonos a donde sea... Mi marido no era hombre que lo estuviera apapachando a uno, nada de eso. Era hombre muy serio. Ahora es cuando veo yo por allí que se están besuqueando y acariciando en las puertas. A mí se me hace raro porque mi marido nunca anduvo haciendo esas figuretas. Él tenía con qué y lo hacía y ya.

Allá en Chilpancingo, tuve una casita de adobe techada de zacate. Allí me dejaba mi marido sola haciendo el quehacer. Me encargaba con el asistente Palemón y con su mujer y yo me acompañaba con ellos. En la casa de enfrente vivía una señora delgadita con sus hijas. Era viuda. No me acuerdo ni cómo se llamaba, pero vendía atole y maguey tatemado. Como era muy pobre, tenía que sostener a sus cuatro criaturas. Su muchacha grande, de quince o diecisiete años, iba a trabajar en las casas donde podían ocuparla, pero cuando no la llamaban, se iba al campo a juntar guayabas para que su mamá las vendiera. Un día me convidó. La acompañaban sus tres hermanas que tenían como siete, ocho y diez años.

—Vamos a las guayabas. ¿Qué está usted haciendo allí engarruñada?

Le dije al asistente Palemón que me dejara ir.

—Pues vaya.

La muchacha se alegró:

—Pues ándile, vámonos.

Nos fuimos muy temprano, y en una de esas idas caminamos tan lejos que fuimos a parar a un cerro muy alto y que nos empieza a gritar un señor que bajáramos. De pronto nos asustamos:

—Éste nos va a quitar las guayabas que juntamos...

Nos siguió gritando, desde abajo, desde un rancho:

—¡Bajen, baaajen!

No tuvimos más remedio que bajar del cerro, creyendo que el hombre nos iba a castigar porque nos estábamos robando las guayabas.

—Pues, ¿qué andan haciendo, muchachas?

—Andamos juntando guayabas.

—¿Ya se desayunaron? ¿Ya comieron?

—Pues no, no hemos comido.

(Eran como las ocho de la mañana. Habíamos salido desde las cinco para subir al cerro.)

—Pues véngase a tomar leche caliente con calabaza.

—Bueno, pues si nos la dan...

—Espérense, muchachas, vamos a comer al ratito...

Sinvergüenzadamente, nos embuchamos la leche con calabaza. Se metió a la cocina y ese día comimos una carne asada con salsa, huevos cocidos, queso y frijoles. Allí nos pasamos todo el día con él. ¡Era solito! Un señor como de unos cincuenta o sesenta años.

—No se vayan, muchachas. Ayúdenme a meter el ganado.

En la tarde fuimos a juntarlo y ya cuando el sol se estaba metiendo, acarreamos nuestras guayabas y nos venimos cada quien con nuestra carga. Nos dijo:

—Pues mañana las espero... Se vienen temprano para tomar leche caliente con calabaza y maguey.

Serían de él las guayabas o quién sabe, pero no nos reclamó nada. Al contrario, nos convidó y fuimos al otro día a comer con él. Llegamos muy temprano. Esa mañana nos dio calabazas asadas con piloncillo. Hizo un hoyo y metió las calabazas adentro y luego las tapó con hojas y les echó tierra. Prendió la lumbre y toda la noche se cocieron. Al otro día que llegamos apagó la lumbre, destapó el hoyo, sacó las calabazas y nos las dio con leche y nos fuimos al cerro y ya en la tarde que bajamos nos tenía una olla de frijoles como no he vuelto a tomar otros iguales. Cocinados con pura leche en lugar de agua, ¡se imagina qué frijoles serían! Luego agarramos como obligación ir todos los días a tomar leche caliente con calabazas o con maguey. Así duramos como un mes, ya no íbamos para otro lado sino que agarrábamos derecho pal cerro y luego pal rancho hasta que regresó la corporación de mi marido y no me volví a juntar con la muchacha pues mi marido no me dejó hablar con nadie. Yo extrañaba el cerro; por allá el campo es muy bonito, un campo verde; los guayabales tupidos de guayaba. Yo vareaba las guayabas y caían macicitas. Era en tiempo de aguas y nosotros andábamos entre los árboles que tenían hojas bien brillosas.

Cuando yo vivía con mi papá, iba a la tienda a comprar alguna guzlería que a mí se me ocurriera, como si fuera una chiquilla; porque uno de chico es guzgo; pan, azúcar, café o algo así de guzguear, sólo para salir a la calle, pero nunca supe comprar el mandado de una casa. Así es de que ya casada y sin salir —porque mi marido no me dejaba—, el asistente me compraba el mandado o, a lo mejor, me lo compraría su mujer, el caso es que yo tenía cada tercer día la bolsa a la puerta del cuarto, con frijol, arroz, manteca, sal, todo lo que se necesita en una casa. Entraba Palemón, me acomodaba el bastimento, agarraba y veía si no faltaba agua y si faltaba me la iba a traer, si había basura, la iba a tirar, pero a mí no me preguntaba: «¿Qué necesita? ¿Hago esto? ¿Hago lo otro?» Nunca me decía nada, nomás veía lo que hacía falta en la casa lo iba a buscar.

Mi marido duró como ocho meses en una comisión y se fue con sus puros soldados a una sierra. Dizque se iban a juntar con la compañía del general Juan Espinosa y Córdoba. En eso, una chilpancingueña, la viuda del capitán Manuel Arenas —ha de vivir todavía en esos rumbos—, de decepción por haberse quedado viuda, me encandiló para que pusiéramos un changarro allá en Chilpancingo. Su padre hacía los vinos y ella nomás sacaba vinos y vinos para vender. Como yo no me presentaba al cuartel a cobrar lo de mi marido, a mí me cayó bien lo del negocio ése. Palemón, me afiguro, se compadecía de verme tan sola y como ya eran muchos meses se hizo el de la vista gorda. O a lo mejor creyó que mi marido ya no volvía. La chilpancingueña me encampanó —era más grande, tenía dieciocho años— y entré yo a la vendedera de vinos y mientras vendía, allí andaba cantando con los borrachos. Me hice de dinero porque apostaba diez pesos a ver quién se empinaba una botella de mezcal como yo. Me las tomaba como agua y ganaba mis centavos. Luego bebía un vaso de jugo de limón y no me emborrachaba. Llegué a echarme hasta cuatro o cinco botellas de aguardiente al hilo y me tenían que pagar porque era apuesta. ¡Y eso que son buenos los de Guerrero pal chínguere! Ellos sí que le entran duro. Con los centavos de las apuestas me vestía la viuda del capitán aquél, porque ya la ropa se me había acabado. ¡Y nunca tuve vestidos tan bonitos, corpiños con encajes de bolitas y enaguas amponas de muchos olanes! Hasta vestidos de seda, hágame favor ¡y blusas de satén! ¡Y horquillas para alzarme el chongo con cintas de colores! Yo bebía porque lo agarré como negocio; ella no, ella de decepción porque a las primeras de cambio le mataron al marido. Y eso que estaban recién casados.

En el changarrito de Chilpancingo me gustó mucho cantar y tocar. Me fijaba cómo tocaban la guitarra y yo misma principié a rascarle. Me decían: «agárrale aquí de este modo y písale allá». Con un poco más de tiempo hubiera aprendido. Yo era muy alegre, mucho muy alegre que fui, eso sí, y muy cantadora.

Si no me pagaban diez pesos por una botella de tequila o de coñá o de vermú, yo no tomaba. Bajo apuesta sí, pero no porque tuviera ganas de tomar. Me habían de pagar al chaschás, si no, pues no.

—A ver, dáme una copa de nada.

Era un vaso así de grande con todos los vinos. Le servían a uno un chorrito de cada botella: Parras, coñá, tequila, wisky, catalán vermú, todo le echan hasta que se llena el vaso. Por eso es una copa de nada. Me lo tomaba y me chupaba un limón enseguida. Pero sí había muchas mujeres que se emborrachaban por gusto o por despecho, de a poquito, de a copita, y yo no sé tomar de a copita. Si a mí me decían: «Vamos a tomar...» Vamos, pero apostando, y de a botella por cabeza... Tumbaba yo a tres, cuatro borrachos y me quedaba como la fresca mañana porque antes de empinarme mi botella me chupaba uno o dos limones y al ratito volvía yo a apostar otra botella y volvía a comer limones y no se me subía. Jamás me enfermé del estómago...

Cuando regresó la comisión de la sierra, mi marido no me encontró en la casa. Le dijeron los muchachos que yo tenía una cantina y ¡que allí va! Así es que cuando abrió la puerta me halló lidiando con los borrachos. ¡Uy, ya me andaba matando! Me dijo que por qué había hecho eso y le contesté que mientras él no estaba, yo me sostuve con la bebida porque si no me daban ningún sueldo, ¿de qué iba a vivir?

—¿Por qué no fuistes al cuartel a cobrar?

—Porque eso es muy delicado. Yo no me voy a pagar sueldo con ninguno de los jefes. Si no estaba usted, ¿yo qué tenía que ir a cobrar lo que no me pertenecía? Yo tuve que buscarme la vida de la manera que Dios me dio a entender...

—¿Y así te dio Dios a entender?

Y que me suelta el trancazo. Se enojó y no se enojó porque en parte él tuvo la culpa.

—Bueno, ahora te vienes conmigo a las comisiones. ¡Y no te me cabrees, porque te mato!

Antes de salir, me puso mi pantalón de montar, mi chaquetín, mi paliacate rojo y mi sombrero tejano y nadie se dio cuenta si era hombre o si era mujer. Toda mi ropa buena la quemó porque dijo que la había tocado el diablo, y mientras ardía Pedro se hacía cruces. A la viuda del capitán Arenas la agarró a cachetadas por meterme malos pensamientos, pero al que más castigó fue al asistente Palemón: treinta cintarazos, y además, le agarró ojeriza. Nosotros ya no pertenecíamos al general Genovevo Blanco, el que nos había casado, sino que nos pasaron a otra corporación: la del general Juan Espinosa y Córdoba. Si hubiéramos seguido en la otra, como el general Blanco era nuestro padrino, hubiera estado al pendiente y yo me refugio con la hija del general: la señorita. Pero ya nos habían cambiado. Por eso Pedro se puso canijo y dijo que no me volvía a dejar. Andaba yo con él tras de su caballo, para arriba y para abajo. Dijo Pedro que cuando él la viera perdida, primero me mataba a mí, y desde entonces ya no me soltó y nunca me volví a sentir libre. Por Pedro me enseñé a andar entre los balazos. Y es una cosa dura ésa de la balacera.

En Chilpancingo nos dijo el general Juan Espinosa y Córdoba que nos iba a llevar a México y que de allí saldríamos al norte. A la hora de reunirse toda la corporación para ver quiénes eran los que iban a salir, me encontré a la gente de mi papá. Me explicaron los soldados de infantería que lo habían dejado a la orilla del camino con un par de mulas de parque. Como estaba herido lo sentaron debajo de un árbol, allí lo recargaron y allí creen que le dio el tiro el enemigo. Lo mataron los zapatistas. Así me enteré que mi papá murió en el combate de Mochitlán, estado de Guerrero, entre Acapulco y Chilpancingo.

A mí no me dio tristeza porque no lo vi. Como ya me había casado y no andaba con la gente de mi papá, la cosa hasta ahí quedó. No supe más de él, hasta que pasaron los años y en el Defe encontré a un joven espírita que le dio poderes a la facultad para que fuera a levantar su espíritu entre los abrojos.

9

A ver tú...
—¿Quién, yo?
—Sí, tú... A ver, pásate para el otro lado.

En México formaron a la gente para nivelarlos de estatura; si eran altos iban a la caballería, si eran chaparros a la infantería. Así dividieron a todas las corporaciones y cada general agarró la gente que le convino.

—¡Hombre, te quedaste con los puros altos!

—Bueno, pa que veas, pásame unos chaparritos pero que estén ponchados.

Antes nomás agarraban gente de a montón sin emparejarla y los mandaban a campaña, jóvenes, viejos, mancos, cojos, como salieran, el chiste era que todos se levantaran en armas. Echaban mano de lo primero que encontraban, y los mandaban al combate como manada de caballos brutos nomás a que los mataran porque mientras se enseñaban a cargar su rifle ya los habían matado. Los chiquitos, los jovencitos, como no comprendían, se metían adelante, total, allí se quedaban tirados y ya. Los agarraban como puerquitos y vámonos al matadero.

A Pedro mi marido lo mandaron a caballería, y a mí también, aunque soy del tamaño de un perro. Los que pasaban a caballería trabajaban más, y los de infantería no tanto porque a la hora que llegaban ponían armas en pabellón, les decían que rompieran filas y ¡vámonos!, ¡ya cada quien a agarrar para donde se le dé la gana! Y la caballería era más pesada porque a los caballos hay que pasearlos, darles de comer y beber, acepillarlos, limpiarles la mugre de las patas porque si no les da coriza, bueno, atenderlos...

Después de nivelarlos, el general Juan Espinosa y Córdoba comenzó a dar la instrucción. Había unos que no conocían más que los machetes en el campo. Pues a ésos, antes de que salieran a combatir, había que enseñarles a cargar el arma. ¿Cuándo la habían cargado? Mucho menos sabían limpiarla, medir las distancias, procurar hacer blanco al que se le va a tirar y no nomás echar bala por echarla. El general Espinosa y Córdoba se desesperaba:

—¿A poco creen que hay tanto parque?

En las mañanas, él mismo iba a la instrucción. Marchar, presentar el arma, desarmarla y apuntar como les enseñan ahora a los conscriptos, la mayoría no conocía ni los toques del clarín, para montar, desensillar, echar pecho a tierra.

—Pues ¿qué clase de milicia es ésta?

Juan Espinosa y Córdoba era un indio negro, estaba feo el viejo, altote y gordo. Parecía hecho con el mocho de la hacha. Eso sí, tenía una mujer bonita, bonita y güerita que se trajo de Chilpancingo, muy jovencita la muchacha. Espinosa y Córdoba tenía la boca aguzada y también le decíamos «el trompudo». Era bien gritón:

—Que comiencen a repartirse los pelotones de cinco o diez soldados, ¡a ver si así entienden!

Todas las mañanas dio sus órdenes en la instrucción.

—Los pelotones de soldados más torpes son los de cinco para que entiendan mejor, y hay que cuidarlos porque no saben ni a qué le van tirando...

A la instrucción entraron todos, hasta mi marido

que tenía quién sabe cuanto tiempo peleando, era capitán y siempre le tocó de avanzada, entre los de mero adelante donde hay más balazos. Se lo dijo al general rezongando:

—Yo soy capitán...

—Pues todos tienen que ir a la instrucción... Usted también aunque sea capitán... ¡Y aunque fuera general! Usted tiene que saber dar sus órdenes como es debido. Si usted que es capitán, no sabe, pues ¿qué van a enseñarles a la milicia? ¡Aquí todos se me van a la instrucción! Se acabó la pelotera.

Tenía razón, porque mire, en la revolución hubo un regimiento que tuvo muchas bajas antes de encontrarse con el enemigo. Casi se acabó la división y ya venían allí los otros. Se mataban más entre amigos que con el enemigo enfrente. Luego una vez, como no había uniformes que nos distinguieran, matamos a una división que venía a reforzarnos... Venían tropas de refresco y las recibíamos a pura bala caliente... Todo se hacía a trompa talega...

—¿Y los uniformes, general?

—Ésos sólo alcanzan para los «clases» de cabo para arriba...

A tanto estar dale y dale, el general de brigada o brigadier Juan Espinosa y Córdoba formó la Quinta División del Noroeste; su propia corporación de mil quinientos hombres. Mucha gente. Mucha gente que se mataba a lo bagre. Yo creo que fue una guerra mal entendida porque eso de que se mataran unos con otros, padres contra hijos, hermanos contra hermanos; carrancistas, villistas, zapatistas, pues eran puras tarugadas porque éramos los mismos pelados y muertos de hambre. Pero ésas son cosas que, como dicen, por sabidas se callan.

Al día siguiente de que se integró la corporación, salimos para el norte.

En Tehuantepec había yo visto el tren pasajero pero no es igual que el militar. El militar es de carga y los vagones son cerrados, negros, sin ventanillas para ver afuera. Como era un tren chiquito de leña caminaba despacio; media hora y se paraba otra media hora cuando no se quedaba varios días en la estación. Iba despacio porque eran mucho carros; un montón de caballos y todas las cosas que lleva la tropa: la indiada arriba de los techos y la caballada adentro. ¿Cómo iba a alcanzar el tren a jalar tanto animalero de cristiano como animalero de caballada? Comíamos allá arriba encima del tren; llevábamos un brasero y no se apagaba porque le tapábamos la boca para que no le entrara el aire por debajo y le salieran chispas por arriba. Si no, vaya quemazón.

Era muy dura la vida en aquella época. Con unas mangas de hule tapaba uno sus cosas hasta donde las alcanzara a tapar para que no se mojaran con las lluvias. De cualquier manera yo no dejaba de mojarme. Traía sombrero tejano y me acomodaba lo mejor que podía. Teníamos que ir sentados todos arriba en cuclillas porque de lo que se trataba era de que la caballada fuera resguardada y que tuviera comida todo el tiempo. Cuando llegábamos a alguna parte, si daban orden de desembarcar, bajaban las bestias a tomar agua; primero que nada las bestias. En el tren no se nos murió ninguna, aunque de nada nos valió aguantarnos la sed y estar engarruñados encima del techo, porque los villistas nos dieron en la madre. A los villistas todo se les iba en descarrilar trenes. Así peleaban ellos, pero nosotros ya estábamos acostumbrados, porque desde que salimos de México para el norte nos aflojaron la vía y con la fuerza que traíamos se enterró la máquina. Y de esa enterrada se abrieron los carros y murieron muchos caballos y bastantita gente. Cada vez que se descarrilaba el tren, duraban quién sabe qué tantos días en repararlo o en traer máquinas y carros de otra parte. Teníamos que desembarcar todos los caballos y sepultar a la indiada.

En Santa Rosalía nos tocó un descarrilamiento que hasta se nos telespearon los carretes del espinazo. Éste fue el más grave porque la máquina se voltió y se voltiaron como seis o siete carros. Los de adelante fueron los más arruinados. Allí tuvimos que pasarnos una temporada al descampado, hasta que nos mandaron el fierraje que hacía falta. Por eso tardamos tantos meses en llegar al norte. A los durmientes no les pasó nada. Los durmientes los ponían buenos, de ocote; ahora ya han de haberse podrido, pero antes eran de ocote macizo.

Recuerdo que cuando amanecimos en Chihuahua, a las cuatro de la mañana, los soldados empezaron a decir:

—Miren, miren, miren, cuánto apache, cuántos indios sin guarache.

Puras mentiras. La gente decía que en Chihuahua no había cristianos sino puros apaches. Nosotros teníamos miedo y ganas de verlos, pero nada. Los de allá son como los de aquí, lo que pasa es que a la gente le gusta abusar, contar mentiras, platicar distancias y hacer confusiones, nomás de argüendera. Yo nunca vi un apache.

Y así viajamos, a paso de tortuga entre puras voladas de tren. Nos quedábamos de destacamento en una parte y en otra y nunca alcanzamos a llegar a tiempo a ninguna estación. Los carrancistas de por allá nunca pudieron hacernos recibimiento. Villa era un bandido porque no peleaba como los hombres, sino que se valía de dinamitar las vías cuando iban pasando los trenes. Estallaba la dinamita y volaban los carros, la caballada y la indiada. ¿A poco eso es de hombre valiente? Si el tren era de pasajeros también lo volaba y se apoderaba del dinero, y de las mujeres que estaban de buena edad. Las que no, las lazaba a cabeza de silla y las arrastraba por todo el mezquital. Eso no es de hombre decente. Yo si a alguno odio más, es a Villa.

Nunca lo llegué a ver de cerca, nunca, y qué bueno porque le hubiera escupido la cara. Ahora me conformo con escupirle al radio. Oí que lo iban a poner en letras de oro en un templo. ¡Pues los que lo van a poner serán tan bandidos como él o tan cerrados! Tampoco les creí cuando salió allí en el radio que tenía su mujer y sus hijas, puras mentiras pues qué. ¿Cuál familia? Eso no se los creo yo ni porque me arrastren de lengua... Ése nunca tuvo mujer. Él se agarraba a la que más muchacha, se la llevaba, la traía y ya que se aburría de ella la aventaba y agarraba otra. Ahora es cuando le resulta dizque una «señora esposa», y dizque hijos y que hijas. ¡Mentira! Ésas son puras vanaglorias que quieren achacarle para hacerlo pasar por lo que nunca fue. ¡Fue un bandido sin alma que les ordenó a sus hombres que cada quien se agarrara a su mujer y se la arrastrara! Yo de los guerrilleros al que más aborrezco es a Villa. Ése no tuvo mamá. Ese Villa era un meco que se reía del mundo y todavía se oyen sus risotadas.

Como mi marido no me hablaba, tampoco lo hacían los demás. Mi marido tenía de amigos a todos los oficiales pero no platicaban conmigo. Cuando nos quedábamos en alguna estación que se bajaba la caballada uno podía entrar a los carros y tres o cuatro oficiales se metían con sus mujeres; cada quien agarraba su lugar, pero a Pedro no le gustaba el asunto ése de que los demás se dieran cuenta y nunca me llamó.

En poder de mi marido nunca me bañé porque ¿con quién andaba quedando bien? Y no podía voltear a ver a nadie ni me podía cambiar ni me podía peinar. No tenía ni escarpidor, me rompió dos escarmenadores y hasta una estregadera de cuando era soltera. Si de chiquilla andaba mugrosa y piojosa, con mi marido se me agusanó la cabeza. Él me pegaba, me descalabraba y con las heridas y la misma sangre me enllagué y se me acabó el pelo que era largo y rizado. Allí en la cabeza estaba la plasta de mugre y allí seguía, porque yo no me podía bañar ni me podía cambiar, así es que sufrí como Santa María en los desiertos. ¿Iba yo a tener voluntad de quererlo? Le cogí tirria, le agarré inquina. Con un cuchillo me podía raspar la mugre del vestido de lo gruesa que estaba. Anduve con el mismo vestido todo el tiempo aunque él me llevaba mucha ropa, pero no me la podía poner. Me la compraba donde nos detuviéramos para presumir con los soldados y con las mujeres:

—¡Miren cómo la tengo!

Así era su instinto, así era él, ¿qué le va uno a hacer cuando el hombre es así? No era tonto sino convenenciero porque decía que así de apestosa, ni quién se ocupara de mí. Él se divertía bien y bonito pero allá lejos, conmigo no. Por eso yo le pedía a toda la corte celestial que lo mataran. Si había una campaña y salían de avanzada, gritaba: «San Julano, San Perengano, ¡líbrame de esta plaga de cristiano! ¡Que lo maten o que lo agarren, pero que yo no lo vuelva a ver!» Y me hincaba y ponía las manos en cruz. Aunque me condene el alma yo pedí que lo mataran. Prefería andar de lazarina. Ni siquiera estando yo sola podía tener la cabeza destapada porque luego venía él y me ordenaba: «Tápate.» Dormía con el rebozo en la cara, toda cubierta como momia. Así que yo fui mártir. Ora no, ora ya no soy mártir. Sufro como todo el mundo pero no en comparación de lo que sufrí cuando tenía marido.

Pedro me empezó a golpear desde que me sacó del changarro en Chilpancingo. Cuando me gritó: «Te pesará», no me dejó ni a sol ni a sombra. «¡Ahora me las pagas!» Nunca se le olvidó, porque así era él, muy celoso, muy delicado. Yo no le dije nada, pues ¿qué le decía si no lo alzaba a ver? Casi no le conocí la cara. Yo le tenía mucho miedo. Siempre estaba agachada, sentada frente a mi brasero, tapada con mi rebozo. Así es de que ¿cómo le reclamaba yo? No podía reclamarle. Él no sabía si estaba viva o muerta. Ahora que me defiendo sola, digo que lo hacía con intención de perderme, pero entonces era muy tonta y donde él me embarcaba allí me subía sin chistar. Para todo golpeaba Pedro, como la mayoría de los hombres de la corporación que trataban a sus mujeres a punta de cintarazos: «Camine, chencha, ándele», el caso era traerlas a mal traer. Pedro agarraba y me daba con la cacha de su pistola en la cabeza y a mí me hervía la muina por dentro, pero no le decía nada; ni me tallaba siquiera para que no viera que me había dolido.

Un día, acampamos en una estación que no me acuerdo cómo se llamaba, en Chihuahua, y nos quedamos varios días o semanas, no sé. Vino y me dijo: «Oye, vale», porque jamás oí mi nombre con él; quién sabe qué sería eso de vale.

—Oye, vale, agarra tu jabón. Vamos a que me laves mis pañuelos.

Yo ya sabía que me llevaba a golpear aunque toda la gente decía que era un hombre muy bueno. Aparentaba, pero tenía la música por dentro. Parecía ser una cosa, pero era otra muy distinta.

Le dije:

—Bueno.

Nos remontamos desde la estación hasta que encontró un clarito redondito donde los burros se revuelcan para sacudirse. Estaba limpiecito el lugar aquel y me dice:

—Párate aquí.

Me golpió hasta que se le hizo bueno. Me acuerdo que conté hasta cincuenta planazos. Me los dio en el lomo. Pero no me doblé. Lo único que hice fue cruzarme de pies sentada en el suelo y taparme la cabeza con los brazos y las manos. Estaba acostumbrada desde chica con el trato que me dio mi madrastra. No sé ni cómo vivo. No me acuerdo si fue esta mano la que levanté pero la tengo señalada, la izquierda; me entró el machetazo en la espalda. Mire, me abrió. Aquí se me ve la herida porque este espadazo entró hasta el hueso. Me sangró pero yo no lo sentí; de tanto golpe yo ya no sentía. No se me aliviaba un trancazo cuando ya tenía otro en el mismo lugar. Nunca me curé, no me unté nada, ni agua, solitas se me fueron las heridas.

Cuando volví en sí estaba en el carro del ferrocarril donde vivíamos y toda deshecha del lomo. Entonces me preguntaron las muchachas:

—Qué ¿está mala?

—Sí.

—¿Qué tiene?

—Pues nada.

—Pues ¿cómo dice que está mala?

—Pues sí estoy mala, pero pues ¿qué les importa?

¿Qué me gano con decirles? No me gano nada. No con que les cuente yo mi vida, se me van a quitar las dolencias. Yo no cuento nada. Y como no les decía yo nada, así pasaron muchos días. Y Pedro volvió a buscar la condición de golpearme. No sé cómo estuvo, el caso es que me dijo que agarrara yo el jabón y que le fuera a lavar los pañuelos.

Dije yo: «Me va a pegar.» Cada vez que me golpeaba no lo hacía delante de la gente y por eso nunca lo agarraron con las manos en la masa.

—¡Qué bueno es su marido, Jesusa!

Nunca lo vieron enojado.

—¿Cómo dice?

—Que qué suerte tiene usted con ese marido. ¡Bendito sea Dios!

Nunca aclaré nada. Ésas son cosas de uno, de adentro, como los recuerdos. Los recuerdos no son de nadie. Nomás de uno. O como los años que sólo a uno le hacen. ¿A quién le da uno el costal de huesos que carga? «A ver, cárgalos tú.» Pues no, ¿verdad? Ese día, que agarró la pistola. Traía yo un blusón largo con dos bolsas y en las bolsas me eché las balas y la pistola. «¡Qué jabón ni qué nada, de una vez que me mate o lo mato yo!» Estaba decedida. Yo lo iba siguiendo. Llegamos a un lugar retirado de la estación y entonces me dice él:

—Aquí se me hace bueno, tal por cual. Aquí te voy a matar o ves para qué naciste...

Me quedé viéndolo, no me encogí y le contesté:

—¿Sí? Nos matamos porque somos dos. No nomás yo voy a morir. Saque lo suyo que yo traigo lo mío.

No sé de dónde me entró tanto valor, yo creo que de la desesperación, y que saco la pistola. Lueguito se asustó, vi claramente que se asustó. Pensé: «Él es muy valiente, que saque también su pistola y nos balaceamos aquí. Algunos de los dos tendrá que quedar vivo.» Pero entonces me dice:

—¿Quién te ha aconsejado a ti?

—¿Quién? Usted ha de saber quién —le dije—, la misma persona que lo aconseja a usted, que me golpié, esa misma me ha aconsejado a mí.

Mentiras. A mí nadie me había aconsejado, pero como él me preguntó yo no me quedé sin contestarle. Nunca antes le había levantado la voz:

—¿Quién te ha dicho que me contestes?

—La misma persona que le ha dicho a usted que me dé mala vida...

Entonces me dice:

—Deja la pistola...

—No, a eso me trajo, a matarme. Aquí nos matamos los dos. Saque lo suyo.

Vi que él no sacaba nada...

—Es que no te voy a hacer nada ahora. Ya deja la pistola.

—No, de aquí me llevará muerta, pero saque su pistola también.

—No, yo no te voy a hacer nada...

—¿Y entonces para qué me trajo? ¿A pasear? ¿A pasear en el monte? Me trajo a matarme, ¿verdad? Pues máteme.

Entonces me comenzó a hablar por la buena:

—No seas tonta... yo... me cuentan cosas que me haces...

—Bueno y ¿usted por qué no me espía si sabe usted de mí?

—Es que yo no puedo estar al pendiente de todo.

—Entonces ¿por qué se cree lo que le cuentan? Así es de que no... Me lo va a hacer ver y ahorita mismo. Ahora mismo nos vamos, ándele. Pásese por delante...

—No, pásate tú.

—No, ya se volvió el mundo al revés. Ahora no me manda usted, ahora lo mando yo y ahora se va adelante, ándele y si no le gusta, lo trueno aquí.

Como vi que no sacaba la pistola me hice más valiente. Pensé: «No, no trae con qué... Así es de que yo le hablo ahora más fuerte.»

Me lo llevé y caminó por delante. Le dije:

—Camine para allá para el carro del pagador, ándele.

Le habían dicho a mi marido que yo era la amante del pagador. Se lo dijo una mujer, cuándo no, si así son todas: cuando no andan culeando, se meten al chichichaque, al chimiscolee, a ver a quién arruinan con sus embrollos:

—Llame usted a la mujer. Aquí me llevan presa pero aquí mismo me lo va a hacer ver o nos matamos los dos.

Ya cuando mi marido la vio perdida tuvo que llamarla:

—Oye, manita, ven para acá porque tú las has visto con el pagador. Ahora quiero que me lo repitas delante de ella.

Entonces la mujer protestó:

—Ay no, manito, yo no te dije nada.

Yo le grité a ella:

—Sí, sí se lo dijo porque él me ha golpeado por culpa suya. No me ha matado porque Dios no ha querido pero él con todas las intenciones me llevó al monte a clarividiarme, así es que ahora usted y él me lo tienen que hacer ver...

—No, manito, dice ella, si yo no te he dicho nada. No seas así, ¿cómo? ¿Cómo te andas creyendo tú? ¿Quién te lo ha dicho? Porque yo no te dije nada...

—Usted fue —le grité aventándole un balazo en los pies.

—Ay, manito...

Pero en ese instante salió tras de ella su marido, la jaló y allí mismo comenzó a golpearla.

—Tú le has buscado mala vida a esta mujer y ahora me la vas a pagar oyéndola... Tú aclaras esto que has hablado. ¿Por qué le dijiste a Pedro que ella andaba con el pagador? ¿Tú les serviste de colchón? Si tú no los acompañaste no debes de hablar...

Y al mismo tiempo que le reclamaba la golpeaba.

Al oír el balazo tan cerca del carro salió el pagador, salió el mayor, el teniente coronel. Salieron todos y fueron a llamar al general. El general Espinosa y Córdoba le quitó la espada a mi marido y le dio cincuenta cintarazos.

—Para que sepas lo que duele.

Y le dio otros cincuenta al otro marido por consentidor. A ella le dio veinticinco para que se le quitara lo chismosa. Al pagador no lo conocí yo hasta ese día que lo vi, ni el pagador me conocía a mí. Salió de su carro porque oyó el pleito. El trompudo les dijo a gritos a los dos:

—A ti te golpeo por andar creyéndote de los chismes que te vienen a contar y a ti por alcahuete, porque consientes que tu mujer ande de revoltosa.

La revoltosa era china, de pelo chino. Se llamaba

Severiana. Su dizque marido la fue a sacar de un bule allá en Morelia. Mi marido también fue y se metió con otra nomás por un ratito, porque no podía traérsela. Pero a Severiana se le hizo muy fácil que Pedro me dejara para que ella pudiera acompañarse de la tal Jacinta —que así se llamaba la otra—, porque las dos viejas tales por cuales eran muy buenas amigas, muy morelianas las dos.

Según supe yo, mi marido tenía el defecto de que las enamoraba y ya que se divertía con ellas, entonces decía:

—¿Me quieren mucho? Pues síganme queriendo porque no soy solito, soy casado.

Pedro se volvió más bueno desde que lo balacié. Pero entonces yo fui la que me emperré. De por sí, yo desde chica fui mala, así nací, terrible, pero Pedro no me daba oportunidad. La bendita revolución me ayudó a desenvolverme. Cuando Pedro me colmó el plato ya me dije claramente: «Me defiendo o que me mate de una vez.» Si yo no fuera mala me hubiera dejado de Pedro hasta que me matara. Pero hubo un momento en que seguro Dios me dijo: «Defiéndete.» Porque Dios dice: «Ayúdate y yo te ayudaré.» Y yo oí que me dijo: «Defiéndete, ya es suficiente con lo que has recibido. Ahora empieza tú a repartir.» Y saqué la pistola. Después dije que no me dejaría y cumplí la palabra. Tan no me dejé, que aquí estoy. Pero ¡cuánto sufrí mientras me estuve dejando! Yo creo que en el mismo infierno ha de haber un lugar para todas las dejadas. ¡Puros tizones en el fundillo!

Él siguió de coqueto, ah, pues seguro, si era hombre; era hombre y andaba en la paseada. Siguió con las mujeres pero conmigo fue distinto porque me hice muy peleonera, muy perra. Y con los años me fue aumentando el instinto de dar antes de que me den. El que me tira un jijazo es porque ya recibió dos por adelantado. Así es de que Pedro y yo nos agarrábamos a golpes a cada rato y por parejo. Se acabó aquello de agacharse a que me llovieran cachetadas y cintarazos. Supe defenderme desde el día aquel en que me escondí la pistola en el blusón. Y le doy gracias a Dios.

10

Mi marido tenía una suerte de perro amarillo con las mujeres. Lo seguían mucho y cuando no les hacía caso se valían de trasmano para ponerme en mal.

Cuando estuvo en el 77 Regimiento se metió con otra. Yo sabía que era su querida, pero no le dije nada, hasta que el marido le reclamó a Pedro que con qué derecho andaba con su mujer. Claro que Pedro, en punto borracho, se creyó muy valiente y le pegó al marido. El otro no pudo ni meter las manos porque Pedro le agarró ventaja. Cuando ya estaba sacándole todo el mole llegó la vigilancia y se llevó a Pedro, y como era militar y estaba exhibiéndose en la vía pública le dieron quince días de arresto. Y esta sinvergüenza, Angelita, hágame el favor, iba a verlo al separo. Acababa de entrar cuando llegué yo con la canasta de la comida. Se había recargado en la reja y él también recostado por el otro lado, los dos muy felices.

—¡Qué bien se ve este par de jijos de su mal dormir! ¡Lástima que el pájaro ande en otra jaula!

—No —dice Pedro—, si nomás vino a traerme un recado del coronel.

Y me la empezó a barajear.

—No, si ya conozco a esta tal por cual, nomás que

el coronel no tiene tan malos gustos. Pero ahorita nos vamos a ver solitas en la calle...

Que doy la vuelta con todo y mi canasta y que me salgo. No le dejé la comida: «Que le traiga ella. Ya que le estafa la peseta, que tenga obligación de traerle comida y a ver si no se la da también con agua de coco.» Me salí trinando. ¿Por qué chingados me manda pedir la comida Pedro si ya tenía quien le llevara? Me fui por una calle y ella, Angelita, agarró por otra. Cuando llegué a la esquina vi que daba vuelta y que corto para atajarla. Entonces la muy valiente echó la carrera. Me dio más coraje y la seguí aunque me llevaba mucha ventaja. Pensé: «¡A ver, que me explique esta jija de qué se trata!» Corrió y corrió y se metió en la primera puerta abierta que encontró. Yo me paré enfrente, taconeando. Salió la dueña y me preguntó:

—¿Qué busca en mi casa?

—¡A la mujer que se acaba de meter!

—¿A cuál?

De pronto volteó la dueña y la vio escondidita tras de un macetón.

—¡Sáquese! Yo no admito pleitos en mi casa.

Pero como me vio muy rabiosa, la dueña no quiso seguir alegando y se encerró en su cocina.

Entonces me paré en la esquina a esperar a Angelita, y como no salía me brinqué la cerca de piedra y en el corral de esa casa que me agarro con ella en el suelo. Como no llevaba con qué, saqué una horquilla grande que traía en el chongo y con ésa le picotié toda la cara.

Ella estaba bañada en sangre, porque yo tengo mucha ventaja para peliar. Siempre pegaba con arma y Angelita no sabía que por lo regular cargaba navaja. Nos agarramos las dos, pero luego que la vio perdida, se me soltó y echó a correr por toda la calle hasta que se atrancó adentro de su casa. Su marido nomás le gritó:

—Ora sí, tal como te pones tú se ponen contigo. ¡Hoy mismo te me largas!

Esa pobre muchacha quedó muy picoteada porque después una de las mujeres de los soldados la vio en el cuartel y me dijo:

—¡Ay, si le dejaste la cara como coladera!

—Pues sí, cuajada de lunares de los horquillazos que le entraron. Y así se va a quedar para siempre, amén.

Angelita era una muchacha muy jovencita, blanca ella, bonita, pues sí, no era fea, lo que sea de cada quien, no era fea. Siempre que me peleaba con Pedro le decía:

—Siquiera cuando se meta a hacerme guaje, búsquese una cosa buena, que no sea igual a mí de india... Una cosa que costiée...

A él le daba risa pero a mí me dolían los huesos del coraje.

Pedro se enteró de que yo le di a su querida pero no me dijo nada. Al contrario, a los quince días, cuando salió me compró unos aretes de piedritas finas. Yo luego caí en la cuenta que él no tenía la culpa; cumplía como hombre porque las mujeres lo perseguían a propósito. Yo veía cómo lo seguían, nalgueando, dale y dale, así es que, a lo legal, digo yo que las culpables eran ellas. En primer lugar, las que tenían su marido ¿qué le iban a buscar a él?

A ese pueblo llegó Pedro como a las seis de la tarde y yo llegué al otro día. Esa misma noche Angelita lo fue a buscar; conforme llegó y con sólo verlo, ella fue y se le metió. Por eso digo que como hombre no le quedaba más remedio que cumplirles. ¿Qué hacía Pedro si se le iban a ofrecer? ¿Decirles: «Vete, no te quiero»?

—Pues aunque no me quieras, ven arrímate.

¿Qué remedio? Tenía una suerte desmedida, de perro amarillo digo yo. Y ellas lo seguían como perras calientes.

Yo no sé que les pasaba a esas mujeres, algo tendrían que no llenaban con el marido, que iban con Pedro a que las acompletara. Y luego andaban con su violín: «¡Es el amor!» ¿Cuál amor? Puras habas. Esas mujeres son como las gatas en brama, que no saben que van a tener gatitos y andan allí arrastrándose con la cola de lado.

Una noche que estaba acostada en el cuartel oí que un cabo muy amigo de Pedro le platicaba a su mujer muy cerquita de mí. Creyeron que me había dormido:

—Viéndolo bien, dice el cabo, el jefe no tiene la culpa. Ellas vienen expresamente a buscarlo y ni modo, les da su desaplaque.

En la mañana cuando estábamos liando el petate no le pregunté nada a la mujer del cabo: «¿Para qué prendo la mecha? Va a decir ella que los estuve oyendo, pues que digan lo que quieran...» Y ya no les hice caso.

Yo digo que Pedro no era bonito, que más bien tendría una piedra imán para que lo siguieran las mujeres porque no sé qué otra cosa distinta podía tener. Porque ésa es una suerte muy aparte. Su pelo era muy chino, muy quebrado; acá adelante se le hacía un rizo. Era chato y picado de viruela. Sus dos dientes de oro, no cabe duda que tenían chiste, pero guapo no era, según yo.

—Ándale, Pedrito, no nos vayas a hacer el feo, no nos vayas a desairar...

Él nomás se reía, hombre al fin:

—Tú brinda con nosotros... Ándale, Pedrito...

Como era muy volado las viejas birriondas lo enredaban pronto...

Una vez hasta lo envenenaron. En realidad el veneno era para mí pero como mi sangre es negra y amarga y tengo las venas en cruz, no me hizo, pero a él, la primera copa que le dieron, lo envenenó porque su sangre es dulce. Le dio como rabia y echó a correr por la calle y con el aire de la calle se le torció la cabeza para atrás.

Esa mujer lo embrujó, lo volvió loco, le torció el pescuezo. El asistente Palemón y yo tuvimos que amarrarlo a la cama, y allí se quedó varios días hablando puras distancias, puras cosas que no convienen, hasta que lo llevamos con un curandero que le hiciera una limpia con yerbas. Cuando iba a media curación, voltea conmigo y me dice:

—Ya ganamos, señora.

Yo veía a mi marido igual, allí tirado como muerto, pero el curandero sudaba mucho; estaba arrodillado frente a Pedro escobetéandolo y reza y reza hasta que se le acabaron las oraciones. Luego lo envolvió y lo acostó. Hizo un tambache con todo lo que le quitó, con la mugre que le sacó. Se fue y no vino sino hasta otro día a las seis de la tarde con otro tambache de yerbas traídas del monte para volverlo a limpiar. Y cuando acabó me dice enseñándome una botella con agua amarilla:

—Mire lo que traigo aquí. ¿No le ve usted algo?

—Pues es un monito...

—Pues él es.

Era Pedro; el retrato de mi marido hecho de cera metido en la botella. El curandero fue a desenterrarlo. Me preguntó:

—¿Y qué quiere usted que haga con él?

—Yo no sé.

—Mire, señora, si lo tiro, se muere, si lo quemo, se muere, si lo entierro también se muere, así que usted dice...

—No, yo no sé, yo no sé. Haga usted lo que Dios le dé a entender.

—Mire, señora, lo voy a echar a un hormiguero, porque de allí no lo pueden sacar.

Se llevó la botella con el monito de mi marido y las yerbas del monte y ya cuando vino la tercera curación mi marido estaba en su entero conocimiento. El curandero le dijo:

—Ahora que está en su juicio, le aviso que todos sus males vinieron por andar tomando la copa que le ofrece sabe Dios quién y sabe Dios dónde. Se lo advierto. Su sangre es muy dulce, no tiene defensa contra los maleficios. Yo me pongo a sus órdenes pero creo que con otro daño como éste, usted se va a donde Dios lo trajo o se pasa toda la vida de menso, nomás causando lástimas a la gente.

Después de su accidente mi marido hasta me llevaba a la calle y un día cuando íbamos al mandado, oí que le dijo al asistente Palemón:

—Aquí viene esta tal por cual...

Entonces yo voltié y la vi. Pedro le volvió a decir otra vez a Palemón:

—Aquí anda esta tal por cual, pero te dejo la consigna de que la embarques de vuelta en el tren que viene de Ciudad Juárez por la buena o por la mala. Y tanto mejor si la echas en una jaula de puercos.

—Ya te vine a ver —le dice ella muy contenta, como si yo estuviera pintada en la pared.

—No tienes a qué venir —contestó mi marido y luego le repitió al asistente—: Móntala en el tren. Si la encuentro aquí cuando regrese, ya sabes que la agarro a balazos... y no será raro que a ti también te toque alguno.

—Pero ¿por qué? —dice ella muy inocente—, si te vengo a seguir, si ando tras de ti entre los peligros.

—No tienes por qué buscarme, ya sabes que soy casado y ésa que está allí parada es mi esposa. Ya la ves tan pingüica, si no te quitas, te va a dar una santa entrada de chingadazos.

Y yo nomás oyendo, porque no había llegado mi hora.

—Ándale, vámonos —me dice él—, no te quedes como el que pelaron vivo.

Y allí la dejó él con el asistente. Todavía alcancé a oír que Palemón le decía a la mujer:

—Si no quiere que la balaciée regrésese en el tren...

El asistente la subió con mucha delicadeza y fue la última vez que la vi. Nomás se oyeron los culatazos. Era una señora grande, caderona y nada bonita, de una casa mala en Morelia. Pero para todo hay gustos. Él la conoció para divertirse un rato pero se le pegó como chinche hocicona. Así es que esta mujer, la Jacinta, debía estar perdida por Pedro más de lo que ya estaba perdida en el burdel. Bueno, eso creo yo. Pobre, pero ¿a poco nomás él era hombre? Había muchos. Y ella se lo sabía por propia experiencia. Que no se hiciera, ¿a poco nomás él estaba en el mundo? Y además, tenía dueño, ¿pues cómo? Hay que buscarse un solito que no tenga grito. Para gritar nomás uno. No es negocio ése de querer a un hombre con dueño.

Yo no tenía celos de mi marido. ¿Qué le celaba si no me interesó nunca su vida? Nomás que me daba coraje que la gente hablara. Le tenía que reclamar, porque no soy de palo. Que le di sus trancazos al final, sí se los di porque me tenían harta las queridas y no quería yo ser su guajolota. ¿Qué andaban buscando si Pedro tenía quién? ¿Qué buscan las cabronas?

¿Y los hombres qué andan metiéndose por donde no? Hablando feamente, lo mismo que tiene una tiene otra. Todas tenemos el tafiruche igual. No es de mi conformidad que anden así de sinvergüenzas con una y con otra. Menos mal, él tenía medio de darles una peseta a cada una, porque lo que sea de cada quien, la que se revolcaba con él, no se revolcaba de balde; las vestía, las calzaba, les daba de comer y no les hacía falta nada. Mi marido no andaba con que se lo fueran a dar de oquis, aunque se lo ofrecieran. Tuvo una docena o sabe Dios cuántas más. Que una se la pesqué, la Angelita, pues sí, se la pesqué y le di para que entendiera. Pero fue una nomás y Pedro tenía un chinguero de coscolinas.

Pedro no se casó conmigo porque yo le gustara

sino porque se picó: «Ésta no se me va.» Porque a él, mujeres le sobraban. ¿Qué necesidad tenía de mí? Cuando lo conocí, lo atendían por allá en cada casa, le lavaban y le planchaban, se desayunaba con una y allí le daban ropa limpia; la ropa que se había puesto conmigo la dejaba en la casa donde iba a cenar. Iba a dormir a otra casa, a otra y a otra. Dondequiera tenía comal y metate. Yo lo veía allá cada y cuando. Se acostaba allí donde yo estaba y ya. Nunca anduvo con esas adulaciones de que mi vidita yo te quiero, que mi vidita yo me muero. ¡Ay, esos disparates que les dicen ahora! Tampoco me besó. No estoy acostumbrada a los besuqueos pues sólo Judas besó a Jesucristo, y ya ve lo que resultó. ¡Qué figuretas son ésas! ¡Qué hagan lo que tanto les urge pero que no lo adornen!

Pedro tenía cuerpo de hombre, era muy enérgico, muy maldito. Yo lo único que digo es que le costé trabajo porque no podía hacerse de mí. Otras se le iban a los brazos pero conmigo no hubo ofrecida. No me le fui a ofrecer nunca. No nos hablábamos. Por eso no reconozco cuál es el amor, nunca tuve amor, ni sentí nada, ni Pedro tampoco. A él lo que le interesó era infelizarme y ya. Vivía yo feliz cuando no venía. Nomás le veía las botas cuando entraba en las mañanas y le preguntaba:

—¿Le sirvo de desayunar?

Si venía de buenas me decía que sí, si venía de malas, decía:

—No te pido.

—Pues no me pida.

Agarraba yo la olla o la cazuela o lo que fuera y allá va para media calle.

—Ya me pedirá y no hay.

Aventaba el alimento con todo y traste. Con eso me vengaba yo, con tirar la comida. Pedro se daba la media vuelta. Pero yo sí me quedaba sin comer porque hacía el alimento y tal como lo hacía, allí se quedaba. Yo no fui de las que dicen: «Ya está la comida, voy a comer. ¿Qué me importa si él come o no come?» Ni la probaba siquiera. Y que dijera yo: «Me estoy cayendo de hambre», no. Yo era fuerte, de por sí soy fuerte. Ya mi naturaleza es así. El cuerpo está acostumbrado a la necesidad de la vida. Me aguantaba. El coraje, eso me sostenía. Toda mi vida he sido mal geniuda, corajuda. Si no comía, pensaba: «Bueno, pues al cabo yo no tengo hambre.» Y con las fuerzas que hacía se me quitaba el hambre. Dos perros que andaban en la calle eran los que aprovechaban lo que yo había guisado.

Eso sí, entre medio de sus pobrezas, Pedro me tenía todo. Como a él no le gustaba que yo volteara a ver a nadie, nunca anduvo con que: «Ve a ver a la amiguita Fulana a ver si te presta chiles y tomates.» No, hombre. Mi marido no era de ésos. Allí me tenía chiles y toma-tes, ajos, cebollas, harina, café, azúcar, arroz, piloncillo, todo lo que se necesita. Y me lo tenía por bultos com-pletos. Además de la Muñeca llevaba yo a campaña un caballo con todas las cosas que hacen falta. Cuando sa-líamos a guerrear el asistente Palemón, o el otro, Zefe-rino, me traían agua y allí mismo tenía yo que hacer tortillas, cocer arroz o frijoles, lo que hubiera. Noso-tros cargábamos tienda de campaña. Pedro mandaba a los dos asistentes a que escarbaran en el suelo; se clava-ban unas estacas, dos grandes y cuatro chicas para que la tienda quedara pegada al suelo y no nos mojáramos. Cada quien hacía su casa. El que era solo, se dormía en su propia tienda con dos o tres soldados. Los que te-nían mujer, nada más con su mujer y sus hijos. Había muchas criaturas de cinco, seis, siete años que se queda-ban con la mamá en la impedimenta. Casi no iban mu-jeres en campaña; a mí me llevaba Pedro sin orden del general Espinosa y Córdoba; por eso me vestía de hombre para que se hicieran de la vista gorda. Me tapaba la cabeza con el paliacate y el sombrero. Por lo regular, unas iban como yo, porque sus maridos las obligaban, otras porque le hacían al hombre, pero la mayoría de las mujeres se quedaban atrás con la impedimenta. Doy razón de varias partes porque si me hubiera quedado en la estación, allí no veo nada ni oigo nada. Es bonito. La verdad, es bonito porque siquiera no es cuento. Uno vio. Después le agarré el modo y me gustaba ir a peliar, pero me duró poco el gusto.

Yo siempre usé pistola al cincho; pistola y rifle porque la caballería lleva el rifle a un costado del caballo. A lo que me dedicaba era a cargarle el máuser a Pedro, el mío y el suyo; mientras él descargaba el que tenía en las manos, yo estaba cargando el otro cuando ya él me pasaba el vacío. Íbamos corriendo y la Muñeca iba al paso del otro caballo, pegadita, pegadita. Ya sabía el condenado animal. ¡Bien que sabía guerrear! Cargaba yo los máusers con balas grandes que traía uno en las carrilleras; vienen las paradas de cinco cartuchos y ésas se meten en el máuser. Nunca tuve miedo. No sé si maté alguno, si estuvo cerca sí, si no, pues no tenía por qué hacer fuego. Para mí no existe el miedo. ¿Miedo a qué? Solamente a Dios. Es el único que nos tiene que hacer polvo. Pero al mundo, pues ¿cuál miedo? Si ya le toca a uno, ya le tocó. Da lo mismo. Así son estas cosas.

En los combates no se ven más que puros monitos que andan guerreando. No se ven grandes, se ve que vienen de allá para acá, unos que vienen, otros que van y a cada bultito prepara uno su arma para hacerle blanco y si no tiene tino le pasan las balas chiflando por las orejas o por arriba de la cabeza, pero si sí, pues se cae el monito y allí se queda donde cayó. Pedro sí tenía tino. También llevaba otra cartuchera de refuerzo sobre la cabeza de la silla. Yo a las balas ni siquiera las oía. Nomás veía la pura humareda y ni tiempo tenía yo de refregarme los ojos. ¡Nunca le vi la cara al muerto! ¿Quién se iba a bajar a ver a los muertos? Vivos y muertos allí se quedaban. Nosotros debíamos perseguir a los que iban adelante. Por lo regular, ni los familiares se enteraban del muerto. Los zopilotes eran su camposanto. Al fin y al cabo no eran más que bultos.

También guerreábamos de noche. Tirábamos las balas asegún donde salieran los vislumbres, de allá para acá, asegún los fogonazos, lo mismo que los otros, asegún la dirección de los vislumbres del campo enemigo. Pero lo más duro era no saber por dónde venía el enemigo, en dónde andaba.

—Allí viene por el desfiladero.

Y no era cierto. Y otra vez:

—Los avistaron por el lomerío.

Y nada. Nomás lo tenían a uno los centinelas a salto de mata con sus falsas alarmas. A veces, por la cerrazón de la niebla no nos veíamos ni la cara, mucho menos íbamos a poder otear al del campo contrario. Había que sufrir las inclemencias del tiempo, y muchas veces caminamos a tientas y a tientas nos acostamos sin saber ni dónde. Una vez, una sobrevenida de aguas nos hizo regresar hasta la estación donde había quedado la impedimenta. Veníamos todos enlodados, con el equipo pudriéndose, a rastras. Además nos llovió sobre mojado porque tuvimos muchas bajas. Abandonamos las trincheras, hasta que el general Espinosa y Córdoba nos ordenó bien muino que volviéramos a nuestros puestos. Pero cuando vio que no amainaba el agua dio la contraorden y allá fuimos a guarecernos... Al día siguiente, en la estación yo nomás veía nuestra ropita que las mujeres habían tendido sobre unos cables para que se oreara. Y como todos en el cuartel eran amigos de lo ajeno, supe por adelantado: «Estas camisas y estos pantalones, aunque estén hechos trizas, yo no los vuelvo a ver...»

Allá en el norte subía la nieve hasta un metro. De tanto llueve y llueve y llueve nieve, se levantaba así de alta. Se morían las máquinas del ferrocarril. Ya no caminaban. Desde la puerta del tren veía yo esas buenas nevadas que caen entre Ciudad Juárez y Villa González y la nieve que bajaba de la sierra por San Antonio Arenales y a mí me caía mucha admiración y me iba de vaga a meter a lo blanco. Me gustaban las plumitas blancas que iban cayendo, me tapaba con mi chal, y allá voy entre la nieve, pues estaba chiquilla, tenía quince años y todo lo tomaba a juego. Ahora que me saliera yo para afuera a la hora que comenzara a nevar, cualquier día, pero en esa época no sentía el frío. Como nunca había visto nieve me encantaba y me enterraba las piernas entre lo blanco y toda la mañana andaba revolcándome. La sentía calientita hasta que me calaba el frío, yo creo que de tantas horas, me subía al furgón y ponía los pies en la lumbre para que se me desentumieran. Como a las tres o cuatro veces me resultó la tullidera. Se me acalambraron los pies y me quedaron así engarruñados. Y en la noche pues era un dolor insoportable que no dejaba dormir, porque a la hora que me quería estirar no podía moverme. Y a esas horas, a pesar de que era terrible, el pobre de mi marido le decía a Palemón:

—Anda, sácame un poco de chapopote de las chumaceras... Anda, traime un puño de estopa...

Y ya venía el asistente y Pedro me untaba el chapopote con la estopa del tren. Todas las noches me sobó las piernas y luego me las envolvía con mucho cuidado. Yo no me podía enderezar, también las manos las tenía engarruñadas. Ya con el chapopote y las friegas se me aminoraron las dolencias hasta que pude volver a andar.

11

Esa época era bonita pero terrible la sierra de San Antonio Arenales con sus despeñaderos, sus barrancos y su piedra suelta. En la noche nomás oíamos el rodar de la grava y a mí se me afiguraba que la montaña se nos venía encima. Acampamos al pie de un cerro en una llanada inmensa, pelona, lacia, sin un árbol. No sé si el pueblo estaría lejos o cerca pero los campesinos de por allí venían en burro a vender las provisiones. Les pagábamos con unos billetes colorados como ésos de a peso que hay ahora. Ese dinero lo hacía aquí en el Defe el Supremo Gobierno. Los villistas traían unos papeles blancos de papel de china delgaditos como telarañas. ¿Quién hacía las sábanas de Villa que no valían nada y que ellos encajaban a fuerzas? No lo sé, pero cada quien traía su papel; unos cartoncitos color naranja eran los de a veinte centavos, los de a diez eran azules y los de a cinco eran rojos. Puros bilimbiques. Ése era el cambio que le daban a uno por un peso. Había mucho oro y mucha plata pero bien enterrados porque durante la revolución cada quien escondió su dinero. Ya nadie sabe en dónde, y en los pueblos menos, porque los campesinos también enterraron sus semillas. Hacían unos agujeros grandes y allí metían su frijol, su maíz, su arroz con tal de no venderlo porque al rato ya el papel no valía nada. Los soldados del gobierno ganaban un peso cincuenta centavos, diarios, pero mi marido nunca me entregó su sueldo como lo hacía mi papá. Hasta que llegué a la ciudad de México vine a conocer las onzas de oro, unas monedotas así de a cuarenta pesos, de oro macizo. Bonitas, sí. Los pesos de plata también eran grandes, contantes y sonantes. Pero en San Antonio Arenales todo lo pagábamos con papeles colorados.

—«¡Nos vamos a quedar aquí un tiempo! —les avisó el general Juan Espinosa y Córdoba a sus oficiales—. No he recibido órdenes del Supremo Gobierno.»

—Ta'bueno.

—Así es de que váyanse acomodando como mejor les convenga...

Los oficiales se le acercaban cada cuatro o cinco días, cuando lo veían salir de su casa donde estaba con su güerita:

—¿Qué noticias hay? —le preguntaban.

—Pues nada. ¡Vaya frito que está haciendo! ¿Qué, han juntado suficiente leña?

—Pues no, mi general, nomás la suya...

—Pues no sean güegüenches, no sean güegüenches... ¡Junten, junten para ustedes!

—Pues ¿cuánto nos vamos a quedar?

—¿Qué no oyeron que no hay noticias...? (Y se volvía a meter a su tienda, frotándose las manos y levantándose el cuello de la chaqueta, muy quitado de la pena.)

Entre las peñas de la sierra de San Antonio, la soldada se puso a juntar leña para hacer lumbre y Pedro andaba también con ellos buscando palos para hacernos la casa, cuando en una de esas, en un recodo, se encontraron una coyotita. Este animalito vio gente, y tan confiado, se encaminó hacia ellos y lo cargaron.

—¡Ay —dijo mi marido—, qué bonito perrito!

Lo comencé a criar con atole de harina que le daba con un trapito y el animal se engrió mucho conmigo. Dormía en mis piernas y no dejaba que se me acercara nadie. La quise mucho a esa coyotita. Estaba lanudita, lanudita buena pal frío. En las noches junto al fogón mi marido se sentaba a leer. Me leía dos capítulos de la novela de «Nostradamus». Luego la «Catalina de Médicis», «Las mil y una noches», «El Gran Prevoste» y «Luisa de Motmorense». También me leyó otra de «La hija del Cardenal». Es muy interesante ésa que trata de la hija del Cardenal y de una reina. Él era confesor de la reina y en una de tantas veces de estarla yendo a confesar se enamoró de ella, pero no podía maniobrar porque estaba el rey allí. Cuando salió el rey a una guerra, la reina se enfermó de una niña del confesor. Pero a la niña la crió una nodriza en una quinta donde la escondió el Cardenal. Esa novela me la aprendí toda de memoria. Mi marido sabía leer muy bonito, explicaba todo muy bien. Uno le tomaba sentido. Luego me preguntaba:

—Habla, ¿qué entendiste?

—Pues entendí esto y esto... Pero la reina ya ni la amuela...

Y es que yo no sabía entonces que también las reinas le hacen al desfiguro.

—¡Oh, contigo no se puede hablar! No, no es así, no te fijaste bien.

Y me leía otra vez más despacito.

—¿Y ora? ¿Entendiste o no entendiste? A ver, habla, ¿qué entendiste?

—Orita le digo, péreme...

—Ya le decía lo que alcanzaba a entender.

—No, pues no, ya te dije que el Cardenal es un aprovechado. Debería de haberse agarrado con el rey de hombre a hombre.

Ya volvía él a leer y le inteligenteaba yo mucho

muy bien, aunque le dijera disparates que se me venían a la cabeza, y es que él nunca me enseñó a platicar y de repente le dio por hacerme preguntas. Él se ponía a leer, bueno, pues que leyera. Luego me preguntaba, pues seguro se aburría de estar hable y hable solo como loco, hable y hable fuerte, y yo allí, amoscada, nomás mirándolo, esperando a que me pidiera su café. Decía yo: «Bueno, pues que siga hablando.» Pero lo que sea de cada quien sí leía bonito, o yo le entendía o sabe Dios, pero hay cosas que se me grabaron y que nunca se me van a olvidar. Además Pedro leía hasta seis veces el mismo capítulo. ¡Se imagina si no se me iba a quedar algo, si todos los días era la misma canción! Cuando nos quedábamos en un pueblo, en un rancho, en la sierra, en donde le tocara a uno, Pedro leía, pero si andaba en una comisión, estaba nomás cuidando a que viniera la balacera y ni se acordaba del libro. Así es de que él tenía sus ideas o sus manías, seguro ganas de estar hablando, alegando; yo no entiendo cómo le hacía, pero él era muy distinto, un animal raro, una cosa así como muy solita, aunque durante el día se le fuera el tiempo guaseando con la soldada, y ya en las ciudades volviera a las andadas. Llevaba varios libros, los empacaba el asistente Zeferino en un cajón y en la sierra de San Antonio Arenales Pedro los sacó y se ponía a leer todas las noches. ¡Quién sabe quién le enseñó a leer! ¡Quién sabe! No sé. Si se lo pregunto, que nunca se lo hubiera preguntado, seguro que me contesta:

—No me acuerdo.

Así era. Vaya usted a saber por qué. Cuando leía le brillaba mucha candela en los ojos. Se iba la luz, ya estaba lobregueciendo, y él seguía hasta quedar turulato, hasta la anochecida. Entonces con harto cuidado cerraba el libro y se tiraba a dormir, sin pedirme que le calentara la cena.

Una mañana el coronel vino a buscar a mi marido para que diera orden de que tocaran reunión, pues había noticias, y como Pedro andaba en el monte y en ese momento no había ningún corneta, fui yo y agarré el clarín y lo tuve que tocar. La coyota me siguió y al coronel se le hizo fácil tomarme del brazo y entonces la coyota se le echó encima y lo mordió. Él sacó la pistola y le dio un balazo al pobre animal. A mí me entró mucho coraje.

—¿Por qué lo mató? El animal lo que estaba haciendo era cuidarme a mí...

—Sí —me dice—, pero es muy bravo... ¿Qué no ves cómo me mordió?

—El animal me defendió. No tuvo la culpa. Usted me agarró. ¿Cómo iba a saber el animal si usted lo hacía por la buena o por la mala?

A la pistola todavía le salía humo. Yo sentí más feo.

—Aquí no hay ni quien se tiente el alma... Ustedes ya lo sabían todos... Ya sabían que no se me pueden arrimar. Viene usted y me toca y claro que el animal tuvo que enfurecerse. Así es que yo quiero a mi animal vivo... ¿Por qué le pegó el balazo?

—¿Por qué me mordió?

—Porque usted tuvo la culpa... Me hubiera hablado, pero viene y me agarra y el animal quiso defenderme. Así es de que el culpable es usted, no la coyota.

—Bueno, te doy cien pesos por tu animal.

—Yo no necesito el dinero, lo que necesito es la coyota. A ver, resucítemela...

—No seas ignorante, ¿cómo quieres que te resucite al animal? Yo no soy Dios.

—Pues así como le quitó usted la vida tiene que dársela otra vez...

Ya no me hizo caso sino que agarró y se fue. Cuando se reunieron todos los soldados y les dieron la orden de salir para el Rancho del Guajolote, mi marido me dice:

—¿Qué pasó?

—El coronel mató a la coyota...

Ya después la soñaba. La extrañé mucho. Me hacía falta. Le dije a Pedro:

—Yo no vuelvo a cuidar animales. ¿Para qué? ¿Para que me los maten? No...

—Esa coyota era peor que un perro, vale, era muy brava; te la mató pero te la quiso pagar...

—Sí, pero yo no quería el dinero, yo lo que quería era mi animal.

Al poco tiempo crié un par de marranitos que le regalaron a Pedro y los llevaba en la bolsa del chaquetín; un marrano de cada lado, y una puerca junto con un perro que también le dieron; y todos eran iguales de bravos, pero a mí me hacía falta la coyota y ya no les cobré voluntad. También a ellos los crié con atole y con un trapito. Así crecieron los cuatro; la puerca también era muy brava, no se me podían acercar porque se les iba a mordidas.

La única que trajo perro en la corporación fui yo. Ese perro se lo regalaron a mi marido y era tan blanco que le puse el Jazmín. Cuando nos tocaba subirnos al carro, me cargaba a mi perro y él se me abrazaba con sus dos manitas. A la puerca la metíamos Palemón y yo en un cajón arriba del tren y le hacíamos un techado con palos para que no se asoleara. El Jazmín se echaba conmigo. Era chaparro y gordo, parecía palomo. Por la mañana tomaba leche con gordas de harina, a mediodía caldo con huesos y en la noche no comía nada. Me acompañaba mucho.

A la coyota me la mataron, después se murió el Jazmín y cuando sentí que la puerca se iba a morir también, le avisé a mi marido:

—Ora sí, a ver dónde la deja, a ver qué le hace porque yo ya no quiero tenerla. Se lo avisé desde endenantes. A ver a quién se la vende porque ya no cargo con ningún animal...

Se la vendió a un comerciante que venía de Piedras Negras. Y no volví a tener animales. Y a poquito mataron a Pedro. ¿Para qué quería yo más animales?

Anduvimos para arriba y para abajo, y por allí en ese lugar que se llama Rancho del Guajolote, cerca de donde era la tierra del general Saturnino Cedillo, nos estuvimos un tiempo más largo. Cada quien jaló para donde pudo y mi marido se metió a matancero. El general Espinosa y Córdoba allí refundido con su güerita, ni nos hacía caso. Mientras no llegaran órdenes del Supremo Gobierno, él era muy libre de hacer lo que se le diera la gana.

Pedro mataba puercos y freía chicharrón. Luego lo rodeaban allí en el cazo los muchachos del pueblo y él los convidaba:

—Ándiles, ándiles, no sean güegüenches, coman chicharrón, agarren de lo que hay...

A mí me entregaban dos cuartillas de tortillas y toda la gente que quería echar taco con él, iba a rodear el cazo de los chicharrones. A medida que los freía los iba regalando con todo y tortillas.

—Oye, vale —me decía—, que no vayan a faltar tortillas, manda hacer hartas para que se arrimen los muchachos y tengan que comer.

Pedro era buena gente con los demás; cada vez que mataba un puerco los llamaba a que lo ayudaran; unos ponían el bote de agua a calentar, otros traían leña y prendían la lumbre. Cuando se iban les daba a cada quien su pedazo de carne... Siempre fue así de dispendioso. A la hora de que yo le llevaba de comer al cuartel tenía que traer suficiente de todo porque a los que estaban junto a él, les decía:

—Ándenle, vengan a comer con manteca.

Ya era su costumbre. Era muy dadivoso.

Como en ese lugar no había agua, un chiquillo de unos doce años iba a acarrearla a un cerro muy lejos para venderla a la tropa y a la gente del pueblo. De eso se mantenía porque su mamá y sus hermanos eran muy pobres. Todo lo que sobraba en el fondo del cazo yo se los daba a ellos y la señora les hacía gorditas con asientos y alzaba los chicharroncitos en una olla y se los iba repartiendo a sus hijos durante el resto de la semana, a que les duraran.

Esa familia tenía algo de semilla y Pedro les facilitaba la carne a cambio de la semilla, pero luego vio que eran de a tiro pobres y mejor les regaló la carne.

A él le gustaba platicar con el chiquillo Refugio Galván y alguna vez hasta lo acompañó al cerro por el agua. Iban hasta donde nacía el arroyo y quién sabe qué tanto le contaba Pedro, de cómo eran los cañones, pero los cañones de verdad, de las ametralladoras, de las balas, de que nadie iba a ganar nunca...

—¿Por qué no van a ganar ustedes?

—Porque no.

—Pero ¿por qué no?

—Porque esto ya tiene mucho tiempo y va pa largo. Es cuento de nunca acabar.

El niño nomás preguntaba. Aunque estaba tembeleque, yo creo que del hambre, era un niño muy curioso; todo lo comprendía y quería saber. Flaquito pero bien que aguantaba ida y vuelta, ida y vuelta una y otra vez, sus botes de agua aunque se doblara todo bajo el peso. Y luego corría a alcanzar a Pedro:

—¡Capitán, capitán, ya vine...!

Una tarde llegó la mamá de Refugio Galván a convidar a mi marido, para que fuera a darle la bendición de padrino al niño, pero como no me supo explicar o yo no le entendí, creí que iban a confirmar al muchachito.

—No —dice—, quiero que me lo entregue porque está muy grave.

Resulta que su hijo ya estaba agonizando. Pedro se

había ido a Ciudad del Maíz y entonces la mujer me buscó a mí.

Hace muchos años, se usaba que los padrinos de bautizo fueran a bendecir al ahijado que estaba de gravedad y si era la voluntad de Dios se aliviaba, y si no, se moría. Como los padrinos de este niño no parecieron, me rogaron a mí que fuera. Pedí un traste con agua, una cera, unos granitos de sal y un algodón. Le di la bendición con el agua, le puse los granitos de sal en la lengua y le pregunté si se iba.

Entonces el muchachito Refugio hizo la señal de que sí se iba.

Le pregunté:

—¿Qué, no esperas al capitán?

Movió la cabeza. No era ya tiempo de esperarlo. Le dije a la mamá:

—Bueno, pues así le entrego a su hijo.

Y al ponerlo en sus brazos se murió el chiquillo. Lo dejé muerto y me salí.

En mi casa me quedé pensando: «Pues ya se murió la criatura... Ahora, a ver qué dice Pedro de que lo fui a despedir sin su consentimiento.»

Un cabo que me acompañó a ver al muchachito Refugio, me dice:

—Señora, le vamos a avisar al jefe para que traiga todo lo del velorio.

—Pues haga usted lo que quiera porque yo no sé nada de eso.

El cabo le mandó decir a Ciudad del Maíz y le encargó que comprara la ropa de San José, los cuetes, el aguardiente, el piloncillo, todo lo más indispensable para el velorio. En un papel le puso: «El padrino es usted porque fue la señora Chucha la que le dio la bendición de despedida al niño.»

Cuando llegó mi marido me entregó la tela para que le hiciera yo el traje de San José al angelito y se fue a verlo. De allí salió a la tienda a comprar azúcar, café, piloncillo, panelas, maíz para moler, más cuetes porque comprendió que los que él había traído de Ciudad del Maíz no alcanzaban para toda la gente que vio allí. Me puse a coser el vestido y cuando me fueron a preguntar que si ya estaba, ya llevaban una canastita redonda para que allí acomodara la corona, los guaraches, el vestido verde con sus estrellas pegadas y la capa amarilla. Entonces vinieron muchos niños y niñas y formaron valla, por un lado los niños, por el otro las niñas, desde la puerta donde yo vivía hasta la puerta de la casa de Refugito. Cuando llegué, me recibieron con música y cuetes. Le empecé a poner la ropa. Mi marido le calzó los guarachitos, y luego que ya le amarré su capa de San José, le pinté sus chapitas con papel colorado. Cuando estuvo listo, Pedro lo coronó y se quitó una mascada que traía en el pescuezo y le tapó la cara para que no se la comieran los gusanos, porque con la seda no se agusanan los muertos. La respetan, porque es cosa de ellos.

En el velorio se la pasaron hablando de Refugio, recitando su nombre como letanía, que Dios sabe por qué hace las cosas, que la misericordia divina, que todo está escrito, que se libró a tiempo de las acechanzas del demonio, que iba a gozar del eterno reposo, que tan joven, que tan bueno, tan trabajador, tan cumplido muchachito. Pidieron por las almas del Purgatorio, acuérdate Señor del alma de tu siervo Refugio Galván que acabas de recoger en tu seno y rezaron quién sabe cuántos misterios gozosos.

—Pues ¿qué le pasó a Refugito?

—Se subió a un palo y se cayó y le resultó como pulmonía del golpe que llevó.

—Pero ¿por qué se subió al palo?

—Pues por los chicharrones.

Yo nomás paré la oreja porque la mamá andaba platicando de cómo se había enfermado Refugio.

—Le di la cazuela de los chicharrones y luego lo rodearon los chiquillos: «¡Ay, dame, dame, dame, no seas malo!» Se les afiguró que era mucho chicharrón para uno solo. Refugio corrió con su cazuela a empericarse a un palo y lo encontré tirado, sin chicharrones porque todos se los habían robado... Duró quince días malo. No se le quebró nada pero tuvo mucha calentura...

—¿Y qué le hizo usted?

—Pues esperar, ¿qué le hacía yo...? Esperar a lo que Dios diga...

Mientras oía me puse a pensar que si me avisan, Refugio no se muere porque yo le hubiera hervido un cocimiento para que se le desbaratara el coágulo de sangre y se habría compuesto. La hoja de aguacate con otate y la espiga de maíz son muy buenas para los golpes y disuelven los cuajarones de sangre que uno tiene atorados. Es como si tomaran la árnica. Duele a la hora en que se desbaratan pero luego se alivia uno. Ya bajo la tierra ¿quién lo iba a resucitar? Tenía doce años cuando murió. Era de a tiro maje esa señora, mensa como ella sola. Me senté junto a ella, nomás le vi la cara de pambazo, de dejada, y me dio más coraje. Le dije:

—Ay, señora, pues usted tuvo la culpa de que él se muriera porque no le hizo ninguna lucha. Se le cuajó el tumor adentro y luego con la fiebre tan fuerte, pues no podía durar.

—Pues ya era la voluntad de Dios...

Dios mediante, yo la hubiera mandado mucho con Dios pero allí estaba ella con los brazos cruzados, aplastada en su silla.

Toda la noche tronaron los cuetes y sonó la música. Los hombres se acabaron los dos garrafones de aguardiente.

—¿Le sirvo otra?

—Sí, para Refugito.

—Salucita.

—Salucita.

Luego llegaba otro y le preguntaba a la mamá:

—¿De qué murió el difunteado?

Yo hubiera contestado: «Váyase mucho al carajo», pero ella nomás se limpiaba las pestañas y volvía a contar.

Al otro día lo llevamos con música al camposanto. Cargaron la caja entre cuatro pero se iban relevando por todo el camino, porque estaban débiles con la desvelada y por la borrachera. Cuando lo sepultaron, le echaron otra vez muchos cuetes para acabar con todo el cueterío que llevaban. El entierro no fue triste porque nosotros venimos a la tierra prestados, no es verdad que venimos a vivir sobre ella. Estamos solamente de paso y muchos niños cumplen con nacer, pero como no tienen permiso de durar, se retachan enseguida. Duran horas o días o meses. Uno aquí sobre la tierra dice: «Ah, pues murió de esto, murió de esto otro.» Es que está la fecha anotada y a la hora en que Dios dice: «Ya», lo levanta de la tierra. Por eso la gente de los pueblos comprende más y se conforma. Lo devuelven como debe ser. No se agarran llorando ni diciendo: «Dios mío, ¿por qué me lo quitaste...?» «... Jesucristo, ¡qué injusticia!», porque la mayoría de las personas dice: «¡Ay, Dios, fue muy malo conmigo porque me quitó a mi hijo!» No, no fue injusto. Es que vienen mandados para que los tengan sobre la tierra hasta cierta edad. Que uno forzosamente tiene que cuidarlos y curarlos, que uno tiene que contribuir con su obligación, sí, pero si se les hace la lucha a las criaturas y no sienten ningún consuelo significa que Dios no quiere dejarlos y entonces tienen que estar conformes y entregarlos.

Por eso sepultan al difunto con cuetes y música y están contentos. Si van llorando, le quitan la gloria. No lo recibe Dios con gusto porque así como lo mandó a la tierra, así deben devolverlo. Si los padres materiales de la tierra no quieren soltarlo y se agarran dando de gritos y reclamándole a Dios, le causan un perjuicio al que acaba de morir; un perjuicio que puede costarle la vida eterna.

Cuando nos venimos del camposanto, Pedro agarró la borrachera una semana. No se ocupó en atender la tropa que mandaba, ni se ocupó de él mismo. Le dolería o no le dolería, pero él se perdió. Duró ocho días tomado. Allí mismo, en el lugar donde estábamos, empezó con el aguardiente y no se quedó en la casa sino que andaba de borracho por las calles del pueblo, de viejo tientamuros, hablando solo cuando no tarareaba quien sabe qué, que nadie le entendía. No se fijaba en nada, más que en tomar. Hasta se le olvidó lo que le dijo el curandero. Se compuso a la semana. Ya no tenía dinero y estaba endrogado. Salió a tratar de que le dieran un par de puercos a crédito y los mató, y de la carne sacó los centavos. Entonces ya volvió a levantarse. Pero duró muchos días desconocido.

En la noche de luna en que Pedro no estaba porque había ido a conseguir los puercos, vi al nagual. Era una sombra de cristiano que caminaba para mi puerta. Como allí es un lugar caliente, a un lado de Ciudad del Maíz, entre Río Verde y San Luis Potosí, las casas están hechas de varitas y por las hendiduras entra el aire. Pedro cercó la casa y entre los palos entreveró las ramas de mezquite, de huizache, con las espinas hacia arriba, y la puerta de la casa también era de palos y de ramas de espina. Por el enrejado ése vi la sombra que caminaba hacia mi cuarto. Junto a ese cuarto había un patiecito con una enramadita que Pedro hizo —un techo de palma— para que los puercos matados no se asolearan y se tronara la carne. Y esa noche había tan bonita luna que por las hendiduras vi muy bien que andaban nagualeando. Entonces grité con todas mis fuerzas:

—¿Qué quiere? ¿Qué quiere? Si da un paso para adentro me lo trueno...

Entonces él se agazapó y como un perro se fue corriendo hasta llegar a un árbol que hacía una sombra muy grande, donde venían los varilleros de Ciudad Valles a vender ancheta y cosas de comer. Allí se me perdió el hombre, pero hasta la cola llevaba arrastrando. Cuando vino mi marido le conté.

El nagual es un cristiano que se disfraza para robar en figura de animal. Es un cristiano con una piel de perro y camina así con las cuatro patas, con las manos y los pies, pero cuando llega a robar a una casa, a fuerza se tiene que levantar para alcanzar lo que va a echar en su morral. Pero a la hora en que lo descubren se echa a correr aullando y todos los de la casa se persignan del horror. Sale en las noches de luna para ver mejor. Nada más es ratero de conveniencias que se transforma en animal, perro o coyote o lobo. La gente corta de espíritu les tiene mucho miedo pero yo no porque los he visto de a deveras. Yo lo vi. Estaba yo sola y en la mañana le dije al muchacho que me ayudaba:

—Súbete el cazo de manteca arriba de una mesa...

Yo nomás me levantaba a traspalearla para que se blanqueara. Se tiene que traspalear la manteca porque si no queda negra, muy fea. Después de la última traspaleada, Pedro y yo la dejábamos afuera, a que se serenara.

Varias veces nos robaron; una noche una pierna y luego dos lomos. Ese día también había salado muchos pedazos de carne, así de cecina ancha; eran tiras grandes de a metro, de a dos metros; falda y machaca preparada. Otras veces, ya de amanecida, encontraba yo la carne toda batuqueada. Escogían la mejor, y la manteca por lo regular se la llevaban fresca porque se veía muy bien dónde habían metido un cazo grande para llevársela. Hasta que dije:

—Ora me estoy velando a ver quién viene...

Y no me acosté. Apagué la luz, nomás dejé la pura veladora prendida —dondequiera que yo ando prendo la veladora o un pabilo lleno de cera—, y me senté en la mera puerta para devisar, con la pistola agarrada y vi muy bien cuando pasó por detrás de la cerca el nagual y llegó así a la puerta y en el momento en que iba a abrirla, le dije, muy tranquila, muy en paz, al fin tenía yo mi arma:

—¿Quihubo?

Y le eché la luz. Y ¿sabe quién era? Un cristiano, un amigo de Pedro, que siempre llegaba a la casa a comer y yo le ofrendaba chicharrón y carne de puerco; mi marido lo metió de soldado, se lo trajo hasta San Luis Potosí, a Ciudad del Maíz. Se había echado encima una piel de puerco, pero le brillaban rete feo los ojos al cochino puerco, y cuando me le fui encima con un palo a quererlo apalear, pues ¡cómo cree que se salió por la cerca del huizache, dándose su buena espinada! Dije yo: «Bueno, ya se fue. ¡Vaya amiguitos los de Pedro!»

Y al otro día, cuando vino Pedro con su amigo, le dije yo:

—Ya conocí al que se hace pasar como nagual para venirse a robar las cosas.

Al mismito nagual se lo estaba diciendo en su mera cara. Ya no le brillaban los ojos, y no sé cómo se llamaba ese hombre, creo Ciriaco, pero bien que lo reconocí y desde entonces me desengañé de que el nagual es hombre y no animal. Cuando dicen luego en los pueblos que a una muchacha se la llevó el nagual, seguro que tenía que llevársela porque era su novia y ya estaban apalabrados, seguro que como en figura de cristiano no se la quedrían dar, se presentó en forma de animal y fue y se la sacó. Se hacen guajes solitos. Puro cuento y pura conveniencia de los sinvergüenzas; tanto de él como de ella.

No nos quedamos mucho tiempo más en el Rancho del Guajolote porque mi marido pidió unos días de permiso para ir más al norte, a la Hacienda del Salado en el Estado de Coahuila a ver a su abuela. Salimos a caballo nomás los dos. Allí había nacido Pedro y ora sí no le paraba la boca de tan contento que estaba. Llegamos como a las tres de la tarde a saludar a la abuela y en eso estábamos cuando se le acercó una chiva. Luego que lo olió empezó a chillar la chiva:

—Allí está mi madre —me dice.

—¿Cuál?

Y yo voltié a ver y no vi más que a la chiva y le digo:

—Pues ¿dónde está?

—¿Y aquí no viene? Aquí está y es mi madre...

—¿Cómo voy a creer que un animal sea su madre? Poca estimación le tiene usted a su madre.

—Pues aunque no quieras, ese animal es mi madre. No conocí madre. Ésta es la que yo reconozco por madre. Éste fue el animal que me crió...

Vino la chiva y se paró de manos y se puso a lamberlo y a acariciarlo con sus barbitas. Entonces Pedro la agarró de aquí del pescuezo y la empezó a sobar.

Luego salió la abuelita y dice:

—Ya llegaste, hijo...

Cuando la abuela se iba al pueblo a algún mandado y Pedro empezaba a chillar, la chiva corría hasta donde estaba el chiquito tirado, allí se agachaba, se abría de patitas y le daba de mamar. Así es de que a Pedro lo crió la chiva chichona. Y sí, le hizo muchos cariños y la chiva chille y chille a su alrededor, huélelo y huélelo. Quién sabe si su mamá de él se moriría, quién sabe, eso sí no me lo dijo. De su papá tampoco sé nada. Él nunca me platicó de eso. ¿Qué tenía que platicar? Yo no quería saber. A mí no me interesaba su vida. Lo que sí supe es que al día siguiente que nos fuimos, se murió la chiva.

No teníamos ni media hora, que va, ni un cuarto de

hora de estar platicando la abuela y yo, cuando Pedro regresó del pueblo donde había ido a dar la vuelta. ¡No lo dejaron ni llegar al zócalo! Luego, luego, se corrió la voz y lo empezaron a cercar porque antes de casarse cuando ya andaba en la revolución arrió la caballada de los ricos de la hacienda en donde se crió para unirla a las fuerzas armadas. Por eso lo hicieron capitán. ¡Y ni modo que a los hacendados se les hubiera olvidado! Pero a Pedro se le hizo fácil visitar a la chiva y a la abuela y hasta andar cercas del pueblo, metiéndose en las calles de la orilla buscando a sus amigos de entonces y no faltó quien fuera a chismear de que allá andaba Pedro Aguilar. Sus propios amigos le dijeron:

—Te vienen a aprehender...

—Pero ¿cómo? Yo creí que las cosas habían cambiado con la revolución...

—La revolución no ha cambiado nada. Nomás estamos más muertos de hambre...

Entonces llega corriendo y me dice:

—Ándale, vámonos de escape.

Y le gritó a la abuela:

—¡Si me quedo me matan!

Y nomás espolió el caballo.

Ni adiós le pudimos decir a la pobre abuela que allí se quedó parada con los brazos caídos. Ese día Pedro iba como quien dice desarmado porque no cargamos el máuser. Llevaba pistola y yo también, pero no era suficiente. Como él conocía todos esos rumbos, salimos de estampida hacia una angostura y por eso no nos agarraron. Pero oímos los balazos en las arboledas. Íbamos los dos solos y cuando regresamos fuimos a reportarnos con los jefes. Me gustó llegar con nuestra gente. En casa de la abuela no duramos ni un día. Pedro no tuvo tiempo siquiera de pedirle su bendición. Y eso que nunca más iba a volver.

12

Villa anda cerca!
—Sí... Pasaron por Conchos y lo dejaron hecho una caballeriza...
—¿Cómo sabes?
—Un chiquero de puercos... Quemaron los maizales... Saquearon la iglesia; entraron al templo con todo y caballos... Les cortaron la cabeza a los santos... ¡Cargaron con todo! Dicen que las calles están manchadas de sangre...
—¿Y Villa?
—¡Allí andaba el cabeza de puerco con sus risotadas! ¡Ordenó que tocaran todas las campanas de la iglesia para que nos enteráramos de quién es él!

Los de la corporación nomás se persignaban como si eso sirviera de algo. Mientras fuimos Pedro y yo a la Hacienda del Salado, ordenaron que la gente del general Juan Espinosa y Córdoba fuera a levantar el campo porque los villistas habían volado el tren de pasajeros de Conchos a Chihuahua y matado a toda la escolta. Hicieron picadillo de cristianos. Iban casi puros ceviles escoltados por unos militares y al grito de: «¡Abajo los carranclanes!», los villistas arrasaron parejo con todo el mundo. A Pedro le tocó ir a levantar el campo. Mujeres, hombres y niños, todos encuerados con los ojos abiertos para que se los picaran más pronto los zopilotes. Trajeron tres góndolas copeteadas de muertos. Así llegaron a Villa Ahumada o Villa González como se llama ahora, y ya había dispuesto Espinosa y Córdoba que escarbaran tres grandes hoyos y allí nomás los echaron unos encima de otros a como cayeran, hombres y mujeres con las criaturas revueltas. Así eran los de la famosa División del Norte que ahorita se han de estar dorando en el infierno. Encueraban para robar, pues todos los del tren iban vestidos con ropa buena. Nosotros no supimos cuáles eran de la tropa y cuáles los ceviles; todos estaban como Dios los trajo al mundo y los aventamos rápido al agujero porque ya apestaban. Toda la nieve la dejaron roja de sangre. Después de levantar el campo, como a las dos de la mañana tocaron alevante y salimos a perseguir a Villa y a todos sus bandoleros. Espinosa y Córdoba traía harto coraje y nos mandó rumbo a Ojinaga. La única que se quedó fue la impedimenta. Yo también salí junto con Pedro.

Cortamos por toda la sierra con la corporación a galope tendido, cuando de pronto empezamos a oír como un clamor que traía el aire; un chorral de gritos: «¡Allí vienen los carranclanes, hijos del barbas de chivo; duro y a la cabeza...!» Unos se paralizaron, pero el Espinosa y Córdoba dio orden de seguir adelante.

El combate comenzó a las tres de la mañana, en lo oscuro, y tuvimos muchas bajas. Tirábamos para donde salían los fogonazos, pero esos bandidos estaban para petados tras de unas peñas. El general Espinosa y Córdoba ordenó media vuelta, pero como nosotros no oímos ninguna contraorden, seguimos adelante haciendo fuego en contra de los jijos de la jijurria. Amaneció.

Combatimos todo el día; yo iba junto a Pedro cargándole el máuser. La tropa se había dispersado y nosotros seguíamos dale y dale, tumbando ladrones como si nada. Yo todavía le tendí el máuser cargado, y como no lo recibía, voltié a ver y Pedro ya no estaba en el caballo. Como a las cuatro de la tarde mi marido recibió un balazo en el pecho y entonces me di cuenta de que andábamos solos. Lo vi tirado en el suelo. Cuando bajé a levantarlo ya estaba muerto con los brazos en cruz. No sangró mucho. Al ratito se nos juntaron los dos asistentes. Les dije que hicieran el favor de ayudarme y entre los tres lo amarramos en el caballo. El enemigo hizo otra descarga y volvió a atinarle a Pedro, como si quisieran rematarlo. Pero ya estaba bien muerto.

Entre la polvadera llegó el mayor con unos soldados. Le grité que estábamos solos y que a mi marido le tocó la de malas:

—¿Qué hacemos? —me preguntó.

—Pues ¿qué quiere usted que hagamos, mi mayor? Hay que hacer fuego en retirada.

Se veía como pasmado y me volvió a repetir como si no entendiera:

—¿Qué hacemos? ¿Qué hacemos? ¡Ay, Virgen de Guadalupe! ¿Qué hacemos?

—¿Qué quiere hacer, mi mayor? Pues fuego en retirada...

—Entonces hágase usted cargo de la gente, porque yo no tengo ahora conocimiento de nada...

Y se quedó abriendo las de caimán, así como menso. Yo le dije al asistente Palemón:

—Adelántate haciendo fuego en retirada con rumbo al río Grande y que no se quede atrás ninguno de los muchachos.

Los asistentes Zeferino y Palemón fueron los que me ayudaron a reunir a la gente y a las cinco de la tarde llegamos al río. Como íbamos a cruzarlo, para que no nos hicieran blanco en el puente, dejamos al muerto debajo en un saliente de piedra, arrinconado, y nosotros atravesamos con los caballos nadando. Llegamos al otro lado y nos aprehendió un capitán gringo. Me dijo con un intérprete que entregáramos el armamento porque éramos prisioneros. Yo le respondí que no le daba nada.

—Usted tiene que entregar su tropa, su armamento y su parque porque el general de ustedes se rindió y entregó el armamento desde las doce del día.

—¿Cómo que el general pasó del otro lado a las doce del día?

—*Yes.*

—Pero ¿cómo?

Yo nomás volteaba para todos lados, turulata. ¡Jijo de su mal dormir!

—Pero ¿cómo que entregó el armamento?

—Sí. Como él entregó su armamento usted tiene que entregar el suyo, pero si llegamos a un arreglo y pasan otra vez a México, nosotros les devolveremos el armamento y el parque tal como lo recibimos.

Me hicieron una lista y entregué las veinticinco armas y las veintisiete dobles carrilleras que traía; dos de mi marido y dos mías y dos de cada uno de los veinticinco soldados que se salvaron.

Al general Juan Espinosa y Córdoba lo hallamos dormido, allí tiradote, muy tranquilo en una casa de campaña. No nos acabaron, pero si acaban con nosotros, pues él quitadísimo de la pena porque al cabo y al fin, él salvó su pellejo.

—Mi general, el capitán es muerto y yo necesito que me dé usted unos soldados para ir a levantarlo...

—No. Estamos aquí prisioneros. No puedo darte ningunos soldados porque todos somos prisioneros...

—Usted sabe lo que hace pero me da unos soldados para irlo a levantar porque no se puede quedar del otro lado del río...

Por fin los gringos me hicieron el favor de prestarme un piquetito. Cuatro soldados mejicanos y una escolta suya para que nos resguardara. Cuando llegué, era de noche y a Pedro ya se lo estaban comiendo los coyotes. Ya no tenía manos, ni orejas, le faltaba un pedazo de nariz y una parte del pescuezo. Lo levantamos y lo llevamos a enterrar a Marfa, Tejas, por allí cerca de Presidio, en los Estados Unidos. Allá fue a quedar.

Me dio harto coraje que el general de nosotros se pasara a los Estados Unidos. Le dije que puesto que contábamos con armamento y parque, no tenía por qué haber dado nalga al norte. Debió ordenarnos perseguir al enemigo hasta que más no se pudiera.

—Pues no había remedio, Jesusita. Eran muchos villistas y me empujaron hasta acá.

—Pues siquiera hubiera dado la contraorden y así nos venimos todos juntos, no que nos quedamos y a mi marido lo mataron entre Ojinaga y Cuchillo Parado. Pedro estaría aquí con nosotros si no fuera usted tan coyón... Con razón le dicen a usted el «si son muchos, juyamos, si son pocos prudenciemos, y si no hay nadie ¡adelante, hijos de Cauila, que para morir nacimos...!» Qué bonitas acciones de guerra, mi general.

Agachó la cabeza y nomás dijo:

—Pues ahora ya no hay remedio.

—Sí, para usted no hay remedio, general, y por su gusto estamos prisioneros, pero mi lugar está de aquel lado, no de éste. Y no es que le quiera yo presumir de muy calzonuda.

Duramos un mes allá en Marfa hasta que el general Joaquín Amaro pidió que nos regresaran a México. Le dije adiós a Pedro y pasamos otra vez el puente y de allí a Villa González que era donde se había quedado la impedimenta. El general Juan Espinosa y Córdoba recogió a su tropa y se vino y al último pasé yo y me reuní con la corporación de mi marido. Como me apuntaron aparte, yo no regresé con Espinosa y Córdoba sino que me entregaron por lista a la tropa que Pedro comandaba, el armamento y el parque. Por eso en Villa González le dije a Juan Espinosa y Córdoba:

—Ahora vengo a entregarle la tropa que se quedó conmigo, con los que pasé al otro lado.

Eran veinticinco soldados entre cabos, sargentos, subtenientes, el mayor que todavía andaba como insolado y yo. Esa entrega le tocaba al mayor pero como no quiso hacerse cargo de la retirada porque se debilitó, se asustó o quién sabe, entonces cuando llegamos a México el general Espinosa y Córdoba, al ver que yo me responsabilicé de la gente, me dijo:

—Quédate al mando de la tropa del difunto capitán Aguilar... Los soldados me han rendido un parte diciendo que tú los dirigiste a la hora en que tu marido murió y en cambio el mayor se hizo a un lado...

Vi que Palemón me hacía señas de que no. Entonces le dije yo al general:

—No, señor, yo no soy soldado ni pueden nombrarme comandante.

—Entonces ¿no aceptas el mando?

—No.

—¿Por qué?

—Porque no, señor.

Allí en el norte se arrastraban a las mujeres y abusaban de ellas. Ni Zapata ni el general Morales y Molina fueron como este bandido y este sinvergüenza del Juan Espinosa y Córdoba que se creía muy conquistador. Además, su intención era mala porque el general era muy malhora y muy rencoroso, y quería que me quedara con los soldados para torearme por las habladas que le eché:

—Entonces ¿ya decidistes, mujer?

—Mire, yo ando aquí pero no porque sea soldado. Andaba detrás de mi marido aunque no tenía voluntad de seguirlo.

—Pues no te doy los haberes de marcha. No te pago la decena ni los tres meses...

—Pues no me los pague... Yo necesito el dinero pero a usted le corresponde, según parece, la herencia de mi marido... Métase usted el dinero por donde le quepa, al fin que son puros bilimbiques.

Esto le ardió porque a Espinosa y Córdoba le decían el general bilimbique porque no valía nada.

Los asistentes de mi marido eran buenos soldados. Eran señores casados ya grandes, allí traían a sus mujeres y a sus hijos en la impedimenta. Mientras vivió mi marido tenían la obligación de atenderme: me compraban el mandado, llevaban agua y lo que yo necesitara. El gobierno les pagaba a ellos. Conmigo eran buenas personas pero desde el momento en que se murió Pedro ya no podían seguirme, ni cuidarme como antes.

Los asistentes Zeferino y Palemón casi nunca me hablaban, nunca me decían nada. Pedro les ordenaba: «Limpien los caballos», «Dénles agua», «Vayan al mandado», y le cepillaban su ropa, le limpiaban la montura y lo atendían en todo lo que él necesitaba. Pero a mí me vinieron a hablar hasta que él se murió:

—No se vaya usted a quedar aquí. Que le den sus haberes y se va usted para su tierra... Nosotros tenemos que esperar a que otro capitán o coronel nos pida de asistentes, así es de que no podemos defenderla contra todos. Usted solita tiene que defenderse.

Entonces entre todas las viudas me pagaron el boleto y nos venimos a Durango para hablar con el general Amaro que fue el que arregló que nos regresaran de los Estados Unidos a México. Como él era jefe de operaciones de Durango no se le podía hablar así nomás por nomás. La gente se tenía que anunciar un día antes y hasta el otro la recibía, si es que la recibía. Yo iba con dieciocho mujeres cuando me detuvieron en el patio del cuartel. «No hay paso», dijeron el centinela y el cabo de cuarto y cruzaron sus bayonetas. Les digo:

—¿Por qué no...? Vengo a ver al general Amaro...

—Si no ha pedido audiencia tiene que esperar hasta mañana.

—No, ahora quiero y ahora lo voy a ver.

En eso me conoció el general la voz, porque yo hablaba recio y me oyó desde arriba. Y que se asoma:

—¿Quihubo, Águilar? —me dice...

—Nada, mi general —le digo—, no me dejan entrar a hablar con usted. El capitán murió en el combate de Ojinaga y Cuchillo Parado y acabamos en el otro lado...

—Pásate, pásate, no me estés gritando desde allá abajo.

Entonces me dejaron entrar. Y todos los que estaban anunciados para ir pasando por numeración se quedaron pendientes porque el general abrió la puerta y me dijo que entrara con toda la comitiva de mujeres polvosas. Le conté que el general Juan Espinosa y Córdoba no me pagó porque quería que me quedara al mando de la gente de mi marido y yo no estaba dada de alta. No tenía ninguna filiación y andaba en la bola siguiendo a mi marido más de a güevo que de ganas. No tenía más rango que el de ser galleta de capitán.

—Espinosa y Córdoba está bajo mis órdenes, Aguilar, y no le corresponde suspender los haberes del difunto...

—Pero pues ya ve usted, mi general...

Le dio coraje. Telegrafió que le mandaran a Durango los tres meses que le debían a Pedro y la decena de marcha. Y el otro, sin tanates, como tenía que obedecer mandó corriendito el dinero... El general Amaro me dijo:

—No, chiquilla, tú te vas a tu tierra.

De allí de Durango, el mismo nos embarcó a mí y a

las dieciocho mujeres, a cada quien para donde le tocaba y ya todas se repartieron. Me extendió un pase para que en Tehuantepec me pagaran la pensión de viuda.

Cuando Pedro se quedó con el corazón atravesado yo no había cumplido dieciocho años. Él decía que cuando la viera perdida, me mataría. Quería mandarme por delante, pero no se le hizo. Aquí estoy todavía dando guerra.

En la ciudad de México me tocaba transbordar a otro tren para mi tierra de Tehuantepec. En la estación le pasé por la ventanilla mis cuatro velices a un cargador que estaba en el andén. Toda la ropa que traía, ropa de mi marido y mía, las camisas que le cosí —porque en aquel tiempo la mujer le hacía la ropa al hombre—, el dinero de los haberes que por guarina metí en una de las petacas, la plata que había liado en un pañuelo, las botas de tubo de cuero, cuatro velices llenos, todo aquello se me perdió. Jamás volví a ver al cargador.

Cada una agarró para su tierra, pero como a mí me robaron en la estación de Buenavista, me quedé sola, abandonada aquí en México, rascándome con mis uñas. Parecía una guajolota a la que se le perdieron los guajolotitos, nomás estirando el pescuezo y volteando para todos lados. «Cor... cor... cor...»

13

De las dieciocho mujeres, ya nomás quedé yo y otra que iba para Chilpancingo. Nos venimos a pie por la calzada de Tacuba desde la vieja estación de Buenavista. Ella agarró su camino y se fue para otro lado y yo allí en la Alameda no supe adónde caminar. El frío me macheteó las manos. Me había quedado sin centavos, sin ropa y sin nada, encuerada viva. ¡Qué me iba a fijar en la ciudad! ¿Qué me importaba si ya me desengañé que era pura ciudad de bandidos? Esa costumbre de robar la agarraron en la revolución porque antes el perro asesino de Porfirio Díaz no admitía robadero. Al que robaba, lo mataban, al que mataba, lo mataban al que destrozaba una muchacha, lo mataban, al desertor, lo mataban. Así es de que todo era puro matar. Él no andaba con que: «Dame tantos miles de pesos y vete a hacer otra, ¡ándale!» No. Había un poco de más temor. Se pensaba: «Si cometo una falta me matan, y mejor no.» Me acuclillé pegadita a la pared. Se oscureció, y allí me prendieron los gendarmes y me preguntaron que para dónde iba. Yo nomás les decía que a la Parcialidad número 15. En cada esquina había un gendarme con linterna. Ahora las calles están solas, ya no hay resguardo, pero antes sí había y me llevaron cortando calles. Me remitieron cuadra por cuadra, me pasaron el uno con el otro, el uno con el otro, el uno con el otro hasta que llegué a la calle de la Parcialidad número 15. De esas calles, ahora no quedan sino rumores.

En el norte, cuando todas las mujeres se juntaron para darme el pasaje, me hice amiga de Adelina Román, la mujer del general Abacú, y ella fue la que me dijo que buscara a su hermana Raquel, casada con el general Juan Ponce. Pero en vez de llegar a preguntar por ella, me senté en la orilla de la banqueta y allí me dieron las diez de la noche. Empezó a chispinear. A la diez, la portera fue a cerrar, y como estaba yo en el mero zaguán me dice:

—¿Qué no te vas a meter, muchacha?

—No, porque estoy esperando a Raquelito...

—Pues Raquelito está allí adentro.

Como no conocía era yo de a tiro cerrera. El Defe es muy distinto al campo; se engenta uno, y todos están allí nomás para ponerle a uno un cuatro de vuelta y media... Me metió la portera a la vecindad, la llamó: «¡Señora Raquelito! ¡Señora Raquelito! Aquí la buscan», y ya se asomó ella. Le enseñé que iba de parte de Adelina su hermana y me dijo que me iban a hacer un lugarcito.

Durante muchos días me la pasé sentada en la banqueta de la calle de la Parcialidad a esperar a que comieran para poder entrar a la casa. Como estaba arrimada, cuando iban a comer, me salía a la banqueta de la calle porque me daba vergüenza que me tuvieran allí de mirona. Ya cuando pasaba la comedera, me metía yo otra vez a tomar agua. No veían que tenía hambre. No se ocupaban. He pasado mis campos duros. Comía a veces, una tortilla.

Esta señora Raquelito no tenía ninguna obligación de darme el alimento. Yo estaba allí nomás, ése no es mal trato. ¿Por qué ha de ser mal trato cuando las cosas están predestinadas por la mano omnipotente de Dios? No tienen otro remedio. Yo no trabajaba para ellos. Así de que yo no era nadie allí. Harto hacían con dejarme dormir en un rincón del pasillo. Yo dormía en el suelo sin petate ni nada. Si no hay más cera que la que arde, tiene uno que aguantarse. Yo no tenía ni un centavo y Raquelito tampoco era rica. Era la mujer de un general, pero entonces no eran ricos los generales. ¡Ah, los bandidos, ahora sí son ricos porque se roban los bienes de la nación! Pero en primer lugar, ese general se había muerto, así es de que Raquel ya no contaba más que con la pura pensión del gobierno y no le ajustaba ni para ir a cobrarla. Ella vivía con unos familiares en la Parcialidad y todos comían de esa pensión. Lo primero que me preguntó fue:

—¿Ya te pensionó el gobierno?

—Sí, pero me lo van a mandar a mi tierra, hasta Tehuantepec.

—¿Y te vas a ir a tu tierra?

—¿Con qué?

¿A qué me iba yo a mi tierra si ya no llevaba ni un centavo con que caminar? No traía más que lo encapillado porque me robaron los papeles. ¿Con qué comprobaba yo? Entonces Raquelito me dijo que no me apurara; que iba a arreglar para que me retrocedieran mi pago aquí a México.

En aquellos años gobernaba el Barbas de Chivo, el presidente Carranza, don Venustiano. Raquel me llevó a Palacio que estaba repleto de mujeres, un mundo de mujeres que no hallaba uno ni por dónde entrar; todas las puertas apretadas de enaguas; atascado el Palacio de viudas arreglando que las pensionaran. Pasábamos una por una, por turno a la sala presidencial, un salón grande donde él estaba sentado en la silla. Yo ya lo conocía. Lo vi muy cerquita en la toma de Celaya donde le mocharon el brazo a Obregón. Como fue el combate muy duro, este Carranza iba montado en una mula blanca y echó a correr. Dio la media vuelta y ni vio cuando le tumbaron el brazo al otro. Él no se acordaba de mí, por tanta tropa que ven los generales. Cuando entré para adentro, me dice:

—Si estuvieras vieja, te pensionaba el gobierno, pero como estás muy joven no puedo dar orden de que te sigan pensionando. Cualquier día te vuelves a casar y el muerto no puede mantener al otro marido que tengas.

Entonces agarré los papeles que me consiguió Raquel, los rompí y se los aventé en la cara.

—¡Ah, cómo eres grosera!

—Más grosero es usted, más que grosero, ladrón, porque le quita el dinero a los muertos. Y así como lo hace usted conmigo, lo hará con más de cuatro que no le caigan bien.

En la sala presidencial estaba nomás el secretario. No dijo nada. No tenía que decir nada puesto que yo reclamaba mi derecho. Aunque hubiera querido meterse no podía, porque yo estaba alegando con el Presidente.

A mí me dio harto coraje. Sentí que la muina me subía y hasta se me volvió sudor. A él qué le importaba si yo era joven o vieja. Tenía que pagarme porque no eran haberes de él; era lo que me había dejado el muerto para seguirme manteniendo. Pero Carranza se quedó con mi dinero, maldecido. A él si lo mantuvo y sigue manteniendo a los revolucionarios que están en la gloria cobrando todavía los haberes de mi marido, de mi hermano, de mi padre y de todos los demás que murieron por su culpa, por tanto disparate que hicieron mandándolos todos al otro mundo sin deberla ni temerla. Pero sal y agua se les ha de volver y al infierno han de ir a parar.

Como no tenía con qué ampararme, el Barbas de Chivo se recetó mis haberes y la decena de marcha. Ese bandido fue el que me hizo el favor de joderme. Cuando oigo que lo anuncian por el radio le grito: «¡Maldito bandido!» Su hermano Jesús Carranza ése sí fue bueno, pero Venustiano era lo más malo que podía haber. Un malo disfrazado de bueno. Cada gobierno vanagloría al que mejor le conviene. Ahora le dicen Varón de Cuatro Ciénagas, y yo creo que es porque tenía el alma toda enlodada. A Carranza nos lo pusieron a chaleco, pero no porque le tocara. Se apoderó de la mayor parte del oro que había dejado Porfirio Díaz en el Palacio. Hiza cajas y cajas de barras de oro y plata y se las llevó. Adelante de la Villa, en Santa Clara, los obregonistas le volaron el tren, le quitaron el dinero y lo persiguieron y él cayó en la ratonera, allá en su rancho por Tlaxcalaquiensabe... Nomás que eso tampoco lo dicen por el radio. Anuncian lo que les parece pero no aclaran las cosas como son. No dicen que el Barbas de Chivo siempre andaba de escape, siempre de huida...

A mí esos revolucionarios me caen como patada en los... bueno como si yo tuviera güevos. Son puros bandidos, ladrones de camino real, amparados por la ley. Cuando se muere o se deserta un soldado, lo dan por presente en las listas que mandan al Defe y a la hora de la revista llaman a cualquier cargador, le dan una peseta y él contesta: «¡Presente!» Firman la nómina y sale para acá: «Que están las tropas completas.» Y a veces ya no tienen más que dos medios pelotones. El coronel o el general que encabezan esa corporación se sientan con el dinero. Y así lo hacen todos, todos parejos, y lo mismo hacen con la caballada. Los haberes de un caballo son más que los de un soldado y con eso se quedan los generales de caballería. Los soldados a pie de un lado a otro y los caballos nomás figuran en los papeles: «Se nos murieron tres y hay que reponerlos...» Por eso se pelean todos por ser generales de caballería y en un año o dos ya están ricos.

¿Por qué perdió Porfirio Díaz? Porque creía que contaba con muchos soldados: recibía las nóminas de que sus tropas estaban completas y él mandaba los haberes pero la mayor parte ya estaba voltiada con el enemigo. Y así les pasa a todos porque son iguales de bandidos. ¡Puro revolucionario cabrón!

Como yo no tenía protección cual ninguna, me salía a buscar trabajo, pero así como subía las calles, así me regresaba. Según mi pensamiento, iba a conseguir trabajo, pero como no le hablaba a nadie ni preguntaba porque no estaba acostumbrada a hablarle a la gente de aquí —y hasta la fecha soy como burro— me quedaba en las mismas. Nomás sabía hablar dentro de mí, quedito me hablaba yo y las ideas me daban vueltas adentro como pelotitas y me atolondraban. Pensaba en el pasado, en todos los huizaches que atravesé, en lo que iba a ser de mí, en que la vida me tenía apergollada, bien apergollada, y me devanaba los sesos sin dar en el clavo. Nunca he pensado tanto como entonces; tanto que hasta me dolía la cabeza. O a lo mejor sería de hambre. Subía y bajaba las calles rectas de Santa Ana hasta donde está la joyería de La Esmeralda en la esquina de Tacuba y de allí me regresaba otra vez hasta la calle de Santa Ana. Subía y bajaba por la calle y por la misma calle me regresaba. No cruzaba a la acera de enfrente porque tenía miedo de perderme, y así iba yo paso a paso, piense y piense puras tristezas.

Estuve caminando mucho, mucho tiempo, como diez meses me imagino yo. Y no comía nada. No sé ni cómo Dios me tiene sobre la tierra. Yo luego que estoy solita me pongo a pensar: «Bendito sea Dios porque he sufrido tanto. Seguro que yo nací para eso. He pasado varios tragos bastante amargos, bastante amargos, tanto que no sé ni cómo vivo.» Se me hacía tarde. Venía a la calle de la Parcialidad y me sentaba en la puerta del zaguán hasta la noche. Ya que todos se iban a dormir, me metía a donde Raquelito me daba permiso de acostarme. En el suelo tendía unos periódicos y me tapaba con mi chal. Así estuve varios días, o meses, no sé cuántos porque no conozco el calendario, sólo aprendí el reloj. Pero me conformaba: el mundo es el mundo y ya mañana será otro día.

Al otro día, o al otro mes o al otro año, no sé, ni me acuerdo ni me importa, de subir y bajar las calles, Dios quiso enviarme un ángel guardián. Esa muchacha, seguro ya me había visto; esa alma de Dios que Dios me presentó porque en una de esas que me pregunta:

—¿Adónde vas?

—Pues quién sabe...

—¿Cómo que quién sabe? Si yo te veo todos los días que te vas aquí derecho y vuelves así como te vas...

Yo me quedé parada frente a ella. Tanto me estuvo neciando que le digo:

—Pues ando buscando trabajo.

—Pues no seas tonta —dice—, en todas las puertas que veas este papel... Oye, ¿qué no sabes leer?

—No, no sé...

—Pues en todas las puertas que veas estos letreros: «Solicito criada», hay trabajo...

Y me fue enseñando las puertas de los balcones en donde antes ponían: «Solicito criada», pero como yo no sabía, allí estaban los anuncios, y allí seguían estando. Esa señorita me llevó a caminar por todas las calles de México y en cada ventana y en cada zaguán que veía ella un rótulo se paraba:

—Mira, aquí dan trabajo... Vamos más adelante a ver otro.

Volvía a caminar, llegábamos a otra ventana y me repetía lo mismo para que yo me diera cuenta. Me trajo por todo México. Cortó calles y calles y calles; me llevó por el Hospital General y regresamos por la Ciudadela. Me anduvo explicando muchas cosas; todo lo que ella sabía... Y luego dice:

—Ya se hizo tarde. Vamos a comer.

—Pues vaya usted. Aquí la espero...

—No, vamos a comer las dos.

—No, porque yo no tengo centavos con que comprar de comer.

—Oye, si no te estoy preguntando si vas a comprar tú la comida. Vamos a comer.

Me llevó al mercado de Juan Carbonero que queda por las calles del 2 de Abril. Y me dio de comer. Hasta me dolió el estómago porque después del hambre el cuerpo ya no quiere recibir el alimento. Comí muy poquito. Y luego me dice:

—Ahora, vámonos para la casa donde vives.

—Pues yo vivo atrás del Teipan...

El Teipan era un colegio de huérfanos cerca de la prisión de Santiago frente al jardín de Tlatelolco. Por allí me trajo y ya le señalé la calle de la Parcialidad:

—¡Ay —dice—, pues yo aquí conozco una amiga!

Entró conmigo a la vecindad y va dando a la misma casa donde yo estaba.

—Raquelito, Raquelito —dice—, aquí vengo con una amiguita.

—Pues ¿quién es tu amiga?

Esa señorita que me llevó a caminar por todas las calles de México se llama Isabel Chamorro. Allí se estuvo ella con Raquel y le platicó que me había arreglado trabajo allá en Santa Ana. Mientras platicaba yo la devisé porque antes ni la alcé a ver. Me daba pena que me fuera a ver el hambre que tenía en los ojos. No era ni joven ni vieja, ni alta ni chaparra, natural, ni gorda ni flaca, una cosa así apopochadita. Tenía su pelo corto quebrado, de muy buen carácter, pues fue buena conmigo. Creo que era pobre porque yo nunca supe su casa. Al otro día, vino temprano para llevarme al trabajo.

La señora güera española con la que trabajé primero era dueña de una vinatería frente al mercado de San Marcos. Vivíamos en una vecindad dividida en dos partes: acá la casa y allá la vinatería. La casa estaba como esquinadita. Para la calle daban la vinatería y las bodegas, y a la vueltecita se alineaban todas las piezas. La cocina era más grande que este cuarto.

No doy razón de con qué llenaban las botellas pero era de vino. Yo nunca vi las uvas ni ninguna otra fruta. El señor se manejaba en su negocio y nosotros acá aparte. Él en sus barricas y la señora en la casa.

En esa época de la revolución, en todas las casas había unos animales que se llamaban tlaconetes, unos babosos largos y la señora Pepita me enseñó que con sal se desbarataban. Yo les tenía horror a esos animales y como no me dieron con qué taparme ni nada, tendía unos periódicos en la cocina y rodeaba todo con sal para que no se me fueran a subir. A la señora Pepita le tenía que hacer todo el quehacer; lavar, planchar, limpiar el suelo. Entonces los pisos eran de madera y se lavaban cada ocho días con escobeta y lejía y se pintaban de amarillo congo todos los sábados. Me gustaba eso de la pintadera de congo porque se veían muy bonitos como pura yema de huevo. Primero los tallaba recio a que quedara la madera limpiecita, que no tuviera tierra ni nada para que agarrara el color y luego con un trapo le pasaba la pintura y después le daba otra mano. El congo amarillo se disuelve en agua con limón para que pegue. Yo sentía bonito como si me pintara de amarillo congo por dentro, aunque los trozos de lejía me pelaban las manos porque tienen mucha sosa.

Cada que se le ocurría a la señora, iba a Tepito, y allí, en los montones de ropa, me compraba unos zorragales viejos para cambiarme, puros rasgadales, de esas hilachas que venden en el mercado. De todos modos me los tenía que poner porque ¿qué me echaba encima? Costaban de a seis, siete y hasta quince centavos, según lo que ella podía pagar por las garras que compraba.

Todo lo que venden allí es usado.

Esos españoles ofrecieron pagarme $ 3.00 al mes. Yo no conocía el dinero del Defe, menos mal porque no me pagaron ni un centavo. Esta señora güera lo bueno que tenía era que no era gritona. No tenía para qué, si estaba solita en su casa. Pero lo agarrada lo trajo de su tierra. En esa época los bolillos eran de a tres por cinco, no como ahora que son de a diez. Me compraba cinco de bolillos y me daba uno por la mañana con una taza de té negro y luego otro en la noche también con té. Desde entonces odio el té negro. Me gusta el de limón. A mediodía mandaba comprar tres centavos de masa, valía el kilo a seis centavos, y ella misma hacía las bolitas para que yo las torteara. Contaba las bolitas para que no fuera a faltar ninguna tortilla. Luego contaba las tortillas, venía y me dejaba tres a mí y las demás las alzaba. A veces me daba frijoles y a veces nomás el caldo. Aunque hubiera buenas comidas yo no las probaba. Siempre guisaba las sobras. Hacía su paella y allí echaba todo lo de la semana. Nunca he visto una paella más tristecita.

Así duré, entiendo yo, como medio año o más hasta que me dieron las riumas porque los zapatos que traía del norte me los quitaba todo el día para que no se me acabaran y solamente que fuera a la calle o a algún mandado me los ponía. Pero ya estaban bastante viejos. Como todos los días se lavaban el zaguán y el patio, las mojadas me hicieron mal. Y la española Pepita ordenó que me fuera porque enferma no me podía tener en su casa. A mí me dio coraje y cuando me preguntó muy mustia que qué pensaba hacer, le dije:

—Voy a poner un puesto de pepitas.

Y nomás se me quedó mirando:

—Vete antes de que te de un hostiazo.

Con trabajos, porque se me engarruñaron las piernas, llegué otra vez a la calle de la Parcialidad. Cuando me va viendo Raquelito me preguntó:

—¿Qué te pasa que te andas arrastrando?

—Pues ahorita me corrieron porque ya no puedo hacer el quehacer.

—Pues ¿qué tienes?

—Me tullí en la vinatería...

Cuando Raquelito y sus familiares vieron qué mala iba y como quien dice encuerada porque ya no hallaba ni como remendar mis trapos, fue y le avisó a la muchacha Isabel Chamorro la que me había llevado con la güera española. Raquelito hizo las cuentas desde la época en que entré y ellas reclamaron el tiempo que había durado con la señora Pepita.

—Si no le paga usted a Jesusa los tres pesos, nosotros vamos a dar un paso más adelante. La vamos a demandar.

Entonces la señora Pepita sacó dieciocho pesos de su monedero. Sabe Dios cuántos meses serían, yo no sé. Raquelito hizo la cuenta, me trajeron los centavos y ya con eso tuve. Raquelito y la Isabel Chamorro me comenzaron a explicar los meses, los días que tenían los meses, y cuándo era un mes y cuándo era otro, porque yo era muy cegada, muy cegada...

Me quedé con Raquelito mientras duraron los dieciocho pesos, pero a la hora de comer me salía a la calle y comía por mi cuenta. Pero como ya me saludaban algunos de la vecindad, me estaba acomidiendo allí, ya no sentía tanta vergüenza. Hasta que un día me avisó Raquelito que le iban a quitar su casa por no pagar la renta. Se fue con una familia y yo, pues no, ni modo de seguirla...

Muy cerca de la calle de la Parcialidad conocí a la mujer de un costeño que era teniente de Marina y me llevó a su casa. La señora Coyame no tenía hijos. Era sola con el hombre, como la española Pepita. Me dormía en el suelo, detrás de un brasero, al fin que yo estaba de arrimada y tenía que acostarme en el zaguán con el perro. Dicen que el muerto y el arrimado a las veinticuatro horas apestan. Si no tenía yo dinero ¿con qué comía? Y ¿por qué me lo habían de regalar si no tenían obligación? Harto hacían con darme el rincón, en medio de sus estrecheces. No, si no hay bondad, nadie tiene bondad, no se crea que hay bondad, no. ¿Por qué me habían de dar el taco? Yo no comía. Mire, agua era lo que yo tomaba. Yo me mantengo por la voluntad de Dios. Es Él quien me ha ayudado. A pesar de que soy mala, Dios no me deja de su mano. Ahorita no he comido desde en la mañana y no tengo hambre todavía. Así nací desde chiquilla, y ¿qué quiere que haga? Son deudas que se deben y se pagan. Para acabar pronto, ya me acostumbré.

La mujer del costeño era tan celosa que me mandaba a espiarle al marido para que no se le fuera con otra. Tenía yo que seguir al hombre, una cuadra atrás desde el Teipan hasta Luis Moya, al cuartel de marineros, a un lado de la Iglesia de San Miguel, donde trabajaba. Ella quería que le diera yo razón de con quién hablara y dónde se metiera y yo lo venía rastreando como perro. El pobre hombre se iba derecho a su casa sin voltear a ver a nadie y yo a una cuadra, a una cuadra como policía secreta. Hasta que me aburrí: «Bueno, pues yo ¿qué tengo que andar espiando? ¿A mí qué me importa la vida de él?»

Para lo único que vivía la señora Coyame era para sus celos, y todos los días se le internaban más. Tenía miedo que le quitaran al marido, pero a un viejo tan feo y tan prieto ¿quién lo iba a querer? ¿Quién ve a un prieto? Hasta que un día pensé: «No, pues no, yo con esta mujer no gano para vergüenzas. Allí que se quede con sus afiguraciones. Ya, chole.» La costeña tenía una hermana más joven y señorita que vivía en la misma vecindad y ella fue la que vio que me pasaba todo el tiempo en el patio de la vecindad y me habló:

—No te agorzomes... Vamos a buscar trabajo de cartoneras.

—Pues vamos, pero luego su hermana no me va a dejar dormir en su casa...

—No le hace que no te deje dormir. Te queda, acá con nosotras en la portería.

Yo ya estaba harta y había pensado: «Mejor me voy por otro lado», así es de que me fui con la hermana que vivía en la misma vecindad en la calle de Granada, pero como su mamá era la portera, quedé mucho mejor.

Atrás de la prisión de Santiago había un señor que ocupaba muchachas que supieran el trabajo de cartoneras.

—¿Sabes? —me preguntó el hombre.

—Sí.

Leocadia, la hija de la portera, y las otras muchachas me aconsejaron que dijera que sí sabía el trabajo de cartonera. Ya me encampanaron y tuve que contestarle al hombre que sí, pero se lo dije muy delgadito. Entré a trabajar como aprendiz para hacer cajas de calzado. Yo qué iba a saber si no conocía ni el cartón. No sabía ni de qué color era el papel ni nada, si tenía revés o derecho, y el papel tiene revés y derecho, y uno debe buscárselo. Allí fue la apuración porque para mí todo era igual. Y el señor fue tan buena gente que me enseñó cuál era el derecho y cuál el revés; me marcó un cartón para que con esa muestra trazara y cortara las cajas. A los dos meses me pusieron en una máquina de cortar cajas. Desde luego el dueño se dio cuenta de que yo no sabía, pero seguro ya se había hecho el ánimo y Dios me ayudó y él nunca me dijo nada. Jamás le oí una mala razón. Al contrario, me pagaba cincuenta centavos diarios. Para aquellos tres pesos al mes que yo ganaba de criada, pues hombre, cincuenta centavos diarios a mí se me hicieron un millón.

Don Panchito quebró. Pero no me echó a la calle. Trató de enseñarme su oficio pero yo era muy tonta y le tenía asco. Me dijo don Panchito:

—Aprende el tejido de pelucas. Con eso te puedes mantener...

—A mí me dan horror los pelos ésos. Es pelo de difunto. Se lo sacan a los muertos del camposanto...

—¡No, mujer, no...! Aprende... No quieres comprender...

Hasta ahora que estoy más grande me doy cuenta, pero entonces fui muy rejega. Las mujeres se ponían trenzas postizas y se las peinaban muy largo. Como ahora que tengo mis trenzas chincolas, si quisiera traerlas grandes me las compraba. Y ¿por qué me he de poner pelo falso si tengo mis tres hebras aunque sea? Raquelito usaba trenza postiza porque el pelo se le acabó, le quedó muy chico y se compró dos manojos. Y yo veía que se encuataba su pelo con los caireles aquéllos. Chicas trenzotas que andaba cargando pero no eran de ella. Así, qué chiste. El chiste es lucir lo propio, no lo ajeno. Luego alegaba ella:

—¡Ay, pero es que no me siento bien sin trenzas...!

—Pero ¿pues cómo se pone usted ese pelo? Sabe Dios de quien será...

—Pues ya está desinfectado...

—¿A mí qué que ya esté desinfectado, si es de otra gente?

Como ya ganaba un tostón diario, los domingos me iba al cine con Leocadia la hija de la portera. A veces se nos juntaban otras muchachas fabricantas y por diez centavos veíamos cine hasta las once de la noche. Puras películas antiguas. A mí me gustaban más las americanas, las de Lon Channey, y hasta la fecha les entiendo mejor, porque son películas enteras. Las de México son puras revistas que cuando ya les está tomando uno sabor, «Fin», ya se quedó uno a medio camino; nomás lo calentaron a uno y pácatelas. Eso no sirve. Yo le tomo sentido a una historia que comience y dure. Entonces duraban hasta tres días y iba uno a verlas por episodios. Ahora no. Puros cachitos de hora y media. ¡Y tres pesos! Cualquier día se los doy. Las películas eran de amor o de aventuras, siempre completas, largas hasta el ultimito. No soy partidaria de las mugres que hacen aquí en México porque no son películas y peor las de la revolución. No sé cómo se vanaglorean de tanta pendejada que se les ocurre.

Éramos como diez las que estábamos con don Panchito y nos salimos cuando quebró su negocio. Luego, como aquéllas ya conocían las calles en donde había fábricas y en esa época en cualquier lado que se paraba uno a solicitar trabajo se lo daban porque no había esa madre de los sindicatos, fuimos a una fábrica de cajas por Tepito. Hacíamos las cajas para polvos de arroz. Se cortaban las ruedas así de chiquitas para la tapadera y el fondo de abajo y luego las tiras de los lados. No me gustó porque era un trabajo de mirruñitas, muy despacioso y a mí me gusta todo grande y rápido. Además nos pagaban lo mismo que don Panchito: cincuenta centavos, pero teníamos que hacer miles de cajitas ahora sí que como de cerillos, pero redonditas. Las muchachas me preguntaron que si yo estaba conforme y les dije:

—Pues no, porque el trabajo es muy latoso y no vemos el resultado. Esto que nos cuesta más paciencia, no los habían de pagar más caro.

Las muchachas estuvieron de acuerdo con que ésa era una fregadera y cada una jaló para su lado y yo me fui a trabajar a otra fábrica en el callejón de San Antonio Abad en la que me ofrecieron setenta y cinco centavos diarios por armar cajas de calzado.

La fábrica de San Antonio Abad era grande. Había sesenta mujeres y cincuenta hombres. La dirigía un español. Él nomás recibía el personal y cada quien agarraba su lugar y ya no se volvía a meter con nadie hasta otro día que le tocaba uno volver a entrar. El primer turno comenzaba a las cinco de la mañana y salíamos a la una de la tarde y a esa hora entraba el turno de la una a las nueve de la noche. En esa fábrica había maestras que enseñaban a las fabricantas y las encarreraban hasta que se entendían solas; maestras cajeras, de armar, cortar y forrar, maestras de trazo, maestras de forrar cartón o sea extenderlo y cubrirlo de papel, y capataces que nos vigilaban.

Como yo era la más nueva me dijo la maestra de forrar cartón que si no les disparaba la bebida y tomaba con ellas, me darían caballo. Yo les tenía miedo. Me previno uno de los muchachos:

—Tú defiéndete porque éstas te van a agarrar en montón... Son muchas. Se te montan encima y te rompen la espalda. No seas maje, ve y diles que les das la bebida.

Ese muchacho se llamaba Nicanor Servín, el hijo de Madalenita. Era forrador de cajas y yo forradora de cartón. En una carretilla sacaba a tender mi cartón al sol después de mojarlo. Lo extendía en el suelo y ya cuando estaba seco, lo juntaba, me lo cargaba en la cabeza y lo iba a entregar a la bodega. En la bodega me lo daban y en la bodega lo tenía que devolver ya forrado. Nicanor Servín estaba en la hilera de los forradores y yo extendía el cartón en la hilera de enfrente. No platicábamos allí pero nos hablábamos a la salida en la calle. Era un muchacho muy bueno, no tenía ventaja cual ninguna, no era ventajoso. Él le hacía a uno un favor sin querer que se lo pagara uno con lo que ya se sabe. Nicanor vio cómo se aprovecharon todas porque yo tenía dos días de haber entrado y me trataron de mensa, de bajada del cerro, de acostumbrada a un pueblo, y cuando se dio cuenta que yo no tenía quien viera por mí, me dijo:

—Tienes que comprarles la bebida a estas mujeres... Yo te doy con qué.

Fui y les dije que no anduvieran molestando, que yo les iba a disparar el chínguere y mandé traer un bote de pulque y se los comencé a repartir. Al final todas se cayeron al suelo. Quedaron tiradas allá dentro de la fábrica. Y que se enoja el dueño:

—¿Qué es lo que ha pasado?

—Pues lo que está viendo, señor —le dijo Nicanor Servín.

—¿Quién las emborrachó? ¿La nueva?

—Es que las muchachas la querían agarrar entre todas, por eso ella les metió la bebida. Así es de que usted sabe si defiende a la muchacha o nos castiga a todos por parejo.

El señor encontró a la maestra debajo de la mesa tirada de borracha. No fue un bote el que yo pedí; pedí dos y después les hice que se los bebieran. ¿Cómo iban a aguantar? Cayeron y se perdieron de briagas. Las castigó el dueño y de allí para acá ya no me perjudicaron. Pero entonces yo agarré la tomadera. Salía del trabajo y yo era la que les decía:

—Vamos a tomar, ándenles. Me disparan tantos chivos de pulque porque yo les voy a enseñar a tomar.

Aprendí a tomar en Chilpancingo, nomás que entonces no tenía dinero. Cuando me empezaron a pagar un tostón diario todavía tuve que aguantarme a pasar la vida triste porque con ese tostón tenía que vestirme y comer. Pero ya con setenta y cinco centavos diarios podía beber aunque comiera lo más pobre que había. Daban cuartilla de frijoles y cuartilla de tortillas; seis tortillas por tres centavos. Pero eran tortillas de mano, grandes, no como esas cochinadas que venden ahora. Así es de que me compraba mi cuartilla de tortillas y me les echaban encima una cucharada de arroz y otra de frijoles y ya con eso me daba por bien servida. En la mañana me echaba un jarro de atole de a centavo y tres tamales también de a fierro, tamales grandes, no que ahora valen veinte o treintaicinco centavos y ni a carne llegan. Renté un cuarto de puerta para afuera y para adentro con un brasero y una azotehuela. El cuarto estaba en San Antonio Abad número setenta y siete esquina con Jesús María. Ya tumbaron esa casa. Hicieron unas bodegas. Seguía durmiendo sobre el suelo pero ya tenía casa a donde llegar. El petate me costó diez centavos y me tapaba con una cobija nueva de a uno cincuenta. Podía hervirme un café y cocerme unos frijoles; llevaba tortas al trabajo. ¡Y de allí pal real! Iba yo progresando, una vez hasta llevé bisteses así de grandes, porque con un diez le daban a uno cinco bistesotes.

En la cartonería duré como dos años. De allí unas compañeras y yo nos fuimos a otra fábrica hasta la Magdalena Mixhuca. En México, en aquel tiempo había mucho dinero y pagaban con monedas de oro. Nos juntaban a tres o cuatro en cada moneda y nos íbamos a comprar el gasto de la semana a la tienda de raya que era de la viuda dueña de la fábrica. Salíamos sin dinero porque todo lo habíamos dejado en el mismo comercio. Así es de que la viuda se volvía a quedar con las monedas. Nosotros nomás las traíamos un ratito. Era una tienda de raya como en la época de Porfirio Díaz. Cada quien tenía que gastar allí su parte para que nos cambiaran la moneda. Y uno no era libre de gastar su dinero en otra parte. ¡Dinero que salía, dinero que regresaba! Y dejé la fábrica de la viuda aquella tan vivales y con unas compañeras me fui a la de otro español. Y desde entonces todo fueron fábricas y fábricas y talleres y changarros y piqueras y pulquerías y cantinas y salones de baile y más fábricas y talleres y lavaderos y señoras fregonas y tortillas duras y dale y dale con la bebedera del pulque, tequila y hojas en la madrugada para las crudas. Y amigas y amigos que no servían para nada, y perros que me dejaban sola por andar siguiendo a sus perras. Y hombres peores que perros del mal y policías ladrones y pelados abusivos. Y yo siempre sola, y el muchacho que recogí de chiquito y que se fue y me dejó más sola y me saludas a nunca vuelvas y no es por ai María voltéate y yo como lazarina, encerrada en mi cazuela, y en la calle cada vez menos brava y menos peleonera porque me hice vieja y ya no se me calienta la sangre y se me acabaron las fuerzas y se me cayó el pelo y nomás me quedaron unas clavijas por dientes, rascándome con mis uñas, pero ya ni uñas tengo de tantos uñeros que me salieron en la lavadera. Y aquí estoy ya nomás esperando a que den las cinco de la mañana porque ni siquiera duermo y nomás se me revela todo lo que pasé desde chiquilla, cuando anduve de guacha y sin guarache, haciéndole a la revolución como jugando a la gallina ciega, recibiendo puros trancazos, cada vez más desmadejada en esta chingadera de vida.

14

Todas las noches después de trabajar me iba yo de borracha a bailar y a tomar con los de la Montañagrina. Salía de allí y me metía al Bosque. Esas dos cantinas estaban una frente a otra en Pino Suárez, el que mataron con Madero. La Montañagrina era una casa de una cuadra de grande con su piso de madera para el taconazo, sus mesas, sus sillas, y su mostrador. En invierno ponían una cafetera grande en una lámpara de gasolina y hervían canela; hacían ponches y yo me los echaba bien calientes y con mucho piquete. Nos emborrachábamos con puro caliente adentro. Eran los ponches de a diez centavos en el mostrador y a quince en la mesa porque las meseras ganaban un cinco de comisión. Encima del mostrador, por un espejo grandotote se veía a las mujeres y a los hombres que entraban. A cada rato se abría y se cerraba la puerta.

Entonces yo trabajaba en el cartón. Además, el dueño de la fábrica, el español don Chicho, me mandaba a hacerle los mandados. Una vez me dijo que fuera a ver a su mamá a las calles que van a salir donde está un monumento señalero; un hombre encapotado de cuerpo entero, creo que es Morelos o alguien así por el estilo.

Al regreso se me hizo fácil cortar calles para llegar

más pronto. Yo oía que me hacían: «pchpchpchch-chchch... psttttt... pssssstttttt...», y como no es mi nombre ni soy perro ¿a mí qué me importaba? Ya cuando se aburrió el pelado de venirme haciendo: «pchpchchchch y psttttt» me alcanzó y ¡chan! que me jala el pelo:

—¡Ya me cansé de venirte hablando y no me haces caso!

Y que le sueno una cachetada. En ese mismo instante mete la mano y saca el pito y llama a los policías. Enseñó su papel de Agente de la Reservada y lo tuvieron que obedecer los gendarmes. Me llevaron a la Sexta, en la esquina de Vizcaínas y Niño Perdido.

Se hicieron las aclaraciones. Me dijo el jefe de barandilla:

—¿Por qué le pegaste si es Agente de la Reservada?

—¿Y por qué se atrevió? El señor no me conoce ni yo lo conozco a él. Lo de la Reservada pues peor tantito. ¿Por qué? ¿Con qué derecho me jala a mí los cabellos?

—Pues yo creí que venías de Salubridad.

—¿Cómo que de Salubridad?

—Sí, de allí, de donde salen las mujeres.

—¿Y a mí qué me importa que salgan o que no salgan de allí las mujeres? Es calle y yo tenía que pasar.

—Mira nomás qué chistoso, tú haciéndote la muy apretada siendo que eres de las meras guangas...

Y que me le echo encima para romperle el hocico. Entonces el jefe de barandilla me detuvo. Le preguntó al de la Reservada:

—Usted ¿de dónde la vio salir?

Ni siquiera le contestó al jefe, como si no le hubiera preguntado, y me dice a mí:

—Por esa calle venías y ya te he visto pasar muchas veces, no te hagas porque te llevo a que te analicen.

El jefe de barandilla se interpuso:

—Mira, no hay que jalonear así nomás por nomás.

¿Qué ya no sabes ni siquiera distinguir lo horro de lo parido? Una cosa es que seas agente y otra que te pongas perro... Por más que quieras esa mujer no es de las que estás pensando.

Entre que sí y que no, nos dieron las doce del día. Le pedí al juez que me dejara hablarle por teléfono al patrón para que supiera quién era yo y qué andaba haciendo. Cuando tomó la bocina le conté que le había pegado a un hombre cerca de la Ciudadela y que me tenían encerrada:

—Voy para allá.

Acabandito de llegar don Chicho le dije que no fuera a pagar ninguna multa porque si yo le había pegado al Agente era por su culpa. El juez era buena gente. Hasta eso, no estaba yo detenida dentro de la cárcel; me tenían en el salón de barandilla.

Como a las tres de la tarde me dieron libre. Veníamos caminando y voltea el patrón:

—Mira que de veras eres mala. Yo creía que a ti nomás te gustaba hablar pero no sabía que te les aventabas a los tortazos.

—Pues también me jaló los cabellos. ¿A poco me iba a dejar? Si yo no lo conozco a él...

Nomás le di un revés pero se lo dejé pintado. Yo era rete fina para pegar. Ora ya no, ya no pego. Ya se me quitó lo peleonera porque me di cuenta de que no es bueno pelear, aunque gane, uno siempre sale perdiendo, pero antes, hasta comezón sentía en las manos.

El dueño nomás esperó a que acompletara la quincena y me corrió.

Antes en la Lagunilla había un jardín al lado del mercado que después tumbaron para fincar. En las bancas de ese jardín comían todos los cargadores. Yo me iba a sentar allá por el pastito. Cuando alcanzaba banca, banca, y si no, pasto. Como no tenía yo trabajo y andaba en la Lagunilla nomás de ambulante fui y me acomodé debajo de un árbol. Luego llegó una señora a preguntar que quién de tantas de las que estábamos allí de balde quería trabajar. Ya llevaba dos muchachas apalabradas y me contrató a mí también.

Adelina de la Parra era la dueña del negocio de Netzahualcóyotl y yo su criada. Su casa era como tienda, como restorán, quién sabe qué cosa era, el caso es que allí bailaban. Yo limpiaba y hacía las recámaras. La familia era grande: de ocho recámaras. Iba un bute de muchachas porque el negocio era de tomar y bailar. Se vendían tacos, tortas y bebidas y por lo regular tenían que lidiárselas con borrachos y con hombres malos. Yo nomás estaba para barrer y sacudir, y cuando terminaba me decía la señora:

—Ándale, ponte a bailar, a servir mesa para que no estés allí mirando...

Y por eso me empezó a gustar más la bailada que la limpiada.

A las diez de la noche me iba a mi casa o a donde yo quisiera hasta el otro día. Por lo regular agarraba yo para la Montañagrina. Gané mis centavos en Netzahualcóyotl pero tenía que tomar al parejo de todos los que llegaban. Además había muchos pleitos. Una vez se puso resabroso. Estaba yo platicando con uno y que entra otro que me enamoraba. Él sí estaba zafado por mí pero yo no le daba por su lado. Era curtidor y olía mucho a tanino. Se llamaba Carlos quién sabe qué. «Tan luego como llegue me atiendes a mí y dejas a quien sea.» Seguro ese día no estaba yo de buenas y no le hice caso. Vi que entró Carlos tanino y como si hubiera entrado una mosca de tenería.

—¿Qué pasó? ¿Qué no viste que ya llegué?

—¿Y qué que hayas llegado? Yo estoy aquí atendiendo a estos señores...

Que da la vuelta y que se va y como si se hubiera ido el perro. Me dio risa porque dio la rabiada. Le dije al pianista:

—Tócame «Suspiros y lágrimas».

Comenzó a tocar y jalé a uno de los muchachos con los que estaba tomando.

Andábamos bailando el dichoso vals de «Suspiros y lágrimas» cuando a poco regresa aquél. Le había ardido el desprecio que le hice. Pero lo mismo que pagaba él, pagaban los demás. Caifás al chás chás. ¿Por qué los iba yo a dejar? ¡Uuuuyyy! Uyyy! ¡Uuuuy! Él se creía con derecho a gobernarme.

—Yo estoy aquí para trabajar, no para chiquear pelados.

Carlos la quiso hacer de pleito ratero con mi pareja y le dije:

—Con él no es el pleito. ¿Por qué? ¿Con qué derecho vienes a peliar?

—Yo no soy de tu bueyada, el que se meta conmigo se ensarta la chaira.

—¡Ah!, pues aquí ¿quién eres tú? ¿El dueño de la casa o el que paga la renta o acaso te crees el que nos da de comer a toda la runfla?

—¡Ya sabes que a mí me atiendes o yo soy el que te atiendo a punta de cocolazos!

—Yo estoy a disposición de la casa que es la que me paga mi dinero que me gano; estoy atendiendo a este señor y a los amigos que lo acompañan, así que llegaste tarde, manito...

¡Uuuuyyy! Pues que saca el cuchillo así de grande de curtidor y que quiere agarrarse con los otros.

—Les voy a dar matarile.

—Con los muchachos no te pongas. Ponte conmigo. Eres muy hombre, ándale, éntrale... Tú traes lo tuyo pero yo también traigo lo mío... ¡No se metan, muchachos, ya yo me entiendo con él!

Le doy el aventón para la calle. Al ver el cuchillo todas las mujeres que estaban trabajando se salieron con la clientela. Y que nos damos la gran agarrada.

—Tú no tienes ningún derecho de venirme a gritar.

—Yo a ti te quiero y quiero que me entiendas...

—¿Y yo qué culpa tengo de que me quieras? Yo quiero a todo mundo sin distinción. Si te conviene, bueno, si no, salúdame a nunca vuelvas.

Tenía su mujer porque dos veces me llevó al chiquillo, hágame usted favor, un chiquillo como de dos años, seguro para que yo se lo acabara de criar. Si tenía interés en mí, allá él con su interés. Los casados no me laten, siempre contando sus desgracias, siempre lloriqueando que si no les dan de comer a sus horas, que si mira yo a ti te quiero y ella nomás me enredó... Y luego a mí que me gusta gritar yo, no que me griten a mí.

—Conmigo no arreglas nada. Sigue tu camino y a mí déjame en la paz de Dios. Llévale tu chilpayate a la taruga que lo parió.

Después de que le di de cachetadas le mordí la mano, soltó el cuchillo y que lo agarro y que le digo:

—Ahora ponte. Ándale, eres muy hombre.

Me le dejé ir con el cuchillo y él, patas pa cuando son. Antes no podían conmigo, aunque fueran más fuertes. Les ganaba porque tengo muchas mañas para pelear. Sentía yo la muina que me ardía por todo el cuerpo y calculaba sin darme cuenta: «El trompón va por aquí... y la patada por allá.» ¡Lo que es la juventud! Por eso yo soy sola, porque no me gusta que me gobierne nadie... Y si no que lo diga Pedro...

Luego me preguntaban las muchachas:

—Pero ¿a qué te atienes?

—¿A qué me he de atener, a qué me he de atener? Al cabo una sola vida tengo. Si me toca, me tocó. Para luego es tarde. Pero eso de que me vengan a hacer escándalo por causas de celos eso sí que ni qué. ¡A volar! Yo los atiendo a todos por parejo mientras paguen su dinero. Caifás al chás chás. No voy a enamorarme de ellos por más guapos que se crean. A mí al cabo ni me gustan los pelados. A mí, sáquenme a bailar, llévenme a tomar y jalo parejo, invítenme a dar la vuelta por todo México; denme harto que comer porque me gusta comer y tomar, pero eso sí a mí no me digan que les pague con lo que Dios me dio. Eso sí que no.

—Pues te crees muy malilla, pero ya te saldrá tu rey de bastos, me decían las meseras.

—¡Eso está por verse! Ustedes se dejan pero yo no. ¿Por qué me voy a dejar? Aunque fuera el dios Huitzilopoztli, conmigo se estrella.

A mí no me gustó nunca ninguno; como amigo sí, a mí háblenme de amigos legales, sí, pero nada de conchabadas. Que vamos a tomar, pues vamos, pero no más allá si me hacen el favor. Muchos amigos tuve y no me arrepiento, porque fueron derechos. Y al que trató de ponerse chueco lo quebré. Soy de todos por las buenas, pero de nadie por las malas. Eso de que te quiero para mí sólo pues nomás no. Y si no te parece mi amistad, pues cortinas aunque sean de tarlatana.

—¡Ay, cómo eres! ¡Más brava que un gallo gallina!

Ellas sí se dejaban de los hombres. Nomás les pegaban un grito los cabrones cargadores y se azorrillaban. Yo no. A ellas, por guajolotas, les hacían hasta lo que no.

—Ponte y vámonos, ándale.

Si ya compraron la esclava para nomás ponte y te lo finco cuantas veces se ofrezca, de guajes se van a andar con adulaciones. Y yo lo digo porque también me dejé. Pero eso fue antes. Desde que me vine a México se me quitó lo tarugo. Dije: «Bueno, relativamente mientras más se deja uno, más la arruinan.» Y las que se sigan dejando, pues eso y más se merecen, que las pongan como burras enquelitadas...

Desde muchacha, mis amigos sabían a qué atenerse porque cuando mi padre vivía, en las tardes, después de pasar lista a los soldados, me vestían de hombre y a dar la vuelta con la tropa. Nomás les decía mi papá:

—Ya saben que me la cuidan...

—Sí, señor, se la cuidamos...

Me alzaba yo las greñas para arriba, me ponía mi sombrero y mi uniforme y me iba a correr gallo con ellos; a cantar con guitarra. Yo le hacía de hombre y les llevábamos gallo a toda la tendalada de viejas calientes. Anduve con muchos soldados paseándome con ellos en el puerto de Acapulco por las calles, cargando guitarra y botellas y nunca me metieron mano. Así también cuando trabajé en Netzahualcóyotl andaba en la broza pero todos eran amigos.

—¿No vienes con nosotros, Jesusa?

—Sí, ahorita los alcanzo.

—Yo también voy —decía una mesera Rosita muy modosita.

—¡No, tú no!

—¡Ay! ¿Por qué?

—Entre menos burros, más olotes.

—¡Cómo serán! ¡Cómo serán!

—¡Carajo! Esto es cosa de hombres. No queremos jirimiquiadas.

Uno era chofer, otro banquero, otro policía. Valentín Flores era un amigo gritón; un señor frutero. En una batea de esas de madera de Michoacán vendía fruta a grito y grito. Cuando no traía naranjas, traía aguacates y si no quesos; quesos de tuna cardona, de leche de chiva. También hacía nieve de limón muy buena. Y si no le daba tiempo, pues raspados, que son muy fáciles. Nomás se cargan las garrafas de distintos colores y ya.

Cuatro o cinco viajes se echaba al mercado y luego que lo oíamos gritar por la calle decíamos:

—¡Allí viene el loco! ¡Allí viene el loco!

Y le hacíamos averías, pobre. Le robábamos la mercancía porque casi siempre estaba borracho. Era muy bueno y se hizo amigo mío porque un día que lo agarraron entre todas las fabricantas lo defendí.

—No hay que ser, ya nos comimos toda su mercancía, vamos a ayudarle para que se pueda reponer.

Y con lo que le juntamos se fue muy contento a la Merced. Algo es algo. Este señor ya era grande; tenía como cuarenta o cincuenta años y un día que andaba bien borracho, le escondí su provisión. En medio de su borrachera se me hincó:

—¡Ay, mamacita, dame mis quesitos! ¿Qué no ves que los voy a vender?

—No te doy nada porque se te van a caer.

En eso nos vio la palomilla de la cantina y entonces le pusieron a él don Juan Tenorio y a mí doña Inés. Valentín cargaba un pañuelo donde liaba su antidolor del Doctor Bell y los centavos, pero se agarraba disparándoles a todos sus alipuses y luego tenía que pedir caridad para habilitarse y seguir vendiendo.

Valentín Flores fue el hombre más bueno que yo conocí. Pobre, era un hombre muy dócil, dócil para la mula vida. «Calma y nos amanecemos, caramba» —decía—, «ya me tropecé, ya me alevanté, ni modo, así nos va, qué le vamos a hacer». Aunque fue soldado en la época de Porfirio Díaz y tenía fama de maldito; yo sigo diciendo que Valentín Flores era un alma de Dios. Le decían el Chueco por mal nombre, y es que los federales le quebraron las manos cuando lo agarraron de leva. Todavía así tullido y todo era terrible. Luego le preguntaban los muchachos que por qué peleaba así de baldado y él les decía que no se había de dejar. Y no se dejaba. Vaya si no se dejaba. Pero cuando los gendarmes lo agarraban borracho y le tomaban declaración se ponía a lamer tristeza: «Soy un hombre mutilado, no tengo con qué pegar.» Comenzaba a mover así las manitas chuecas, las soltaba a puros temblorcitos. Y entonces lo daban libre:

—Yo no puedo pegar... —salía diciendo muy triste de la delegación «yo no puedo pegar», y hasta las lágrimas se le escurrían. Bien hipócrita pues el primero que se le atravesaba sabía lo que era un gancho a la mandíbula.

Este señor tuvo mucha amistad conmigo porque los dos éramos iguales de rejegos. Una vez que me enfermé, fue el único que vino a hervirme agua caliente con manzanilla. Estorcía unas toallas y me ponía fomentos. Y yo con el dolor pensaba, pues qué me importa que sea quién sea, hombre o mujer, qué me importa, a mí que me cuiden, a mí que me cuiden aunque me vean como Dios me echó al mundo. Y si Valentín se facilitaba pues allá él si tenía malos pensamientos. Pero yo nunca le noté nada cuando venía a hacerme la caridad de los fomentos.

Había otro, Raimundo, al que le pusimos el Charalito, por lo flaco. A otro, la palomilla de la cantina le decía la Escalera de Almacén, por alto y parejo. Raimundo Patino, el Charalito, era mecapalero pero también vendía pan en el mercado de San Lucas y por las tardes se iba a las carpas y entraba a ofrecer nieve, pasteles y refrescos. Como a las siete de la noche llegaba a Netzahualcóyotl a bailar. Fuimos muy buenos amigos. Luego me decía:

—Cuando cierren aquí, te sales y vamos a bailar a tal parte.

—Pues vamos a bailar a tal parte y a tal otra hasta que se nos canse la burra.

Era amigo leal. Luego, ya de allí iba yo demadreardiendo a acompañarlo a vender. Decían que yo era su mujer y no, su mujer era muy bonita, muy jovencita y ya le tenía como tres niños, bonitos; se veía que los habían hecho con gusto. Luego llevaba a su hijito de cinco años y nos íbamos a pasear con el chiquillo. El niño andaba conmigo pero nosotros no éramos nada. Y los que piensen mal, allá ellos.

Todas las que trabajábamos en Netzahualcóyotl teníamos que ir una vez a la semana al salón de belleza para que nos hicieran el ondulado Marcel. Nos cobraban un peso cincuenta centavos y quedábamos peinadas para toda la semana. Era muy bonito peinado y no ha vuelto a haber otro igual. Antes, según la cara que uno tenía le buscaban el mejor peinado, no nomás hacer un zurrón sin saber ni cómo. La peinadora se fijaba en la cara de uno y en la pared clavaba fotografías de distintos modelos de peinados. Entonces decía:

—Mire esta cara. Da el mismo perfil suyo. ¿Le agrada el peinado este?

—Pues de veras que sí.

Y lo peinaban a uno como es debido; unos peinados altos, ondulados como unos caireles hechos con tenaza que le caían a uno para acá; caireles chinos, redondos, tres caireles que le daban muy bonita vista a la cara. Aunque la mujer estuviera fea, bien fea, le cambiaba la cara. A mí siempre se me hicieron cinco ondas. Nunca he usado la raya, toda la vida me eché el pelo para atrás. En mi tierra sólo las tortilleras se partían el camino real en medio de la cabeza. ¿Por qué me había de hacer raya si yo no soy como ellas? Toda la vida me he peinado para atrás. Hasta ahora de vieja me hago dos trenzas y créamelo que me da tristeza.

Una noche que estaba yo tomando en la cantina El Bosque con unos muchachos, llegó un capitán de artillería.

—¿Tú eres mesera?

—No, señor, las meseras son esas muchachas que están allá.

—Como te veo tomando con los muchachos, creí que trabajabas aquí...

—No, señor, no trabajo aquí.

—Oye ¿y no te agradaría ir de mesera a San Juan Teotihuacán?

—Pues no sé, pero a mí no me late ser mesera porque no me gusta torear borrachos.

—No, allá no es cantina. Allá serías mesera de alimentos. Se sirven bebidas, pulque y cerveza pero no de borrachera, nomás para pasarse la comida. Puedes ir los domingos. Yo te arreglo el empleo. Tú nomás no te me cisques.

—¿Ciscada yo?

Como nada más eran los domingos, la señora Adelina de la Parra me dejó que fuera. Además, con ella sólo trabajaba de día y a las diez de la noche era muy libre de irme a las cantinas a tomar, a bailar, a lo que se me diera mi gana; la noche era mía. Siempre me ha gustado la noche. La noche es una bendición.

Los domingos me iba yo por la mañana a San Juan Teotihuacán y regresaba el mismo domingo al atardecer. Hacía yo una hora de ida y otra de venida en el ferrocarril; tenía para chico rato pero me pagaban el transporte de ida y vuelta y tres pesos de sueldo aparte de mis propinas, y como eran puros extranjeros y además viejitos, el día no me salía por menos de veinte o veinticinco pesos aparte de mi sueldo. Así es de que sí me costeaba. Estuve yendo para allá como un año. Las pirámides los engatuzaban a todos. Se veían bonitas, parecían lomas, parecían de tierra. Alguna vez subí pero nunca hasta mero arriba. No teníamos tiempo de andarlas revisando, pero eran muy bonitas, pachoncitas... No sé cómo estarán ahora, pero seguro que mal, porque en México todo lo descomponen.

El restorán quedaba en la gruta, sumido, haga de cuenta una cueva grande. Arriba el patio y luego una entrada por la que va uno bajando. Cabían doce personas en cada mesa y eran veinticuatro mesas. La cocina estaba en la entrada y la señora norteamericana, esposa del capitán de artillería, empanclaba así sus sangüiches con su mayonesa y su aceituna. Si tenía banquetes entre semana, me mandaba avisar el dueño:

—Hay una comida en honor del general Fulano de Tal. Vente temprano.

Y ya me iba yo para allá.

Seguía yo entonces en el Tercer Callejón de Netzahualcóyotl baile que baile, bebe que bebe. Bailaba yo pero no como ahora que se zarandea todo el cuerpo de un lado para otro. No se usaba brincar ni abrirse de piernas. Antes era baile de a de veras no que ahora todo les cuelga de tanto que se sacuden. Se bailaba parejito y en un cuadrito; los pisos eran de cuadros y ninguno se había de salir de su cuadro. Yo bailaba danzones quieta, quieta, muy quietecita, poniendo atención. Nomás movía el cuadril, no como hoy esas cimbradas que se dan que parece que les dan un toque. Y tangos, valses y las corridas que se bailaban a todo lo largo del salón siguiendo la música. ¡Ahora ya no se usan los buenos bailes! Puras babosadas.

Con quien más me gustó bailar fue con Antonio Pérez, el chofer. Cuando nos cansábamos me llevaba en su coche y me dejaba en mi casa. Tendría diecinueve años, algo así. Nos quisimos como hermanos, algo así, con mucha estimación, nos quisimos bastante, y éramos muy prudentes, muy prudentes para tratarnos. Su hermano mayor era militar, teniente coronel, y a veces le preguntaba:

—Bueno, de veras, ¿qué te traes con Jesusita?

—Nada, es una amiga.

—¿No es tu cuero?

—No.

—A mí se me hace que tú y ella me están poniendo los ojos verdes. ¿Por qué no la llevas a la casa?

—¿Y para qué? ¿Para que todos ustedes digan también cosas que no son? No. Nosotros nos respetamos.

—Eso no es querer.

—Sí la quiero, y porque la quiero la voy a visitar.

—Mecachis, ¿quién te entiende a ti?

—Jesusa, hermano, Jesusa.

15

Yo me agarraba el estómago de risa de tanto que me estuve burlando de unos y de otros. En esa época era muy peleonera y todo lo componía con hacer avería y media.

Cuando aquel hermano espírita llegó a darnos instrucciones lo juzgué loco. Sentaba a las muchachas en las sillas y se quedaban atoradas. Él entraba en comunicación elevada con la luz del Omnipotente, del Padre, del Hijo, del Enviado Elías y las dormía a todas. Era un joven de unos dieciocho años, delgado, todo borroneado él. Yo no le vi los ojos.

Iba harta tropa a bailar con las muchachas. Y un día llegó ese jovencito a platicar y les dijo a las meseras que él tenía mucho poder de espiritismo.

Las muchachas se habían sentado parejo alrededor de la sala. Él les pasó la mano sin tocarlas y les dijo: «¡A ver, levántense!» Hicieron el intento y nada. Se movían con todo y silla pero no se les despegaban las asentaderas. Desde la puerta yo me estaba fijando en todo: en sus gestos, en sus movimientos, sus figuretas. Yo era la juzgona.

Y en una de esas que me dice él:

—Te voy a pegar a ti también...

Luchó conmigo y no pudo. Lo vi que sudaba del esfuerzo. Entonces le dije:

—Ya ve como no puede. Ellas ni están pegadas... Se están haciendo guajes allí.

—No, si no nos podemos despegar. ¡A ver, quítanos tú, a ver si puedes!

—No, no. Yo no tengo por qué despegarlas. Que las despegue el que las pegó.

El muchacho me volvió a decir:

—Te voy a pegar a ti...

—Pues pégame si puedes.

Luchó otra vez y no pudo aunque imploraba los poderes. Entonces se puso muy humilde:

—Préstame tu voluntad...

—Pues mi voluntad está prestada.

Rezó, desalojó las malas corrientes, los espíritus rebeldes, y quién sabe qué tanto me hizo, pero no pudo sugestionarme.

—No, no sabes... Tú no sabes darte.

Hasta groserías le dije. Yo era un animal muy bruto, una yegua muy arisca. Además él era muy muchacho y yo no le creía, podía con otros pero no conmigo, porque me imagino que él nomás tenía un protector, a Madero, y yo tengo a tres y esos tres son muy elevados, muy elevados, pero entonces no los conocía y me faltaba fe. Mi protector es más elevado que Madero. Madero fue espírita. Los seres del espacio pasaban a darle instrucciones y por eso supo todas las cosas que iban a suceder, menos lo de Huerta. El muchacho éste era la bocina de Madero, y el presidente muerto se manifestaba a través de él.

Nomás por no dejar, yo estuve mirando los movimientos que hacía el hermano ése y lo que rezaba y lo que pedía, porque yo tengo el defecto de que todo lo que oigo se me queda en el pensamiento, todo, y a mí se me grabó aquello, pero como no creía me daba risa.

—Mira, muchacha, no seas maje. Pídeme la prueba que quieras.

—No necesito pruebas de nada, no me hace falta ninguna porque todo lo que estás diciendo son mentiras...

—Yo te voy a dar una prueba aunque no quieras. Tengo que dominarte. Tengo que vencerte.

—No, no puedes...

—Bueno, pídele a uno de tus difuntos que te dé una satisfacción.

—No, yo no tengo muertos.

—Todo mundo tiene difuntos. ¡Cómo que no! ¡Ah, cómo que no! Tú debes tener uno o dos...

—No, yo no tengo muertos.

—No seas tonta. ¿Con quién quieres hablar del otro mundo?

—Yo no quiero hablar con nadie porque no tengo a nadie con quien hablar... No tengo familia...

—No, no. Tienes que tener. No hay una persona que no tenga familia sobre la tierra o debajo de la tierra.

Tanto me estuvo insistiendo que pensé: «Bueno, pues le diré que llame a Pedro por no dejar...»

—Ya no estés molestando. No tengo a nadie pero quiero que llames a Pedro.

—¿Pedro qué?

—Tú nomás pregunta por Pedro de parte mía. Él sabrá.

Lo llamó a través de una mediunidad que había sacado de nuestras mismas compañeras sin que ellas se dieran cuenta. Doña Adelina cerró todas las puertas con vista a la calle; cerró el negocio para que él durmiera a una de nuestras compañeras y a través de una envoltura tan humilde como la de esa mesera se manifestaran los seres espirituales. En la sala grande donde se ponían las mesas y el piano, el muchacho hizo trabajos de desdoblamiento y como era un ser muy elevado, durmió a aquella muchacha mediunidad entre el más allá y la tierra. Y aquella compañera que tenía el cerebro abierto y por eso podía recibir a los espíritus, habló:

—El ser del otro mundo que ha mandado llamar dice que no la conoce...

(Pedro era un animal más bruto que yo. O se estaba haciendo de rogar.)

—Seguro —dije—, ya ven cómo son ustedes mentirosos. ¡Cómo no me va a conocer! ¡Ya mero qué me iba a hacer un desaire si el favor se lo estoy haciendo yo con acordarme de él!

Dice el muchacho:

—No, llama a otra persona. Ésta te falló.

—No, pues entonces ya no llamo a nadie. Yo no estoy para que me juzguen de camisón.

—Llama a otro de tus muertos...

—No, ya no quiero ningún otro.

—No, tienes que creer.

—Sólo creo en Dios, y eso de oídas, porque nunca lo he visto. Bueno, una vez, profundizándome, lo devisé que iba por una cuesta vestido de morado...

—Llama a otro, por favor...

Yo sentí cómo se me movían las quijadas.

—Bueno, bueno, pues si quieren traerme un alma, ya tráiganme a la que quieran.

La facultad lo fue a buscar entre las almas muertas del espacio y regresó:

—Pues no hallo a nadie.

—Búscalo en la tierra.

La facultad empezó a penar. Dijo que ya lo había encontrado pero que no lo podía alcanzar.

—Hay muchas espinas de abrojo... No puedo llegar a él.

El hermano le quitó los malos ambientes, las corrientes de los seres del espacio que uno trae en el cuerpo y le dijo:

—Puedes pasar las espinas. No te espinarás.

La facultad siguió caminando.

—Ya lo encontré, está debajo de un árbol pero no puedo levantarlo porque hay demasiado mezquite.

Entonces le dieron fuerza espiritual para que las biznagas no la lastimaran:

—¡Tráelo, tráelo!

Fue cuando ella ya recogió al espíritu y dio sus señas. Dijo que tenía sus carrilleras cruzadas, su sombrero grande de fieltro galoneado, su zapato café de rechinido; que era de estatura regular, ni alto ni chaparro, ni prieto ni blanco, una cosa así apiñonadita.

Entonces me sacaron para afuera. Cerraron la puerta y ordenó el hermano:

—Aquí te quedas en el quicio.

Me recargué oyendo por afuera. Y nomás al decir: «Buenas noches», le conocí la voz a mi papá. No era la voz de la mujer que estaba extasiada, era la de mi papá, tal y como fue en vida, mandona. Y nomás con la pura voz tuve yo:

—Buenas noches —repitió.

Y le contestó el muchacho:

—Buenas noches, hermano. ¿Qué deseabas?

—Yo nada. Me han llamado y aquí estoy.

—Sí, te hemos llamado. ¿A quién conoces aquí?

—De las personas aquí presentes no conozco a nadie. Pero acaban de sacar a una y esa persona es mi hija.

Yo lo estaba oyendo. Ya su carne era polvo... Murió en 1913. Los zopilotes, los coyotes, sabe Dios qué animales se lo comieron porque mi padre no fue sepultado. Quedó debajo de un árbol, en Mochitlán. Según me contaron después los soldados, allí derrotaron a la corporación de mi papá. Dicen que venía herido, con dos mulas de parque. Acababa de pasar el combate y a él se le hizo fácil recargarse en un árbol y descansar. Y allí fue dónde. Lo sorprendieron los zapatistas y lo mataron. Su espíritu era el que estaba apacentado en el campo, todo rodeado de malezas y de picantes. Todavía el Ser Supremo no lo tenía en su lista, todavía no lo había ido a levantar.

—Antes de hablar con mi hija, quiero hablar con la dueña de la casa para hacerle algunos encargos.

Y entonces llaman a Doña Adelina. También la señora usaba la ondulación Marcel. Todas las que trabajábamos en Netzahualcóyotl teníamos ese modo de peinarnos. Era como de cuatro o de seis ondas, según el tamaño.

—Señora, a usted que es la que maneja este establecimiento le recomiendo mucho a mi hija, porque no me gusta lo que ella hace aquí. Por favor dele un trabajo distinto... Quítela de la bebida.

Le dijo que yo era muy chica y no conocía a la gente, ni sabía distinguir, que me encontraba sin amparo en la tierra y a él le dolía mucho no poderme cuidar.

La señora Adelina le respondió que no tuviera pendiente; que ella velaría por mí.

Y entonces me dice el muchacho aquél:

—Ven, te llama.

Yo no me quería acercar. Pensé: «Me va a dar de guantadas.»

—No temas, hija, acércate —dijo mi papá—. Quiero hablar contigo y darte algunos consejos porque no te los pude dar cuando vida llevé en la tierra. Hazme favor de que no nos hagas sufrir. Modera tu carácter porque nosotros estamos siempre encadenados debido a ti. Deja todas esas palabras que dices. No te peliés con la gente en la calle porque tan pronto como lo haces, a mí y a mi esposa que es tu madre, nos encadenan. No seas tonta, pórtate bien. Pórtate con conducta.

Mi padre ya no habló. Las almas no tienen derecho a materializarse, a decir cosas terrenales. Nomás dicen dos o tres palabras para que uno comprenda y ya. Y por ese testimonio comencé a creer.

16

Un día que estaba acostada en el cuarto, a las tres de la tarde, vi que pasaba una cosita como humo y me le quedé mirando. Pues «¿quién está fumando?» Salí a buscar y no encontré a nadie. Me quedé viendo aquel humo y ¡que me acuerde de la muchacha que el joven espírita extasiaba y vivía al otro lado de mi cuarto! Me paré, agarré una silla y poniéndola a media pieza, llamé a la muchacha.

—Oye, hija, ven acá...

—¿Para qué me quieres, madre?

—Para que te sientes en esa silla.

Ella se sentó a la mitad de la pieza.

—¿Qué vas a hacer?

—Nada. Mírame...

Con la fuerza que se había posesionado de mí, por el humito que vi pasar le ordené a la muchacha:

—Mírame.

No sabía ni cómo hacerle. Pero seguro no era yo la que estaba hablando porque ella se me quedó mirando y solita fue cerrando los ojos. Como yo era incrédula, pensé: «Ésta me está haciendo guaje, pero yo la voy a picar.» Prendí una vela, agarré un fistol, de los que se usaban antes para detener el sombrero y no se le volara a uno por la calle, lo puse en la llama y ya que estuvo colorado, colorado, que se lo entierro en un brazo. No se movió. No sentía. Luego le piqué el otro brazo. Tampoco. Como estaba dormida, pensé: «No es ella. Está muerta.» Y así era. Estaba muerta su carne y sólo vivía su cerebro, su alma. Le dije:

—¿Me vas a hacer el favor de contestar todo lo que te pregunte?

—Sí.

Se me ocurrieron puras babosadas, puros disparates y le pedí sin más ni más:

—¡Ah, pues quiero que tomes mis formas corporales y vayas al Portal de Mercaderes y te le presentes a Antonio Pérez, el chofer de automóviles, y me lo traes...!

Antonio siempre me llevaba chocolates. No era mi novio pero le encantaba regalarme dulces o gardenias enceradas con mi nombre. Mandé por él nomás para torearlo. Le seguí repite y repite como sonaja a la muchacha:

—Veme a buscar a Antonio. Ve a buscarme a Antonio... Ve por Antonio, ve por Antonio, ve por Antonio, ve por Antonio...

No me acuerdo cómo se llamaba la mediunidad que dormí. Le decía yo: «Hija», nomás. Era trigueña, gorda. Acabandito de dormirse le daban convulsiones y luego comenzaba a hable y hable, aunque se veía que le costaba mucho trabajo hacerlo.

Antonio era chofer en el sitio de la Colmena de donde ora salen los coches a 16 de Septiembre, cerca de la Catedral. Había una tienda grande, La Colmena, y en la banqueta de enfrente se estacionaban los fotingos. Allí esperaban que los ocuparan o iban a buscar a la persona a su domicilio, no como ora que nomás les gritan: «¡Tasi... tasi...!»

Se fue ella en espíritu, buscó a Antonio y me dice:

—No está aquí en el sitio.

Luego se movió tantito en la silla.

—Me acaban de decir que se fue a dejar un pasaje a las calles de la Luna y del Sol.

—Bueno, pues búscalo hasta que lo encuentres.

—Es que...

—¡Ay, hija, pues anda a verlo hasta allá!

Yo me estaba divirtiendo. Pero aquella pobre alma se fue volando tras de Antonio porque es el alma la que se le sale. Desde donde andaba el alma contestó en la bocina de la mediunidad.

—¡Ya lo alcancé! ¡Está por las calles de la Luna y del Sol!

—Ora que ya lo encontraste, materialízate y háztele presente...

Ella hizo estas pantomimas por allá y me vio Antonio en la figura de aquélla.

—¡Ya me viene siguiendo en el coche pero no me puede alcanzar! —me dice la muchacha.

—¡Pues ándale...! Vente hasta acá y déjalo a que él llegue también.

—¡Ya está aquí en la esquina! ¿Y ahora qué hago?

—Pues ya déjalo.

—Orita le va a chiflar.

Y que oigo el chiflido. Abrí el balcón, me asomé y me dice Antonio:

—¿Qué saliste a la calle?

—No. ¿Por qué?

—Porque yo te vi caminando en la banqueta...

—Pues estás loco porque yo aquí estoy...

—Es que yo te vengo siguiendo desde las calles de la Luna y del Sol donde fui a dejar un pasaje.

A ella la abandoné dormida a media pieza, arriesgando a que se me muriera. Al rato se despidió él:

—Bueno, pues hoy vengo a las diez...

—Bueno...

Se fue Antonio y seguí dale y dale con la mediunidad hasta que dieron las ocho de la noche. No me di cuenta que habían pasado tantas horas. De las tres de la tarde a las ocho de la noche es un término bastante largo para un cerebro. De pronto a las ocho voltea ella, se me queda mirando, luego ve al suelo y dice:

—Sí, sí, sí, sí, sí, sí, sí, sí, sí, sí, sí, sí...

Cuando ella comenzó con su repetidero sentí que me entró algo frío, frío, frío; una cosa fría que me echaban en la cabeza y me estremecí todita. Comencé a tiritar y en ese mismo instante pensé: «¡Esta mujer se me está volviendo loca!» Volteó hacia la derecha y siguió abriendo y cerrando la boca: «Sí, sí, sí, sí», y mirando para el suelo... «Y ahora, ¿cómo despierto a esta mujer? ¿Cómo le hago? ¿Cómo la resucito, Dios mío?» Después de mucho tiempo de estar diciendo: «Sí, sí, sí sí», volteó y me dijo:

—Hermana, aquí hay un hermano que quiere hablar contigo...

Yo todavía me hice valiente. Rápido, como si yo fuera la gran cosa, le pregunté:

—¿Sí? ¿Y qué quiere? ¿Quién es? ¿Qué lo conoces? ¡Dame sus señas!

—Es un viejito con lentes, un padrecito. Está sentado en la banca de un jardín, tiene un libro en la mano, y hay un altero de libros junto a él.

Quiere decir que estaba en los jardines espirituales dando lección a los demás seres. Así entiendo yo. Le dije a la mediunidad:

—¿Quiere hablar conmigo? Pues que pase... Ándele, que pase. Ya lo conozco.

Me acordé del retrato de un señor que me regaló la lavandera Concha en Netzahualcóyotl. Concha debe haber sido de la Obra Espiritual porque me lo trajo y me dijo:

—Mira, si alguna vez te encuentras apurada y tienes necesidad pídele a este Padre lo que tú quieras y te lo concederá.

Agarré el retratito como cualquier cosa, lo alcé y nunca lo llamé ni nada, aunque se me grabó su fisonomía. Parecía Padre de la Iglesia.

Y qué pasa. ¡Ay, ya me quería salir de la ratonera! Creí que iba a hablar con cualquiera pero nomás entró y sentí yo una cosa así fea, helada, que me penetraba hasta los pies. Me quedé entumida. Y cuando tomó él la carne, se paró la mediunidad, levantó la mano y me dijo:

—En el alto y poderoso nombre del Eterno y Divino Maestro te doy mi saludo espiritual. Únicamente he pasado a preguntar quién te ha dado el permiso de extasiar a esta envoltura y poseer una carne que no te corresponde.

Se me trabaron las quijadas. No sabía qué contestarle.

—¿Por qué no me respondes si dices que me conoces? ¿Qué haces si esta carne por la cual me estoy manifestando rueda en abono de la tierra?

—¿Qué cosa es «en abono de la tierra»? Yo no entiendo lo que usted me dice...

—Me tienes que entender y te vuelvo a repetir lo mismo:

»¿Qué haces si esta envoltura humana rueda en abono de la tierra? No obstante, yo te voy a vigilar. Tú me conoces en retrato desde hace unas albas...

—Sí me enseñaron su retrato, pero se me desapareció...

—Es que soy alma del espacio. Veo y vigilo por toda mi hermana humanidad.

—Pues yo no entiendo de qué se trata...

Eso fue todo lo que le pude decir. «No entiendo... no entiendo nada...»

—Tienes que entender. He pasado con el permiso de Nuestro Padre Eterno a dejarte una misión. Tienes que estudiar todos los días desde las tres de la tarde hasta las ocho de la noche, pero estudiar y no divertirte como lo has hecho toda esta tarde.

Después, el Ser Espiritual tomó su vuelo, pero antes se despidió: «La paz del Señor quede con mis hermanos.» Yo no sabía que había que contestarle: «La paz del Divino Señor se vaya contigo y que un rayo de luz te ilumine en el camino espiritual», y me quedé callada. Al rato la mediunidad despertó de su letargo y ninguna de las dos dijimos nada. Ella nomás se levantó de la silla y se fue a su cuarto arrastrando las piernas.

Todos los días la extasiaba yo. Hacíamos el quehacer en la mañana; nos apurábamos y a las tres de la tarde cuando las demás estaban acostadas como unas elefantas, ya le estábamos dando al estudio espiritual.

En las sesiones sudaba yo la gota gorda porque luego a través de la envoltura que yo extasiaba, pasaban seres de oscuridad que me aventaban de guantadas, y yo sin saber detenerlos porque si uno agarra a la envoltura extasiada con las manos, la mata. Llegaban los seres oscuros y yo me zangoloteaba: «¡Ay!, pues ¿ora qué hago?» Pero el ancianito mi protector me ayudaba mucho. Tomaba mi cerebro y me hacía hablar. Es de la manera en que me fui enseñando. Me hizo distinguir entre los seres de luz y los seres de oscuridad. Había unos espíritus tan rebeldes muertos en pleito que llegaban sacando la pistola y dando cuchilladas en el aire. Yo tenía que luchar para hacerles comprender que eran almas y que sus pistolas y sus cuchillos valían sorbete y que no fueran payasos. La que pagaba el pato era la pobre mediunidad, que nomás se estaba retorciendo como si ella fuera la de los pleitos. ¡Viera qué triste, cuando se daban cuenta de que ya no eran más que almas! Comenzaban a llorar. Bueno, es tan doloroso oírlos, ¡tenía yo que rezarles para despertarlos de su letargo y hacerles que contemplaran sus huesamentas!

—Luz que iluminas el alto solio de mi padre, ilumina Señor a estos seres que en tinieblas avanzan y esa luz no ven; luz divina, luz clemente, luz de infinita bondad, préstanos Señor tu ayuda para retirar el mal.

Mientras a ellos se les iluminaba el entendimiento yo también iba aprendiendo. Se les recorre la venda de oscuridad para que vean y es entonces cuando ellos suspiran largo:

—¿Qué contemplas, hermano?

—Una luz muy pequeña... como una velita de pastel...

—A vos, hermano, a vos, os toca luchar para que esa luz sea grande. A tu derecha ¿qué contemplas?

—¡Ah! Pues allí veo a un hombre hirviendo de gusanos.

—¡Fíjate bien quién es!

Al darles la luz parpadean como encandilados. Reconocen que aquello que está allí tirado en la tierra es su cuerpo. A veces son muertos frescos y se horrorizan. Otras veces veían su esqueleto ya muy carcomido. Entonces despiertan de su letargo y resucitan a la vida de la gracia. Pero los que andan en la oscuridad son un titipuchal.

Al principio, como yo no sabía, hice destrozo y medio y cansaba mucho a la mediunidad preguntándole puras bembadas como si dos y dos son cuatro y revolviendo a unos espíritus con otros hasta que llegué a armar borlote y medio. Hubo muchos espíritus que no se volvieron a hablar por causa mía, aunque fueran padre e hijo o marido y mujer, pero cuando mi protector se posesionó de mí empecé a hacerme responsable y acabé con todos los líos del espacio superior.

Más tarde supe que el ancianito mi protector se llamaba Manuel Antonio Mesmer.

Las muchachas de Netzahualcóyotl empezaron a tenerme mucha consideración porque un amigo banquero me invitaba todos los sábados:

—Ándale, vamos a pasear.

El banquero les pagaba a todas para que nos acom-
pañaran:

—Les voy a dar diez pesos a cada una para que vengan con nosotros.

Íbamos a pasear en coche y después de comer las iba
a dejar a cada una a su casa hasta que él y yo nos quedábamos solos. Me llamaba «Mamá», y luego le seguía:
«Yo soy el papá y tú eres la mamá.» Ellas se acostumbraron tanto al banquero que luego me preguntaban:

—¿Qué no viene ahora el gringo?

Les encantaba porque nunca me llevaba a mí sola.
Llegaba y le decía a la señora Adelina:

—¡Yo pago la cuenta de todas! Ya no van a trabajar.
Cierre el negocio. ¡Vamos a bailar!

Y él solito bailaba con todas y todas le hacían la lucha para que se las llevara a la calle:

—¡Pobres de mis hijas! —decía—, ¿verdad, viejita?
Necesito sacarlas a pasear. ¡Vámonos todos! Llamen un
coche, dos coches, los que hagan falta.

También íbamos al teatro y me consultaba:

—¿Cuántas muchachas nos vamos a llevar hoy,
mamá?

—Las que usted quiera...

—Van todas las que tú escojas... Muchachas, ¿quieren venir con su papá y su mamá a tal parte?

—Bueno, pues vamos, al fin que ya le pagó usted a
doña Adelina...

¡Y a otra cosa, mariposa! Nos traía por todo México de aquí para allá, tomando nieves y pasteles. Iba
la retahíla de coches uno tras otro al Molino de Flores,
a Santa Anita por Ixtapalapa, a Xochimilco, a comer al
campo. Le gustaba ir rodeado de nosotras, muy hom-

bre entre muchas mujeres. Nos llevaba a Xochimilco porque allí en las chinampas tenía contratados a unos inditos que lo veían como a su Dios. Les pagaba muy bien. De lejos lo devisaban los inditos y corrían a cortar los elotes. A eso nos llevaba expresamente, a comer elotes tiernos con mantequilla. Se la embarraba por todas partes, hasta en la mera puntita, y con un salero que traía en el bolsillo les echábamos sal. Pero habían de ser asados en la lumbre con todo y la hoja y cada quien iba abriendo su elote. ¡Este señor se moría por los elotes! Bueno, también se moría un poquito por mí...

Los patos dorados se los hacían en Santa Anita. Aparábamos en una casa grande que había —ahora ya la tiraron— y allí mismo le preguntaban al gringo:

—¿Qué desea comer?

—La comida que ustedes hacen...

—Tenemos pato en pipián blanco...

—Sí, sí, eso quiero... A ver, mamá, ve tú a mirar como lo hacen, para que aprendas.

Yo les decía a las guisanderas: «Facilítenme la receta», y me explicaban que se lavaba muy bien con los rabos de cebolla y se los frotan macizo hasta que les penetre el jugo, luego al rato se vuelve a lavar el pato para que se le vaya el olor de la humedad de la laguna. Las mujeres lo embarraban con sal, pimienta y vinagre y luego lo echaban a dorar y él se lo comía doradito.

El pipián se hace aparte; con semilla de chile, pepita de calabaza, cacahuates, ajonjolí y olores. Ya que está todo bien molido lo disuelven con el caldo del animal y lo fríen para que hierva y se espese. Entonces se echan al sartén los pedazos del pato. Cuando era pipián, a él nomás le servían las puras pechugas; y cuando era pato dorado se lo ponían entero en un platón y nomás le tronaban los huesitos.

Era un señor simpático, güero, gordo, alto. No era

muy viejo, pero ya no se cocía de un hervor. Ha de haber tenido cuarenta y cinco o cincuenta años. Era muy atento, saludaba a la gente con mucha caravana. A mí me besaba la mano. Sabía tratar a las mujeres y nunca hizo ninguna avería, ninguna afrenta. ¿Usted cree que si ese señor hubiera pensado mal iba a llevar a siete o ocho muchachas juntas? No como ahora que invitan dizque por la buena y se las revuelcan a las primeras de cambio. Eso no es ser persona educada.

A mí lo que más me gustaba de la paseada era salir a tomar el fresco hasta que amaneciera, ver el campito, la milpita que despunta; me acordaba de mi tierra verde y azul. Siempre me gustó mañanear aunque se me llenaran los pies de barro, porque en las madrugadas, con la neblina se moja la tierra y también se moja uno; queda uno embadurnado de pura agüita del cerro. Yo me limpiaba las lagañas con las hojitas tiernas de los árboles. Ése era mi despertar. Me sabía todos los matorrales de mi tierra y sólo regresaba a mi casa cuando ya estaba jajando de hambre. Un día de éstos me voy a ir sola para sentir la lluvia de nuevo, la de la montaña, no la de aquí que ni amaciza la tierra, nomás la ensucia.

Tuve dos gringos que me hablaron de amores: el banquero y un capitán que conocí en los Estados Unidos, en Marfa, a los pocos días de que nos agarraron. Me avisó el intérprete:

—El capitán gringo la quiere... Cásese con él.

—¿Por qué me he de casar si yo no vine aquí a casarme con ninguno? Yo pasé porque venía con mis soldados pero no a buscar marido. Vengo prisionera y como prisionera tengo que regresar a mi tierra... Yo de guaje me caso, si no estoy loca.

El banquero me quiso tanto que hasta me propuso matrimonio. Yo le dije:

—No, no me caso. Bonita pantomima hago yo tan negra y usted tan güero...

Él era otra clase de gente y cada oveja con su pareja. Podía haberse casado con una mejicana, pero por más bonita que fuera le aseguro que algún día la iba a hacer menos.

—¿No te quieres casar conmigo, Jesusita?

—Aquí vienen muchas muchachas con nosotros, alguna que se case con usted... Pero yo no...

Pensé: «¡Yo cualquier día me caso!» «¡No, hombre!» «¡Mejor me quedo así de prángana como estoy!»

Así es de que lo desprecié, pero es mejor despreciar a que lo desprecien a uno. No es que yo tuviera miedo a que me hicieran el feo los güeros en Estados Unidos, porque como quien dice, por segunda vez despreciaba mi porvenir. También le dije que no al capitán, alto delgado, de veinticinco años, que resguardaba a todos los prisioneros en Marfa. Ése sí no supe ni cómo se llamaba. Y yo me le negué. Dije nomás «no». Pero el intérprete como que le dio esperanzas, porque el capitán siguió con sus alegatos. Seguro es que no me tocaba. Pero sí me salieron buenas oportunidades, porque además de los gringos, el chino Juan Lei fue el primero que me hizo la lucha. Así es de que mi porvenir estaba con fuereños.

Estaba yo muy chica, no comprendía. Cuando uno es chica no comprende nada. Se le afigura que la luna es queso, que todo el monte es de orégano. Es uno muy tonta. Como padecí tanto con Pedro dije yo: «Mejor me quedo sola.» Dicen que el buey solo bien se lame ¿y por qué la vaca no? ¿Cómo podía adivinar si me iba a ir bien, casada con un extranjero? Para ser malo el hombre, lo mismo es extranjero que mejicano. Todos pegan igual. Todos le dan a uno. Son como el león y la leona. El león, cuando está conquistándose a la leona, la relame, la adula, la busca y todo. Nomás la tiene en sus garras y le pega sus buenas tarascadas. Así son los hombres. Apenas la tienen a uno, y adiós Tejería. Ahorita mientras no le digo que sí, no halla dónde ponerme; el cedacito cuando está nuevo no halla uno donde colgarlo. Ya cuando está viejo: «¡Talísimo cedazo! ¿Dónde te aventaré? ¡Ya estás todo agujerado!» Por eso nunca me ha llamado a mí la atención la casadera. Mejor pasar necesidades que aguantar marido. Sola. A mí los hombres no me hacen falta ni me gustan, más bien me estorban aunque no están cerca de mí, ¡ojalá y no nacieran! Pero esta vecindad está llena de criaturas, gritan tanto que nomás me dan ganas de apretarles el pescuezo. Lo malo es que como en todas partes hay niños, yo no puedo acabar con ellos. Pero ganas no me faltan.

La señora Adelina de la Parra ya estaba con el pie en el estribo para irse con un militar obregonista y no tenía a quién encargarle la casa. Ninguna quiso hacerse de la responsiva porque era un cargo muy pesado. ¿Usted se animaría a quedarse con un negocio ajeno y tenerlo bien surtido, recibir a los clientes, pagar a los criados y que haiga siempre muchachas amables con los señores? Doña Adelina era una señora muy melosa con los clientes y la mera verdad yo no. Era de las que les gustan los bufidos de los hombres. Se engrió con un mayor, la muy volada. Yo tenía mi carácter y no me dejaba de nadie. Bueno desde que supe lo que era dejarse, eso me valió al fin. La señora Adelina me tuvo confianza y me encargó el negocio; toda la casa para que yo la girara como si estuviera ella. Y me quedé con Netzahualcóyotl.

—Me voy pero yo necesito que la casa siga trabajando. Se la dejo por inventario, eso sí: mesas, sillas, piano, cantina, muchachas. Así como se la dejo, me la tiene que entregar. No le voy a pedir que me la suba, ni que me la eche para abajo. Fírmele al inventario si está de conformidad.

Cuando vieron que me gané mi peseta, las compañeras se arrepintieron de no haberle dicho que sí a doña Adelina. Tuve que cambiarme de mi casa de la quinta calle de Granada, en Tepito (adonde vivía la abuelita del Ratón Macías), a la casa de Netzahualcóyotl. Atendía yo las ocho piezas y la sala donde se bailaba. Me tocaba pagarles a las diez meseras y aguantarles sus malas caras, echarle un ojo a la cocina, llenar la despensa. Tenía que comprar todo lo que se necesita para el servicio, apuntar las entradas y las salidas del dinero de las muchachas en un libro de cuentas. No sé escribir pero la numeración sí me la sé. Cada mes cortaba la caja. Una parte para mí, y las ganancias de doña Adelina: veinticinco pesos diarios después de pagar la renta. Cuando comencé a trabajar de mesera, ganaba un peso diario, pero cuando me encargó el negocio había noches que me salían en trescientos, en cuatrocientos y hasta en seiscientos pesos, ¡sea por Dios y venga más! En la parte de abajo de la casa había una cocina de más y la mujer de un policía, Antonia, me dijo que si se la rentaba. Puso una tortillería y la renta era de ocho pesos mensuales. Como allí vivía yo, pensé que sería fácil vigilarla a ella y a su cuico que venía a pasar la noche junto al fogón.

Cuando volvieron los obregonistas se me presentó doña Adelina de la Parra y me dio de alta. Le devolví la casa, me hizo las cuentas y no faltaba nada; sus muebles intactos. Le dije lo que ganaban ahora las criadas, la lavandera, las muchachas y la cocinera porque a todas les subí el sueldo. Le entregué toda la ropa que me dejó, y otra que yo mandé hacer: sábanas, colchas, manteles, todo lo que estaba luido. Lo demás, así como lo dejó se lo regresé.

—Aquí están las llaves, revise usted sus cosas para

que después no me vaya a decir que le faltó un alfiler de cabecita.

—¿Qué? ¿Ya no quiere seguirle?

—Pues la mera verdad, no, porque necesito mi libertad. Me quedé porque a usted le andaba por irse, pero si ya vino entonces me voy. ¿O qué no tengo derecho a pasearme? Desde que usted se fue yo no salgo ni al cine. No he ido a ninguna parte porque todo se me fue en cuidar la casa para que no faltaran las mujeres, las bebidas y el fandango... ¡Ay, señora!, antes de que se me olvide, tengo rentada la cocina de abajo porque estaba vacía y una tortillera me la pidió. Se la di porque vive con un policía y así tenemos más seguridad.

—Está bien.

Fui con la tortillera y le dije:

—Bueno, ya vino la señora Adelina y ya sabe que la renta sigue al corriente; ahora le paga a ella porque yo me voy a separar...

Agarré mi camino. Pero no me fui a pasear como había dicho. Quería nomás descansar de la parranda que me había empachado; ya estaba yo hasta la coronilla del changarro aquél y de tanta bebedera. No me faltaba a mí donde trabajar y entré a una fábrica de loza.

17

En la fábrica de las calles de Cuauhtemotzin y Daniel Ruiz apartaba la loza buena de la mala. A la hora de hornear se meten al fuego todas parejas, estén buenas o no, pero después de horneadas se sabe lo que pasó: las piezas buenas para un lado y las malas para otro.

Al salir de la fábrica pasaba yo frente a un taller y me quedaba viendo al carpintero hasta que un día me dice:

—¿Quieres aprender?

—Pues si me enseña, sí.

Así aprendí el oficio de barnizar en los ratos que estaba de balde. El barniz de muñeca es gomalaca en alcohol. Cuando está disuelta la gomalaca en alcohol se compra aceite de linaza y se pinta la madera con anilina del color que se quiera, después de aguardarla en agua tibia; nogal o caoba es lo que más se usa. Yo agarraba mi muñeca —una bolita de trapo rellena de lana—, la empapaba de gomalaca y dale y dale, parejito, parejito, sin dejar de correr la muñeca para que no se enchine. Se deja secar tantito cada mano y luego se le da una pasadita de aceite de linaza para que resbale suave la gomalaca. Con ese señor que era de Guadalajara, don José Villa Medrano, aprendí el mueble austriaco. Es ése que se teje con bejuco y se va atorando en muchas clavijas, como las de la guitarra que se atornilla para irla templando. Así se va templando el bejuco, estirándolo primero derecho y luego atravesado en el bastidor. Hasta gime el bejuco, llora como gente. La tercera capa va diagonal; yo le echaba una de más para que estuviera macizo. Es una labor muy minuciosa; por eso el ajuar de bejuco cuesta muy caro. En ese tiempo el carpintero cobraba veinticinco pesos por cada asiento, pero hacía un trabajo muy fino. A mí me daba cualquier cosa, pero yo oí lo que cobraba. Y tenía razón porque duraba uno mucho tejiendo un sillón de ésos.

En esos años del Señor yo era terrible. Si las gentes se testereaban conmigo en la banqueta, les sonaba. Volteaban a preguntar por qué y yo les decía insolencia y media, todas las majaderías que se me venían a la cabeza; que si no cabían, que se bajaran a caminar a media calle como los burros. Ahora todavía me siguen testereando, pero como ya no soy el animal de ayer, me arrempujan, me pisan, y me aguanto. Digo:

«Bueno, pues venimos en la bola.» Antes me daban un pisotón y les sorrajaba con lo que tuviera a mano. Ésa era la vida mía la vida de la víbora.

Entonces también se usaban los coches de caballos y los coches de mula con cochero arriba en el pescante. Por cincuenta centavos iba uno en coche. A la una o a las dos de la mañana que salía de las cantinas, me subía a un coche de ésos para que me fuera a dejar a mi casa.

—¡Óyeme, auriga desvelado —le decía yo—, cocherero modorro, llévame a la ciudad!

Y el pobre cochero me traía por todo México hasta que se cansaba de andarme jalando y me volvía a dejar en la puerta de la cantina. Asegún yo, había llegado a donde tenía que llegar y allí agarraba otra vez mi botella y seguía caminando a razón de media cuadra por trago de aguardiente, porque en aquella época aunque me gustaba el pulque, no había pulquerías con servicio nocturno. Así que tomaba yo parras o catalán y cuando no había, pues cerveza de perdida. Llegaba yo a las calles de Daniel Ruiz sabe Dios cómo o por dónde. Pero llegaba.

En esos días me metieron a Belén por vez primera. He estado en todas las comisarías, en todas las cárceles chicas, pero en el Defe sólo me llevaron presa una vez.

Ese día no regresaba del baile sino del cine. Era temprano: las once de la noche. De los bailes salía yo a las tres, a las cuatro de la mañana, pero del cine Rialto —que antes se llamaba Politeama, frente a la Iglesia del Salto del Agua—, salí temprano, iba con Guadalupe Escobar. Veníamos llegando a la casa cuando a un sinvergüenza que nos había estado molestando en el cine se le hizo fácil jalarme los cabellos. Creyó que yo se la iba a hacer buena, y que volteo y ¡zas! le doy una cachetada. Traía el pelo suelto porque me había bañado y a él se le antojó jalármelo. Antes tenía yo el pelo largo y bonito, y no estas trenzas chincolas. Entonces, chan, le di su cachetada. ¡Viejos atrevidos que nomás ven mujeres solas y según ellos andan buscando cargamento...! Los hombres son siempre abusivos. Como si eso fuera ser hombre. Ésa es la enfermedad de los mejicanos: creer que son muy charros porque se nos montan encima. Y se equivocan porque no todas somos sus yeguas mansas. Claro, muchos están acostumbrados a que les dicen cualquier majadería a las mujeres y ellas se les ríen, les dan por su lado y se van con ellos. Vi al beodo ése cerca de la puerta de mi casa y me dio tanto coraje que todavía viniera detrás de mí, que saqué la tranca de la puerta y se la medí en el lomo. Era casi una viga y yo creo que a él le di de este lado, del otro, le sorrajé a donde cayera. Dio la vuelta para correr, lo seguí y le pegué otro trancazo, ése sí de veras bien dado. Quién sabe por qué artes se fue contra la pared y se dio en el chinito del muro, ése de tierra gruesa y se le bajó un pedazo de cara. Y todavía le abrí con la tranca. Él iba con otro tipo que se le juntó, y al ver que caían los palos agarraron por Niño Perdido. Y todavía así lo perseguí con la tranca. Luego me detuve y pensé: «Éstos van a llamar a los policías.»

Llegaron los tecolotes. Preguntaron por mí. Los vecinos dijeron luego, luego:

—Allí vive en ese cuarto.

Lo que le falló al borracho es que cuando me vio en el cine yo traía vestido blanco y tenía el pelo suelto. Pero en su ida a buscar a los gendarmes me alcancé a cambiar de vestido y a peinar de chongo. Cuando salí a abrir, el borracho no me reconoció. Alegaba:

—No, si es una de pelo suelto y de vestido blanco... Ésa no es... No... Era otra...

Como los vecinos estaban allí de mirones y vieron el pleito, dijeron:

—Sí, ella fue la que le pegó.

Me denunciaron los muy jijos. Dije yo:

—Yo no lo conozco... Nunca he visto a este hombre...

—Sí, pero tiene usted que caminar...

—Pues caminaré a donde sea, pero yo a ese señor no lo conozco.

Y de «yo no lo conozco» no me sacaron.

Como a Guadalupe Escobar la encontraron adentro de mi casa porque no se le ocurrió irse para la suya, nos llevaron a las dos, primero a la Sexta. No se usaban las Julias entonces. A pie nos arriaban a cualquier parte por todas las calles, pero a mí no me conocían la cara porque me la tapaba con mi rebozo. En la Sexta, que estaba allí donde era la Cruz Verde, en Independencia y Revillagigedo, fue el policía a sacarnos a la Barandilla del Juzgado. Guadalupe decía lo mismo que yo, pero el borracho, en la primera declaración, dijo que era una mujer la que le había pegado aunque no sabía si era yo; luego le preguntaron si conocía a la otra, a Guadalupe, y dijo que no; luego, como a las doce de la noche nos sacaron y en la segunda declaración dijo que eran tres mujeres y dos hombres los que le habíamos pegado.

Y allí fue donde le falló; no fue lo mismo que dijo antes; y luego a las tres de la mañana volvieron a sacarnos y en la tercera declaración dijo que éramos seis mujeres y cinco hombres. Pues un tantito más y me hace un ejército, con todo y galletas. Lo agarraron en mentira porque no se atuvo a su primera declaración y creyó que entre más gente metía iba a salir ganando, pero él solito se fregó. No le creyeron. Hizo un embarradero. No sé por qué seguía diciendo:

—No, pues que salgan también los hombres...

Pues ¿cuáles hombres, si no había hombres?

¡Y a los Separos otra vez, a esperar la otra declaración! ¡Siguió el borracho alegando lo de los hombres!

—Pues ¿a ver adónde están los hombres? —le digo al juez de Barandilla.

En la última sacada me puse a discutir:

—¿Cómo cree usted que yo le haiga pegado?

Aunque yo me quería limpiar de todo, llevaron la tranca; un palo con astillas con que le sorrajé a como pude. Por eso todo el lomo lo tenía morisco. ¡No creían que aquellos golpes fueran de mujer, por eso le estaban queriendo hacer caso al de la beberecua! Ya en la última declaración a mí me pasaron a Belén y a él se lo llevaron al Hospital Juárez. Su amigo lo acompañaba, nomás que a la hora de las declaraciones no quiso hablar. Le dijo al juez que él no se había dado cuenta con qué le habían pegado a su cuate, así es de que a él no lo encerraron, nomás lo detuvieron en los Separos, en el Departamento de Hombres, pero oí que le dijo después al herido:

—Ya ves, mano, qué guaje eres, te hundiste tú mismo...

—No, si fueron muchos hombres y muchas mujeres las que me golpearon. Conmigo no puede uno solo, y menos una mujer.

—No, solito te has echado de cabeza. No has sabido dar una declaración bien hilada y por eso ahora estamos en chirona. Tú tienes la culpa; tú solito te sentenciaste por pendejo. Así es de que yo ya no tengo que decir nada porque allí está escrita la lista de todas tus mariguanadas. Esto te pasa por andar viendo moros con tranchete o por volado; mejor decir me pegó esta vieja y se acabó, ni modo.

Este pensativo se echó solito el mecate al pescuezo, señor juez.

La cárcel de Belén era un cuadro inmenso. En el fondo, hasta mero atrás, está el Departamento de Mujeres, unas galeras grandes de techo de lámina. La cárcel no era fea por dentro, ni triste, no, ningún triste, pues ¿cuál tristeza si estaba el viejerío allí? Ésa era su casa, podían cantar, bailaban y todo... Viene a ser como la cárcel de los hombres. También ellos tienen todas las alegrías. ¿Qué les apura? Comen, duermen, se pasean y todo. Tienen mujer. Tienen su sala conyugal. ¡Va, pues si tienen todas las diversiones! ¡Eso no se puede llamar cárcel! ¡Cárcel allá en mi tierra cuando yo me crié! Allí sí, sí eran prisioneros para que vea usted. El cautivo no tenía ninguna diversión. ¡Ni jirones del cielo, veía! En Belén, para que lo sepan, también las mujeres tenían su visita conyugal. Y no sólo iban los maridos. ¡Díganmelo a mí! Tampoco nos ponían a hacer quehacer. Allí andaba uno en el patio o acostado o asoleándose o a lo que se le diera a uno la gana... Las carceleras no se metían con nadie, nos veían así de lejecitos. Nomás la apuntaban a uno ya bueno. Lo único malo es que a cada presa que llegaba la metían al baño.

—Se mete usted —dice la carcelera.

—¡Nos metemos! —le respondo. ¡Qué me voy a dejar! ¡Y me le puse perra!

—¡Se baña o la bañamos!

—¿Por qué me voy a bañar? ¿Me ve usted que vengo mugrosa? Allá las borrachas que vienen vomitadas de la calle. A mí no tiene usted ningún derecho de meterme a su baño cochino.

—¡No me venga a poner leyes!

—Ni tampoco usted me venga a gobernar nomás porque le da la gana.

Ya íbamos a agarrarnos.

—¡Ándile —le digo—, si se cree usted muy valiente, ándile, vámonos dando, a ver de a cómo nos toca! A ver si las dos nos vamos juntas al baño. ¡Éntrele!

Como vio que no me dejé, me dice:

—Bueno, pues se la voy a pasar...

—No tiene usted por qué pasármela porque yo tengo la razón. No vengo sucia.

Y que echo a andar. Guadalupe Escobar me dijo:

—Siquiera, agradécele la argolla, ¿no?

A Guadalupe Escobar sí la bañaron, por guajolota. Siempre fue muy borrega, muy dejada. Eran unas regaderas a propósito y allí las metían a fuerzas. Pero yo andaba como perra y a nada le entraba. Y luego, quesque me tenía que formar para el rancho.

—Pase a la fila...

—No me formo —le digo— porque no vine aquí a comer sus porquerías de ustedes... A mí me van a mandar comida de la calle...

Me llevó la canasta hasta la puerta doña Lola Palomares, la señora que me asistía, así como a muchas mujeres de la fábrica.

En las prisiones hay un hombre que acomoda las canastas de los presos y las presas en una carretilla y se las entrega. Le dicen canastero y todos lo quieren mucho. La señora Lola vio cuando me sacaron de mi casa a la comisaría y entonces me preparó el alimento. En aquellos tiempos, como yo tenía otro empleo distinto al que tengo ahora, me lavaban, me planchaban, me daban de comer; yo no hacía más que mi trabajo. Me iba a la fábrica de loza, regresaba a mi casa y ya la señora comidera me tenía mis alimentos. Eso sí, los trastes eran míos porque siempre me ha gustado tenerlos, pero yo no me hacía de comer.

—¡No sean malas, fórmense para que les den el rancho porque nosotras tenemos nuestros niños y no acompletamos!

Como era un tumulto de presas, al día siguiente me formé a recibirlo para las pobres que no ajustaban. Daban un cucharón de sopa, otro de garbanzos, otro de frijoles, otro de caldo con carne, dos bolillos de ésos que ahora son de a veinte y antes eran de a cinco. ¡Pues no estaba mal! Las presas eran muy pobres. Algunas no comían ni eso cuando estaban libres.

Dormíamos de a dos en cada cama; yo con Guadalupe porque éramos amigas. Si no, me hubiera tocado con otra y Dios me libre. Andábamos siempre juntas. Ella no trabajaba como yo, porque tenía su marido y nomás andaba de amiguera. Su señor era un soldado de la Montada. Le dio permiso de que fuéramos al cine, y cuando salimos de la cárcel se enojó con ella. Le dijo: «Si viste que se llevaban a Jesusa, ¿para qué te acometiste a seguirla?»

Nosotras estuvimos setenta y dos horas, que es el término de ley. No regresé a la fábrica de loza. Todos supieron que había estado en el bote.

A la nueva cartonería donde me dieron trabajo después, me llevaba un niño. Su mamá vivía en la misma vecindad que yo, pero no podía cargar con él porque echaba tortillas en una fonda, pero en la fábrica sí me admitieron a mí con el niño. Lo tenía amarradito en un cajón debajo de la mesa grande en que cortaba las hojas. Allí dejaba a mi muchachito y ni más me volvía a acordar mientras estaba trabajando. Nunca chillaba. La mamá de ese niño era una muchacha de pueblo. No era mi amiga. Yo no tengo amigas, nunca las he tenido ni quiero tenerlas. Recogí al niñito y lo tuve tres años. Se llamaba Ángel y tenía nubes en los ojos.

Una noche me avisó su mamá:

—Me voy a mi pueblo de vacaciones unos diitas...

—Bueno...

Por allá les cayó una granizada. Se habían asoleado todo el día y luego zás, viene el granizo bien frío y como les quedaba lejos el lugar a donde iban a tomar el camión, cuando regresaron el niño ya vino muy grave. Yo no lo curé, no, pues ¿cómo lo podía curar si todavía no estaban en mí los poderes? Se nos murió de pulmonía fulminante. Y ya no tuve muchachito.

A mí no me dio tristeza de que se muriera. ¿Por qué? ¡Gracias a Dios de que ya se había quitado de sufrir! Ni me sentí sola. Ni eché de menos la lata porque a mí nadie me da lata. Yo los acostumbro a todos, a los niños, a los animales, a los policías, a las gallinas y a los pollos a que no sean molones y me entiendan... Por eso se me hace raro que no les obedezcan los muchachos a sus papás, porque no los saben mandar ni se ocupan en acostumbrarlos al respeto.

Me quedé con tres camisitas de ese niñito Ángel. Todavía las tengo.

También cuando trabajé de cartonera, recogí a un perro por el Doctor Lavista y me salió muy bravo. Era calle-

jero y como le comencé a dar pan todos los días, se apepenchó y entraba hasta adentro y se me subía a una silla
que tenía yo junto a mi cama y allí dormía... Nunca
supe cómo se llamó el perro. Nomás le hablaba yo:
«Amarillo, súbete aquí, Amarillo.» Él me hacía caso se
quedaba dormido en la silla y luego se iba a dar la vuelta a la casa, me cuidaba mucho. No dejaba que nadie se
me acercara. Pero ése no comía carne, comía puros bizcochos o sus bolillos. Le decía yo a la señora de la tienda que cuando fuera el Amarillo le diera su pan y ya estábamos los tres de acuerdo. Yo me iba al trabajo y le
recordaba al pasar:

—Le da su pan a mi perro.

—Sí, señora Jesusa.

El perro se presentaba todos los días. Cuando no le
daban sus panes completos no se salía de la tienda. Eran
a dos por cinco los panes; se comía seis bolillos o, si no,
cinco bizcochos.

Cuando volvía de trabajar, pasaba al estanquillo y
me decía la dueña:

—Ya le di su pan a su perro.

En la casa estaba el Amarillo echado en la puerta esperándome.

—¿Ya comiste? —Y luego me movía la cabeza.

—¿No te han dado de comer? Vamos a ver.

Si se iba para la calle, sabía yo que no le habían
dado su pan completo. Entonces salía y yo detrás de él
hasta la tienda.

—Este perro no comió completo.

—Pues a lo mejor... Es que hubo mucha gente, así
es de que no me acuerdo, pero el perro ha de saber...

Y luego me decía:

—Pues mire qué perro mañoso... ¡Cómo sabe que
no le di su pan completo!

—Pues tiene hambre, las tripas se lo dicen...

Los animales son muy vivos. No saben hablar pero

238

se dan a entender. El Amarillo ya era un perro viejo cuando lo recogí. Nunca se preocupó por las perras y me duró muy poco.

Un día, al volver de la fábrica, me lo hallé muerto, esperándome allí detrás de la puerta.

18

En el costado de la Iglesia del Campo Florido había una carpa donde trabajó un señor Manuel al que le decían el Robachicos. Bailaba. Ganaba bien, nomás que se enfermó y se fue a arrimar con la señora Lola. Llegué yo a llenar el buche y me dijo la comidera:

—¡Pobre de Manuel el Robachicos! No puede ir a trabajar a la carpa porque tiene malos los pies...

—Bueno, que vaya al doctor para ver qué le hacen en sus patas...

—Pero ¿cómo va a ver al doctor si no tiene dinero?

Como entonces cobraban cualquier cosa los médicos, yo de madreardiendo le dije:

—Le voy a dar para que se cure las patas.

A mí me dio lástima que todos sus compañeros lo abandonaron porque tenía ese defecto de llevarse a los muchachos.

Yo iba a diario a la carpa y conocí a Manuel el Robachicos porque luego me decía:

—Ven a ayudarnos a bailar porque no vino la pies de alas...

—Pero yo no tengo puesta la pieza que vas a desempeñar.

—Veme para que bailes conmigo. Así te enseñas...

Cada vez que faltaba su pareja me subía al entarimado como foro de teatro. Todo el techo era de lona, como las carpas de los cirqueros, detenido por unos palos altos.

Hacíamos el baile apache, que según entiendo yo, en otro país fuera de aquí, es de una mujer de la calle; una trotona, yo así lo entiendo porque antes de salir al entablado Manuel me daba un monedero. El hombre quiere que la mujer le entregue el dinero y entonces, bailando, bailando, le jala los cabellos, la avienta, la estruja, la apachurra, le da sus cates, y queda una toda desgreñada y llena de moretones. Cuando por fin me tiraba al suelo, era un descanso. Quedaba yo culimpinada y él me alzaba la falda y me sacaba los centavos de la media. No sé quién inventó ese baile pero ha de haber sido un bárbaro. Manuel me lo enseñó muy bien y se mandaba tanto en los malos tratos, que la gente aplaudía tupido cuando me veía hecha cisco; querían la repetición pero yo ya no podía ni ponerme en pie para recibir el aplauso.

Me tenía que enfundar un traje especial, y un bonito decorado de cara de mujer fatal. Él traía un pantalón blanco, camisa negra, cachucha de cuadritos y un paliacate rojo aquí en el pescuezo. A mí me daban como una mascada que me la terciaba así, bailando, bailando y luego me la enredaba en el brazo. A veces él hacía como que me iba a ahorcar con la mascada. ¡Uy, a mí me gustaba rete harto esa movida! Me regustaba porque era cosa de parranda, de sinvergüenzada y de bailar macizo. Manuel tenía muchos amigos artistas, pero para bailar sólo él. Tenía un modito, un traspontín, cadereaba como nadie. Entonces las carpas se usaban mucho y de allí salían los grandes artistas. A todos se les llenaban los ojos con tanto papel de oro y tantas luces violetas, rojas, amarillas, y un telón bien brillosito. Al público lo trataba muy bien el maestro de ceremonias. Saludaba bonito:

«Respetable auditorio...» Y luego él mismo cantaba: «Voy a tener el gusto de interpretar para ustedes...» Nomás rechinaban las bancas... Su pelo le brillaba igualito que el telón, de tanta vaselina. «¡Damas y caballeros, les dedico esta sentida melodía...!» Entre cada número tocaban un platillo. Desfilaban muchos grandes artistas. Contaban chistes colorados, bailaban hasta de cabeza y cantaban cuplés para hacerse famosos. Bueno, yo me entretenía rete harto... Después me dio lástima que cuando vieron todos sus amigos al Robachicos sin trabajo y sin nada, no se ocuparan de él y dije:

—¡Pobre, no tiene quien vea por él!

Tenía su mamá y sus hermanos pero no lo querían porque había agarrado esa carrera, ese camino malo en el que se metió, y como Manuel tenía amistad con Enrique, el hijo de doña Lola, se vino a arrimar con ellos. Doña Lola me platicó que lo iba a tener allí recogido porque algún día su hijo podría estar en apuros y así no faltaría quien lo auxiliara. Y luego allí voy yo de Marta la Piadosa:

—Mire, Lola, dele de comer, yo le pago a usted la comida de Manuel.

Yo comía por uno cincuenta y con lo del bailarín ya eran tres pesos diarios los que tenía que dar de gasto. Manuel no se compuso. Se le hicieron más grandes las llagas de los pies. Estaba en el cuatro período de sífilis y allí se quedaba en la casa platicando con Enrique, el de doña Lola, un muchacho como de unos dieciocho años.

—Óigame, Lola, ¿y qué no le da miedo que su hijo se le vaya a hacer joto con esta compañía?

—¡Ay, Jesusita! ¿Qué quiere que le diga? Allá su gusto. Las mujeres son ahora tan cochinas que un joven ya no sabe ni a qué tirarle...

Don José de la Luz, el que nos rentaba la casa, ése sí era joto de a de veras. Él mismo nos platicó:

—Traigo pantalones pero tengo la desgracia de ser mujer como ustedes.

Don Lucho era muy buena gente, porque los afeminados son más buenos que los machos. Como que su desgracia de ser mitad hombre y mitad mujer los hace mejores. Tenía buen corazón y era muy decente. Aquí en la casa se vestía de mujer. Bailaba con muchos remilgos. En las tardes se arreglaba para recibir a sus amigos. Se ponía sus aretes, su collar, sus medias, y de mujer era muy guapo. No, no le importaba que lo viéramos nosotros ¿por qué, por qué había de importar si él se sentía mujer? Se ponía de hombre para salir a la calle, pero al atardecer llegaban a verlo muchos amigos y entonces hablaba como si fuera mujer:

—¡Ay, que me duele esto! ¡Ay!, que ¿por qué llegaste tarde?

Era muy amante de los trapos como nosotras. Bordados de chaquira, lentejuela, organdí, tafetán, canutillo, y se desabrochaba re bien todo, nunca se le atoraba nada. El polvo, la loción, los chiqueadores de ruda y serenados. ¿Y qué? Si ése era su gusto. Yo me visto a veces de hombre y me encanta. Nomás que yo no puedo traer pantalones; en primer lugar porque estoy vieja y en segundo lugar, no tengo ya por qué andar haciendo visiones, pero de gustarme, me gusta más ser hombre que mujer. Para todas las mujeres sería mejor ser hombre, seguro, porque es más divertido, es uno más libre y nadie se burla de uno. En cambio de mujer, a ninguna edad la pueden respetar, porque si es muchacha se la vacilan y si es vieja la chotean, sirve de risión porque ya no sopla. En cambio, el hombre vestido de hombre va y viene: se va y no viene y como es hombre ni quien le pare el alto. ¡Mil veces mejor ser hombre que mujer! Aunque yo hice todo lo que quise de joven, sé que todo es mejor en el hombre que en la mujer. ¡Bendita la mujer que quiere ser hombre!

Manuel el Robachicos no era afeminado sino que se echó a perder. Tal vez las mujeres le hacían el asco porque estaba gálico, o tuvo una decepción y ya mejor se dedicó a los muchachitos. Se divertía mucho con ellos y decía que los hombres salen más baratos que las mujeres y que son más ocurrentes. Y como perdió el hábito de dar dinero, se le hizo fácil acostumbrarse a sacárselo a quien se dejara:

—Ay, no sea mala, tehuana, deme para mis cigarros...

—Sí, Manuel... sí... No se apure, yo le doy para sus vicios.

Él siempre me pedía para cigarros, pero nunca le alcanzaba. Y siempre le andaba yo regalando dinero. No es que lo quisiera mucho ni que me gustaran sus gustos, pero le tenía compasión. Pues ya después engordó, se apepenchó y ya no se trataba de que yo le diera los centavos según iba pudiendo sino que era una obligación. ¡Ya me mandaba decir con garbo que qué pasaba con su gasto! Iba el hijo de la señora Lola hasta mi cuarto:

—Tehuanita, dice Manuel que si no le manda su gasto.

—Bueno, pues allí está.

Y que agarro el peso y que se lo doy al muchacho. Pues fue canción de mucho tiempo; que los cigarros, que el doctor, que la medicina y que el mazo de veinticinco velas de a cinco centavos. Todos los días prendía una retajila de velas. Fue cuando me empezó a caer mal. Un día vino, me trajo una tablita y me dice:

—¡Pínteme aquí al buen amigo!

—¿Quién es el buen amigo?

—Pues fulanito...

—¡Ah, le digo, pues no sé pintar ni soy dibujante ni tengo negocios con ese hombre, así es de que no te pinto nada!

—¡Ay, cómo será! ¿Así es de que no me quiere hacer el favor?

—¡No!

Me fui dando cuenta de que él hablaba con el demonio cuando me pidió que yo pintara aquella cara. Ese día hizo su mono con gises negros en una tabla, le pintó los cuernos y la calva y luego le puso la cola debajo de los güevos y se la retorció por el otro lado... Todavía me insistió:

—Ándele, venga a prenderle una velita al buen amigo.

—¿Yo? ¿Yo? No es mi amigo ni lo conozco siquiera.

Como en eso no le hice caso empezó a tomar rivalidad conmigo. No quise hacerme de su lado ni ayudarlo en esas cochinadas. Pero no se sabe cuál es la mera verdad.

Pintó su mono y le prendió sus velas. Cuando ya no tuvo para las velas le hizo un agujerito a la tabla y allí le puso un cigarro y siguió con la devoción de pedirle sus tarugadas.

El día domingo le tenía que dar para irse a los toros y a comer lo que quisiera en compañía de su muchachito. A mí también me gustaban los toros y tenía un amigo novillero. Ése era ropavejero en Tepito y de eso se mantenía, pero cuando lo llamaban pues se iba a torear. Me acuerdo de su nombre: Jovito y le decían el Bitoque. De su apellido no sé. Entre la gente pobre no se usa tanto andar preguntando el apellido porque algunos no alcanzan ni apellido. Bueno, pues como a mí me gustan tanto los toros, yo comprendí que al Robachicos también se le antojaran y le daba para sus toros, lo malo es que siempre era boleto doble.

El caso es de que un día llegué yo desvelada del baile, muy cansada de mis pies; me acosté a las cinco de la mañana del sábado para amanecer domingo, claro que a las ocho, nueve de la mañana estaba yo durmiendo, y ese día domingo, con mucho garbo el Roba me mandó pedir el gasto con el chico de doña Lola. Yo estaba soñando que me casaba con un torero recién traído de la plaza... ¡Espérese!, creo que más bien era un picador que se metió con todo y caballo a mi cuarto. Yo no quería entrar a varas con él porque estaba todo ensangrentado y traía una pulla muy larga, cuando en eso oigo que me tocan:

—¿Quién?

—Yo... dice Manuel que le mande su gasto...

—Dile a Manuel que estoy durmiendo, que no friegue.

Pensé: «Bueno, pues que se espere a que yo me levante.» Y quise seguir soñando con el picador.

Como a la media hora vuelve otra vez muy girito el muchacho: que le mandara su gasto a Manuel porque se le hacía tarde para irse al matiné.

—¡Vaya, pues éste qué se está creyendo! ¡Y si no le gusta el gusto que se vaya a fregar a otra...!

Quién sabe qué le diría Manuel, el caso es que se regresó el muchacho:

—Dice Manuel que si no le quiere mandar el gasto que le van a salir cuernos y cola...

—¡Que vaya al carajo! ¡Y a mí que me deje dormir!

Bueno, pues yo seguí durmiendo pero ya no soñé nada. De coraje ni fui con la comidera. Fui con los chinos. Ahora no dan ni la mitad de lo que daban de comer antes.

En la tarde vino el Enrique, bueno, ya todos le decíamos Quique.

—Dice Manuel que si no le manda para que vaya a los toros...

—Dile a Manuel que no tengo, que hasta mañana me pagan; que se espere...

—Pero es que los toros son para ahora y no para mañana.

—Pues entonces que se joda...

Si tenía, nomás que pensé: «¿Qué se está creyendo? No le voy a dar nada.» Y no le di. Después todavía regresó el muchacho:

—Se enojó Manuel y dijo que le tenía que pesar...

—A mí no me pesan más que los que traigo colgando...

—Ya se lo avisé, Jesusita... Eso fue lo que yo le oí...

En esa época yo no dejaba de bailar. Todas las noches le daba duro al taconazo. Y los días de salón de baile, entonces me daba vuelo: los lunes, jueves, sábados y domingos me iba a las pistas grandes. Para esto, el lunes me fui al baile y volvimos como a las tres de la mañana. Teníamos la costumbre de ir con la cafetera de la esquina a tomar toros prietos con piquete. Entonces se usaba mucho el café con alcohol en las esquinas, y nosotros nos echábamos unos pocillos antes de dormir. Después se duerme muy sabroso y se sueñan cosas muy chispas. Nos sentamos en la puerta del zaguán y yo me puse a espiar a los gendarmes a que no nos llevaran. En esa época no podía uno andar a deshoras de la noche, de mujer, porque no me acuerdo qué presidente, creo que Obregón, ordenó que dando las nueve de la noche, mujer que anduviera por la calle, mujer que se llevarían a la cárcel. Aunque su mismo marido la trajera del brazo, si no cargaba el acta matrimonial, entonces se la quitaban y se la llevaban. Así es de que de eso nos escondíamos. Nos íbamos al baile en un coche de caballos; ya conocíamos a los cocheros y ellos volvían por nosotros a las tres de la mañana y nos traían a nuestra casa. Esa noche después nos fuimos a cafetear.

Acomodamos tres sillas, así para adentrito del zaguán, junto a la cafetera y en la silla de en medio me quedé yo, cuando veo una cara que se asoma, la cara de

un joven. Se asomó nomás un ratito. Le vi el pelo peinado para atrás, rizado, era muy joven y muy guapo.
Les digo yo a las otras dos que estaban conmigo:

—Y éste qué, ¿nos espía?

Éramos tres las que habíamos ido al baile, Josefina,
Pachita y yo, y estábamos haciendo tiempo. Ellas ya no
eran tan muchachas, ya estaban correosas. Les volví a
decir:

—Y ora éste, ¿qué nos espía?

—¿Quién, tú?

—Este baboso que se acaba de asomar.

—¿Cuál?

—Pues ¿qué no lo vieron? Ése que se asomó.
Dice Pachita:

—No, yo no vi nada...
Y Josefina:

—Pues no, yo tampoco vi nada.

Seguí devisando cuando veo que mete más la cabeza, así, y le pude mirar la corbata de moñito, su camisa
blanca y su chaleco negro.

—Pues ustedes no lo verán, pero yo lo estoy mirando.

—¡Tú ya ves visiones!

Y en eso estábamos alegando cuando que se asoma
con todo y frac... Iba muy elegante.

—¡Mírenlo, mírenlo! Ahora enseñó todo el cuerpo.

Y que me paro a la carrera y que me salgo a media
banqueta y que lo voy a alcanzar. Era muy peleonera y
muy brava en esa época. Pues ¿cuál alcanzo? Nada. Yo
no vi nada. Se me desapareció. Les digo a mis amigas:

—Pues ¿adónde se metió?

Ellas nomás se me quedaron mirando.

—Son tres veces que se asoma, pero ahora ya le vi el
frac negro...

Entonces aquella Josefina luego pensó mal. Dice:

—No, manita, ¿sabes quién es? Es el Buen Amigo.

—¿Cuál?

—No seas tonta, no te hagas, es el Buen Amigo, ése que anda despidiéndose de las casas. ¿Qué no ves que ya son las cuatro de la mañana?

—Pues que se despida de quien quiera, donde haya estado de visita, pero no de mí. ¿Qué negocios tiene conmigo?

—¿Qué no entiendes? ¡Ave María Purísima, es el demonio!

Y se dio tres persinadas.

—¿Qué?

—Pero si tú lo estás viendo, es el demonio. Son las cuatro de la mañana y anda dando sus buenas noches...

—¿Y a mí qué me importa? ¡Que se vaya al diablo! ¿Quién de ustedes lo llamó? Yo no lo he llamado. ¿Qué tiene que venirse a despedir de nosotras?

—Él viene a las casas no porque lo llamen o no lo llamen. Sabe quiénes son sus amigos y sus amigas y tú eres de la palomilla, quieras o no quieras.

Manuel lo estaba llamando para que me hiciera el daño. Manuel me mandó al Barrabás. Al día siguiente me empezó el dolor y no me preocupó mucho. Dije: «Ni modo. Me viene el dolor y me viene el dolor y me da, ¡y ya!»

Ese mismo día que comencé a estar mala fui al oratorio porque quería preguntar por unos compadres que andaban fueras de México. En Luis Moya había una casa espírita donde trabajaba mi protector: Manuel Antonio Mesmer. Y la conocí por esos mismos compadres de la fábrica, José y María Sánchez, que me dieron la dirección.

Yo nomás iba de vez en cuando a averiguar alguna cosa que me importaba. Una que otra vez llevé al chofer Antonio Pérez que también conocía la Obra Espiritual. Yo lo llamaba a través del fluido magnético y él se presentaba. Me dijo que sentía de repente un deseo de venir adonde yo estuviera. Luego le avisaba yo que lo estaba embrujando y él se reía. Le dije:

—Un día te voy a volver burro...

—¡A ver, vuélveme orita!

—No orita... Un día, un día que no te des cuenta.

Pero yo nomás se lo decía de malilla. ¿Cómo podía volverlo burro? Nomás es un dicho que se tiene. Yo fui la que le inculqué la Obra Espiritual a Antonio Pérez. Él no hablaba ni nada, iba de mirón. Yo sí hablaba cuando tenía alguna comunicación espiritual con mi protector. Iba a preguntar, a saber lo que quería saber, contestaciones que le dan a uno los hermanos del espacio. Entrando, entrando pedí mi comunicación con la señora que apartaba las fichas; me dio mi ficha, esperé y luego que me tocó, pasé. Saludé a mi protector, hice mi pregunta: «¿Qué mis compadres José y María Sánchez llegaron con bien a Tampico...? Desde que se fueron no me han escrito... Démen razón que traigo pendiente...» Y la mediunidad, en vez de contestar me dice:

—¿A quién vistes? ¿A quién vistes anoche al amanecer?

—Yo no vi nada...

—Cómo no, sí vistes...

—No me acuerdo haber visto nada...

No le di importancia a aquella pregunta.

—Sí vistes... Cómo no, tres veces.

Me quedé pensando, tres veces vi pero ¿qué vi?

—Acuérdate porque tú vistes algo anoche...

Y tanto estuvo alegando la mediunidad, ella que sí y yo que no, que al último le pregunté:

—Bueno, ¿se trata de lo del zaguán?

—Sí, eso es lo que te estoy preguntando...

—Ah, pues sí, tienes razón. La cara que vi...

—¿Y sabes de quién es esa cara?

—No, no sé. Le vi hasta la cintura... Le alcancé a ver el frac...

—Es el Hermano Luzbella, el que te anda pastoreando porque te has puesto a hacer un favor y no te lo han tomado como tal...

Todo se me nubló. No me acordé del artista a quien le daba de comer, Manuel el Robachicos.

—Tú hiciste un bien y te lo pagan con un mal...

—¿Cómo?

Entonces me empezó a explicar:

—Tú haces un favor pero no te pones a ver a quién... Tú solita te has hecho un perjuicio porque lo que quiere ese hermano es quitarte tus centavos. Cuando hagas un favor hácelo a una mujer que lo necesite, compañera tuya, pero no a éste que ni siquiera es hombre... que no es bueno sino malo...

Entonces le dije a mi protector:

—Pues yo quiero que vuelva esta noche para hablar de una vez con él; que me explique qué jijos se trae conmigo, por eso quiero hablar con el Hermano Luzbella...

Yo lo quería ver. Es hombre, y muy guapo; joven, porque el Barrabás no es viejo. Es un muchacho como de veinticinco años. Dicen que desciende en figura de animal, pero yo lo vi de cristiano. Por eso se llama Luzbella porque es guapo el muchacho.

Entonces me dijo mi protector Manuel Antonio Mesmer que no me le pusiera al brinco porque el diablo se ganaba muchas almas por la buena o por la mala.

—No temas, únicamente le vamos a dar entrada al demonio, para que sepa que no tiene poder sobre ti... No puede hacerte ningún maleficio. Al contrario, se va a tirar una plancha. Te vas a sentir muy mala, acaso de muerte, pero no temas que yo estaré contigo.

Y por eso tuve yo el famoso dolor. De allí fue de donde me resultó el peritonitis. Desde cuando mataron a mi hermano me empezaron a dar pataletas y de cualquier corajito allí estaba hecha un nudo. Muchas veces me caí al suelo, muchas. Lo que más me dolía es que se rieran de mí a la hora del ataque. Hasta le pegué a una mujer que me vio una vez tirada y siempre me lo recordaba:

—¡Allí viene la que se queda pasmada de tanto caraculear!

De por sí a ella le gustaba hacerle maldades a la gente; era una mujer de muy malas chinches. Peleonera como yo, pero muy felona. Ese día le gusté yo, y conmigo fue el pleito. Le dieron ganas de reírse cuando yo pasaba —era muy matrera, muy avalanzada—, yo le eché la viga, ella me la contestó, me atravesé la calle y le dije:

—¡Me lo sostienes!

Y fue cuando nos agarramos de las greñas. Después de que le di sus guantadas y le dije sus groserías ella se quedó riendo y yo sentí muy feo, como que se me acababa la respiración (por eso alego que uno sabe cuándo y cómo le van a dar los calambres) y pensé:

—Ya me va a dar y se van a reír de mí si me caigo aquí en la calle.

Y me metí corriendo al patio y por poco y me parto la cabeza en un lavadero. En la llave del agua estaba una señora llenando su jarra y se la quité y me la empujé toda y todavía me le pegué a la llave y a bebe y bebe. Dónde me cupo tanta agua, no sé, pero me tomé una jarra de esas antiguas que usaban en los aguamaniles. No me dio el ataque y ahora comprendo que con el agua se me desalojó la corriente del muerto. Porque el que me golpeaba era un ser espiritual.

Me dio el dolor, dolor, dolor. Se me anudaban las tripas y era yo el vivo grito. Tenía como cuatro o cinco noches de estar mala, pero bien mala, con los ojos casi cerrados, cuando la veo que llega y se para en los pies de mi cama. No me habló, nomás se me quedó mirando. De pronto creí que una de las vecinas había venido a traerme algo, pero no, no eran las vecinas. Entonces la devisé despacito; estaba parada entre un puerco de alcancía plateado y un florero grande de flores. La vi toda vestida de negro, por eso me dio miedo. Nomás le salían las manos y la cara muy blanca, muy blanca como pan de cera. De repente juntó así las manos como la Virgen de la Soledad. Abrí los ojos y ya no había nada a los pies de la cama y dije yo: «¿Quién es? ¿Por qué se me evaporó?» Y que me enderezo y que empiezo a gritarles a todos los vecinos: «¡Allí está la muerte!» En el zaguán de junto vivían tres señoras; fueron las primeras que oyeron. Hice levantadero de vecinos. Como no atranqué mi casa por la enfermedad, todos se metieron.

—¿Qué tiene, qué le pasa?

Yo gritaba:

—¡Me estoy muriendo! ¡Me estoy muriendo! ¡Allí está la muerte a los pies de mi cama!

—¿Cómo?

—La muerte acaba de entrar. ¡Allí está parada a los pies de la cama!

—¿Cómo que la muerte?

—Sí, la muerte... Me estoy muriendo porque acaba de estar aquí conmigo...

—¿Cómo que acaba de estar? ¡No grite! ¡No grite así!

—¡Sí acaba de estar! Yo la acabo de ver... ¡Me estoy muriendo, allí está a los pies de mi cama!

Ellos no veían nada. Pero yo sí.

—¡Me estoy muriendo! ¡No sean malos! ¡No me dejen sola porque la muerte está parada a los pies de mi cama!

Pensaron que seguro me estaba volviendo loca de las dolencias... Y a medida que yo alegaba el dolor se me fue retirando, se me fue retirando y al amanecer estaba como si no hubiera tenido nada. Bueno, ya sin alferecía, pero toda entelerida. Es que me vino a curar la Virgen de la Soledad pero como yo no comprendía aunque ya creía en la Obra, no la reconocí y pensé que era la muerte. Además la Soledad se viste como muerta. Al día siguiente amanecí muy mejorada pero con horror. Como vieron que no me morí todos se largaron a su quehacer. Agarré y dije:

—Yo no paso otra noche aquí porque yo no me quiero morir entre gentes buenas y sanas...

Empecé a juntar todo y me pregunta doña Lola la portera:

—¿Qué está haciendo?

—Nada.

—¿Cómo que nada?

—Nada... Haciendo maleta. La cama, el ropero y el tocador se le quedan a don José de la Luz por los tres meses que le debo de renta y toda la ropa pues allí que la venda, a ver qué hace con ella. Le queda el buró, la mesa de centro, el canasto de loza, la silla y el banquito.

A esas horas comencé a hacer repartidero. En uno colcha eché el garrerío. Al dueño de la casa, don José de la Luz, le dejé todos los trastes, los vasos y la mesa de centro donde estaba el puerco, y a doña Lola Palomares le regalé el puerco con lo que llevaba adentro. Yo estaba tan mala que dije: «Ya qué me importa el universo mundo.»

Anduve todo el día heredando a la gente y ya agarré y me salí. Le entregué la llave a la portera y me fui nomás con mi chal tapado a recorrer los hospitales. Y allí me tiene como loca pidiendo cama por todos los hospitales. Y en ninguno me dieron, dizque porque iba caminando por mi cuenta. Ningún enfermo puede llegar al hospital por su pie. Eso no vale. Tiene que llegar a morirse para desocupar pronto la cama. Todo el día me la pasé de hospital en hospital. Recorrí todos los que tenía México entonces.

Cuando más decepcionada estaba yo al salir de la Iglesia del Campo Florido, fui y me senté detrás de la carpa en la banqueta de la calle y allí me vino a encontrar Quique, el hijo de doña Lola. Me gritó:

—¡No se mueva de aquí que ahorita voy a llamar a don Luchito que la anda buscando para que nos la llevemos!

Yo no tenía alientos de irme, si todo el día había andado sin comer, sin nada en el estómago más que la bilis. Se fue corriendo el muchachito desde el Campo Florido hasta Daniel Ruiz y regresó con doña Lola. Y en eso que llega don Lucho echando los bofes de la carrera, todo quejumbroso:

—¿Qué Judas anda haciendo? Pues ¿qué no tiene su casa?

—Ya no tengo casa y como no tengo a donde ir, aquí me voy a quedar hasta que me muera en esta banqueta.

—Ándele, vamos.

Me levantaron a fuerzas, me llevaron de cantarito uno de cada lado. Después me contaron el trabajo que les costó encontrarme. Cuando llegaban a un hospital les daban razón de mí:

—Se acaba de ir porque aquí no había cama.

Recorrieron todo México detrás de mí... Yo no creía, de veras, no sabía que ellos me buscarían así...

Cuando ya me encamaron me dice don Lucerito:

—¡Ya que te vas a morir, muérete, pero no te vayas a arrimar con nadie! Ésta es la casa en donde vives y mueres, no como perra a la orilla de la banqueta. Ya sabremos cómo enterrarte aunque sea en un bote de basura... Ya ves que Chabela dejo la casa y se fue a arrimar con María la China creyendo que la iba a cuidar y acuérdate cómo murió. ¡Si enterré a Chabela que ya no vivía aquí cuantimás a ti que sigues en la casa!

Yo todo el día había pensado en Chabela. Chabela

era una amiga mía fabricanta que también vivió en Daniel Ruiz. Cuando se vio grave del mismo dolor que yo, del peritonitis, una amiga suya, María la China que era china de China, le dijo que vaciara su casa y que se fuera con ella porque la iba a atender. ¡Puras mentiras! Nomás para quedarse con sus cosas. Chabela desocupó su cuarto y la amiga casi la mató porque la dejó morir de necesidad. Ni la curó, ni la llevó a ver ningún doctor, ni nada le hizo, ni se ocupó más en darle siquiera sus alimentos, y cuando le ardió el dolor más fuerte, Chabela se quedó engarruñada porque no aguantó. Cuando vinieron a sacarla los practicantes tuvieron que estirarla para poder echarla en la camilla... Ni un vestido le dejó la China esa para que la enterraran; que no, que ella ya no necesitaba ropa. Entre todas las que éramos amigas de la difunta fuimos a juntar dinero para sacarla del Anfiteatro. Compramos la caja, porque no querían dárnosla a menos de que lleváramos la caja. Pero estaba encuerada. La vestimos allí como se pudo. Una le dio el fondo, otra el vestido, no faltó quien le pusiera un collar y unas arracadas...

No quisimos que le hicieran la autosia porque luego las cuchillean toditas. Del mismo dolor, todo el cuerpo se le amorató así con ruedas. Dimos ochenta pesos en la comisaría al doctor para que se los repartiera con el jefe de Barandilla. Y luego ándiles a pedir limosna para el entierro.

En la cama estaba todavía la maleta con ropa amarrada porque don Lucero no sacó nada del cuarto. Hasta después que sané, los cuates de la fábrica me preguntaron:

—Bueno ¿y el puerco dónde está? Queremos darle de comer y no lo encontramos.

—Pues lo regalé.

—¿Y le sacaste lo que tenía?

—No.

Empezaron a hacer cuentas, porque ellos eran los que tenían la devoción de cebármelo, y a cual más sacaba la peseta, lo que tuvieran de suelto y se lo echaban. Tenía trescientos pesos. Y es que era puerco de a de veras, así grandote, de ésos blancos que los rociaban con polvo plateado. El dueño de la casa me devolvió la maleta de ropa tal y como se la dejé; todos me entregaron lo que les había repartido, pero el puerco volvió vacío. Le pregunté a doña Lola:

—¿Y lo que tenía dentro?

—No tenía nada, estaba hueco...

—¡Ah, mire, qué novedad, cuánto le agradezco el informe...!

¿Qué más iba yo a decirle? Pues si yo todo lo había regalado, por mi loquera de la enfermedad, ella se aprovechó. Yo me pongo a pensar que una persona de conciencia hubiera dicho: «Bueno, pues los centavos le hacen falta a usted porque está enferma.» Pero ella no devolvió ni quinto. Ya ni le chisté nada. Estuve tan mala que la vi perdida. Cuando uno es joven y sufre, se da, se vuelve muy mansita. Ahora cuando me enfermo, atranco la puerta de mi casa.

A Manuel el Robachicos no le volví a dar dinero ni para sus pies gangrenados. No le surtió su trabajo, al fin del cuento no pudo hacerme ningún daño. Mi protector me lo había anticipado: «Volverá a ti y tendrá que ser tu compadre, porque arrepentido te va a pedir que lo perdones. No le guardes rencor... Tienes que encompadrar con él.»

Y así. A los tres meses fue a verme. Dice:

—¿Qué está haciendo, tehuanita?

—Nada. Aquí nomás.

—Vine a saludarla y a que me haga el favor de que se le olviden las contrariedades que hemos tenido...

—A mí no me ha hecho nada ni tiene por qué venirme a pedir perdón. ¿De qué? Yo no me doy por ofendida.

—Sí, tehuanita, la he ofendido y por eso le suplico que me perdone...

—Bueno, no se preocupe...

Se quedó callado y al rato que me dice:

—También quería suplicarle de favor que me llevara a bendecir a mi San Ciro.

Era un santo todo negrito.

—Sí, cómo no. Nomás me lo trae...

Ya sabía yo que eso del compadrazgo por medio del San Ciro, lo hacía él para quedar limpio de culpa. Le llevé el Santo a bendecir a la iglesia, se lo entregué y en eso quedamos. Compadres. Pero como quien dice, fue por orden de mi protector. Por mi cuenta soy rencorosa, hasta las cachas. El que me la hace, me la paga. Y con todo y réditos, porque en eso de los odios soy muy usurera.

19

En una farmacia de Cuauhtemotzín, conocí al doctor Rafael Moreno. Vivía en San Antonio Abad con su esposa y la farmacia era botica chica. Despachaba él pero tenía que ir al Hospital para completarse. Yo entré una vez a la botica preguntando por mi antidolor del Doctor Bell y se hizo amigo mío. Ese doctor Rafael Moreno era un morenito, delgadito, de bata blanca, como todos los doctores. A las ocho de la mañana salía al Hospital porque empezaba a las ocho y media y en las tardes recetaba a las familias. Luego se le hizo fácil o quién sabe, el caso es de que le gusté para que fuera yo de enfermera al Hospital Morelos:

—¿No te agradaría ir a trabajar? Mira, no te ha de gustar mucho porque hay que ver y tentar. Pero en fin, si te llevo y aprendes entonces arreglo para que te quedes de planta... Yo te enseño.

—Cómo no. Sí voy.

—Bueno, pero te advierto que es de puras mujeres malas...

—¡A mí qué me importa! Yo lo que quiero es trabajar. A mí qué me interesa que sean malas o buenas... Sí voy.

Fui allá a la Alameda. La entrada queda junto a la iglesia de San Antonio, ese santo al que le piden hom-

bre las mujeres. Camina uno hasta el fondo del jardin-
cito y luego luego está la puerta. Todavía sigue siendo
el Hospital Morelos, nomás que ahora cuentan que se
llama el Hospital de la Mujer, de las mujeres que tienen
un marido a cada ratito. Las llevan a fuerzas porque las
agarran los agentes, les pasan revista en la calle de Tolsá
donde está la Inspección de Salubridad y la que sale enferma va a dar al Hospital. Los agentes hacen redadas
en las noches en la calle de San Juan de Letrán, en 5 de
Mayo y en 16 de Septiembre, donde trabajan las de ro-
deo, las ruleteras, las hurgamanderas, las que andan por
la calle jalando a los hombres, las correosas, las de años.

—Oye, chato, ¿le saco punta a tu pizarrín?

Les caen los de Salubridad y se las llevan. Y las
otras, pues ésas forzosamente tienen que ir cada ocho
días a pasar revista porque son de credencial y allá en
Tolsá se ponen a checarlas una por una. Las ruleteras se
cuidan mucho, se esconden en los zaguanes, pero de todas maneras las pescan y las suben al coche.

Me metí primero de afanadora y estuve mirando
hartas cosas; luego el doctor Moreno me decía:

—Mira, esta enfermedad es esto y esta enfermedad
es esto otro... Ándale, detén la tripa del irrigador.

Me enseñó muchas enfermedades que tienen las
mujeres; enfermedades que les dan por dedicarse al
amor y que luego van repartiendo entre todos los puta-
ñeros: purgaciones simples y de garabatillo, toda clase
de chancros duros y blanditos, sífilis de primera y hasta de quinta, placas, flores blancas y gomas. Y eso sin
contar los animalitos, los piojos chatos, ésos que les dicen ladillas y que todo mundo tiene y que da tanto trabajo quitarse de la sobaquera, primero se le arranca a
uno el pellejo antes que el chato se despegue de las ija-
das. En aquellos años se usaban mucho los polvos de
calomel y el ungüento del soldado.

Estuve yendo como dos meses. Luego regresaba yo

a mi casa con el estómago tan revuelto que no se me ocurría comer:

—¡Ay, si vieran las demás mujeres las cosas que yo vi, palabra que no darían tan fácil el tamal...!

Aunque me lavara las manos, aunque me echara loción sentía que me quedaban igual... A una enferma que le escurría como pus verde, el doctor me dijo que tenía flujo amarillo y que por eso le salían cuajarones jaspeados de sangre. La lavaba con agua de permanganato, luego le daba unos toques de yodo y le metía un tapón: un algodón así grande de nictriol con glicerina. Al otro día le sacaba el tapón y se lo volvía a meter hasta adentro después del lavado y de la curación. Y a puras tapadas y destapadas la mujer se alivió y ya pudo otra vez volver a las andadas. Había otra que estaba llena de llagas, toda la panocha era una rueda colorada, colorada, colorada. Muchas tenían esa misma infección. El doctor Moreno las curaba con un lapicito. Primero les lavaba muy bien y luego les pasaba el lápiz infernal. Así le decían porque estaba conectado con el cable de la luz. A la mujer ésa que le digo, le daba toques alrededor con la puntita del lápiz para quemarle lo podrido. Y ella gritaba porque el lapicito le iba dejando la carne viva y limpia. Se retorcía para arriba y para abajo, para adelante y para atrás como ola. Luego le ponía yodoformo para adormecerle el dolor, le quitaba todo lo baboso con jabón y permanganato, y al secarle le echaba unos polvos que olían muy feo o si no polvos de aristol.

—¡Eso apesta mucho!

—Una nadita. ¡Ándale!

—Me echa poquito.

—Una nadita. Ya te dije.

En las noches les preparaba yo un litro de agua de limón para serenarlo. Y al día siguiente se tomaban en ayunas su agua de limón serenada. A veces la enfermedad se les pasaba a la trastienda y el doctor con mucho cuidado les picaba allí con el lapicito: se armaba una grita pero tenían que aguantarse porque si no, no les devolvían su tarjeta.

Yo nomás les hablaba a la hora de la curación. Entraba y les decía:

—¿Ya se lavaron?

Les daba agua tibia y se iban al baño para que no se subieran indecentes a la mesa. Entonces yo les volvía a lavar con agua más calientita y con jabón hervido. Preparaba la navaja para que las rasurara el doctor las culimpinaba y yo me admiraba de que al doctor Moreno todavía le gustaran las mujeres, porque era muy enamorado.

—¡Ay, dotorcito! ¡Ay, dotorcito! ¡No, dotorcito! ¡Así no, dotorcito!

Y él les daba sus nalgaditas.

—¡Ya te vas a aliviar, ya te vas a aliviar!

Cuando terminaba mi trabajo andaba yo de cantina en cantina para olvidar. La verdad, pobres hombres, cómo los compadezco. Durante el día me le pegaba al doctor y él, como era muy buena gente, me decía:

—Ándale, ven para que veas, para que tú te portes bien y no te andes creyendo de los poetas... ¡Ándale ven y mira cómo se ponen las que le hacen al desfiguro!

Todos los días teníamos lleno completo. No nos dábamos abasto y siempre había mujeres esperando cama. A veces las acostábamos en el suelo junto a la sala de distinción que daba a la Alameda. Había una sala para las mujeres enfermas de niño. Se aliviaban y a los cuantos días, a la calle. Esas mujeres no tenían marido. Por eso iban y venían por la calle. Todas eran mujeres pobres; puras mujeres baratas de la calle, de las que se dan por lo que les den. A las de la sala de distinción iban a verlas sus amigas, sus amigos. Los amigos no entraban pero cada quien llevaba fruta, comida, y un mozo recibía las cosas en la puerta y se las entregaba: «¡Cama 12!», «¡Cama 23!», «¡Cama 41!» y ellas escondían su tambachito debajo del colchón, no se los fueran a robar. Las amigas tenían derecho a entrar los jueves y los domingos. En el Hospital, para que se repusieran pronto, les dábamos sopa, guisado, frijoles, café con leche y pan.

Un día llegaron unas mujeres que según ellas eran maestras de la Secretaría de Educación y unos muchachos que también eran profes. Apuntaron a muchas afanadoras y en la bola, entré yo. Nos enlistaron a todas por parejo para darnos clase. Yo esperé que nos enseñaran letras o números o algo, pero sólo nos empezaron a preguntar que cuántos árboles tenía la Alameda y cómo se llamaban los pellejos que los patos tienen entre las patas, puras jaladas y nada de lectura.

Una vez terminado el quehacer del Hospital nos juntaban en el comedor. Allí, sentadas en las bancas nos examinaban y muchas decían puros disparates porque no sabíamos nada de nada. Para que no se rieran de mí yo me les puse al brinco enseguida. Si ahora soy corajuda, era yo tantito peor. Le dije a la maistrita, una vieja flaca, de chongo, vestida de negro casi hasta el suelo:

—No, yo no le hago a ese jueguito. Lo que a mí me interesa es que me enseñe las letras y la numeración. Si no puede no nos hagan guajes. Yo se los agradezco mucho, pero a volar gaviotas. ¡Yo no le entro!

La maestra me dijo que era yo muy grosera.

—Yo soy muy grosera y usted es muy mensa porque nos anda preguntando puras mensadas que no importan. A mí enséñeme a decir cómo se llaman las letras y si no se las contesto, pues tiene usted razón de echarme la viga, pero usted a mí no me habla de letras, me pregunta de... los patos... ¡No! Usted enséñenos a leer y le aprenderemos. Si no, pues mejor búsquese otro empleo; éste no le va a convenir porque no va a poder conmigo.

—Mira, no seas rejega, haz un esfuerzo. A ver, a ver, ¿cuántos arboles tiene la Alameda?

—Pues si usted los ha contado hágame el favor de darme la cuenta porque yo paso y vuelvo a pasar y entro y salgo por la Alameda y no le puedo dar razón. No tengo campo de andar contando árboles. ¡Si a usted le interesa, cuéntelos usted!

Usted se imagina qué pregunta... Si así les enseña ahora la Secretaría de Educación, pues es la escuela de la babosada... Entonces se juntaron varias maestras y profes cuando vieron que yo comencé a decirles de claridades. «A mí ya se me llenó la medida. Si no se ocupan en enseñarme, tástás, bórrenme de su lista. Yo la vida no la tengo comprada para andarla perdiendo en las jodederas que discurren sus mercedes. ¡Así que a volar, gaviotas!»

Estos maestros y maestras querían divertirse con nosotros porque estábamos grandes. ¡Quién sabe si sería un nuevo sistema de educación pero yo no les hice caso! Que ¿cómo se llaman los pájaros de siete colores? ¿Cómo se llaman los pescados que están debajo del agua? Pues pescados, ¿no? ¿Y esas flores que según ellos eran hembras y machos? Dije: «No, conmigo no, a mí no me gusta buscarles chiches a las culebras. Así es de que hasta aquí le cortamos a la alfabetizada.» Y me salí del Hospital de las podridas porque en primer lugar me pagaban muy poco y luego llegaron estos maestros a querer tomarnos el pelo con sus exámenes dizque de biología comparada y los mandé al carajo. Desde entonces nunca fui a ninguna escuela. Y me quedé de burra pero muy contenta. Más vale rebuznar que hacerle al monje.

Volví a Netzahualcóyotl y en esa época vi de nuevo a Antonio Pérez. Tenía como dos años que no nos hablábamos. Estaba enfermo, muy grave, y para que su mamá y su mujer —porque se había casado— no se dieran cuenta de su enfermedad, no se quiso hospitalizar. Él solo se ponía y se quitaba sus algodones. Según me contaron sus amigos, se le estaba deshaciendo el animal. Yo me di cuenta porque lo espié a través de los vidrios del balcón de la casa. Todos los días llegaba a comer pero sólo Dios sabe cómo podía trabajar ese infeliz porque al bajarse del coche se columpiaba antes de poner los pies en tierra. ¡Ni modo! Esa purificación la padeció por el disgusto que tuvo conmigo. Estábamos en el baile y una de sus amigas fue y me lo quitó. Hasta eso, terminamos la pieza y agarramos para el mostrador del salón cuando llegó aquélla, se me planta enfrente y me dice:

—Es que a mí me gusta Antonio y te lo vengo a quitar.

Lo jaló y luego volteó conmigo:

—Si puedes, éntrale.

Yo no tenía por qué entrarle. Dije: «¡Allá él!»

Le echó el brazo y se lo llevó. Pensé: «Bueno, pues que les vaya bien y que se diviertan mucho. A mí me importa sombrilla.» Yo bien sabía que Antonio tenía su novia, pero como nos habíamos apreciado mucho, en esa estimación andábamos siempre juntos para arriba y para abajo:

—¿Vamos al baile?

—Vamos.

—Vamos a tal parte.

—Vamos.

Por donde quiera andábamos, pero sin decirnos nada, bueno, nada que no fuera cosa de amigos. Como ella se le ofreció, él no podía decirle no puedo. Porque claro que podía, era muy hombre y ella se lo dijo delan-

te de todos. Y si resultó enfermo fue por eso, por dárse-
las de hombre. María estaba enferma y yo lo supe por
ella misma. Cosa de amigas. Era buscona y cotorrera,
todos lo sabían. Le decíamos «la puerquitos» o «María
la Trompitos», porque era trompudita de boca. En esa
época tenía chancros duros que son los más malos.

—Fíjate que me dan mucha comezón unas cosas
que tengo.

Pero como ella se mantenía de andar con distintos
hombres por la calle y estaba enamorada del muchacho, se lo llevó y se quedó con él. Entiendo que de
pena, de vergüenza de haberme dejado allá en la cantina
y que yo tuviera que pagar las cervezas, Antonio ya no
me buscó. Después me dio coraje. Yo no le podía decir:

—No te metas con ella.

Ni siquiera para salvarlo de los chancros. Si él hubiera sido algo mío, pues voy y me agarro con ella y la
cacheteo. Pero era mi amigo únicamente. Y si le digo
cuídate porque te la va a pegar, a lo mejor me trata de
celosa. No sé, pero al fin de cuentas, algo se me atoraba.

Después sus amigos me dijeron:

—Está muy mal.

—Bueno, ¿y qué quieren que yo haga? Él se lo
buscó.

No nos hablábamos. Lo veía porque vivíamos cerca en la calle de Netzahualcóyotl, yo en el 16 y Antonio
en el 11. Claro que yo por el balcón me asomaba. Ya
sabía la hora en que venía a comer y cuando llegaba,
veía que la cosa iba muy mal. Entonces me encerré en
mi cuarto, hice mi concentración y le pedí a mi protector que lo curara.

—No, déjalo que sufra —me dijo.

—Pero su familia no tiene la culpa. Pobres. No saben, y él sufre bastante... Yo lo veo cómo sufre...

—Bueno, voy a poner un plazo de tres meses para
curarlo...

—Ay, no, ay, no, en tres meses se lo carga la que lo trujo...

—¡Ah! ¿Quieres que sea más pronto?

—Pues si me hace el favor, lo más pronto que se pueda...

—Bueno, pues entonces un mes...

—No, menos, menos, por favor...

A tanto y tanto insistirle, le bajó a los quince días. Y luego allí me tiene contándolos, sí, yo quería mucho a Antonio Pérez, para qué es más que la verdad. Y todos los días me salía al balcón para verlo llegar: «Pues no me lo están curando.» Me decepcionaba al ver la manera como se bajaba del carro, porque el calor de la gasolina, el tracatraca del motor y todo eso le inflamaban su parte y ya no podía manejar. Yo les gritaba a los hermanos espirituales:

—¡Ay, háganme la caridad de curármelo lo más pronto que puedan!

El merito día quince, no lo vi salir de su casa. Dije yo:

«No me lo curaron.» Y luego esperé a sus amigos:

—Díganme, ¿dónde está Antonio? ¿Qué le pasó? ¿Cómo sigue?

—¡Uy! Está rete grave ahorita. Ya mandaron llamar al cura.

Y que me meto a la carrera y que duermo a la mediunidad y luego llamo a mi protector:

—No me lo curaron... Está más grave...

—Sí. Tiene que estar más grave... No te apures. ¡Mañana amanece bien!

El día 16 lo vi que salió a trabajar. Al regreso, ya bajó del carro feliz y contento, movía muy bien sus piernas. Él no sabía nada del enjuague. Se vino a dar cuenta hasta que se le presentó mi protector en figura de padre con sotana y le insistió en que viniera a pedirme perdón por haberme dejado plantada en la barra del

Salón de Baile con la cuenta de las cervezas. Le dijo mi protector:

—Ésos son los pagos que le das a esa mujer y tanto como te ha ayudado... Por eso te sometimos a todas esas purificaciones.

Llegó Antonio al número 16 y me chifló porque hasta eso, nos entendíamos a chiflidos. Luego salí y me contó que se iba a acercar a la Obra Espiritual de nuevo; que a ver si íbamos juntos. Antonio no se casó conmigo porque no éramos de la misma clase. Era persona más decente, más educada que yo. Pues ¿cómo? Su familia, los hermanos y las hermanas ya le tenían lista una mujer de mejor clase. Ella no trabajaba. Y de mí sí sabían que era una pobre fabricanta, que era muy bailadora, muy paseadora y eso no les parecía. Yo era como era y sanseacabó. Me gustaba bailar y a él también; pasear y a él también, sus hermanos sabían que yo tomaba mucho con Antonio. ¡Ellos querían una señorita! ¡Una señorita, hágame el favor! ¡Pues cuicuiri, cuicuiri!

20

Al changarro de Netzahualcóyotl llegaban mi compadre José G. Sánchez con su mujer María a bailar y a beber, y nos hicimos muy amigos. También venía Guadalupe Escobar, aquella que estuvo conmigo en Belén, la casada con el hermano de José G. Sánchez. Los cuatro eran de la Gendarmería Montada. En Tampico anduvieron en tren; después, en una grúa de ferrocarril, atrás de un tren. Habían recorrido muchos rieles; conocían mucha tierra, hartas tierras. Platicaban de la nieve y de la orilla del mar, de la reventazón de los ríos, de los jagüeyes y de las chachalacas, de los magueyales y de las nopaleras, del zoquite y de los tabachines de la tierra templada. Platicaban, y yo sentía que los ojos se me habían llenado de polvo, de todo el polvo del Defe, y que ya era hora de ganar pal campo.

Como los balazos son mi alegría, pues hablábamos de balazos. La balacera es todo mi amor porque se oye muy bonita. Los primeros balazos sí se oyen, pero el fuego cerrado ya no se oye. Nomás se ve la humadera, los humitos que salen de los distintos lugares. Sólo de acordarme me daban ganas de irme a la revolufia. Por eso yo les dije que cuando salieran de México me avisaran para irme con ellos a la primera balacera. Tenía ganas de andar fuera de México.

Salió el Primer Escuadrón de Gendarmería Montada del Cuartel de Peredo y con esa gente nos fuimos nosotras las mujeres. Salió mi compadre, salió su mujer María, salió mi amiga Guadalupe Escobar y ¡ai vamos! Pues cómo que no, si se trataba de echar balazos, vamos a darle. Me fui y cualquier día me vuelvo a ir a donde se arme la bola, pero que haya balazos, muchos balazos, yo le entro a la lotería.

La requema de los cristeros fue balacera de a de veras. Balacera tupida. Y los colgados nomás se bamboleaban de los árboles. Curas había pocos a la hora de la hora. Eran indios tarugos que se daban en la madre los que se levantaron en armas para defender a la Virgen de Guadalupe. ¿Qué le iban a defender estos pendejos a la Virgen si ella está bien guardada en su vitrina? Gritaban: «¡Viva Cristo Rey!» Y bala, bala y bala. Bala que das y bala que te pega. Y los curas tomando su chocolatito con bizcocho y poniendo a los santos de aparato. Ellos solos hicieron su bola. Por eso el gobierno los metió al bote. A todos los que agarró alborotando y a los que cargaban armas, se los tronó. Eran campesinos, guarachudos, mal comidos que todo lo saqueaban, eso sí, santiguándose. «Ave María Purísima», «Sin pecado concebida»; ése era su saludo, su consigna. Yo nunca vi una sotana; puros destripaterrones que no sabían ni apuntar, con las manos todavía entierradas. Pero cuentan que allí andaban los curas de alborotapueblos, cuidando el tabernáculo, las hostias y las vinajeras, echando bendiciones de pasadita. Ya después regresamos a México como simples soldados rasos. Se acabó la Gendarmería Montada y fui a dar otra vez a Netzahualcóyotl, con doña Adelina, que me recibió con los brazos abiertos.

—¿Ya vinistes?

—Ya vine.

Le dio gusto porque yo le hacía mucha falta. Era de

ésas que nunca alzan nada. Se le caía cualquier cosa y decía:

—Déjalo, mañana lo levanto.

Con ella no había nada que hacer. Así era. Yo siempre iba detrás de ella escombrando.

En México andaban los del gobierno buscando en las casas a ver quién tenía santos y quién no. Pero también los mochos ¿para qué presumían de que eran muy santularios? Y entre más los perseguían más la hicieron de emoción. Fue cuando los padres comenzaron a andar de ceviles. Se pusieron pantalones. Por eso ya no creo que sean padres de a de veras porque más bien hacen taruga a la gente. Antes uno conocía cuáles eran los padres y cuáles eran los frailes. Pero en aquellos días, para que no los agarraran en manada, se fueron a vivir a casas particulares. La gente muy allegada a ellos eran la que andaba avisando dónde se iba a celebrar misa. Iban caminando por la calle y se fijaban en uno a ver si tenía cara de católico y le murmuraban con mucho cuidado:

—En la casa Fulana en el número tantos va a haber misa. Y van a dar la comunión.

Allí se jugaban un albur, pero como la mayoría de los mejicanos son católicos, pues iban muchos.

Yo no creo ya en los padres porque los he visto muy de cerquita. Cuando están celebrando la misa, todavía, porque en ese instante cumplen con su misión, pero pasando la misa para mí ya no son más que hombres materiales, como todos los de la calle con todos sus defectos y hasta más, porque andan hambrientos de mujer. Cuando están diciendo misa, se olvidan del mundo y de las viejas y de otras tentaciones todavía peores porque han hecho su desdoblamiento. Pero una vez terminado el oficio, son hombres como todos, y ojalá fueran como todos, porque hay unos que para qué le cuento. Por eso cuando Benito Juárez regresó a Oaxaca de militar, de gobernante, de todopoderoso, lo primero que hizo fue vaciar los conventos. Sabía muy bien la entradera y la salidera de los padres. Como el cura que lo crió lo llevaba todas las noches al convento, él conocía las señas. Estuvo vigilando a que entrara el último de los curas y cuando ya estaban todos reunidos, dio los cinco golpecitos, así como de mentada de madre que se sabía desde chico. El padre que le enseñó a leer y a comer carne (porque antes Benito sólo comía quelites sin huevo) nunca se imaginó que aquel indito era más ladino de lo que parecía y que se iba a dar cuenta de todo. No en balde fue uno de los más buenos comecuras. Si no hubiera muerto él, ya no habría sotanas en México. Cuando tocó, todos se miraron a ver quién faltaba y no faltaba ninguno, pero de todos modos le dijeron al más joven, el más humilde:

—Pues ve a abrir porque están tocando con la clave que se toca aquí...

A no ser que fuera un ocurrente que viniera a mentarles la madre por pura casualidad.

Abrió el frailecito y entró Benito Juárez con toda su escolta y agarró a los padres con las manos en la masa. Y a la cárcel. A las monjas las echó para afuera. Luego ordenó que escarbaran los patios de los conventos, porque aunque él estaba chiquillo las veía bien chipotudas y luego de un día para otro se deshinchaban. Y como no era menso decía:

—Bueno, ¿y dónde están las criaturas que no las veo? Ni modo que todas sean mal paridoras.

Por eso al escarbar encontraron muchas calaveritas, muchos huesitos de niño todavía blanditos. Las monjas ¿qué otra cosa podían ser sino las queridas de los curas? ¿Cómo iban a estar tantos años acostándose solas? Así es de que Benito Juárez se las arregló para que la gente abriera los ojos. Y el que no los quiso abrir se los abrió a chaleco. Juntó a todos los padres y a todas las monjas y les dijo que él no estaba de conformidad con que engañaran al pueblo, que se casaran y se dejaran de cuentos. Y como ellos querían seguir como antes, los persiguió y les quitó todos sus bienes, sus casas y sus tesoros. ¡A cuántas muchachas no las infelizan en los confesionarios! Que una confesadita y una tentadita, las empiezan a manosear y luego al dormitorio, como si estuvieran en un bule, o si no para más rápido a la sacristía. Por eso yo no los quiero. Aquí en la ciudad, en el Defe, han salido sus obras hasta en el periódico. En la mera Villa hicieron excavaciones hará unos treinta años, y encontraron todo un cementerio de difuntitos como becerritos de panza.

Las monjas me caen todavía más gordas aunque no estén embarazadas. Yo las he visto, y por eso les digo con toda la boca: mustias hijitas de Eva, no se hagan guajes y dénle por el derecho a la luz del día. Además, curas y monjas, ¡qué feo!, unos y otros tras de sus naguas. Porque hay mujeres amantes de las naguas negras y del olor a cura. Las he visto. Las he oído rechinar. Si no, no les echaba la viga. No le hace que vaya yo a asarme en los infiernos pero es la mera verdad. Todos los curas comen y tienen mujer y están gordos como ratas de troje. Antes, las monjas eran sus queridas. Ahora ya no dejan que haiga monjas revueltas con curas, pero cuando las tenían en sus conventos encerradas, que porque ellas eran las Hijas de María y ellos los Hijos de José, se guacamoleaban toditos. Y eso no es justo. Al pueblo lo engañan vilmente. No creo que haiga buenos. No lo creo. Ése es el único defecto que he tenido: que no creo. No hay bueno, ni buenas. Todos somos malos sobre el haz de la tierra. En el hombre hay mala levadura. Y Dios Nuestro Señor dijo: «Los voy a quemar como la higuera maldita.»

En Netzahualcóyotl, me encontré con la mamá de doña Adelina, Reginita, que había llegado de Guadalajara con sus dos hijos: Luisa y Tomás.

A Reginita le gustaba mucho platicar y platicando platicando fue cuando ella empezó a escarbarme, me encontró el parentesco y acabamos en que yo era dizque su nieta.

—Pero ¿cómo doña Reginita?

—Sí, sí, sí. Yo soy de Oaxaca y tú eres de Oaxaca... Dime abuela.

—¡Cómo!

—Sí. Tú eres hija de los Palancares y Hernández.

No sé qué me vería ella o cómo supo que yo era Palancares porque nunca le pude escarbar y tal vez nomás por oaxaqueña me hizo de la familia. Me empezó a contar una historia alrevesada y yo pensé: «Bueno, desde el momento en que ella no se afrenta de mí por ser una persona tan pobre, pues yo se lo agradezco.» Se lo avisé.

—Pero yo soy muy pobre, doña Reginita...

—Yo también lo fui, yo también... ¿A poco nomás tú? Yo quedé viuda de mi primer esposo con una niña de cuatro años: Adelina. Vivía en Guadalajara porque allá me llevó·mi marido, pero cuando se murió me quedé sola, pobre, abandonada con mi criatura. ¿Sabes cómo me mantenía? Luchaba para vender carbón y leña, lo que podía, para irla pasando... Pero no he de haber estado tan fea aunque pobre, porque comenzó a seguirme el doctor Sainz.

—¿Un doctor?

—Sí, un doctor, fíjate, el doctor Sainz. El doctor Sainz le dijo a su mamá que si no lo dejaba vivir conmigo como debía de ser, entonces él se iba a echar a la perdición. Su mamá le contestó: «Prefiero verte muerto que al lado de esa india carbonera.» Entonces el doctor agarró la borrachera. Cuando estaba en su juicio le decía a su madre que la única mujer que podía enderezarlo era yo. Pero como toda la vida ha habido divisiones y grandezas más aparte, aunque se enamoren pobres con gente mejorcita, pues se tienen que aguantar. Sólo cuando salía a los pueblos a recetar y a curar enfermos en las orillas de Jalisco, el doctor Sainz me llevaba. Me decía:

—Vámonos. Allá podemos vernos mejor que en Guadalajara...

—Entonces me voy adelantando...

—Sí, yo luego te alcanzo.

Nos queríamos los dos desde el momento en que nos acompañábamos. Y por allá nos poníamos a vivir en algún mesón el tiempo que durara él recetando en las rancherías y en los pueblitos. Atravesábamos los maizales quemados, nos íbamos a pie sin que nadie se fijara en nosotros. Cuando estaba conmigo el doctor Sainz era muy pacífico y se olvidaba del vicio. Entraba a las casas cantando el son de la media muerte y luego me enseñó a recetar, me explicó en los libros el uso de las yerbas, y como yo también sabía leer y era de mucha retentiva le entendí muy bien a la medicina.

Me nacieron dos hijos: Luisa y Tomás... Cuando regresaba a Guadalajara él agarraba otra vez la borrachera decepcionado de que su madre no lo dejara casarse y legalizar a sus dos hijos. Sólo los nietos iban a ver a la abuela, yo nunca. El doctor acabó con todo su dinero y cuando estaba agonizando de la cruda en casa de sus papases yo le dije a Luisa, mi hija más grandecita: «Anda, dile a tu abuela que le ponga este vaso de vino en el ombligo a tu papá.» El doctor se tomó el vino por el ombligo y comenzó a sudar. Todito se lo chupó el ombligo. Regresó la niña y me avisó:

—Ya se lo acabó.

—Pues dile a tu abuela que le compre más vino y que se lo siga dando por el ombligo porque tu papá no está muerto, tu papá está vivo.

—Pero como a mí no me dejaban entrar en la casa, no pude voltearle otro vaso de vino en el ombligo y dejárselo como ventosa. Si se les atiende a tiempo, echándoles el vino por el ombligo o sentándolos en una palangana de huevos batidos, resucitan, por más muertos que estén, porque la sustancia se les sube al intestino. Esto deberían saberlo todos los hospitales y todas las Ligas ésas que hay para curar a los borrachos: el remedio debe entrarles por donde yo digo, porque si se los echan por la boca, imagínese todo lo que les tarda en llegar a donde debe. Los crudos perdidos están todos trabados y no les funciona el tragadero, pero nomás volteándoles un vaso de vino en el ombligo, todo se lo chupan a puros sorbitos.

Si ya Reginita sufría, con mayor razón cuando murió el doctor. No tenía quien la amparara ni a sus hijos ni a ella. Apenas tuvo uso de razón Adelina la dejó y se vino a la capital, y a Reginita le fue tan mal en Guadalajara que se vino a arrimar con Adelina.

Cuando doña Adelina regresó de por allá con su coronel, allí estaba su madre y ni modo de decirle: «Váyase, que aquí estorba.» La mamá venía muy apocada: «Yo te ayudo, Adelina, te lavo la ropa, te escombro la casa, te doy friegas con té de flores de árnica, ya verás...»

Desde ese momento yo les comencé a decir a las dos hermanas: «Mi tía Adelina y mi tía Luisa...» Me puse a reflexionar y dije: «Es el destino; Dios no me quiere tener tan desamparada sin quien vea por mí, y con mano misteriosa en vez de llevarme a otro lado, me trajo a donde había, si no familiares cercanos, al menos retirados...»

Mi abuela Reginita nomás sabía que estaba yo presa y corría enseguida a verme.

—¿Cuándo se te quitará lo cabeza dura? ¿Cuándo te compondrás? ¡Compórtate, mujer! ¿Qué no ves que me voy a morir y ni quién vea por ti? Si tienes dinero te traerán algo pero si no tienes, no te darán ni agua. ¡Nadie te echará un ojo! ¡Yo ya estoy vieja, más para allá que para acá!

Y realmente, ahora que estoy sola, ¿quién me viene a ver? ¡Ni quien se acuerde de mí! No tengo a nadie, lo único que tengo son muertos.

Doña Adelina no quería a Luisa ni a Tomás porque eran prietos y nunca los reconoció como hermanos por más que yo le hacía ver que eran hijos de su madre.

—¡Ah, no! ¿Por qué los he de querer? Son unos indios.

Tomás y Luisa sí eran indiaditos porque el doctor Sainz era muy guadalupano, entiendo yo. Y Adelina, como era hija de otro señor, salió apiñonada.

Luisa bien que se dio cuenta del desprecio:

—¿Te crees muy chingona, verdad? Pues yo no le entro a tu changarro.

—Pues aquí todos tenemos que trabajar para que puédamos comer. Si no quieres entrarle a la talacha, ¡sácate de aquí!

Como quien dice la echó a la calle. Entonces ella se fue a servir mesa a un café de chinos y allí conoció a un japonés y se juntó con él. Ese japonés era buena gente pero Luisa era muy dispareja. Lo engañaba. Quién sabe qué tendría que les gustaba a los hombres. Era flaca y enteca, pero de repente se le curvaban los labios, como que se le esponjaban y los hombres la volteaban a ver. El japonés la mantenía hasta con lujos, pero ella le daba duro a la parranda. Y es que por lo regular estaba sola porque él andaba en la República. Ponía mesas de juego en las ferias: ruleta, carcamanes, ocas y loterías. Ganaba muy buen dinero llevando sus *dónde quedó la bolita*. Había sido militar en la revolución carrancista y seguro por eso se hizo andariego y manos largas. Siempre andaba de aquí para allá, y la Luisa de mano en mano. Tuvo dos niñas con ojos de rendija. Ni las volteó a ver. En las mañanas nomás se salía diciendo:

—Allí les dejo a las ojos de alcancía.

Después supe que le decían la Sinfa, y luego la Sin Familia porque nunca tuvo madre. Era una mujer toda encanijada, como pescado seco. Siempre pedía con una risita:

—¿Tiene cerillos?

Después la abuelita me lloró:

—Ya no vayas al changarro, ya no atiendas mesas. Necesito que me ayudes a levantar la casa... Ya ves que estas mujeres no ven por mí y a duras penas me traen a mal traer... Las criaturas lloran de hambre y yo no puedo con ellas...

Me fui a ayudarle a Regina. Esa familia abusaba de mí porque así es la vida. Adelina andaba con su militar y Luisa con los que se pepenaba en el café. Las dos salieron muy güilas nomás buscando con quién... A las niñas yo les daba de comer y las bañaba a jicaradas de agua tibia.

Adelina quitó el negocio porque se dedicó a cumplirle al militar. El guacho le dijo que no le convenía a él que ella siguiera en eso porque quería tenerla en su casa sin jaleos de ninguna especie. Allí se instalaron todos a vivir: la abuela, mi tío Tomás, mi tía Adelina, las niñas de Luisa y a ratos el militar que hacía mucho ruido con las botas.

Crié a las niñas de Luisa pero en varios tiempos, así salteado, porque no dejaba de irme a la bola cada vez que me avisaban:

—Ya nos vamos a Colima... Ya a los cristeros les andan bendiciendo las armas... Dicen que ahora sí, nos vamos a llevar un cañón.

Me iba. Pero no estaba permanente con los soldados ni permanente en mi casa. En una de esas regresadas a la casa me dijo Adelina:

—Oye, Jesusa, el policía debe meses de renta y no los ha querido pagar. Desde que te fuiste nomás se ha dedicado a abusar.

Ellas me buscaban a mí porque sabían que sólo yo podía defenderlas, ellas no tenían tanates. Yo fui maleta, pues, desde muy joven, a mí los hombres me las pelan de tunas. Reconozco que hay algunos que son valientes, pero yo casi me he topado con puros coyones. Con todo y lo vieja que estoy, todavía no me dejo de los hombres.

Luego bajé y le dije a la tortillera:

—Dice la señora Adelina que no le han querido pagar la renta y están muy endrogados con ella.

—Pues no, no hemos tenido, por eso no hemos pagado.

—Mire, lo que no tienen es voluntad de pagar porque el señor gana su sueldo. Él de cuico y usted de tortillera y dizque no les alcanza...

—Palabra, estamos muy comprometidos.

—Yo no creo que su señor esté trabajando en el Gobierno Federal de balde y luego a usted ¿no le dejan nada las tortillas? ¿Qué hace con el dinero, si me permite la pregunta?

—Es que estoy juntando para pagarle a una que me ayude porque ya me cansé de tanto aplaudir...

—¡Ah, pues qué puntada! Entonces le vamos a regalar la renta para que usted no se canse de las manitas...

—Pues cuando venga mi marido, arréglese con él. A mí me dijo que él pagaba cuando pudiera y que yo guarde lo de las gordas.

Y se me puso muy altanera. Era de esas gentes que como son mujeres de policías se creen que tienen el palo y el mando y se cogen lo que les conviene. Hasta la

fecha son muy rateros los gendarmes. Son más sinvergüenzas que los rateros porque ni siquiera exponen su
vida y no hay quien se los lleve presos, ni modo que
unos a otros. La gente, con tal de que no se la lleven, le
da a los policías todo lo que piden. ¡Bandidos!

La tortillera le avisó a su carranclán que yo le había
ido a reclamar y llegó el policía muy tigre a pelearse con
mi familia, con la abuela, con la tía porque creía que estaban solas. ¡Uy! Y se creyó muy garganta porque andaba
uniformado. Y que se nos sube para arriba. Iba echando
rayos y centellas y entonces me dice mi abuela:

—¡Ya viene el policía a desquitarse con nosotros
porque la mujer no quiso pagarnos la renta!

—Bueno, pa pronto es tarde.

Y me paré en la puerta. Venía bien borracho.

—¡Viejas tales por cuales!

Y se soltó con ganas diciendo barbaridad y media.

—Pues lo de tal por cual lo será usted. Además, yo
no lo reconozco a usted ni tengo por qué hablarle. Yo no
traté con usted sino con su mujer.

Entonces me grita:

—Me la voy a llevar.

—Pues si puede, hágale la lucha.

Quiso jalarme y entonces le metí una zancadilla y
se fue rodando por la escalera. Se atrancó en el descanso
y allí me le fui encima a cachetadas y a mordidas. Le
bajé los pantalones, que me agacho y que me le cuelgo
del racimo. ¡Daba unos gritos! Al final lo aventé después de darle una buena retorcida. El tecolote ya ni ale-
teaba, lo único que quería era que yo lo soltara. Se fue
corriendo, tapándose con los pedazos de chaqueta y
nos dejó la gorra de recuerdo con todo y número.

—¡Vaya y rájese! ¡Vaya y rájese porque yo no le
voy a dar la casa de balde! Se la renté pero no para que
se coja el dinero. Ándele, vaya y rájese y verá a cómo
nos toca...

Ya desde la calle me gritó:

—Ahorita verás cómo te levanto una acta para venirte a sacar, a ti y a toda tu raza.

—Pues sáqueme si puede. Y tráigame muchas actas porque necesito papel del excusado.

La abuela se asustó:

—¿Qué le hicistes? ¡Mira nomás lo que hicistes! ¡Ahora sí que te va a llevar a la cárcel!

—Pues qué más da. Ya le di sus cates y para sus aguacates.

Por las dudas me fui para la Piedad porque en ese pueblo estaba un destacamento en que había cristeros, hágame el favor, bueno, de los que todavía se sentían cristeros y no eran más que bandidos. Más bien eran campesinos muertos de hambre que agarraron de leva. Ellos ya no sabían para dónde tirarle. Aquello era un merequetengue. Ya después les pusieron su numeración por parte del gobierno y formaron el Segundo Regimiento de Artillería. Ya sabía yo que estaban en el pueblo de la Piedad porque no dejaba de visitar a los soldados. Iba a verlos a cada rato y en la Secretaría de Guerra me daban pases para irme con ellos y alcanzarlos. Aquella vez duramos como veinte días en unos llanos que están para el lado de la carretera de Puebla esperando a que nos dieran el toque de salida. Yo ya no quise regresar a mi casa, no por miedo del policía sino porque pensé: «¡Cualquier rato salen del cuartel a deshoras de la noche y yo dormida en mi cuarto...!» De los llanos nos llevaron para Oaxaca, el Segundo Regimiento de Artillería. Yo me largué con la señora comidera de la Corporación.

21

Oaxaca de plano es un rancho. No puedo decir que sea una gran cosa. Es un rancho feo. Eso sí, tiene su zócalo; como la Catedral de aquí, así es la catedral de allá. A mí no me llama la atención, pues aunque dicen que es una ciudad bonita, la gente que no conoce a Dios a cualquier palo se le arrodilla. Pero como, yo he ido a otras partes, sé distinguir y para mí es un cerro y las casas están trepadas arriba, como cabras engarruñadas, para no despeñarse. A lo mejor han tirado los cerros y todo está aplanado, pero donde se fundó la ciudad capital de Oaxaca, era un cerro de guajes. Quién sabe cómo esté ahora porque no la veo desde el 1926, pero no debe estar mejor, porque en México las ciudades siempre se ponen peores. Las casas de allá son iguales a los jacales de por aquí. ¿Qué tiene de bonito este arrabal donde vivo? Las paredes todas descascaradas, sucias, viejas, y los árboles trespeleques, inmóviles, sin un viento que los cunee. En Oaxaca había árboles como los hay en cualquier parte, pero muy poquitos, por la sequedad. Más bien no supe, porque como a mí no me gustó salir a la calle, poco me asomaba a ver. ¿Qué iba a ver? A las ruinas nunca fui, ni se hablaba de eso. Además, allá no es como aquí en México que anda uno de pata de perro. En la época en que yo fui, la gente no se la pasaba de vaga en la calle; cuando muy noche, a las ocho todos estaban rejundidos en sus casas, así es de que ¿quién da razón del rancho aquél? Yo me encerraba en el cuarto que tenía alquilado. Vivía en una vecindad igual a ésta; cuarto aquí y cuarto allá y cuarto más allá, todos en hilera. Así es de que como no me crié allá no puedo darle mucho mérito ni alabarla, porque yo no tengo nada de oaxaqueña.

En la corporación del Segundo Regimiento de Artillería atendí a los soldados pero nunca viví en el cuartel. Les lavaba, les planchaba, les hacía las tortillas como ayudante de la señora comidera. Entre los soldados tuve muchos amigos y todavía tengo, nomás que no los voy a ver porque, en primer lugar, ya estoy vieja y ¿qué judas voy a hacer con ellos?, y en segundo lugar ya no hay militares. Se acabaron los soldados. ¡Quién sabe cuántos años hace que el Segundo Regimiento de Artillería salió para la Huasteca Potosina y no sé qué habrá pasado con él! Pero si llegara a haber una revolución y se ofreciera, yo me iba a la guerra. Todavía tengo ganas de volver a las andadas.

El Puerto de Cádiz era una tienda de una cuadra de grande en la que almacenaban café, azúcar, frijol. Había de todo, hasta tlapalería. Aquí ya se les afiguran tiendas los changarros donde va uno:

—Quiero tanto de esto o de aquello...

—Pues no hay...

Eso no es tienda. Esos son tendajones callejeros, dizque mixtos. Antiguamente los llamaban estanquillos pero ahora les dicen tiendas aunque no tengan ni qué despachar. Yo fui una vez a la tienda con la señora Santos, la comidera, para ayudarle con su mandado, cuando el tendero me preguntó que de dónde era.

—¿De dónde soy? Pues adivínele si tanto le importa.

—No, no me lo tome a mal, pero nosotros la desconocemos porque usted no habla como la gente de allá arriba.

—¿Dónde es arriba?

—Pues de donde es la señora Santitos y todos los demás fuereños que vinieron con la tropa... Por allá es arriba...

—¿Y aquí qué es?

—Pues aquí es abajo.

Le di por su lado al tendero, nomás por pasar el rato.

—¡Ah, pues entonces yo soy de arriba, con permiso de usted!

—No sea, no se haga... Usted es abajeña... De veras, diga usted de dónde es...

—Pues de plano no sé de dónde soy.

—No, pues la mera verdad, según como habla no parece de allá arriba, parece más bien de acá más abajo.

Me puse a pensar, bueno, pues ¿en qué me conoce que soy de ellos? Yo tengo muchos años fuera del Estado. ¿Cómo sabe?

—Pues usted anda cerca, pero soy de más lejos...

Y me reí. Entretanto, ya había salido la mujer del tendero, se recargó en el mostrador y me dice:

—Bueno, pues, ¿qué le cuesta decirnos que es usted oaxaqueña?

—No, no soy oaxaqueña.

Yo ya no daba pie con bola, si decirles que sí o que no. Soy muy desconfiada y además me había venido de huida por lo del policía que me iba a meter presa. Entonces voltea conmigo la señora Santos:

—¿Por qué no les dices?

—Porque no. ¿Qué les interesa saber lo que no?

Y de veras ¿qué le importaba al tendero que yo fuera de abajo? Ni él se ganaba nada ni yo tampoco. Al fin de cuentas, yo no tengo patria. Soy como los húngaros:

de ninguna parte. No me siento mejicana ni reconozco a los mejicanos. Aquí no existe más que pura conveniencia y puro interés. Si yo tuviera dinero y bienes, sería mejicana, pero como soy pcor que la basura, pues no soy nada. Soy basura a la que el perro le echa una miada y sigue adelante. Viene el aire y se la lleva y se acabó todo... Soy basura porque no puedo ser otra cosa. Yo nunca he servido para nada. Toda mi vida he sido el mismo microbio que ve... Cuando quedé sola, mi intención era volver a mi tierra. Hubiera vivido mejor en Salina Cruz o en Tehuantepec y habría visto a mi madrastra, pero pasaron los años y nunca pude juntar para el transporte. Ahora menos. Ya estoy más vieja y menos puedo, pero ésa era toda mi ilusión, porque yo he estado en bastantes partes y donde más he sufrido es aquí en la capital. Aquí se me ha dificultado mucho la vividera. Pero no estoy triste, no. Al contrario, vivo alegre. Así es la vida, vivir alegre. Y ya. Vive uno. A pasar. Porque no puede uno correr. ¡Ojalá y pudiera uno correr para que se acabara más pronto la caminata! Pero tiene uno que ir al paso como Dios disponga, siguiendo a la procesión.

Entonces empezó otra vez el tendero:

—¿Sabe por qué le estamos preguntando? Porque usted le da un parecido a una familia de aquí.

—A ver, barájemela más despacio...

Yo quería picarle a ver si él me daba el norte o qué, pero entonces se metió Santos:

—Sí, señor, ella es de Oaxaca.

Entonces le tuve que decir:

—Pues, mire, señor, si tanto está usted insistiendo yo soy de un rancho...

—¿Y cómo se llama el rancho?

—Miahuatlán...

Entonces me dice:

—No es rancho, es distrito de aquí de la capital y de

allá conozco a una familia que se llama Palancares, el padre fue regidor del mercado...

—¡Ah, vaya! ¿Usted lo conoce?

—Sí —dice el tendero—. ¿Y usted?

Y quieras que no, les tuve que decir:

—Pues yo soy nacida en Miahuatlán y mis padres son Felipe Palancares y María Hernández.

—Yo le voy a avisar al señor Palancares, don Cleofas que es amigo mío, que usted es de su familia...

Se ocupó en andarse informando y al día siguiente que fui yo a la tienda, me dice:

—Sí, son sus familiares. Quieren conocerla. Aquí le traigo el domicilio...

Cuando entré a la casa del tío Palancares nadie estaba con él, ni una mujer, ni nada. Era una casa grande, antigua, con un corredor y su patio cercado de macetas. Allí en el corredor fue donde me recibió:

—¿Qué tú eres Jesusa Palancares?

—Sí, señor, yo soy. Soy Jesusa Palancares, la hija de Felipe Palancares...

Mi tío ya era un viejo gruñón igual que yo ahora, de regular estatura, ni alto ni chaparro, ni gordo ni flaco pero ya viejo, era el hermano mayor de mi papá. Tenía su voz gruesa. En vez de contestarme el saludo, ¿sabe con qué me salió?

—¡Ah, pues si eres de mi familia, a mal tiempo vienes porque todo lo que le correspondía a tu padre se perdió! ¡Todo se lo llevaron los del gobierno cuando vino la revolución!

—¿A mal tiempo? ¿Por qué, señor? Yo no vengo a ningún tiempo. Usted dijo que quería conocerme y a eso vine, a conocerlo y a que usted me conociera... Soy hija de Felipe Palancares y de María Hernández...

A mí me dio coraje. Creí que iba a saludarme: «Buenas tardes», y yo contestarle: «Buenas las tiene usted», pero al verlo tan tirante, le dije:

—¡No he venido por ningunos bienes, vengo porque usted dice que es hermano de mi padre, pero casi no le creo porque mi padre nunca nos habló de usted!

Siguió columpiándose en la mecedora. Se me subió más la muina y le dije:

—Mi padre me crió pobre y pobre sigo siendo y hasta que me muera seguiré siendo pobre. ¿Para qué quiero herencia? No tengo ni a quién dejársela...

Él se quedó callado. Después se amainó y me dijo que volviera de visita. Le respondí que no tenía tiempo para visitas, que yo estaba trabajando y que era lo único que me interesaba, porque de eso me mantenía:

—Vine porque usted me mandó llamar pero no soy una muerta de hambre. Desde que mi padre nos faltó, he trabajado para sostenerme. Aquí y en todas partes. ¿Que vengo con la tropa? Pues sí, porque como mi padre fue gente de tropa, yo quiero mucho a los soldados y los sigo. Pero no crea que ando de soldadera. Una cosa es andar en campaña y otra en compaña.

Con esa plática comprobé que mis abuelos tuvieron bienes. Como quien dice el tío me los nombró. Por ese argüende de que había ido a mal tiempo, me di cuenta de que algo tenía que heredar porque si no ¿por qué tanto temor? Para toda reclamación se necesita un comprobante. Sin eso no se arregla nada. Como yo salí tan chica de Miahuatlán ¿con qué comprobaba que era yo de allá? Aunque todos me reconocieran por la cara que yo era de la familia Palancares no había ninguna acta de nacimiento ni nada. ¡Por la cara! Pero eso no se vale... Es como si el perro se pareciera a mí, pues se parece y ya. El perro y yo; qué curioso; dos perros que se van corretiando por allí sin rumbo, y que se husmean como diciendo: me hueles a perra. Pero entre hombres lo que cuenta son los papeles. Además si mi padre que debió reclamar no lo hizo, menos yo que tenía veinticuatro años cuando regresé a Oaxaca y nunca dije:

«Esta boca es mía.» Me dio coraje, pero ¿para qué pelear lo que nunca tuve y ni siquiera conocí? Y en fin de cuentas ¿para qué quería yo las tierras? Ni modo que me quedara allí de labradora.

El tío no me ofreció ni un vaso de agua, ni los demás familiares que fueron asomándose cuando vieron que ya me iba. Pensé: «¿Qué jijos estoy haciendo aquí?»

—Con permiso de ustedes, me retiro. Vine porque el señor de la casa dijo que quería conocerme. Ya me conoció, yo también lo conocí y en eso quedamos. Si usted es mi tío, bueno, y si no, para mí es igual.

Y ojos que te vieron ir.

Mi abuela era india y mi abuelo francés. Me afiguro que un Palancares se quedó en Oaxaca cuando vino de soldado con los franceses y de tarugo se volvía a su tierra si aquí encontró de qué mantenerse. Ha de haber desertado, me hago la imaginación, y creo que era algún peón de allá en la Francia, y pensó: «¡Aquí hay de donde hacerme de buenas tierras!» Y como era un hombre que tenía hombría se puso a cultivar primero sus pedacitos de tierra a medias con otro campesino; le prestaban los terrenos y él los sembraba, y como sabía trabajar, se apuraba más, le ganó al otro. Hombre prevenido vale por dos. Cuando llegaba la temporada de secas le entraba duro a la talacha y a su mujer le enseñó a hacer quesos de leche de cabra, de tuna, mantequilla, jocoque, qué sé yo viejito ocurrente. En las mañanas le decía a la mujer:

—Ya me voy, vieja... En la noche, si no has terminado, allá te las hayas...

Oía yo platicar a mi papá que entonces había muchos terrenos y como eran regalados ¿quién no se hizo de tierras? Todavía en el Defe, en 1915, los baldíos de por Narvarte se vendían a dos centavos el metro. Ahora cuestan peso sobre peso pero antes eran una ganga. Contaba mi papá que a cada terreno de Miahuatlán le entraba una carga de maíz; que son dos costales bien abultados, uno a cada lado del animal. Así es que eran terrenos grandes para tanto maíz. Y el abuelo pastoreaba mucho ganado pinto, ese negro con blanco, muchas vacas y bueyes... Siempre decía el abuelo:

—Hay que hacer provisiones para el invierno...

Conservaba el grano. Hizo una troje... Luego salía y miraba el cielo:

—Que se me hace que no va a llover...

Y se ponía a resanar los agujeros del techo. Todo lo adivinaba, nomás con alzar la vista y encapotarse los ojos con la mano:

—Ahora sí va a llover y mucho... Ya viene el agua bajando.

De ese francés y de una india de acá de mi tierra vino mi papá. Mi papá era blanco con su barba cerrada y tenía sobre su pecho una cruz de pelo, y su barba grande muy negra y china, y sus cabellos chinos, quebradita su cabeza. Mi mamá era chaparrita y mi papá muy alto como de un metro sesenta; en las noches, mi papá se ponía a platicar de las tierras, a recordar junto al fogón, y yo le oía, mientras volteaba las tortillas.

Antiguamente se acostumbraba que las hijas se fueran a vivir con sus suegros. De todos los hermanos no se había casado ninguno más que mi papá y la única mujer que había en la casa era mi mamá. Cuidaba a mi abuelo, le daba sus alimentos a sus horas, le tenía su ropa y lo atendía muy bien como si hubiera sido su padre. Entonces nos estaba criando a los cuatro chiquillos: a Petra y Efrén que eran los más grandes y a Emiliano y a mí. Pero mi mamá se daba mañas para hacerle al abuelo alguna guzguería que se le antojara. Y él se fue aquerenciando más y más. Hasta que un día les dijo a sus otros hijos que todo lo que había en la casa, las tierras y la semilla, todo era de su hija, ahora mi madre. Claro que los hermanos solteros empezaron a aborrecer a mi papá.

—¡No! ¿Por qué? Si nosotros trabajamos. ¿Por qué ha de ser la única dueña de las cosas? ¿La cuñada? ¿Nomás porque lo saca a calentar al sol? Si ya ni el sol lo calienta. ¡Apenas se muera mi papá la echamos a la calle!

Ya muerto el papá, mi mamá no tendría derecho de reclamar nada. Eso me imagino que pensaron mis tíos, sobre todo el que me hizo tan mal recibimiento. Cuando andaban juntando la cosecha acapararon entre todos sus hermanos a mi papá, se lo llevaron al monte y por allá se le echaron encima. Entonces mi papá les dijo:

—¿Por qué me van a matar? ¿Yo qué les he hecho? ¡Yo no sé nada, hermanos!

—¡Tú te has apoderado de todo!

—¡No tienen ningún derecho de quitarme la vida porque nada de lo que hay aquí es mío!

—¡Te vas a quedar con todo! Por eso te vamos a matar.

—Pues conmigo no pelean porque ahorita mismo me voy. Yo trabajo, pero no porque sean mías estas tierras... Desde el momento en que me casé, ya no pertenezco a mi padre, pero si ustedes tienen envidia, les prometo anochecer y no amanecer aquí.

—¡A tu mujer le van a dar las tierras!

—Ustedes han visto que todo lo que he hecho en mis años de casado es este par de burros. Ése es todo mi capital: dos burros manaderos. Y vaya trabajo que me ha costado conseguirlos.

—¡La María es la dueña de todo!

—Lo que dice mi papá a mí no me importa. A mí déjenme la vida. Yo me voy y ustedes hacen el averiguamiento.

Estaba recién levantada mi mamá, todavía no cumplía los cuarenta días ni la había llevado al temazcal, cuando llegó mi papá del monte y le dijo:

—Recoge las hilachitas y cállate la boca.

Agarró sus burros manaderos de éstos que les montan a las yeguas y les puso unos canastos. En uno acomodó a mi hermano Emiliano y en el otro me metió a mí. En el otro burro amarró el metate, unas ollas para que mi mamá hiciera de comer en el camino, y algunos tiliches y eso fue todo lo que se llevó. Mis dos hermanos grandecitos se fueron andando y también mi mamá con el recién nacido en su rebozo.

Mi papá cortó por toda la sierra y llegamos hasta el Istmo de Tehuantepec, que es el lugar que yo conozco como mi tierra. Mi mamá cargó al niño muerto hasta que llegamos al Istmo y allí lo enterramos. Ya apestaba el pobrecito. No supimos ni a qué horas se murió. De la asoleada, de los ajigolones, del polvo digo yo, pues estaba tan chiquito que se fue quedando frío. Ésa fue la vida que tuvo y esa muerte la cargarán mis tíos porque la criatura no tenía ni cuarenta días de nacida.

Mi papá estaba trabajando en el terraplén del ferrocarril del Istmo cuando llegó un propio con una carta de sus hermanos. Aunque lo odiaban sabían que forzosamente debía estar en Tehuantepec porque para el otro lado es serranía. Le pagaron al mensajero para que lo buscara en todos los pueblos. Contó que fue a dar hasta San Mateo del Mar que está rete retirado y es de pura arena. Le entregó la carta y esa misma noche salieron los dos a caballo. Llegaron a Miahuatlán y encontraron a mi abuelo moribundo. Mi papá no habló con ninguno de sus hermanos; al rato el viejo ya estaba tendido. Al otro día lo enterraron y en el camposanto mi papá se despidió al amanecer de todos los que lo acompañaron, y se vino a mi tierra, sin esperar el novenario. Le dijo a mi mamá que ella hiciera otro para aquel hombre que la quiso más que a sus propios hijos.

Yo creo que mi abuelo murió de pura tristeza porque se le desapareció mi madre. Y los hermanos se quedaron con todo, tal y como me lo dio a entender el Regidor del Mercado, mi tío Cleofas. Por eso no quiero saber nada de los Palancares aunque así me llame, ni que ellos sepan de mí hasta que desaparezcamos de la faz de la tierra.

Todos esos hermanos Palancares estaban criados a lo indio, todos en montón y a cuál más de mala entraña. Lo digo porque alcancé a ver uno de ellos. Tenía yo como cinco años cuando llegó el tío ése, muy feo por cierto. Bueno, yo lo vi feo porque venía con guaraches y calzón blanco. Traía sombrero de soyate. Yo lo vi muy raro; con su cobija terciada en el hombro y muy mal encachado:

—Yo soy tu tío Margarito...

Le tendieron un petate y lo acostaron. Venía enfermo. Como pudo caminó hasta la Mixtequilla porque dijo que venía a morir en poder de mi padre, que siquiera él le daría un trago de agua. Duró como unos tres o cuatro meses, y se murió de una muerte fea. Ahora que estoy grande me hago la imaginación: ¿qué le harían a mi tío que se golpeaba en las paredes? Cuando le entraba la enfermedad grave se tiraba al suelo y acostado se golpeaba rodando por toda la casa. ¡Sólo Dios sabe qué enfermedad era que caminaba acostado boca arriba pegándose de lomito como una culebra al revés! Y ni quien lo detuviera porque no quería que lo tocaran hasta que se quedaba como apaciguado y sin alientos. De allí lo levantaban mi papá y mi mamá y lo acostaban en su tule. Mi papá nos había hecho unos catres de varas pero él no tenía más que su petate. Y se quedaba agotado por completo. Yo ahora que estoy grande y pienso malos pensamientos digo que algún daño le hicieron al pobre hombre; algo le dieron sus hermanos para que se muriera; un daño, un perjuicio para volverlo idiota, el toloache o la veintiuna, quién sabe. Ya de por sí era tembeleque; no se parecía ni tantito a mi papá, sano y bien dado. ¡Sabe Dios, pero yo no creo que mi tío se diera tantos cabezazos por la buena! Mi mamá le hervía yerbas de las que usan los indios, pero por más yerbas que tomó no pudo echar los malos espíritus. Se puso más grave hasta que murió. Mi mamá quemó todas sus cosas, el sarape, el petate porque dijo que no sabía qué mal traería y no nos lo fuera a pegar. Todo esto me lo contaba mi papá en las noches, cuando ya se puso el sol. Prendía despacito un cigarro de hoja y me decía: «Mira, para que no comas olvido...»

En Oaxaca yo le lavaba y le planchaba la ropa a un señor grande: el capitán García de la Corporación de Artillería, y un día me dijo:

—A mí me toca la vigilancia ahora y me dieron dos boletos para ir a los toros. Aquí está su boleto, y otro para el escuincle que la acompañe y no vaya sola de loca...

Como a él le tocaba cuidar la escolta de resguardo el capitán García me mandó a un chiquillo hijo de una de las galletas que andaban en la tropa. A la salida de los toros, venía yo adelante con el chamaco platicando y al atravesar el parque, que me alcanza un militar, que me jala del brazo y me da la vuelta. Al voltearme hacia él me atrancó la pistola en el estómago, así a boca de jarro, sin más preguntarme nada. En ese impulso se le enredó la pistola en las barbas del rebozo. Sólo Dios sabe cómo se le atoró porque jalaba y jalaba y en la lucha aquella de querer sacar la pistola se me queda mirando:

—¡Dispénseme, señora, yo creí que era mi mujer!

—¿Cómo? ¿Quién cree que soy, jijo de la jijurria?

Cuando oí el balazo, porque se disparó la pistola en ese mismo instante, sentí que crecía, como que me estiraron para arriba. Lo agarré de la cintura, del pantalón, y tuve tanta fuerza que lo arrastré media cuadra, hasta la esquina y allí se abrazó de un poste:

—¡Máteme, señora, máteme aquí pero yo no camino! —Y agachó la cabeza—. No camino, señora, máteme aquí. ¡De aquí no me suelto!

¿Con qué lo mataba si no traía nada en las manos? Él jalaba el rebozo para ver si podía desatar la pistola y asegundarme el balazo, pero lo agarré del saco y lo seguí guanteando. Algo ha de haber visto en mí donde le dio miedo porque no creo que por mucha fuerza que yo hubiera tenido pudiera cargármelo y cachetearlo como lo hice. Él no ponía resistencia; no tenía fuerza cual ninguna, como que se le acabaron las energías, bajó las manos y yo con más entusiasmo lo golpié:

—¡Voy a enseñarlo a ser hombre!

Yo trataba de sacármelo a la orilla y si logro llevármelo donde no dieran razón de él, lo ahorco. Bueno, así era mi pensamiento... La gente me empezó a rodear, la bola de gente:

—¡Déjelo ya, hombre, déjelo, ya ve que se ha dado, ya no lo golpee!

—¡Qué déjelo ni qué déjelo! No se anden metiendo porque no respondo... ¡Me matará él también y todo, pero le voy a dar su con qué!

El muchachito se espantó, corrió y le fue a avisar al capitán García. Todavía estaba yo encima del hombre cuando llegó la escolta.

—¡Por favor —dice el hombre—, quítenmela porque no puedo defenderme!

—¡Déjelo, señora! ¡Déjelo!, ¿qué no ve que anda perdido?

El capitán García me lo quitó a la fuerza y le dijo:

—No nomás porque anda usted de celoso va a balacear a cualquier mujer. Primero fíjese.

—No, pues, mi capitán, dispense usted. Es que la

confundí por el chamaco que trae... Así anda mi mujer, con un chamaco de la edad del suyo...

Luego volteó conmigo el capitán García:

—¡Anda, vete para tu casa, córrele!

La bala que me pasó a mí fue a dar entre los adobes de la barda del cuartel.

Como a mí no me dolía nada ni sentí nada, pues no me hice caso. Hasta el otro día, a la hora de vestirme, voy viendo que el último camisón, el de hasta abajo que va pegado al cuerpo, estaba quemado. Me tenté el agujero, me busqué por todas partes a ver si no tenía nada y pensé: «Pues qué raro...» Nomás el puro camisón, la camisola que antes se usaba para no andar uno indecente, fue la única señal que Dios me concedió contemplar. Y lueguito se me ocurrió: «Nadie más que mi protector me salvó.» Por eso entiendo que yo no iba solita sino que el mundo espiritual estaba conmigo y me amarró la pistola en aquel instante en las barbas del rebozo. «Y ahora no sé dónde habrá aquí un lugar para comunicarme con él...» Les pregunté en la vecindad y una señora me dijo:

—¿Un oratorio espiritual? ¡Uy, es muy fácil! En la calle Fulana, hay un lugar donde hacen trabajos de ésos...

Fui al mercado, compré unas flores y una botella de aceite. La vecina me acompañó hasta la puerta del oratorio.

—Toque usted y aquí entra... Pregunta usted por el Hermano Loreto que es el guía del Oratorio...

Esa señora era espiritualista, pero nomás me fue a encaminar. Toqué y enseguida me recibieron los de la Hermandad. Al saludar me contestaron todos, de muy buen modo, porque según la educación que les dan los guías del templo, así se comportan. Y luego me dice uno de los hermanos:

—¿Usted es creyente?

—Sí. Deseo hablar con el Hermano Loretito.

—Bueno, nomás que ahorita hay una comunicación particular.

Desde el momento en que entré me gustó el templo. Luego, luego sentí y reconocí aquel oratorio. Había un solo candelero con tres ceras prendidas, y cuando vi yo el triángulo de luz me agradó el lugar. Pensé: «Sí, es efectivo.» Eran como las diez de la mañana y ya estaban trabajando. Luego se me quedó mirando un joven y me dice:

—¿Qué deseaba?

—Quiero hablarle al padre Manuel Antonio Mesmer.

—Un momentito, nomás que termine la curación, le hablo al Hermano Loreto que haga la caridad de llamarlo...

Me tocó ser de las últimas porque la cola era muy grande. En la Obra Espiritual no le llaman cola, sino cadena. Nos formábamos a la derecha en una piececita cuadrada y salíamos por la izquierda. Dentro de la envoltura humana del Hermano Loreto trabajaba el doctor Charcot. Era un médico extranjero no me acuerdo de qué nación, si de Alemania o de Francia; creo más bien que de Francia. Hablaba en su idioma. He visto al doctor Charcot cuando baja a trabajar en estas carnes indias como las mías y trabaja divinamente. Es un hombre de primera amasajando; un ser espiritual muy elevado. Toma una carne corriente como la mía, la amasaja y habla tal como fue en vida. En las carnes indias habla en francés y yo le entiendo, de veras le entiendo... Es un doctor que cuando se presenta les da reconocimiento a sus enfermos y les receta igual como si estuviera en vida. No ha muerto ni morirá nunca; murió su carne pero sigue viviendo en el espacio como viven todos los espíritus. Así es de que uno lo llama y nunca tarda en venir.

Ya de mucho rato, el Hermano Loreto me dirigió la palabra:

—Hermana que por primera vez te presentas a este lugar, bienvenida seas a la fuente de la gracia... Hermana que vemos hoy en este santo y bendito oratorio, en el nombre del Todopoderoso, yo te saludo.

Entonces le contesté:

—Hermano, en ese mismo nombre te devuelvo el saludo.

Me dice:

—¿Vienes a una consulta particular?

—Hermano, yo deseo únicamente hablar con mi Ser protector.

—¿Y cuál es el nombre de tu protector para llamarlo?

—Te pido por caridad que me concedas ver a Manuel Antonio Mesmer.

Me dice:

—Voy a mandarlo buscar... Espera y aguarda...

Los seres espirituales andan en todas partes; en todo lugar tienen una envoltura humana dispuesta a recibirlos para repartir la caridad. Están curando al mismo tiempo en China, en Londres y aquí en México... Como estaba trabajando el doctor Charcot a través del Hermano Loreto, él mismo me hizo el favor de llamar a Manuel Antonio Mesmer. Como los dos son paisanos, el doctor Charcot me dijo que mi padre Mesmer era un Ser muy venerado, el doctor de los enfermos, y que estaba en otro continente trabajando, pero que iban a enviar un mensajero para buscarlo:

—No temas, hermana, dentro de unos minutos viene mi hermano espiritual.

Luego se retiró:

—Hermana, me despido porque desde este momento va a hacerse cargo de ti tu protector y te felicito porque estás en muy buenas manos.

En eso se va el doctor Charcot, deja la envoltura y ¡ay! cuando llegó mi venerado Mesmer, en el momento en que tomó la carne sentí yo el escalofrío entre el corazón y la espalda. Al pasar mi protector lueguito lo reconocí en el instante de la penetración. Tiene un modo muy especial. Yo lo siento porque cuando llega me pone la mano en el pulmón y me hace así. ¡Uy, yo conozco muy bien quién es él! Entonces me dice, con su modo de hablar, porque cada Ser tiene su modito:

—En el nombre de Dios Todopoderoso yo te saludo, hermana...

—En ese nombre te contesto, Padre mío. Vine únicamente a darte las infinitas gracias porque me hiciste la caridad de ayudarme ayer...

—Niña, la hoja del árbol jamás es movida sin la voluntad de Dios. Tú te viste en ese precipicio pero como no era la voluntad del Eterno Padre, nada te pudo pasar. Así es de que sana y salva saldrás porque ésa es la merced de Nuestro Dios y Señor... No temas, que yo velando estoy por ti porque grande es la responsabilidad que mi Dios y Señor me ha confiado contigo. No estás sola aunque así lo sientas a veces.

—Está bien, Padre... Está bien, Padre mío...

Me quedé admirada porque ¿cómo sabía aquel hermano Loreto que trataron de matarme? ¿Cómo podía saber aquella envoltura por donde estaba hablando Manuel Antonio Mesmer si no me conocía a mí? Porque el Ser hablaba por su boca... También me hizo ver que la señal del fuego en mi camisola manifestaba una protección invisible. Así que no estaba yo desamparada. Y ya entonces comprendí que no era la primera vez que Él había velado por mí, porque Pedro hizo el intento de matarme varias veces y nunca se le concedió. Así es de que me puse a pensar que ya desde mi nacimiento mi protector anda cuidándome...

Ya que di las gracias, mejor me retiré. Y yo, como siempre fui ignorante no me atreví a volver a ese templo oaxaqueño.

A los pocos días fui al mercado y tuve otro pleito. Me agarré con una placera. Iba a comprar un plato blanco de esos corrientes y le pregunté cuánto. Me quería cobrar no sé si un peso o uno cincuenta y en esa época esos platos eran de a veinticinco, de a treinta centavos cuando mucho...

—No —le dije—, si no los vale... Pues ¿qué es loza de China?

No sé cómo se le hizo fácil decirme que era una méndiga soldadera con trastes de barro y de peltre. Le contesté todavía muy calmada:

—¡Fíjese lo que me está diciendo, porque quizá sea usted más méndiga que yo, robando a los que se dejan de mercado en mercado, mientras que a mí me mantiene el gobierno con sueldo de capitana! ¡Así es de que cuádrese y júnteme los talones!

—Aunque fuera generala ¿a poco cree que le voy a regalar mi loza, galleta de a tres por quinto?

—¡Ladrona! Cállese el hocico antes de que se lo rompa.

—¡Lástima de gobierno que gasta tanto dinero en putas como usted, señora de batallón...!

Como la ofensa me dolió mucho que agarro una pila de platos y se los empiezo a romper de a uno por uno en la cabeza. Luego me subí arriba del tendido y bailé la danza apache encima de la loza con quebrazón de trastes. Y allí nos agarramos. La dejé casi encuerada sobre su montón de tepalcates, hecha un santocristo.

Llegó el Regidor del Mercado y nos recopiló a las dos. Ya en la cárcel ella reclamaba a gritos el precio de los platos rotos. Y yo cerrada:

—No pago y no pago y no pago.

—Pues se quedará usted en la cárcel.

Y me quedé en la cárcel hasta que se cansaron de darme de comer de balde.

22

En esos días en que me encerraron, la Corporación del Segundo Regimiento de Artillería se vino a México porque iban a ser las elecciones de Plutarco Elías Calles y la tropa tenía que estar allá en la toma de posesión para darles su desaplaque a los desconformes. Los soldados me fueron a sacar de la cárcel pero en lo que estuve empacando todas mis cosas se fue el tren. Cuando llegué a la estación me dijo el guardagujas:

—El maquinista la estuvo esperando, pero ni modo.

Entonces me regresé al Detal para que me dieran un pase para un tren de carga más largo que la cuaresma. Sabe Dios cuándo íbamos a llegar.

Uno de los hombres que estaban allí en la sala también arreglando su pase, me echó una brava:

—¡Ah, pues yo me entretengo aquí por ustedes! Pero yo por mí me iría a pie.

—Si usted se va a pie yo le sigo los pasos a ver quién se raja primero. ¡Nomás no se vaya a quedar a medio camino! Sosténgame la hablada y nos vamos mañana mismo. Salimos a las cinco de la mañana, si no le es molesto.

Eran seis los que no habíamos alcanzado tren; dos

mujeres, el chamaco de doce años que me acompañó a los toros el día del fogonazo, el hombre que me echó la brava y un catrincito de panela y corbatita de mono que no quiso decirnos su nombre, hacía versos y estaba de parte de Vasconcelos. Todos éramos del mismo cuartel menos el catrín, y teníamos que trasladarnos a México porque ya había llegado el relevo de soldados a Oaxaca. Salimos a las cinco de la mañana y a los dos días ya se había cansado el hablador ése. No le entró bien a la andada. Se atravesó la vía y allí esperó el tren de carga y se vino de mosca, porque yo traía los papeles de todos, y era, como quien dice, la jefa. Después agarró una troca que se descompuso en el camino y acabó por llegar con unos arrieros que se lo trajeron de lástima.

Caminábamos partes por la vía y partes por el monte para ahorrarnos las curvas. Hacíamos paraje en cualquier pueblo, en la estación de ferrocarril. En Puebla todos empezaron con quejumbres: «Estamos empollando hambre...» Les dije yo a las mujeres y al catrín que ya iban muy cansados:

—Ya qué alegamos. Hicimos más de la mitad del camino. Vámonos derecho para México.

Cuando llegamos al Distrito Federal, la gente del Segundo Regimiento ya había salido para Tuyahualco y las mujeres y el chamaco se fueron tras de ellos. El catrín se largó a ver a Vasconcelos. Dije yo: «Ya no los sigo...» Sabía que mi abuela estaba enferma porque allá en la Corporación me leían las cartas y luego el capitán García me hizo el favor de contestarlas. Me escribieron que el policía desocupó la casa pero se fue sin pagar la renta. Supe que la familia se había cambiado del Tercer Callejón de Netzahualcóyotl a Pino Suárez 84, donde ahora hay un cine muy grande: el Cine Estrella. Aunque andaba yo lejos, les mandaba la renta de la casa y les pedí que me avisaran cómo estaba la abuela Reginita de sus males. Pensé: «Mejor que de vagamunda me quedo aquí en México.» Por eso ya no seguí en la Corporación. Llegué al Defe y lo primero que voy viendo es al famoso policía que subarrendaba la pieza en Netzahualcóyotl que fue causa de mi huida. Me lo encontré en Pino Suárez. «Aquí viene este condenado y yo lo voy a atajar.»

—Óigame, señor, dispense usted la pregunta, ¿no me hace favor de decirme dónde está la calle de José María Pino Suárez?

—Sí, aquí es donde estamos. Esta misma es la calle que usted anda buscando.

Me hice la taruga:

—¿Cómo?

—Que está usted pisando la calle de Pino Suárez.

Claro que yo lo sabía, nomás que quise ver si me conocía o se estaba haciendo. Me quedé con la duda hasta ahorita. Dije yo: «Pues aquí estás, policía. ¡Ya le gané...!» Y es que allá en Oaxaca durante el año que estuve, un dentista me puso un diente de oro. Me lo puso aquí enmedio. Vi que el policía no me conoció, me quité el casquillo y lo tiré. Si no estaba firmado. Y ya me vine para la vecindad con la abuela Reginita, las chiquillas y la tía Luisa.

—¡Qué bueno que ya veniste porque ya no aguanto a esta gente! ¡Luisa ha agarrado la sinvergüenzada y viene aquí con los hombres!

Luego que me vio la abuela, luego luego recaló conmigo. Me comenzó a contar toda la historia. Cuando terminaba en la cantina, Luisa se llevaba a los borrachos para seguir tomando y los metía al cuarto y la abuelita encamada no podía contradecir nada.

—¡Bueno, pues que venga ahora con sus tilcuates, a ver de a cómo nos toca! —le dije.

Y sí, en la noche se vino con un puño de borrachos, hombres y mujeres de la mala vida. Le puse el alto:

—¡No! Esta casa será muy pobre pero aquí no me mete usted pelados. ¿Qué no tiene respeto de su madre?

—¡Ay! Pero mira nomás qué delicada viniste de con la tropa.

—Sí, soy muy delicada, y muy con su permiso. Seré el vivo demonio pero sé respetar las casas y las personas. Me gusta bailar, tomar y pasearme con quien me dé mi gana pero no meter una manada de borrachos a donde no debo. ¿Cuándo me ha visto usted que yo venga aquí con mis amigos? ¡Y vaya que tengo muchos! Para dar y prestar. Además de eso, usted sabe muy bien que la casa está por mi cuenta, así es que yo la reconozco como mía, y se me salen todos ahora mismo.

Ya después quién sabe dónde harían ellos sus jolgorios, tal vez en el Río del Consulado. Pero a la casa no volvieron a entrar.

La abuelita era muy agradecida:

—Sólo tú eres la única que te acuerdas de mí porque estas mujeres no son capaces de darme un trago de agua.

Su hijo Tomás ahora mi tío Tomás, ése era como loco. Cuando se emborrachaba hacía desbarajuste y medio. ¡Y la pobre viejita allí sola! La vi tan viejita y tan abandonada que me quedé, pasara lo que pasara. Y sufrimos bastante, válgame Dios.

—¡Pobre mujer, está tan grande y ellos que verdaderamente son sus familiares no la atienden...! Porque yo, pues como que soy de la familia pero al fin y al cabo soy una endilgada.

Nomás que le seguí diciendo abuela y abuela hasta que al último la llamé madre. Ya fue cuando ella me dijo:

—Pues a ver si me entierras tú cuando me muera

porque estas mujeres me están matando de hambre y ni siquiera me van a llevar al panteón.

No duró ni seis meses. Todavía cuando llegué andaba andando y después ya no pudo dar paso. Luego me claridiaba a mí también porque así se ponen los viejos; de todo repelan. Cuando la vieron muy grave, sus hijos le tuvieron asco y ya no quisieron acercarse. Todos salieron buenos pal relajo. Las dos hijas, Adelina y María Luisa, andaban por allí levantando la pata con cualquiera y el Tomás borracho y en la pura vagancia. Así es de que yo tenía que darle a ella de comer en la boca de a poquito porque nadie quería hacerlo.

—¡Ah, no, eso sólo tú que tienes paciencia!

Así era su instinto de ellas. Ya es el instinto de cada persona. Yo digo que si esa gente no tiene consideración, ni por sus propios familiares, menos por los que no lo son. Así es de que cuando se murió la abuela, hice mi itacate:

—Miren —les dije a Luisa y a Adelina—, ya no hay nadie por quien yo los esté aguantando... Así es de que cada quien agarra su camino. Yo donde quiera quepo. Ya me voy...

En esos días pasé a la carpintería a ver a José Villa Medrano, el tapatío que me enseñó el trabajo del mueble austriaco. Era un señor grande de unos sesenta años. Parecía gringo, con la cabeza blanca, blanca y sus ojos azules. También era dueño de una peluquería y me dijo que se iba a radicar a Guadalajara, y que si yo quería, me traspasaba la peluquería con la condición de que le mandara los giros a Guadalajara. Así tratamos.

—Tiene casa atrás —me dice—, así es de que si quiere, allí hay donde dormir.

Era una peluquería bastante grande de ocho sillones. Había cinco peluqueros de planta y tres que llegaban nomás a echarse las palomas los días sábados y los domingos cuando entraba más gente. Como era una ca-

lle céntrica, 5 de Febrero número 113, y tenía un zaguán que daba a la calle, pasaba mucha clientela de ricos
y pobres. De todo iba. Les gustaba como pelaba un pe-
luquero y regresaban. A las ocho de la noche que cerrá-
bamos, los muchachos me entregaban la cuenta. En
realidad el negocio lo trabajaban ellos. A mí me daban
la mitad de lo que les correspondía; más o menos ganaban veinte pesos y me tocaban diez por cabeza. Entonces era el pelo tan barato que costaba cincuenta centavos el servicio doble; pelo y barba. Ahora cuesta como
seis pesos y eso en las peluquerías de segunda clase,
porque en las de primera vale más no meterse. Así es de
que los peluqueros ganan ahora muy bien. Nosotros le
subimos diez centavos al servicio para empezar: treinta
centavos la rasurada y treinta el pelo. Pero después fueron subiéndole y subiéndole hasta que ahora cortarse el
pelo cuesta un dolor de cabeza. Y de eso yo tengo la
culpa por los diez centavos que le subí al servicio para
ayudarle a los muchachos.

Yo no hacía nada. Como era la dueña, sólo cobraba. Para esto los oficiales tenían fichas de cada trabajo
que hacían; pelada o rasurada; eran fichas de distinto
color. Cuando terminaban a un cliente me decían:

—Pues fue servicio doble.

Y les daba dos fichas. Y según todas las que juntaban, como las ficheras del cabaret, era el dinero que habían ganado. Yo nomás dirigía:

—¿Cómo va todo?

—Pues ai...

—A ver, muchachos, ¿quién atiende a este señor
que trae mucha prisa?

En la noche guardaba los instrumentos; las tijeras
podadoras, los suavizadores, las navajas, los escarmenadores, las brochas y lo demás. Compraba el alcohol,
la loción, el jabón de afeitar, pero sobre todo el polvo
ése que les echan en los cachetes después de rasurarlos.

Al que pedía polvo especial se le ponía polvo y al que pedía talco, talco. Si tenían caspa, y querían una descaspada, también, pero era una monserga. Yo me aburría porque estaba, como quien dice, esclavizada. Todo el día tenía que andar al pendiente de los clientes. De lo que me daban los peluqueros era forzoso que sacara mis gastos y pagara la contribución, la renta, la luz, y mandarle el giro a Guadalajara a don José Villa Medrano.

Cuando me fui para 5 de Febrero, las chiquillas ojos de rendija, Margarita y Eugenia, me iban a ver allá. Y en una de ésas me dice la chiquilla grande:

—Mi mamá dice que nos va a pelar...

—Pues yo pelona aquí no te quiero... ¿Qué no las puede peinar tu mamá?

—Dice que se cansa de peinarnos y por eso nos va a pelar, para que no se nos suban los piojos.

La tía Luisa las peló y ellas ya no me volvieron a buscar. Ninguna de las dos volvió, seguro les dio vergüenza. Después supe que las regalaron. No faltaron vecinos que nos conocían y me encontraron en el mercado de San Lucas:

—La señora Concha tiene a las muchachas. ¿Qué no las quiere recoger?

—Yo no tengo ningún derecho. Si ellas quieren buscarme, pues que vengan a la peluquería y yo sabré defenderlas. Pero irme yo a meter a otra casa a sacarlas, eso sí que no.

Luisa le regaló las japonesitas a Concha la lavandera que nos lavó durante mucho tiempo en la casa de Netzahualcóyotl porque como el negocio era grande, teníamos criados. A mí me contaron que las chiquillas sufrían mucho con aquella mujer, pero no fui por ellas. Ahora me pesa. Después de dejarlas como bolas de billar las regaló como si fueran perritas. El japonés nunca las reclamó porque andaba fuera de México. Más tarde Luisa lo cortó y se fue con un militar para Tampico. Yo no la vi morir pero supe que allá quedó. Las chiquillas ya han de estar grandes. Ojalá y les vaya bien.

Traspasé la peluquería. Les dije a los muchachos:

—Ya no quiero negocios de pelos.

Y la vendí. Ni hablar del peluquín. Además, me tenía harta la moledera de los sindicatos. En otro tiempo estuve en varios sindicatos pero cuando vi que todos eran puros convenencieros les dije:

—Allí les dejo su arpa, ya no toco.

Estuve en el Sindicato de Carpinteros, en el de Peluqueros, en el de Cartón, en el de todas las fábricas en que trabajé. Entonces había más desorden o quién sabe, porque en el desfile del Primero de Mayo por lo regular me formaba con los carpinteros-ebanistas, pero luego me reclamaban los peluqueros para tener más gente y aquello era un puro desbarajuste. Me sacaban de una agrupación para llevarme a otra. Además nos empezaron a pedir dinero y entonces fue cuando ya no me gustó porque ganábamos bien poco y luego tener que rendirle al Sindicato, pues nomás no.

—No —les digo—, yo busco quien me mantenga, no a quien mantener.

Antes era bonita la vida de fabricanta. Antiguamente dando la una de la tarde salía uno a comer a su casa; se tomaba su sopa aguada, su arrocito, su guisado, hasta donde le alcanzaran las fuerzas. Ahora ya no, ya no se usa eso; con eso de los pinches sindicatos lo han arruinado a uno para todo. Si acaso salen los empleados, van a la carrera a comer tacos llenos de microbios, por allí a media calle entre la polvadera, en un montón de taquerías puercas. Con el Sindicato fregaron tanto al que puede como al que no puede. ¡No es chiste! ¡Ni siquiera le ayudan a uno! Al contrario, lo arruinan. Y no nomás arruinan a dos o tres; arruinan a todos los que se dejan, a todos los necesitados que no tienen más remedio que apechugar. ¡Al que no está sindicalizado no le dan trabajo, hágame favor! Así es de que ése se aguanta el hambre y si está sindicalizado, le sacan sus centavos: que cuota para esto y cuota para lo otro. Total: un desmadre. Y luego los discursos: «Compañero, en el acuerdo de la junta del pasado mes de octubre...», total otro desmadre. A mí que no me anden compañereando.

Antes se entraba a trabajar a las ocho de la mañana y salía uno en punto de las cuatro de la tarde. Entonces le tocaba al otro turno hasta las once de la noche. Y a las once de la noche salía ése y entraba otro. Y uno podía trabajar dos turnos, según su capacidad para sacar más centavos. Ahora ya no, ya nomás hay el puro turno de la mañana. Se están acabando al mismo tiempo el trabajo y los trabajadores. Así es de que yo ya no quise mantener a los holgazanes y les dije a los meros meros del Sindicato:

—Hasta aquí le paramos, señores secretarios del interior y de los acuerdos. Y usted, señor tesorero, despídase de mi cuota y búsquese otros miembros más majes que yo.

Y les presenté mi renuncia.

Un día, en la calle me encontré a Madalenita Servín:

—¿Qué ya vino? —me dijo.

—Sí, ya tengo mucho tiempo de estar aquí...

—Entonces ¿ya dejó la tropa?

—Pues por ahora sí, nomás que ya me anda por irme... Puse una peluquería.

—¡Válgame Dios!

—Y ahora ando buscando casa...

—Pues, ¿por qué no se viene al callejón donde yo vivo?

Madalenita era amiga mía, muy amiga, desde cuando anduve trabajando en las fábricas, nomás que la vine a reconocer hasta que llegué al Callejón de los Reyes. Tenía dos hijos, uno como de doce años y el otro de dieciséis, cartonero en la fábrica donde yo trabajé. La dejé de ver muchos años:

—Es que yo me fui a Cuernavaca, por eso. Se me acabó el trabajo del calzado porque escaseó el cuero y me fui para mi tierra. Todo lo vendí...

Madalenita era aparadora de calzado. Le llevaban los cortes de cuero a la vecindad y ella aparaba los zapatos. Armaba el choclo, tenía su máquina especial con agujas fuertes para coser cuero. Trabajaba en su casa para atender a sus hijos. A veces aparaba hasta tres docenas de zapatos al día. Además los ribeteaba, cosía el forro —porque antes se usaba forrar los zapatos, no que ahora hacen pura pacota—, y luego los cerraba en el talón y ya los dejaba listos para que el zapatero los ensuelara. Salían unos zapatos bien macizos con sus costuras fuertes.

—Nicanor pregunta mucho por usted...

Nicanor era su hijo, compañero en la fábrica donde trabajé.

—¿Qué cosa?

—Que Nicanor pregunta por usted...

—No tiene por qué andar preguntando. ¿Qué carajos pregunta?

—Nomás pregunta que cuándo viene a visitarnos... Me dice: «Si ves a Jesusa dile que se dé una vueltecita...»

Habráse visto...

Renté un cuarto en el callejón de San Antonio Abad, más bien, callejón de los Reyes y San Antonio Abad. Me llevé mis tiliches a esa vecindad y entonces conocí a unas amigas de Madalenita, a Sara Camacho, a mi comadre Victoria y su hija Sara la chiquilla (que le pusieron Sara por Sara Camacho), que después también fue mi comadre. Pagaba yo un cuarto grande con todo y cocina y los primeros tiempos Nicanor venía a pararse en la puerta a platicar conmigo, pero después cuando supe que iba a salir la Corporación, le dije que me iba a vivir a la colonia de la Garza para estar más cerca de los soldados y al pendiente de todo el movimiento.

—Si me quedo aquí no me entero de la hora en que salen y se van sin mí. ¡Ya me ha pasado! ¡Están en el cuartel del Chivatito, allí en Chapultepec, y la colonia de la Garza está luego a un lado!

Entonces este muchachito Nicanor se puso muy blanco y me dijo:

—Lárgate, Jesusa, y no vuelvas jamás.

Le dejé cuidando las cosas a Madalenita Servín...

En la colonia de la Garza viví como tres meses nomás esperando a que saliera la gente hasta que me avisaron que ya se iban rumbo a Tampico y luego de destacamento a San Luis Potosí, San Ciro y Ciudad del Maíz. Lástima que ahora ya no se organizan esos destacamentos como antes, ni salen regimientos ni se van corporaciones. ¡Si no, yo me volvería a ir a trabajar con la tropa! Antes eran soldados, ahora son puros fantoches, nomás salen en coche y los llevan a pasear. Ya van, ya vienen, sentados en coche, ¡ya no son tropa! De soldados nomás traen el disfraz. Antes los de a caballería ¡a caballo día y noche y los de infantería, a golpe de calcetín y con todas sus cosas cargadas! Ahora ya no. Ahora ya ni mujeres tienen. Ya no se las permiten en los cuarteles. Allí están en la escuela y ni parecen hombres, estudiando en el pizarrón que si avanzan o retroceden... Están metidos en sus cajas de cemento encimadas que les hicieron en un llano y allí mismo tienen el hospital porque casi siempre están enfermos por falta de ejercicio... Aunque tengan sus casas salen sólo el día de la semana que les toca descanso, como las criadas.

¿No ve que ni el presidente cuando sale a alguna parte lleva su Estado Mayor? Antes tenía sus guardias presidenciales que lo escoltaban y ahora ya ni eso, apenas si el 16 de Septiembre se dan una asomadita. Ahora si hay una guerra, pues se los escabechan y se los cenan y se los almuerzan y se los meriendan y se los comen bien comidos, porque ya no sirven los soldados mejicanos desde que se acabaron los trancazos. ¡Puro simulacro! ¡Puros tiros de salva! ¡Puro echarse en paracaídas! ¡Puro romperse el hocico unos con otros porque no hallan qué hacer!

Nomás le encargué mis cosas a Madalenita Servín, le dejé pagada la renta de tres meses a razón de doce pesos y gané mi camino. Como a nadie le tengo que rendir cuentas, nomás me salgo y adiós. Me voy por allí sin rumbo o por un camino que yo sola discurro. Así soy, hija de la mala vida, acostumbrada a ir de un lado a otro y a poner en cualquier parte los palos de mi sombrajo.

En Ciudad del Maíz, que ahora le dicen Ciudad Valles, puse una matanza de puercos. Compraba los puercos y ocupaba a dos muchachos que me ayudaban a matar, a acarrear agua, calentarla y todo eso. Yo mataba, destazaba y limpiaba.

Yo le he emprendido a todo lo que se me ha presentado. Vendía carne a la tropa y al pueblo; la cambiaba por maíz y frijol, haba y garbanzo. A los puercos necesita uno darles el cuchillazo en el mero corazón. Se les dobla la manita y allí donde apunta la pezuña, allí mero está el corazón y les clava uno el cuchillo. Sabiendo matar bien un puerco ni tiempo le da de chillar. Pero si no, para qué le cuento, se le revientan a uno los tímpanos. A mí me enseñó a matar Pedro cuando estuvimos en el norte. Al meterme de matancera tuve que comprar todos los útiles, báscula, cazos, cuchillos, pesas. Vendía yo carne cruda por kilos y el chicharrón lo freía en los cazos: chicharroncito dorado.

En el camino de San Luis Potosí a Ciudad Valles me encontré a un chiquillo. Era un niño grande como de diez años, de esos vagos que andan en la calle. Me dijo que si no le daba un quinto:

—¿Para qué quieres la limosna?

—Pues para comer... Ya tengo varios días que no como...

—¿Qué no tienes mamá?

—No.

—Si no tienes a nadie quien vea por ti, yo te recojo.

Se quedó silencio.

—¿Quieres vivir conmigo? Yo te recojo como hijo, yo te visto, yo te compro lo que necesites, nomás que tenemos que trabajar en la matanza...

—¿En la matanza? Pues sí, me voy con usted...

—Bueno, pero en mi poder no vas a andar de vago...

—Sí.

—Ándale pues, vamos a empezar.

Y fue de la manera que yo lo recogí. Ese muchacho se llamaba Rufino. Ya estaba grande. Era como todos los chiquillos. ¿Qué tienen de bonito? Son una calamidad andando. Pues a este muchacho lo puse en la carnicería. Cuando lo recogí andaba descalzo; le di de comer, lo vestí y le compré zapatos como si fuera mi hijo. Eso sí, no le daba su peseta porque todo lo que quería, lo tuvo. Aunque nada le faltaba, se hizo mañoso.

Como había sido un niño vago que tres días se está en una parte y otros tres en otra, ya tenía comezón. Rufino era vago de nacimiento. ¿Y quién se lo iba a quitar? Menos yo, que aunque era trabajadora siempre fui vagamunda. Rufino pues, era un niño de aquí para allá. Eso es lo único que podía ser, como esos perros sin dueño, que cortan calles y calles. Y por más que algunos tengan sus padres, nacen también para vagos y ni modo. En la carnicería un señor grande despachaba la carne y ayudaba en lo más pesado. El muchachito Rufino acarreaba agua, iba por la leña y ponía los cazos en la lumbre.

Mandaron una corporación para el Rancho del Guajolote y aunque la matriz se quedó en Ciudad Valle, salí yo para allá porque en esa sección iban todos los muchachos a los que yo les vendía carne, y como les fiaba tenía que seguirlos a donde les tocara para cobrarles. Por eso fuimos a dar al Rancho del Guajolote y compré reses; becerros de unos ocho o nueve meses para la matanza. Me puse a vender carne pero me fue mal porque cuando no les llegaban los haberes a los soldados no tenían con qué pagarme. Pedía yo el ganado a crédito, al realice. Conforme vendía la carne pagaba los animales. Pero no pude salvar. Liquidé las reses y dije: ya basta de drogas y de guajolotadas.

Allá en el Rancho del Guajolote tenía unos compadres de coronación, porque Pedro y yo coronamos hace mucho a un niño muerto, Refugio Galván. Cuando llegué al rancho estos mismos compadres, me pidieron que les bautizara en memoria del muerto a un hijo recién nacido. Pero en eso la Corporación recibió orden de salida y les dije que si ellos estaban conformes, llevaran el niño a Ciudad del Maíz porque allí en el rancho ya no podíamos hacer el bautizo. Estuvieron de acuerdo y doblamos el compadrazgo. Pero allá no tenían sus parientes, solitos, sin quien los acompañara y dije yo: «No es justo, hay que hacerle la bulla al pobre niño.» Y claro que le hice la fiesta con mole y todo. Vino el teniente coronel, vino el general y su Estado Mayor, todos vinieron al mole. Y en eso me dijo el muchacho Rufinito:

—¿Dónde dejó usted los cuchillos?

—Pues ya sabes dónde se alzan —le digo ya media zumba. Zumba zumba cola de vaca.

Nosotros seguimos en el jolgorio y ya como a las diez de la mañana del día siguiente, que estaba yo durmiendo como bendita, viene la escopeta de uno de los soldados y me dice:

—¡Fíjese que se desertó Fulano!

—¿Se desertó quién?

—Se desertó uno de los soldados y lo vieron que andaba con su muchacho de usted...

—Pero ¿cómo andaba con mi muchacho si lo mandé a la leña?

—Pues no fue a la leña porque en la madrugada lo vieron con el soldado...

—Pero si yo lo vi que se acostó en el cuarto sobre unos costales, ¡allí frente a mí lo vi dormido...!

—Pues se acostaría pero lo otearon las vecinas cuando salió con los cuchillos y unos mecates.

Sacó la báscula por detrás de la barda y el soldado lo aparó por el otro lado y lo estaba esperando a que saliera con lo demás, pero las vecinas, como son gentes que se levantan temprano, lo vieron y ya no pudo regresarse por lo demás.

De haber podido se hubiera llevado mi veliz con el dinero y todas mis cosas. Rufino duró conmigo dos años y luego se peló. Por eso dije yo que ya no volvía a criar a nadie.

Como me fue mal en Ciudad del Maíz me vine a San Luis Potosí. Anduve recorriendo los pueblos de San Ciro y Río Verde y Cerritos para conocer camino y me regresaba a San Luis Potosí donde se quedó la tropa. Pero siempre anduve caminando con ese sentimiento de que me había ido mal. Quería encontrarme al Rufino para darle su merecido. Hasta que un día pensé:

«¡Ya acabé de estar!» Y decidí venirme para México. A la hora que digo: «Yo me voy», me voy, ya estuvo. Y como quiera que sea yo camino.

Un sábado de Gloria salí a las diez de la mañana. Con los pocos centavos que tenía puse mi veliz por el Exprés, ese veliz que está arriba del ropero donde cargo mis rasgadales y que conservo para cualquier día que me quiera ir, y en una canasta de mimbre eché unos cuantos trastes: tazas, pocillos, cuchillos, un molcajete, un bote de leche vacío y me lo cargué en la cabeza. Mi compañero de viaje era un perro blanco que le decían Jazmín. Este Jazmín era de la tropa, nomás que ya de por sí en el cuartel siempre me seguía. Se quedó a medio camino porque se encontró a un animal muerto y allí se le hizo bueno sentarse a comer. Yo entiendo que después se regresó a San Luis Potosí porque si hubiera querido me hubiera alcanzado. Yo caminaba, caminaba hasta llegar a una estación. Si comprendía que podía llegar a la siguiente, me pasaba de largo. Nomás tomaba agua; comía cualquier taco que me regalaban las gentes del camino y a la andadera. En las estaciones me ponía a vender las cositas que traía; primero el molcajete, por pesado, los trastes, cuchillos, tazas, sartenes y con eso continuaba el viaje. En las noches siempre procuré llegar a alguna parada del tren para quedarme a dormir. En la primera parada me vio una familia y me preguntaron:

—¿Para dónde va?

—Pues voy para México.

—Pero ¿así viene sola?

—Sí, vengo sola.

—¿Y por qué no se fue en el tren?

—Porque no tengo dinero.

—¡Pues venga a comer!

Ya me dieron de comer. La gente es buena en el campo. Y seguía yo caminando todo el día sin descanso. Mala costumbre que agarré cuando mi padre era comerciante: viajaba de un pueblo a otro arriando sus burros manaderos y arriándome a mí. Mi papá vendía caña, plátano macho, piloncillo, piña; compraba en las rancherías y lo mercaba en el pueblo contra manteca, sebo y cosas que no tenían los de los ranchos. Y como siempre andaba jalando conmigo aunque fuera una chilpayata, me enseñé a andar andando.

Toda mi cobija era un fichú rojo que traía en la cabeza. Caminaba por la vía del ferrocarril desde las tres o las cuatro de la mañana para que no me ganara el sol muy fuerte. Ya cuando pegaba duro, me sentaba a descansar en alguna sombra, pero calculaba siempre que me fuera acercando a la estación a las cinco o seis de la tarde; ya más noche no seguía yo. Nunca me quedé sola al tasajo, allí sola en plena calle. Me arrimaba a las casas junto a la estación y les decía yo:

—Vengo de tal parte... ¿Me hacen el favor de darme permiso de quedarme por esta noche aquí, y mañana la emprendo muy temprano...? Me voy para tal parte.

Y ya me dejaban ellos que me quedara en la cocina junto a la lumbre. Si no tenía para comprar café o azúcar, les pedía que me prestaran un traste para calentarme algo, si no, ellos mismos me decían:

—No se moleste, le vamos a facilitar la cena.

Así son los campesinos, muy desprendidos. Me dormía en el piso de la cocina. A veces, me prestaban un petate.

Como fuera de México se levanta la gente de trabajo muy temprano, a esas horas procuraba yo también salir, como a las tres de la mañana. Me tomaba algo de café y luego seguía caminando hasta que llegaba a un lugar habitado. Todavía ahorita pienso que cualquier día que yo la vea perdida, que ya no pueda trabajar, realizo el mugral que tengo, cambalacheo todos esos palos viejos y agarro por toda la vía, sin rumbo, a ver dónde Dios me destine morir.

23

Ya para llegar al Defe me levantó gratis un camión Flecha Roja, y entonces me nortié. En la terminal me preguntó el chofer:

—¿Adónde va usted a parar?

—Pues yo tengo familiares en San Antonio Abad.

—Pues aquí está usted en la Merced.

Como llegamos a las diez de la noche pensé:

«¿Por dónde corto aquí si está tan oscuro?» Y le digo al chofer:

—¿Cómo me voy? ¿Por dónde agarro para San Antonio Abad?

—Ya es muy noche. Mejor quédese en el hotel...

—Pero si cobran caro...

—No, yo voy a hablar para que le den un catre de a peso...

Me subieron a una piececita hasta arriba de la azotea. Por un peso. El chofer no se iba:

—Es que es catre mancomunado, chaparrita...

—¿Cómo?

—Sí, vamos a soñar mancomunados...

Le dije una grosería. El peso lo había pagado yo. Subió el del hotel y nos gritó que no estuviéramos peleando en la escalera, que nos fuéramos al carajo, hasta que el chofer bajó las manos. Yo creo que el del hotel lo conocía porque cuando le dijo: «Anda vete con mucho a la tiznada», el chofer obedeció.

Al otro día en la mañana que desperté, abrí la ventana y ¡ay de mí! seguía norteada. Sería de la debilidad o sólo Dios sabe, porque como pasé muchas hambres y cualquier taco que me daban o lo que alcanzaba a comprar era todo mi alimento, al arrancar en las mañanas siempre me zumbaba la cabeza.

Bajé y les comencé a preguntar a la gente afuera del hotel que por dónde agarraba yo para San Antonio Abad. Mientras me fue dando el aire y fui caminando por las calles, reconocí los lugares, pero por de pronto nunca me he atarantado tanto.

—¿Cómo no nos escribió? ¿Por qué no avisó? Ya mandaron la boleta del Exprés de su veliz y nosotros estábamos con pendiente de que hubiera llegado el veliz y usted no...

—¿Y Madalenita Servín?

—Ya se cambió.

—¿Pa dónde?

—No dijo.

—¿Y mis cosas?

—Las vendió...

—¿El ajuarcito de bejuco, de mueble austriaco?

—Sí, ése y dos mesas y su cama de latón. Todo lo vendió. Pero es que usted ni escribía...

—¿Y ora?

—Pues ora se quedó sin cuarto.

Mi comadre Victoria, Sara Camacho y Sara la chiquilla nomás se me quedaban mirando. Hasta que dijo Sara la chiquilla:

—Pues que se venga a dormir con nosotros, ¿no, mamá? ¿Cómo se va a quedar solita y su alma?

Como a los tres días de llegar a San Antonio Abad

me fui a buscar trabajo y donde se me presentó más primero me metí de criada, en las calles de Abraham González. Me tocaba salir los domingos a la una de la tarde y regresar al otro día lunes a las cinco de la mañana. Salía del baile y me iba a mi trabajo, y luego a la cocina a encender la lumbre y atízale, atízale al fuego y córrele, córrele como rata atarantada. Me pagaban quince pesos mensuales y empecé a juntar para hacerme de muebles.

—¡Cómo será Madalenita! —le dije a mi comadre Victoria.

Nomás abrió los ojos.

—Pues ¿qué no sabe usted lo de Nicanor?

—¿Qué cosa con Nicanor?

—Por eso vendió sus muebles, para pagarle los remedios.

—¿Ah, sí?

—Sí, Nicanor ya se andaba muriendo del pesar.

—¿Conque me quería mucho?

—¡Ay, Jesusa! ¿Por qué se ríe?

—¿Y cómo está ahora Nicanor?

—Pues ahí pasándola, el pobre. Se fue a vivir a Cuernavaca.

Visité a Madalenita.

—¿Qué ya vino? —me dijo.

Siempre me decía lo mismo. Para todo meneaba la cabeza: «El mundo es el mundo.»

Una señora de la Ribera de San Cosme me hizo sufrir mucho porque era muy exigente. Siempre andaba detrás de mí, y a cada rato me decía:

—Deja eso y ve a tal parte.

No podía yo terminar de planchar cuando ya me estaba ordenando que pelara las papas o que fuera a lavar el excusado. Luego iba yo al mandado y de tan mal hecha, me hacía trabajar doble. «¡Eh, tú, se me olvidaron las cebollas! ¡Tienes que ir por ellas!» No sabía mandar y ya no era hora de que aprendiera. Al contrario, me desbarataba el quehacer. Y así estaba su casa, todo por ningún lado. Por eso cuando iba a encargar trabajo, yo luego decía:

—Bueno, si son mejicanos no me den la dirección porque no voy.

Serán mis paisanos pero francamente, no me avengo. No es que los extranjeros no manden, pero lo hacen de otro modo; son menos déspotas y no se meten en la vida de uno: «¿Ya fuiste a misa? ¡Vete a los ejercicios! ¿A qué horas llegaste anoche? No vayas a platicar con ningún hombre, eh tú, porque nosotros no respondemos, eh tú.» En aquel tiempo no había agencias de colocación. Iba yo a las casas y les tocaba:

—Vengo de parte de la Camisería Fulana o de la Panadería o de la Lechería o de la botica Perengana... donde usted encargó.

Luego la señora de la casa me decía:

—¿Trae recomendaciones?

—Sí.

Le enseñaba la carta y ella decedía. Y de esa manera hallaba trabajo. Pero hubo una casa aquí en la Roma donde entré en la mañana y a las cinco de la tarde me salí porque no aguanté. Si allá cuando trabajé por primera vez en 1917, la güera española me daba té, esta mejicana me dijo:

—Ahí están los asientos. Póngalos a hervir para que se tome el café.

Yo pensé: «No, yo estoy muy pobre pero no tomo asientos. Perdone usted. Allí se queda con sus asientos, que se siente en ellos y que le hagan provecho.»

A mediodía hizo de comer. De la carnicería le trajeron filete. Lo pinchó y lo metió al horno. Cuando en la mesa terminaron de comer, juntó todas las sobras de los platos soperos, las echó a la sopera y me dijo que las revolviera con la sopa de la cazuela. Le dije yo que estaba bien. «Si ella quiere que se lo revuelva, se lo revuelvo. Con su pan se lo coma.» Luego sacó del refrigerador un pedazo de carne manida, verde de lama y tiesa. Cortó dos rebanaditas de carnita, una para la recamarera y otra para mí y le puso unas hojitas de lechuga a cada lado. Pensé: «Pues que se la coma ella porque yo me aguanto el hambre.»

Y me apuré. Levanté la cocina, trapié y luego me dijo: «Puede ir a traer su ropa.»

—Sí, señora. Espéreme sentada.

—¿Qué dice?

—Lo que oyó usted, señora. Le regalo el día de trabajo.

Y que me voy. Pasé a la casa de Madalenita porque siempre que la visitaba me decía:

—Ándele, tómese un caldito de frijoles.

—Ay, no, si yo no soy pobre, ¿por qué voy a comer frijoles?

No sé comer frijoles. Los sé cocer pero no es comida para mi estómago; no estoy acostumbrada a ellos. Pero ese día eran las seis de la tarde y cuando vi que estaba hirviendo esa olla de frijoles tan buenos le digo:

—Ay, Madalenita, déme un poco de caldo de frijoles con unas cuantas balitas que me vengo muriendo de hambre. No me he desayunado.

—¡Válgame Dios! ¿Cómo que no se ha desayunado?

—Ya después le platicaré.

Entonces me dio el caldo de frijoles, me picó allí la cebolla, el cilantro, le exprimió un limón y empecé a sudar de pura necesidad. Al terminar le conté, y me dice:

—Los ricos son bien pinches.

—Sí, y es una casa bastante elegante, Madalenita, bastante elegante, pero la gente que tiene dinero así es, más hambrienta que otra cosa. Y es mala. Porque tiene dinero, quiere siempre más y le da a la servidumbre lo que les sobra, la comida vieja, lo quemado de las cazuelas... Por eso mejor no trabajo. Así no. De estar así, mejor me voy a lo más pobre, a las fondas de la Merced, aunque no coma carne.

Luego me fui a la calle de Lucerna. La señora era muy molona, mejicana también, y la cocina era más grande que esta pieza con un brasero de mosaico blanco, y todas las paredes también de mosaico. Se tenían que lavar con zacate y jabón para que no quedaran opacas y al enjuagarlas con la manguera toda el agua me caía encima. A las cinco de la mañana empezaba. De la humedad se me hincharon los pies, tanto, que tuve que comprarme zapatos del 22, yo que uso del 20 y me quedan grandes. Las piernas también se me inflaron. Andaba aunque me doliera, pero si me quería sentar daba de gritos porque no me podía doblar ni encoger. ¡Ay mis canillas! Comía parada. Todo lo hacía parada. Y ni pisar tampoco. Si me sentaba luego no me lograba enderezar. Para las tres de la tarde, no aguantaba los pies.

Con trabajos subía yo a la azotea a barrer para echar la ropa al sol y un día oí un cilindrero que tocaba: «El Señor de Chalma». Entre mi mensada, dije yo solita dentro de mí: «Si de veras existe el Señor de Chalma quiero que me cure mis piernas.» Y mis piernas cada día se hinchaban más y el cilindrero vuelta y vuelta: «Santo Señor de Chalma yo te lo vengo a ver... Yo te lo traigo tu vela, que te manda mi mujer.» En las noches cuando iba a dormir, le gritaba:

—¡Señor mío!, hazme la caridad de venirme a curar las piernas porque ¿qué será de mí con estos pies que no pueden pisar?

Yo no sabía de ese santo ni del pueblo donde van a bailarle. No sabía nada del Señor de Chalma. Nomás le gritaba. Despertaba a las cuatro de la mañana y a esas horas decía yo: «¿Con qué sacrificios voy a tener que levantarme?» Tardaba quién sabe cuánto en desentumirme. Tenía los huesos como de fierro... Y una noche soñé un doctor que llegó y que me dice:

—No te apures, las dolencias se te van a quitar.

Pensé: «Aquí lo que hacen es castigarme más con las paredes ésas tan grandes y mojarme tan temprano.» Y que le aviso a la señora:

—Lo siento mucho, señora, pero me voy a separar porque no aguanto mis piernas.

—¿Qué le pasa?

—Sus paredes de mosaico, señora, mejor llame a los bomberos a que se las laven...

—Bueno, pues le pagaré lo que le corresponde de este mes.

—Pues si me hace el favorcito.

Me dio los quince pesos. Yo nunca tuve suerte para que me pagaran bien trabajando de criada. En todas las casas no pasaba de quince pesos por todo el quehacer: lavar, planchar, guisar, hacer mandado, limpiar el suelo. Las criadas de ahora ganan muchos cientos de pesos y no hacen más que una sola cosa, pero entonces no había eso de la recámara, la planta baja, la cocina... Uno lidiaba con todo parejo.

Como penitencia me fui a pie a San Antonio Abad. Llegué casi a gatas. Y luego esos quince pesos los tuve que hacer mucho muy grandes para comprar un cajón y mercar cigarros, dulces, chocolates, chicles, pinole. «Bueno, pues me sentaré a vender porque de otra manera ¿con qué voy a mantenerme?» Y puse mi puesto detrás de la fábrica de Tres Estrellas. Como no podía pagar casa, en la noche me fui a arrimar con mi comadre Victoria, que ya tenía estanquillo. Mi comadre Sara la chiquilla se encontró a un señor viudo que se lo puso para que se ayudaran ella y su mamá.

—¡Fíjese, Jesusa —me dice mi comadre Victoria—,

que Sara mi chica a lo mejor se matrimonia con un viudo muy decente...!

—¿Y para cuándo?

—Pues él tiene un niño y vive con su hermana y como los mantiene, pues no puede casarse por ahora con Sara mi chica...

Además, Sara la chica tenía una niña Carmela de cinco años, hija de un pelado vivo que le hizo el favor cuando tenía doce años. Ni modo que se pusiera sus moños si ya se había alzado las naguas con otro. Al contrario, vivía agradecida con el viudo tan decente que le surtió el changarro aquél de vendimia: pan, café, azúcar, arroz, frijoles, manteca, bueno, todo lo que lleva un estanquillo, y a cambio la tenía nomás esperándolo en la vecindad para lo que se le ofreciera. Le dijo que solamente que Dios recogiera a su hermana tendría libertad de gobernarse él, pero que mientras su hermana viviera no podía deshacerse de ella. ¡Y allí nos tiene a todos esperando a que Dios se acordara de la hermana!

Yo vivía con ellas. Dormía en el suelo adentro del estanquillo. Ellas me daban unos cartones; Sara Camacho también dormía allí. Temprano me salía con el cajón de los cigarros a poner mi puesto. En las noches me seguía visitando el doctor: lo veía dormida y acercaba su boca a mi oído:

—Aquí estoy contigo, ¿qué no me sientes? ¿No me reconoces?

Llegaba con su ayudante vestido de blanco porque todos los doctores espirituales tienen su ayudante de filipina blanca.

—¿Qué no tienes ojos para verme? ¿Qué no sientes que te estoy curando?

Perdía yo seguro el conocimiento porque ya no me daba cuenta si estaba acostada o no. Sólo recuerdo que me hincaba con muchos trabajos a rezar y cuando despertaba a las cuatro de la mañana ya estaba acostada.

Así es de que entiendo yo que mi protector era el que me metía debajo del sarape, encima de los cartones.

No sé cómo me curó, pero todo el cuerpo me lo untaba con bálsamo divino. Sentía yo suavecito, suavecito, sobre todo en las coyunturas. Nomás que no me alcanzaba para todo el día. Me duraba un rato el consuelo y al otro ya estaba otra vez engarruñada. Por la calle de Lorenzo Boturini, pasaba una señora María que iba a vender ropa a Jamaica. Vivíamos en la misma vecindad y aunque no era amiga mía se le hizo fácil preguntarme:

—¿Qué tiene? La veo muy abandonada.

—Pues ¿qué quiere que tenga? Estoy mala, muy mala...

De por sí yo era hocicona y luego con aquellas dolencias... Pero ella insistió, muy atenta, con mucho modo:

—Hija, ¿quién la ve? ¿Qué no se está curando?

—¿Con qué me curo? No sé con qué curarme porque mis dolencias son muchas.

Y entonces me dice:

—¿Y cómo no va usted al templo espiritual?

—Yo conozco la Obra Espiritual, nomás que no sé dónde hay un lugar efectivo. Por eso no me presento a ninguna parte.

—Yo la llevo a donde la curen el martes, que es día de curación...

—Bueno —le digo.

Cuando se llegó el martes pasó por mí y fuimos a la calle de Chimalpopoca número 5. Era una vecindad como ésta, donde vivía mucha gente. Había un mundo de enfermos, hombres, mujeres, niños, mucho pueblo. Iban entrando por turno. Las facultades o las sacerdotisas, las pedestales y sus ayudantes las columnas, se paraban en hileras junto a la escala que tenía hasta arriba una lámpara prendida. Primero las facultades toman el éxtasis y ya que están dormidas, profundizadas en sí mismas, cada una agarra a su enfermo, le aplica las manos y lo empieza a curar con el poder de su mente, por mediación del Ser Supremo.

Ese día conocí a la que más tarde sería mi madrina, Trinidad Pérez de Soto, la guía del lugar. Tomó el éxtasis y a través de ella pasó el Ser Curativo que me empezó a quitar los malos ambientes que había recogido. Me limpió toda con ramo, un ramo compuesto por siete hierbas: santamaría, aluzena, ruda, ámbar, pirul, hinojo y clavo. Me fue limpiando despacito, despacito, barriéndome de arriba a abajo y resoplando por la boca para que se salieran los humores. Después me puso en el cerebro y en la frente loción de Siete Machos y me dijo que no me fuera a enfriar.

Fueron veintidós días de limpias; primero, siete limpias de ramo, luego siete de fuego y siete de nubes. Para las limpias de fuego se prende el ramo de pirul con alcohol. La última limpia fue de desalojo. Al cabo de las veintidós limpias ya pude andar. Y entonces me distinguió la señora Trinidad Pérez de Soto. Una tarde, a las seis, antes de que se abriera la curación me ordenó pasar a ayudarla.

—Ahora el lunes comienza a trabajar conmigo. Se sienta a mi derecha.

—¿Por qué? —le reclamaron las otras—. Nosotros tenemos cuatro o cinco años en la cadena recibiendo amasajamiento. Ella es nueva.

—Su protector es muy elevado. En lo espiritual ya la ha amasajado él lo suficiente y está más que sobrada.

—Nosotros también entramos en trance espiritual... Nos duerme nuestro Ser Protector.

—Sí, ya las he visto, hermanas. Duermen como troncos y roncan como aserraderos. Duermen el sueño natural, no el del éxtasis. Vienen aquí a la Obra Espiritual a reponerse las desveladas y eso no puede ser. Una de dos, o agarran el buen camino o siguen pegándole a dar.

Nomás bajaron la cabeza y me empezaron a tener envidia. Cuando pasaba por la antesala para entrar al templo me miraban mal. Tenía que estar todos los días a las cinco y media en el Oratorio. A las seis comenzaban los trabajos y terminaban a las nueve. Yo llevaba mis flores de nubes. Compraba una gruesa y llegando al templo hacía los ramos para limpiar. En la envoltura de Trinidad Pérez de Soto, en su carne material, pasaba el niño espiritual Tomás Ramírez y ese niño cura con flores blancas y si no hay flores blancas, entonces con un ramo de alfalfa. Con sacrificios, pero nunca tuve que comprar un manojo de alfalfa.

El niño Tomás Ramírez con su manita espiritual limpiaba con los ramos y yo tenía que dárselos rápido, si no él mismo los cogía. Como todos los niños, era impaciente. «Pues ¿qué se hicieron mis ramos...?», decía yo. Pues ya el niño los había agarrado. Era un Ser Espiritual, pero quien tenía ojos veía a Tomasito y el que no, pues no veía nada. Era un niño de allí de Santa Anita por Xochimilco que murió chiquito, tendría como tres años más o menos cuando dejó la envoltura, porque en su segunda o en su tercera reencarnación —quién sabe cuántas llevaría—, vino a la carne de una niña y como no le gustó se ahogó con frijoles. Platicaba que en otras reencarnaciones había sido otra clase de niño, y ahora como le tocaron sus papases muy pobres sufría porque nomás le daban de comer frijoles. Como no le pareció ser pobre ni mujer se retacó bien la boca de frijoles y ya no pudo respirar, regresando otra vez al mundo espiritual. De Tomás Ramírez no hay retratos ni nada. Era indito. ¿Así cree que le van a sacar retratos? Los martes y los viernes bajaba a la tierra el niño espiritual y como Trinidad Pérez de Soto trabajaba con los ojos cerrados, yo tenía que irle dando las escobitas de flores en la mano y no me despegaba de su derecha.

Yo necesitaba las direcciones materiales, y como chango me senté junto a ella para aprender todo el ceremonial, hasta que se enardecieron los ánimos de las demás hermanas y facultades. Como no lograban levantarse del suelo —eran de a tiro terrenales—, más les creció la envidia. Tal vez no tenían buenos protectores o no les hacían caso. El amasajamiento es como si les estuvieran dando los fríos porque se estremecen las carnes para dar paso al ser. Y ellas nunca se movieron siquiera. Por eso se quedaron en ayunas.

Yo sufría mucho y tenía ganas de darles de cachetadas para quitarles el hipo, hasta que en una cátedra el Señor dijo que debía tener calma, porque con esa calma daría yo el paso de la oscuridad a la luz divina que ninguna de esas envidiosas había traspasado. Pero yo era de carne y hueso, sigo siendo de carne y hueso, y no me gusta que me digan nada. Todavía siento lo material y me defiendo.

24

Los Hermanos Espirituales me despatriaron el puesto para facilitarme la salvación eterna. Mandaron a los trabajadores de Tres Estrellas a que yo les diera todo y se los di. Digo que se los di porque me pedían fiado y no me regresaron mis centavos. Llegaba el sábado, rayaban y salían corriendo a sus casas, olvidándose de mí hasta que ya no tuve qué vender. Toda la mercancía la repartí: «Que déme unos cigarros, que déme unos dulces, que déme unos cacahuates, que déme unos faritos, que déme unos muéganos», y fiado, todo fiado. Es buen negocio vender dulces, pero al contado. Al principio me surtía en las dulcerías de la Merced y ganaba bien comprando al por mayor. Pero al rato se me acabaron los centavos y no pude con los detallistas que siempre lo andan ladroneando a uno. Y de pronto tuve que declararme en quiebra. Así ha sido a lo largo de toda mi vida, porque más adelante, cuando tuve un puesto grande de ropa en San Juan y otro en San Lucas también, para acabarla de atrasar, daba yo la ropa a vistas. Me decían:

—Tal día le paso.

—Lléveselo, pues...

Así es de que no sirvo para vender porque nada les niego a los marchantes. Les pedí a los Hermanos Espirituales que me ayudaran, porque ya no quería volver de criada para no mojarme los pies. Me dijeron que buscara otro trabajo pero que no fuera en la calle:

—¿Y por qué no en la calle?

—Porque en la calle se oyen muchas ordinarieces.

—Pero si yo siempre las he oído.

—Aunque. Son cosas inconvenientes para tu carrera espiritual.

Así es de que debo estar como momia; no he de oír nada.

¡Ni modo!

En esos días arreglé trabajar por un tiempo en la botica Castillo, Calzada de San Antonio Abad con la señora Ester. Limpiaba los pomos y los morteros como cuando estuve en Tehuantepec y me gustaba recetarles a los que iban con el aire, el mal de ojo, la alferecía, la tristeza, el susto, la bilis, el hético, el empacho, el aire perplejo, la caracolitis, el catarro constipado o el espanto. Les decía que pusieran un vaso de agua a serenar o tomaran miel virgen, o toloache, o gobernadora en ayunas, o albahaca, o hierba cabezona o ortiguilla o sauce o chaparro prieto o capulín o candelilla o la flor de la paz o la hierba de la cachucha o peyote o mariguana o hierba buena o damiana o flor de tilia o San Nicolás. Al señor Castillo, un viejo carcamán, le repateaba que yo recetara:

—Óigame, pues ¿qué se cree doctora? Usted está aquí pa vender, no para echar perico.

Y cada vez que se amontonaba la gente que venía a consulta, armaba el escándalo:

—Mire, la voy a mandar con su música a otra parte...

El trabajo era de entrada por salida y la señora Ester me trataba bien. Como que le aumenté la clientela. Me daba harto de comer y ya a las ocho de la noche me iba con mi comadre Victoria. No faltaba quien me alcanzara en el camino:

—Buenas noches, ¡que descansen las ánimas del purgatorio!

—Buenas noches.

—Óigame, doña Jesusa, ¿me permite unas palabras? Me hablaban con mucho respeto.

—A ver de qué se trata porque ya se me hizo tarde...

—¿Qué hago para una punzada que me da aquí en el costado? ¿No será el aire perplejo?

—Mire, le voy a dar la dirección del Templo del Mediodía...

—¿Por dónde queda?

—Debajo del Puente de Nonoalco, por Neptuno... Nomás se atraviesa usted los durmientes... Allí le recetan...

—Ta bueno...

—Entonces buenas noches...

—Buenas noches, ¡que descansen las ánimas del purgatorio!

Llegaba yo a la vecindad y poníamos el café en la lumbre. Dormíamos en el estanquillo y en la trastienda, allí como gallinas sin estaca, Sara Camacho, Sara la chica, su hija Carmela y mi comadre Victoria. El viudo, cuando venía, se molestaba con el reguero: «Esto parece chiquero de puercos.» Hasta que un día le dije a Sara Camacho:

—Usted y yo aquí salimos sobrando. Les estamos quitando el aire.

Entonces fue cuando Sara Camacho y yo buscamos un cuarto que nos rentó tres pesos allí en el callejón de Magueyitos. Me llevé mi colchoncito recién comprado y lo tiraba en el suelo para dormir. Sara me daba uno cincuenta, pero como le gustaba tener sus amigos borrachitos como ella, metía a la pieza a cualquiera que iba pasando. Me enojé.

—Estamos muy pobres, sí, pero el cuarto se tiene que respetar. No quiero yo aquí entrantes y salientes. Si usted quiere que le disparen la bebida, váyase a dormir donde le dé la gana. Pagamos entre las dos, pero aquí no se admiten visitas.

Yo no le podía disparar la bebida porque para esas gracias tuve con Manuel el Robachicos y a nadie le mantengo ya el vicio. Dije: «Yo no, conmigo no», y sanseacabó. Yo, hacía años y felices días que no tomaba. Primero nomás veía que por ver no se paga. Y me sirvió. Se me amacizó la voluntad. Y luego, cuando dije: «Ya no tomo», dejé de tomar. Yo tengo la voluntad muy fuerte: ¡para que es más que la verdad! Cosa que decido que nunca voy a volver a hacer, nunca la hago. Desde chica he sido así de terca. Yo veo hombres que no pueden dominarse: ¡Maldito vicio que no me deja!, y me da muina. Siguen clavados en la bebida y eso es sinvergüenzada, es la debilidad de los canijos. Que cuesta trabajo, claro que cuesta. Como la Obra Espiritual, que es muy bonita pero muy dura. Yo no me sé domar pero me domino. Me costó dejar de pelear y dejar de beber, pero teniendo buena voluntad no hay vicio.

Un día andaba yo por la Merced y una pulquería, ahora es una tienda grande, y en la puerta de El Atorón que así se llamaba la pulquería, estaba una muchacha muy joven, muy chapeada, arrullando a su criatura y toda mosquienta, toda fea y vomitada. Ella seguía meciendo a su criatura pero de tan tomada se quedó bocabajo y en lo botada devolvió el estómago encima de la niña. Por pura casualidad pasé yo por allí y la voy mirando. Entonces me dio horror. Dije: «¿A ese grado voy a llegar? ¡No, Dios mío! ¡Hazme la caridad de quitarme de la bebida!»

Luego me encontraban los muchachos de la fábrica:

—Ándale, vente, vamos a entrarle.

—No, yo no quiero.

—Pero ¿por qué?

—Porque no tengo ganas.

Nomás me acordaba de la criatura con las moscas

allí batida y se me revolvía el estómago. Y eso, que yo he visto muchas cosas. Por eso me da coraje de muchas personas que alegan:

—Ay, pero si yo tengo vicio...

Sara siguió metiendo hombres al cuarto, puro borracho, hasta que le marqué el alto.

—Yo ya no aguanto tanta leperada... Ni siquiera me dejan dormir con el rechinido...

Como no me dio resultado, dije: «Total, a mí qué. Ya no estaré para verlos.» Y saqué mi colchoncito que por cierto ya me lo habían empuercado con sus menjurjes y me fui otra vez a arrimar con mi comadre Victoria. Al rato llegó Sara también, porque no podía pagar sola la renta de tres pesos.

Cuando la conocí en el callejón de los Reyes, Sara Camacho era una pobre señora que no sabía hacer nada. Escribía cartas y le daban quince, veinte centavos y de eso se ayudaba; las escribía a mano, en cualquier mesa, con mucho cuidadito, haciendo buena letra. Con eso se la pasaba porque no sabía trabajar. Tenía una hermana de buena posición y era hija de un coronel porfirista, pero como agarró ese mal camino no la visitaban sus familiares. Sabía leer y escribir, pero que hubiera aprendido algún oficio, algo de provecho, no, porque no se usaba entonces. Era otra clase de vida. En aquella época las mujeres no trabajaban más que en su casa o de criadas. Ahora la mujer le gana al hombre en lo salidora. Ya no calienta casa: «Pues yo me voy por un lado y tú vete por otro, a ver qué consigues.»

Sara Camacho tomaba pulque todos los días como tomar agua. No se caía de borracha pero sí se le pasaban las copas. Decidí dejarlas a las tres y conseguí empleo de planta con una señora cubana, Belén Caridad, de la Colonia Roma.

No llevaba yo ni seis meses en la Obra Espiritual cuando me dice la Hermana Trinidad Pérez de Soto:

—¿No tiene para el transporte a Pachuca?

—Pues relativamente no tengo. Trabajo, pero no me pagan hasta el día último... Así es de que no tengo para ir.

—Es que en Pachuca está el Primer Sello.

—Como no he cumplido ni las dos semanas no puedo pedir permiso de salida.

—Pues ni modo, pero si de Dios está no le ha de faltar dinero ni permiso.

Yo me quedé callada. Pero con aquello, sentí ganas de ir, y todas las noches me acostaba pensando en Pachuca. Cerraba los ojos y decía: «Ya Dios me ayudará...»

Y una mañana, ha que la canción, me dice la cubana:

—Mire, nosotros no vamos a estar aquí en Semana Santa. Venimos hasta el domingo en la noche. Le doy de paseo tres días.

¡Imagínese nomás! Ya no me acuerdo si me dio tres o cinco pesos para mis alimentos y se los entregué a mi madrina. Como quien dice fueron los seres espirituales dentro de la Obra los que me hicieron la valona. Las otras hermanas tenían envidia. ¿Por qué a mí se me facilitaba todo siendo tan nueva y no a ellas que tenían más tiempo?

Hace muchos años en el rancho de San José, el Padre Elías, o sea Roque Rojas, hizo sus primeros bautizos. Dicen que antes había un templo, nomás que los alzados lo desbarataron en la época de la revolución. Cuando yo fui, no había nada de provecho más que el puro pocito que está en un desierto. Y en medio de ese desierto se ven tres árboles grandes; cuentan que fueron tres rosales; ahora se hicieron ahuehuetes y en su triángulo está el Pocito. El pocito es chiquito y no pasa de metro y medio de profundidad. En las tardes llovederas se llena de agua, pero si no, está seco como chupado por una lumbre divina.

Comenzó la oración. Y cuando iban diciendo «... regálales, Señor, un átomo de luz divina», allí fue donde la sacerdotisa Vicentita Islas y la que había de ser mi madrina, Trinidad Pérez de Soto, recibieron el mensaje de que yo debía ser marcada. La sacerdotisa volteó y se me quedó mirando porque según ella vio en mí la luz, pero yo no entendí ni papa... Se vieron a un mismo tiempo las dos oficiantes y entonces Vicentita se dirigió a mi madrina:

—Trinita, ¿esta hermana ya está preparada para recibir la Sagrada Marca?

Yo me les adelanté:

—Perdónenme, hermanitas, pero yo no sé nada. A mí nadie me ha dicho nada.

—Pues entonces nos esperamos hasta las siguientes marcas.

Tenía yo muy poco tiempo de estar yendo al templo y claro, que todavía no entendía qué cosa eran las marcas hasta ese día. ¡Si viera qué bonito! Quedé enamorada de las marcas. En ese bautizo la sacerdotisa aplicaba un triángulo de luz, primero en la frente, en el cráneo, en los oídos, en la boca, en el cerebro, en los pies y en las manos, con la palma abierta hacia arriba. Ése es el triángulo de la divinidad. Y ese triángulo detiene la tempestad, el aire, la tormenta de agua, el remolino y también apacigua las tormentas adentro de uno, los precipicios, porque es una defensa en contra de todos los males de la tierra. Si hay un pleito, se frota uno las manos para que pase el fuego; aplica uno el triángulo y el pleito se amaina. El triángulo es invisible. Sólo lo ve el vidente, porque no todos somos como él. Tenemos los ojos abiertos pero estamos ciegos. A mí me reconocen porque ven la luz que llevo. Por eso en Chimalpopoca número 5, mi madrina Trinita me distinguió y en Pachuca me quisieron marcar enseguida. Yo no tengo la culpa si mi protector me hizo tantos beneficios; la luz que veían en mí no era la mía sino la de Manuel Antonio Mesmer.

Ese día marcaron a trece personas. Como no había flores, ni nada, cortaron unos pastitos, unas yerbitas y dos o tres santamarías y ésas fueron las que repartieron a los marcados. Luego la mayoría de los presentes relataron sus videncias. Todos estábamos rodeando el pozo. Yo miraba fijamente con los ojos unos tubos que forman cruz, en el mero pozo, cuando de pronto una mano blanca apareció sobre el agua y la meneó. Cuando me tocó mi turno les dije a los compañeros.

—Pues yo acabo de contemplar una mano que llegó y persignó el agua...

Entonces me explicaron que era la mano del Hermano Jacob el de la Biblia, porque el agua de ese pozo del Rancho de San José es un venero del Río Jordán.

Ya que dieron las gracias, extendieron los manteles y se sentaron a comer. Mi madrina llevaba una canasta de vara con comida y cada quien se trajo un itacate según sus posibilidades. A mi madrina la acompañaron seis o siete personas de Chimalpopoca, no me acuerdo quiénes, pero eran puras ahijadas de ella. Yo no tenía conocimiento de nadie de los que iban, aparte de mi madrina; me sentía sola entre tantos extraños. Fueron como cincuenta fieles de distintos templos, del Primer Sello iban como seis o siete, del Segundo Sello también, del Tercer Sello que está ahora en Antonio Maura también, del Sexto Sello en Neptuno también. Mi madrina era el árbol del Tercer Sello, de esa ramificación. Los Sellos son los siete templos principales que dejó el Enviado Elías regados por toda la República.

Lloré mucho allí en el Pocito, lloré como sólo Dios sabe. Tenía sentimiento, no sé qué cosa tenía, que tanta agua me subió a los ojos. Lloré mucho. No tenía tristeza, tenía no sé si gusto, no sé si murria... Luego me llamaron que fuera a comer. Les dije que no sentía hambre, que estaba llena, no sé de qué, de veras, pero yo estaba llena. Después de comer, toda la Hermandad se fue al Pocito a recoger agua. Si había enfermos, allí se les curaba dándoles a beber agua del Pocito y cuando regresaban a sus casas estaban aliviados. El Pocito lo escarbó el propio Enviado Elías o sea Roque Rojas. Está escrito porque él mismo lo relató. No me acuerdo en qué fecha nació, pero cuando tenía cinco años hizo los prodigios que Jesucristo sólo pudo hacer cuando ya era mayor de edad. Dominó veintidós oficios y ejercitó nomás tres. Estudió para sacerdote y no pudo recibirse porque sus padres, que eran españoles, murieron, y lo encargaron con un tutor que también falleció. Se dedicó entonces a trabajar en una joyería, y se casó y tuvo una hija o dos o tres, ya no me acuerdo. Cuando alcanzó la edad competente, oyó una voz que le decía:

—Roque, llegó tu hora. Sal a la calle y busca a un hombre de confianza que te venga a cavar un agujero, un pozo grande... Tú le trazas el círculo.

Vivía en una casa antiquísima allá por la Arena México.

—Ya despide al pocero porque ahora te toca escarbar a ti. Cuando empiece a pardear, pones sobre la tierra tres cirios en triángulo, y tu esposa y tu hija y tú formarán el otro triángulo carnal. ¡Después te metes al agujero con todo y pico!

Todo está escrito en la geografía, tomo Primero, por eso se lo cuento. Luego deshicieron el triángulo carnal, Roque se quedó solo, dio el primer picazo y que salta el chorro de agua y se comienza a llenar el pozo. Hasta el pescuezo le llegó el agua y ya que lo bañó todo, solita se fue consumiendo otra vez. Quedó él seco y oyó de nuevo la voz:

—¿Ya te bañaste? Porque éste fue tu bautizo. Elías

te llamas. Elías el Hijo del Hombre... Se acabó Roque Rojas.

Él no respondió. Luego le preguntó la voz:

—¿Viste el Ángel que ha venido con el pergamino y te lo ha entregado?

—Sí.

Y no nomás él lo vio, también su esposa y su hija: un mensajero en un caballo blanco, un ángel que venía con alas de caballo, un enviado que el Señor le mandó a él, con el rollo en la mano.

—Pues tienes que hacer todo lo que dice este pergamino. Recuerda, tu nombre es Elías, el Hijo del Hombre. Ahora sal a predicar a los cuatro puntos cardinales.

A partir del momento en que le entregaron el pliego de ordenanzas, este pobre Roque fue perseguido por el gobierno. Negaron que fuera el Enviado del Señor aunque la esposa y la hija dieron testimonio en el juzgado. Roque, es decir Elías, preparó las arcas y las mandó a las partes donde tenían que estar. Yo lo sé porque lo oí en el templo cuando leen su geografía. Sé que una de las arcas está en catedral debajo del altar mayor, la segunda en la Villita, las otras en Pachuca y en Antonio Maura, pero algunas de las personas dicen que las arcas fueron violadas y les sacaron los elíxires de vida. No lo creo porque Roque Rojas las dejó muy bien selladas. Por algo fue joyero. Después de que las repartió empezó a predicar al pueblo, pero como lo andaba buscando la policía, los inditos de Xochimilco lo escondieron en una chinampa. Esa misma noche tuvo la revelación. Vio una bola de lumbre que rodaba por encima del agua y fue a dar hasta la casita donde estaba escondido y entonces oyó la voz que le dijo:

—«Roque, perdón, quiero decir Elías, no temas. Nada te va a pasar. Hazte presente. Entrégate a la justicia de los hombres, a la de las balanzas chuecas. Al cabo y al fin San Miguel conoce tu peso.»

Lo echaron al calabozo y le dijeron que si era cierto que tuviera poderes que lo demostrara. Pusieron delante de él una plancha de mármol redonda y le dijeron que la partiera sin tocarla. «Si no puedes es que no eres el enviado del Señor.»

Él le pidió fuerzas al Ser Supremo para que le ayudara en aquella prueba tan dura. Levantó las manos, aplicó el triángulo y se estrelló la plancha de mármol en tres pedazos. Los sayones retrocedieron espantados. Entonces lo soltaron por orden del juez que dejó consignado el milagro en una acta con sellos oficiales.

Desde aquel momento Roque Rojas pudo dedicarse a cumplir con lo que estaba escrito en el pergamino, ya en plan de Elías. Cubrió la tierra de Misterios, más de los quince que tiene la Calzada de los Misterios. ¿Ha visto esos bodoques de piedra que les dicen monumentos a lo largo de toda la calle? En esos misterios están los milagros que dejó Roque Rojas. Son claustros sagrados.

Ya de allí no faltó quien empezara a extender la palabra aquélla y él siguió con su misión. En cada trabajo que hacía, unos le creían y otros no, unos le tenían ojeriza y otros se hincaban a su paso, hasta que pasaron los años y llegó la época en que fue levantado de la tierra. Pero dejó la semilla regada para que la gente siguiera su camino. Este padre está sepultado aquí en Dolores. Lo trajeron de Pachuca, y el 16 de agosto de cada año los creyentes van al panteón para reunirse con el Padre Elías o sea Roque Rojas.

Una noche, en el estanquillo de mi comadre Victoria pasó Sara Camacho:

—Ahorita vengo, voy por mi pulquito...

Cruzó la calle con su botella vacía. Cuando no se hacía tacos compraba su tamal, pero por lo regular le gustaba que le picaran una cosa muy buena que tiene la res, no sé si molleja o arrechera, o cachete, o mantalayo o criadillas, algo que está en el cuerpo de la res, y de eso se hacía taquitos con mucha salsa; compraba su buena picadera de carne y se la pasaba con su pulque. Ese día no hubo carne de la que ella quería y venía con su tamal cuando quiso atravesar la calle. Se defendió del tren que iba de subida, pero se encandiló, y la va agarrando el tren que venía de Xochimilco. Se atrancó el tren casi en la mera puerta del estanquillo y nos vinieron a decir que habían matado a un cristiano. Sara Camacho usaba zapato borceguí de hombre y se pelaba como hombre. Y por la pura cabeza, porque el tren se la voló y por un zapato, la conocí. Sólo le quedaron enteros un pie que le partió el tren por el tobillo y la cabeza que rodó para un lado.

A Sara Camacho le gustaba mucho andar entre los hombres. Era machorra. Ya a las cinco de la mañana estaba con los tranviarios, tomándose sus teporochas. Todos los del Depósito, los antiguos tranviarios eran sus amigos de ella. El motorista la alcanzó a ver con el reflector pero ya no pudo frenar. No se escapó. Se bajó y hizo guardia junto a la cabeza. Y cuando vinieron a revisar les dijo:

—Ustedes saben cómo levantan el carro porque yo no lo muevo ni para adelante ni para atrás.

Fueron hasta el depósito de tranvías a traer un gato para subir el tren. Cuando la sacaron, se oía cómo sonaba la huesamentaría entre los pellejos y la ropa. Estaba toda hecha pedazos. La llevaron a la Cuarta, en 5 de Febrero, sobre una camilla que cargó la ambulancia. Allí nos esperamos pero no nos dejaron verla. Por eso, cuando hablan los periódicos, no les creo porque en aquella época dijeron que Sara Camacho había muerto en la Comisaría, en las primeras curaciones y son mentiras, porque la sacamos muerta de debajo del tren. ¡Si en la rodada se quedaron pedazos de ella! El tren la embarró en los rieles. Después ya no se conocía ni la cabeza porque con la misma electricidad del tren la cara se le puso ceniza. De ahí nos la dieron para enterrarla, pero no supimos si ella fue la que enterramos porque ya no la vimos.

Mi comadre Victoria no quiso ir a identificarla a la hora del accidente. Quién sabe si le daría susto o sentimiento, el caso es que sólo Sara la chica y yo fuimos a la Cuarta. Mi comadre Victoria dijo que Sara Camacho tenía que regresar; que no era ella la machucada, pero yo ya la había reconocido.

—Sí. Es Sara...

Victoria insistía en que no y que no. Le dije:

—Ella es, pero si acaso me equivoqué, ojalá y Dios quiera que venga.

Y hasta ahorita la estamos esperando.

Mi amiga la pelona Sara Camacho y mi comadre Victoria eran inseparables. Cuando yo me fui a vivir a la vecindad del callejón de los Reyes, se hicieron de amistad conmigo y me pidieron que les llevara a bendecir a un santo. Por eso fueron mis comadres. Yo casi siempre he sido madrina de puros santos. A Sara Camacho no le gustaban las mujeres, pero todo lo hacía como hombre. Le decían Sara Quemacho, de mal decir. No era manflora. Las manfloras tienen sus queridas y vienen a ser como jotas. Cuentan —yo no las he visto— que viven alternado, un mes de hombre y un mes de mujer porque tienen cosa de hombre y cosa de mujer. Antes las manfloras se usaban mucho en México. De joven, me gustaban las blusas de manga larga con cuello de hombre y corbata, pero como eso se ponían ellas, las aborrecí. Hasta que un día hicieron redada de manfloras allá en la Alameda y se las llevaron a la cárcel. Hace años se paseaba uno muy bien en la Alameda y todo, pero vaya usted a adivinar quién es uno y quién es otro en la oscuridad tras de los árboles. Y los policías se encontraban a las mujeres bien cuatrapeadas. Fue cuando comenzaron a aprehender tanta chanclera. Les dicen chancleras y tortilleras. Se refriegan los estropajos, se dan topes de borrego. Eso no es legal. En las cosas legales sí voy de acuerdo, pero ésa es una sinvergüenzada muy aparte. Si tienen muchas ganas, ¿por qué no se meten con un hombre? Según la historia de muchos siglos atrás, así tiene que ser y si hombre con mujer es malo, pues ahora, imagínese hombre con hombre o mujer con mujer, pues eso es una pura desgracia.

Hará como unos diez años me encontré a la hija de Victoria, Sara la chica, en San Juan de Letrán, pero no la conocí. Ella fue la que me vio y me habló, pero nomás así de pasada:

—¡Hombre, se murió mi mamá y ni más nos volvió usted a ver!

—Pues no. Cada quien agarra su camino, sabe Dios dónde.

Como ella tuvo buena suerte y estaba en buenas condiciones ni más se volvió a ocupar de mí. Ese día me habló con mucho remilgo, con mucha vanagloria, dándose paquete; no se acordó que había sido pobre.

—Ya se casó mi hija Carmela; ya se casó mi hijo también; así es de que nomás yo vivo con mi señor.

—¿Y dónde vives?

—Por la calzada de la Villa; allá tengo mi terreno.

No me dijo: «La espero», o «vaya», o algo.

Y ésa es la pérdida de la gente porque yo he tenido algunas amistades así como mi comadre Sara. Pero se cambian de un lado para otro, se meten en altanerías y ya no las vuelvo a ver. Así va a pasar con los porteros que son mis compadres; el día que me vaya de esta vecindad me echarán tierra porque ya ni más volveré a saber de ellos. Se irán por otros rumbos. Y sabe Dios adónde vaya a parar yo también.

25

Todos los fabricantes que salían de Tres Estrellas iban a comer al puesto de la familia Torres. En la esquina de la calzada de Tlalpan y Lorenzo Boturini vendían caldo, frijoles, sopa seca. Cuando yo puse mi cajón de dulces, también iba a llenar el buche con ellos. Éramos compañeros de banqueta. Los Torres vivían en una vecindad de Alfredo Chavero, pero al rato los corrieron porque no podían pagar la renta y yo les conté que se estaban cayendo unas paredes en el terreno de Magueyitos, y que el encargado les podía rentar por menos precio un pedazo de baldío. Nomás pagaban tres, cuatro, cinco pesos por las paredes y el piso, y ya tenían casa en que vivir.

¡Ya quisiera encontrarme ahora un llano, de esos con paredes medias caídas para rentarme un pedazo, pero eso es lo mismo que pedir que me bajen las perlas de la Virgen!

Cuando mi comadre Victoria me dejó, los Torres me dijeron que no me apurara, que me fuera a vivir con ellos. Yo decía «vivo con ellos», pero me tenían de arrimada y eso de que durmiera así debajo de un techo, no. Dormía afuera, pegada a la pared, por el lado de la calle. En la saliente que queda para las caídas de agua, acomodaba yo unos pedazos de tabla prestados y allí me acostaba.

La familia Torres era muy pobre; la mamá doña Encarnación, Candelaria la hija, y los dos hijos hombres, Domingo y José, lavaban colchones en los hoteles. Tuvieron que quitar el puesto porque no podían surtirlo por más agua que le echaran al caldo y más tierra al café. Como yo no iba a trabajar a ninguna casa, me convidaron a lavar colchones. Les ayudaba a lavar diez o doce colchones, según los que salieran; después remendaba las fundas y ellos vareaban la borra para esponjarla y volverlos a rellenar. Son colchones corrientes como el que yo tengo; de borra apelmazada, no de resortes.

Domingo era un hombre muy hablador pero de buenos sentimientos. Cuando decía: «Hay talacha en tal parte», ya sabíamos que el trabajo iba a ser parejo para todos. Se llevaba a su hija Juana y a Antonia su sobrina, a su madre y a Candelaria, y luego me convidaban a mí... José se iba por otro lado; a ése le gustaba más trabajar de abonero en las fondas, en los cabareses, en dondequiera, vendiendo los vestidos, y cuando no, rifaba pollos en las cantinas; ése era su oficio, pero por mucho que ganara no era nada del otro mundo. A mí me pagaban un tostón diario, y si bien me iba, un peso, uno cincuenta, según los colchones que lavara. Pero luego veníamos de regreso y «Ándale, Jesusa, dísparanos los dulces». Les compraba yo lo que se les antojara por la calle y ya no me quedaba casi nada del peso que había ganado. De allí sacaban gratis sus dulces. Con lo poco que me sobraba tenía que comprar masa, jitomates, chiles, café y azúcar. Entonces los panes eran de a tres por diez. Me comía un diez de pan y si no, pues nomás me tomaba mi café con las gorditas que me torteaba... He pasado bastantes tragos amargos, nomás que ahora ya de tanto que siento ya no siento.

Cuando entró Lázaro Cárdenas de presidente ordenó que se salieran todos los que vivían en Magueyitos. Dijo que él les iba a dar terrenos, pero en otro lado. Era un montón de familias las que se acomodaron en esos llanos. De pronto se pusieron a pelear lo que no era de ellos; nomás que la gente así es de comodina. Ese terreno de Magueyitos lo compró Tres Estrellas y es ahora la estación de los camiones de Cuernavaca y de Acapulco. Era una hacienda vieja, pero como no hubo quien la reclamara, porque los dueños, unos españoles antiguos, se murieron todos, pasaron muchos años y quedó por parte del gobierno, que se apoderó de la finca aquélla. Los que se acercaban allí, buscando el calorcito de tanto tabique tirado, se vinieron a arrimar a un muro, amasaron adobe y como Dios les dio la inteligencia hicieron su casita y la techaron de cartón. El gobierno se apoderó del terreno y subarrendó los pedacitos: iba un empleado a cobrar las rentas de cinco y seis pesos y daba sus recibos chiquitos como boletos de camión. Como en esos llanos había muros, aunque estuvieron caídos, eran demasiado buenos para los pobres; y el trompudo ordenó que nos echaran. Entonces se dividieron todos los de la colonia; se hicieron partidos, comisiones; cada quien agarró su partido y una señora Micaila abrió el cuento ése de la peleadera de los terrenos y la nombraron presidenta. Juntó a una gran cantidad de gente; allí íbamos al Zócalo a pelear los terrenos. Ella era la que alegaba, nosotros íbamos haciendo bulto. No sabíamos ni a qué la citaban, nomás íbamos como animales detrás de ella. ¡Silencio ranas, que va predicar el sapo! No sé si sería inteligente o qué, pero hablaba con todos los del gobierno; quién sabe qué arreglaba, pero ella arreglaba a su modo. Total que nadie quiso dejar el campo aquél porque allí estaban contentos, y como las autoridades no le hacían caso, la señora Micaila nos mandó a que fuéramos en la noche a protestar al Caballito donde pusieron las casetas de los Comisionados del gobierno y toda la noche nos quedamos allí. Íbamos de a tiro como pordioseros para ver si nos daban el terreno. Esa Micaila era muy enérgica, muy argüendera, muy matrera, y no nos dejaba ni a sol ni a sombra. Veníamos a ser lo mismo que una guerra con sus soldados y su general. Muchos la veían mal porque decían que con tanto engrandecerse nos iba a entregar al enemigo. En las noches en la Magueyitos, compraban su aguardiente, se emborrachaban y comenzaban los gritos. Se iban a ver los unos a los otros de casa en casa; hombres y mujeres, y en su borrachera hacían barrabasada y media. Luego se agarraban a trancazos con los del partido contrario y en una de ésas dijeron que iban a dinamitar el jacal de la presidenta. Como teníamos obligación de cuidarla, todas las noches uno de nosotros se turnaba para que nadie se acercara a su casa. Cuando le tocaba a la señora Encarnación Torres, yo le decía:

—No se preocupe, yo voy en su lugar.

Y siempre fui. Apenas oía un ruido o veía una sombra, gritaba:

—¡Ai viene Fulano, ai viene Mengano!

Y ya se daban cuenta de quién había hecho la maldad. Pero nunca me habló la Micaila de sus negocios porque yo no valía nada. Nomás iba yo a cuidarla a lo tarugo. Si era cola, pegaba y si no, pues no pegaba y ya... Nosotros no ganábamos nada con andarla pastoreando, al menos eso digo yo, porque cuando me tocaba irla a acompañar ni un cinco me daba porque ni me volteaba a ver. En ese enjuague uno quería ser más que el otro y el otro más que el otro y así era la política de ellos.

Una mañana, vinieron con la noticia de que Lázaro Cárdenas les había dado nuestro terreno a los policías de tránsito y fuimos a alcanzar al presidente. Él mismo fraccionó la colonia. Les dijo a los policías que en esos baldíos hicieran su casa. Yo vi a Cárdenas, ¡seguro que sí! Y le tenía mucho coraje porque lo conocí de soldado raso allá con los carrancistas, y no de fanfarrón con todo su Estado Mayor, con su gente, dando órdenes de secretito a todos sus achichincles. Pero bien que le oímos: «Hay que sacar a estos elementos...» Él no me reconoció porque los jefes no se pueden fijar en las gentes y más cuando son pobres como yo. Este Lázaro Cárdenas siempre andaba a pie, hasta cuando fue Presidente. Un 16 de septiembre se vino desde El Ángel hasta un lado de Palacio. La gente le echaba tiritas de serpentinas y lo dejaron todo enredado de colores. Es el único Presidente que yo he visto de perfil y a pie desfilando por la calle.

Cuando se fue de la colonia Tránsito, porque así le pusieron, nosotros bien encarrerados queríamos alcanzarlo, pero nos llevaba mucha ventaja. Dijimos: «No, pues lo hacemos guaje, pues qué. Nosotros aquí nos quedamos.» Y nadie se movió.

En esa época José Torres estuvo iyendo al templo y habló con mi madrina. No tuvo la hombría de hablarme a mí, sino que fue allá y le dijo a mi madrina, que por cierto todavía no era mi madrina, que quería casarse conmigo. Se dirigió al Ser y recibió la respuesta:

—Hermano, conmigo no tienes que arreglar eso. Arréglate con la hermana Jesusita. Si ella te contesta y dice que sí, nosotros aquí en el templo te podemos casar. Pero el que tiene que convencerla eres tú solo con tu envoltura.

Eso me contó a mí el Ser después... Yo creo que José se enamoró de mí pero no me dijo nada y todo quería arreglarlo por mediación espiritual. Aborto yo y aborto él ¿para qué carajos quería matrimonio? En primer lugar el pobrecito es un horroroso y yo tengo muy malos gustos pero no tan malos ratos... Dije: «Yo no, vida mía, yo ¿para qué te quiero? Si yo tuve a un hombre grandotote, ya parece que voy a dirigirme a ti, tastajo; que no sirves para nada.» José es chaparrito, chaparrito, trompudo, jetón, negro, negro, negro; prieta yo y prieto él, pues vaya par de ajolotes... Además él no me pretendió, no se me paró enfrente, fue y habló allá con los seres. Él sabía que yo iba a la Obra por su hermana Candelaria y por doña Encarnación, y discurrió que allá lo alcahuetearan. Pero el poco hombre metió las cuatro. Ningún trabajo me daba contestarle cara a cara, no que me fue a poner en vergüenza.

Me pregunta a mí la niña Georgina Valencia, el Ser Espiritual que estaba manifestándose a través de la mediunidad —porque todos los asuntos de amores los atienden los niños espirituales—, ya sea Tomás Ramírez o la niña Georgina Valencia, una albina blanquita, blanquita enharinada, con sus pestañas de nieve y su pelito de copos de algodón, bonita la niña, nomás que murió chiquita porque la asolearon y a esos niños blancos como la leche no les puede dar el rayo del sol:

—¿Tú quieres casarte con él?

—Ni con él ni con nadie, ni por las perlas de la Virgen.

No me convenía de ninguna manera. Ya parece que me iba a creer de semejante pelado, y además de eso ¿cuántos años tengo de andar sola? ¿Cómo iba a dejar que me gobernaran? ¡No, hombre! Era borracho y es borracho perdido, indecente. Como se dirigió a la Niña, ella fue la que me lo comunicó. Y a mí me dio mucho coraje. Cuando llegué a la casa pensé: «Nomás que me suelte algo y le digo su precio.» Pero José no me dijo nada, fue otra vez con la Niña Espiritual a que le diera la razón. Y más valiera que no hubiera ido.

Un día va llegando José con una mujer, una pobre muchacha que estaba trabajando de mesera en una cantina, por allí por la Candelaria. De eso se mantenía, de servir copas, y José la encampanó y se la llevó. En la casa le comenzó a dar muy mala vida. Yo lo oía. Primero le pegaba, luego se iba a la calle dando el portazo y cuando regresaba le decía, muy castigador: «Quihubo, chula, vámonos dando un restregón de verijas...» ¡Pobre muchacha, pasó la pena negra con él! Como era su mujer, allá ella, a mí qué me importaba... Pero yo tenía el coraje de lo que me había hecho José y me lo tenía que desquitar.

Allí me aguantaba con los Torres las tormentas de agua, el calor, el frío, en esa tablita afuera en pleno llano porque no tenía adónde irme y para que los demás no me vieran sola como elote, allí aparaba todo. Cada que José llegaba borracho me maltrataba, me decía horrores de la vida y un día se la contesté con ganas. Entonces me gritó:

—¡Cállese, puta mantenida! ¿Qué está haciendo aquí?

—Pues no soy lo que usted dice y si lo fuera, a usted qué le importa. Cada quien puede hacer de su culo un papalote. Además, ¿qué cosa es lo que usted pelea? ¡Yo no estoy ultrajando dentro de su casa!

—¡Usted duerme con su cobija de tripas!

—¡Y usted me sirve de colchón!

—¡Cállese porque le voy a romper el hocico!

—Nos lo rompemos porque somos dos. ¡No crea usted que yo soy Pifania la que se deja! ¡Aquí nos damos, a ver de cuál cuero salen más correas! ¡Ándele! ¡Éntrele!

Entonces lo jaló Epifania y lo metió para adentro pero a mí no se me quitaron las ganas de darle. Dije: «No serás el primer hombre al que le doy donde le duele. Ya tengo callo de pegarle a los pelados.» Todavía me gritó:

—¡Puta!

Fue cuando pensé: «Ahora sí me largo.» Y al otro día en la mañana me salí muy temprano. En esos días había muchos colchones para lavar, llenos de chinches. Pero yo los dejé solos, a ver cómo se las iban a arreglar para no quedar mal en el hotel.

Como al mes o dos que me salí de la Magueyitos fueron los bomberos por orden del gobierno a correr a la gente. Los mandó Lázaro Cárdenas, con sus camionsotes colorados.

—Me los sacan a manguerazos.

Conectaron las mangueras en las tomas de agua y con reloj en mano les dieron media hora para agarrar sus cosas y treparse a las trocas, que estaban formadas. Y así como los agarraron los aventaron en montón y los vinieron a tirar aquí al llano. Les dieron el cacho de tierra en que caían. Así se formó esta colonia de la Joya que antes era un llano, como casi todo México, desde Peralvillo hasta el Peñón. Todo era llano, no había casas. A través de los años se ha ido fincando.

Los del gobierno les dijeron que tomaran el terreno que quisieran; que era regalado. Fueron a medirles tantos metros a cada quien y les hicieron sus escrituras. Como quiera que sea, Cárdenas les dio dado el terreno. Nomás que no tienen derecho de vender. Así se estén muriendo de hambre, no pueden vender. La tierra sigue siendo del gobierno. Mientras ellos viven, tienen su casa, pero si se mueren y no hay quien represente a la familia, la pierden. El gobierno es el dueño.

Las mujeres se quedaron en unas cuevitas en el baldío y los hombres se fueron a Estados Unidos a trabajar para mandarles dinero y fincarles sus casas. Los Torres son albañiles. Tienen ese oficio. Nomás que para el material necesitaban dinero y con lo de los colchones no alcanzaba. Les dieron orden de fincar, si no les quitaban el terreno, y no hubo más remedio que jalar también pa los Estados Unidos. Ahora son propietarios y viven de sus rentas. Ya nunca me visitan a mí. El que me saluda es Domingo, allá cada venida de obispo:

—¿Cómo estás, monja jerrada?

Así me decía:

—Ándele, monja jerrada, vamos a trabajar.

—Si yo soy la monja, usted es el monje loco.

Domingo entiende de monjo, así le digo: «¿Qué tal, monjo?»

Se hizo su casa de tres pisos y allí los tiene rentando a muchos inquilinos. Todos se hicieron sus buenas casas de renta. Agarraron pedazos grandes porque hasta a Antonia la sobrina la apuntaron para hacerse de más tierra. Y yo me quedé sin nada por guarina.

Si me hubiera esperado un mes tendría mi terreno, pero lo que sea de Dios. Yo pobre nací y pobre me he de ir al agujero, eso si alcanzo agujero. Al que nace para tamal, del cielo le caen las hojas.

Doña Encarnación puso un changarro, una miscelánea allá en la orilla del río donde les tocó a ellos. En la esquina, en la mera pasada de la Avenida tienen su casa. Luego se hizo un hotel. No sé cuánto cobra por día o por rato, pero saca su buen dinero. Las mujeres de la calle ocupan los cuartos cuando mucho una noche y de día es un puro entra y sale. Ese hotel es de puro revolcadero. Nomás el tiempo de quitarse y ponerse los calzones. Y eso si traen calzones. El gobierno nunca le cerró el establecimiento a doña Encarnación porque de eso se mantiene. Es puro bandidaje el gobierno. De las mujeres que pepena por la calle saca muy buenos centavos, de clausurar establecimientos; de poner infracciones, de pegar y quitar sellos, de meter y sacar gentes buenas y malas de la cárcel, de mandar hacer redadas para que caiga quien caiga, y luego cobrar las multas por parejo, de los hoteles de ratito, de todo eso sacan los políticos para darse la gran vida y las casas malas se vuelven a abrir y vuelta a cerrarlas y a cobrar otra vez las infracciones y poner sellos y a clausurar y a volver a abrir, y para qué le cuento.

A todos los Torres se les ha subido mucho el dinero. Doña Encarnación ya está muy viejita, pero más que de vieja, anda cayéndose de orgullo. Yo no la visito para que no diga que ahora la busco porque tiene sus bienes. A la que sí vi fue a Epifania, la de José. Se llegaron a casar por la iglesia y hasta legalmente. Yo fui a la boda.

Me dice Epifania:

—Yo le agradezco mucho a José que se haya casado conmigo, pero ya ve usted cómo me maltrata; me da muy mala vida...

—Pero tú sigues de tonta porque si te da mala vida, todavía te comprometes más con el matrimonio.

—No, para poder visitar a mis padres necesitaba casarme.

—Aunque me hubieran dicho mis padres que yo era una perdida, ni así me casaba con José.

Ella bajó la cabeza. Yo creo que de tanto golpe, seguro que de tanta patada como le metió él, aquí en la colonia de La Joyita, la pobre guarina de Epifania se vino a morir.

El día que dejé a la familia Torres fui a ver a Madalenita Servín, la alta, gorda, muy buena gente, de Cuernavaca, que siempre me había ayudado. Le conté la forma en que estaba arrimada.

—Pero ¿qué no tiene casa? —me dice.

—No, no tengo donde vivir... Mis cosas las tengo allí amontonadas en la pared de afuera.

—¡Válgame Dios! Le vamos a buscar donde viva.

Le voy a mandar a Nicanor para que le ayude a buscar casa por allí en alguna colonia.

Siempre me estaba enchufando a Nicanor. Regresó de Cuernavaca Nicanor y se puso a hacer los mandados de la fábrica. Cuando salió de su turno, le preguntó Madalenita:

—¿Qué no sabes de alguien que le pueda rentar una casa a Jesusa por allí?

—Pues no sé, pero si gusta yo la llevo a buscar...

Me anduvo trayendo por todas las colonias ésas del Rastro y de Bondojo preguntando en los estanquillos. Porque yo para eso de buscar casa, no sirvo, nunca he podido encontrar una que sea de a de veras. Él hacía la averiguación y entrábamos a ver, hasta que por fin, llegamos a la colonia Felipe Ángeles, aquél que el Barbas de Chivo mandó matar. Allí fue donde encontramos algo. La familia Vidales me rentó una pieza; un cuarto grande, rasito como de cuatro metros. Ellos tenían su terreno y además alquilaban los cuartos desocupados. Allí me fui a meter. Eso fue hace veintinueve años.

26

Felícitas Vidales tuvo diez hijos. Le viven nueve porque Rutilio se le murió de esa enfermedad que les da a los niños parecida a la viruela. Los muchachos son: Zacarías el mayor, de Zacarías sigue Fidencio, de Fidencio, Pascualina, de Pascualina, Lola, de Lola, Julio, de Julio seguía Rutilio el difuntito, de Rutilio, Perico, de Perico, Hilaria y de Hilaria, Blanca. ¡Ah, no, y falta Rosa! Ésa es antes de Julio y de Julio sigue agosto. Ya me hice bolas. No sé ya ni los días en que vivo. ¿Hoy es martes o jueves?

Además de rentar cuartos, Felícitas Vidales vendía sombreros. Los compraba en las sombrererías grandes de la Merced al por mayor; pero antes de venderlos tenía que coserlos y adornarlos. Todos ayudaban en el sombrero porque no sabían otra cosa. Hasta la fecha ninguno de ellos sabe trabajar. La madre era la que valía; ella trataba con los albañiles y fincó la casa. Agarraba y hacía todas las compras porque su marido José del Carmen Vidales no servía para nada.

—¡Yo soy el jefe de la casa!¡Háganme esto y esto otro! —decía él.

Pero eran nomás puras habladas. Nunca le hizo frente a la vida. Pura pantalla. Así son los que no pueden. Echan harto perico y creen que ya con eso cumplieron. Nomás le dan vuelo a la hilacha, pero no engañan a nadie, ni menos a mí que ya llevo tantas horas de vuelo. ¡Viejo fifiriche!

Todas las mañanas me salía yo a trabajar ya no de criada sino de lavandera de entrada por salida. Ganaba yo un peso diario, y como había planillas en los camiones a tres por veinticinco, los patrones me daban los transportes, el peso y mis alimentos. Llegaba yo a las casas como a las siete de la mañana y salía cuando empezaba a oscurecer. Después de andar por la colonia Santa María, por San Cosme, en las calles de Alzate con la señora de un árabe, vine a dar a Luis Moya con la señora Corcuera, una tapatía de ojos muy bonitos. Y de Luis Moya me mandaron al Edificio Liverpul con unos recién casados. Como les nació una niña y querían tener patio donde hubiera sol y ventilación, que es lo que les hace falta a los niños, nos cambiamos a la calle de Icazbalceta 17 a un departamento con más ventanas. La señora hacía todo y yo nomás lavaba y planchaba. Iba dos días por semana, uno a lavar y otro a planchar. Los demás días lavaba en otras casas. Hasta que la portera Tránsito me dijo:

—Si quiere, yo le arreglo para que la ocupen en todo el edificio.

Era muy pesado el trabajo, pero a ver ¿qué hacía, pues?

En la nochecita, cuando regresaba a la colonia Felipe Ángeles, la señora Felícitas se ponía a platicar conmigo. Era muy alegre. Cantaba en su cocina frente al fogón, cantaba mientras adornaba el sombrero, cantaba a todas horas. Siempre traía la boca abierta con la risa adentro. Cuando le preguntaban que cómo sabía tal cosa o tal otra, decía: «Me lo contó un pajarito...», y eran una de carcajadas. A sus niños también les hablaba a tontas y a locas, de nubes y de cenzontles, de que iban a ser príncipes en su trono de oro, y puras mariguanadas. ¡Un cotorreo que se traía! A la hora que terminaba les decía:

—¿Contentos? ¿Sí? Bueno, pues ya me voy...

—¡No, mamá! ¡No se vaya usted! ¡No, mamá! Otro cuento...

—¡Que el burrito está contento con su zacatito adentro!

Y se daba la media vuelta y se iba... Siempre estaba iyendo y viniendo con sus enaguas percudidas y su güirigüiri. Y no sólo sus hijos sino todos los niños de la vecindad le hacían coro y la rodeaban para reírse con ella. Perico su muchachito más chico me seguía mucho porque todos los días traía en un portaviandas que tengo allí, el resto de la comida que me regalaban en el edificio, y como se le doblaba el pescuezo de necesidad, yo le decía:

—¿Quieres un pan?

—Sí.

Y le daba un bolillo. Cuando llegaba, salía a recibirme. Lo saludaba yo: «Güerejo apestoso» y él me contestaba: «Patas de conejo.» Me tenía confianza. Me decía Jesutiti, no sé por qué. Corría a mi cuarto y yo lo metía para adentro y le servía siempre conejo. Los recién casados eran españoles, muy aficionados al conejo. Conejo cada tercer día, y llévese las sobras para su casa, si no se van a echar a perder. Perico luego me preguntaba:

—¿Me da un centavo y le traigo agua?

—Ándale pues.

Iba por el agua vuelta y vuelta y vuelta. Tres años tenía cuando más y todo el día se le iba en acarrear de poco a poquito, en una ollita de peltre. La mayor parte del tiempo la tiraba a medio camino, pero como su mamá les enseñó que había que reírse de lo que fuera y cuando fuera, se sentaba a reírse en el agua tirada. Luego le pegaban los muchachos de la calle y él no metía las manos sino que se arrinconaba. Nunca fue perrucho.

Se me engrió el pinacate. Nomás estaba avizorando a qué horas llegaba yo. La pobre Felícitas no podía con tanto chiquillo y más con ese hombre tan desobligado. Era la única que trabajaba para la sarta de muchachos. Se iba a vender el sombrero y los sábados venía como a las diez, a las once de la noche y el chiquillo andaba rodando. Luego que llegaba yo, se recogían todos ellos conmigo. Pero Perico era el más apegado.

Una noche en que regresé un poco más tempranito, estaba ella sentada en el patio y me dice con su boca de olán:

—Fíjese que le voy a dar una mala noticia. Se sumió el techo de su cuarto y yo me asusté porque uno de mis muchachos andaba corriendo arriba y ya mero se me andaba cayendo...

Bueno, sea por Dios. Se sumió el techo y arriba de la cama se vino todo el terremoto... Todavía estuvo ella platicando conmigo y jugando con los niños que se le trepaban. Los pellizcaba:

—Éjele, éjele, yo no fui, yo no fui, fue Teté...

Hasta que le dije yo:

—Bueno, pues ya me voy a meter.

—Sí, yo también voy a hacer mi cena.

Se fue para su cocina con sus chilpayates colgados como sonajas de sus enaguas y yo me metí para adentro de mi cuarto a ver el tiradero: «¡Ay, ahora venir tan cansada y tener que sacar la tierra y sacudir mis cobijas para poderme dormir!» Ya habían puesto unas tablas y taparon como pudieron, pero de cualquier manera me tocaba sacar el terregal. Estaba pensando en cómo cargar el caliche cuando va Lola y me dice:

—Jesusita, Jesusita, le habla mi mamá que la vaya a curar.

—¡Ay, no estés molestando! ¿Qué tiene tu mamá? Acabo de platicar con ella. No seas mentirosa. Déjame que voy a juntar mi basura...

Se fue la chiquilla y a poquito vuelve a venir:

—Ándile, no sea mala, mi mamá está muy mala.

Cuando entré, la semblantié y vi que estaba trabada, ya muerta como quien dice... El papá de los muchachos estaba tardeando en el zaguán, fume y fume. Le avisé:

—Mire, tráigale un doctor porque la señora está muy grave.

—No, qué grave ni qué grave. Lo que tiene es un dolor en el cerebro... Úntele cualquier cosa y se compone.

Y siguió platicando con los otros. A mí me dio tanto coraje con aquel güevón que ni siquiera se movía, que le grité:

—Entonces ¿no va a buscar doctor?

—¿Para qué si nomás tiene un malecito?

—Bueno, pues si se muere, no es responsabilidad mía. Yo me lavo las manos.

Y por cierto que las traía bien sucias de tierra. Que doy la vuelta y que me salgo. Al rato llegaron Zacarías y Fidencio y los dos se fueron a traer al doctor. La recetó, la inyectó y ella igual, igual, igual, porque para nada se le quitó el dolor del cerebro... ¡Mala, mala pero muy mala que estaba!

¡Uy, el doctor les cobró un dineral! ¡Y luego hubo junta de doctores! ¡Y nada, Felícitas se moría! Pero otro doctor que vive, o quién sabe si ya no vive en la calle de Platinos fue el único que le atinó. Dijo que le había dado embolia y empezó a hacerle la lucha y a traerle medicinas fuertes para volverla en sí, porque se quedó como mensa. Recobró el habla pero no muy clara. Después de tres meses todavía decía a medias todo, como las criaturas cuando comienzan a decir papá. El doctor les advirtió a los muchachos que no le hicieran pasar corajes, que le dieran bien de comer, pero alimentos no muy fuertes, nada de carne de res, puro pescado y pollo y arroz y que le pusieran las inyecciones y le pasaran a fuerza los tónicos. Felícitas estaba acabada de tanto muchacho que crió uno tras otro; cinco mujeres y cinco hombres, como escopeta de retrocarga. Y yo entiendo que de eso tenía agotamiento y por bien que hubiera comido siempre eran muchos hijos para tan poca madre. Los hombres, antes de nacer, se alimentan del pulmón de la madre, y las hembritas se alimentan del estómago. Los hombres del pulmón para tener aire y las mujeres porque van a necesitar mucho el vientre, por eso comen del estómago.

Un día entró Zacarías a ver a su madre:

—¿Cómo se siente?

—Mejolcita, hijito de mi alma.

—Bueno, pues entonces me voy a los Estados Unidos de bracero porque con su enfermedad quedamos muy endrogados... Ai mis hermanos que sigan vendiendo sombrero...

A estas alturas ¿qué le importaba a Felícitas? No chistó nada. Hacía muchos días que se le había marchitado la alegría. No sé en qué trabajaría Zacarías en los Estados Unidos, pero les mandaba dinero a su madre y a su padre. Y yo les pagaba siete pesos al mes por un cuarto sin cocina.

Zacarías estaba arrimado con una mujer que entró a la casa y empezó con que le gustaba el güerito y le gustaba el güerito y le gustó tanto que se metió con él. Felícitas no decía nada; nomás se reía hasta que se trabó del coraje porque casi todos sus hijos eran güeros y la encajosa además de ofrecida era prieta. Siguió dale y dale hasta que quedó preñada hasta el gaznate. Como no era su mujer, Zacarías se largó sin avisarle, pero los vecinos de la colonia le contaron que se había ido de bracero. Un día que le llegó carta de Zacarías vino y le gritó a Felícitas:

—¡Vieja méndiga tal por cual, nunca me quiso decir

dónde estaba mi Zacaritas, pero él ya me escribió para que se lo sepa! ¡Aquí me manda mis diez dólares, vieja cabrona!

Y de ese coraje con la nuera cachuca, en la noche se murió Felícitas.

A la mujer de Zacarías le dicen la Pantera de mal decir. Quién sabe cómo se llame. Para todo gritaba insolencia y media, y la señora Felícitas era de otra clase muy distinta. Hasta la fecha a esa mujer no la quiero aunque Zacarías tuvo más hijos con la tal por cual.

Cuando se murió Felícitas ¿a qué me quedaba? Me vine a la colonia La Joya, a un ladito de la Felipe Ángeles; a este muladar donde me ve ahora. Pero no dejaba yo de darles sus vueltas a los Vidales. Felícitas les heredó la casa que ya estaba pagada y fincada y también harto trabajo, más de cinco mil pesos de mercancía. Nomás que el padre agarró el trago y entre él y la cuñada se acabaron todo en la borrachera. Al revés de Felícitas, Rogaciana era muy desobligada y lo es hasta la fecha. Yo al viejo fifiriche de José del Carmen Vidales lo odio porque todo se lo bebió. No tenía necesidad de que sus hijos anduvieran causando lástimas. Si por eso trabajó la Felícitas y por eso les dejó ella con qué trabajar.

Cuando perdieron la casa, José del Carmen Vidales me pidió:

—Arrégleme un terreno en Tablas de San Agustín.

—¿Con qué?

—Con esto que me manda Zacarías de Estados Unidos. Es para el enganche.

—Oiga, pues vaya usted.

—Ándile, apunte usted a Rosa...

Como a él no le gustaba meterse en argüendes, ni molestarse en andar firmando papeles yo llevé a la chiquilla, la hermana de Perico y puse el terreno a su nombre. Hablé por ella, le saqué los retratos para que me dieran la credencial. Los presidentes de la colonia Tablas de San Agustín muy amables apuntaban a la gente que iba llegando a dar el enganche del terreno. No les importaba que fueran niños menores o perros con tal de que llevaran los centavos. Nos dieron un pedazo grande y comenzó a fincar el viudo: dos piezas techadas de madera. Allí se fueron a meter todos, menos Pascualina y Lola que agarraron su camino. Pascualina era muy parecida a Felícitas sólo que desde los doce empezó a tongonearse por las calles, y Lola de imitamonos allá fue también. Si su madre fue una mujer de honra y provecho, ellas, que eran casi unas niñas, se hicieron sus chiqueadores en las sienes como monitas de circo y con la leche todavía en los labios, se metieron de pindongueras. A mí me dolía ver lo que sufrían los chiquitos y les dije:

—Bueno, me vienen a ver y les doy su taco pero no le digan a su padre dónde vivo...

Cuando vino Zacarías de los Estados Unidos reclamó su dinero y para regresárselo José del Carmen tuvo que vender el terreno. Dejó las paredes de tabique ya fincadas y se quedó sin nada.

—Jesutiti, Jesutiti, mi papá va a venir a verla porque no tenemos casa donde meternos. ¡Ya vendió ahora el terreno porque Zacarías le mandó el dinero para que se lo guardara, no para que se lo gastara!

—¿No te dije que no le dijeras dónde vivo? ¡Que se responsabilice! ¡Viejo abusivo! ¡Viejo tal por cual! Ya es hora de que se haga cargo.

A los pocos días vino él. ¡Pues ni modo! Eso sí muy prendidito. Quién sabe quién le lavaría.

—Vengo a verla para que me consiga casa donde vivir.

Entonces le dije yo a Casimira la dueña de la vecindad que me rentara el cuarto de junto que estaba desocupado. Y los metí a todos en ese cuarto. Le dije a José del Carmen que amontonara todos sus triques allí; tabiques y palos y alambre, un balde con mezcla, además del bulto de sus garras. Pensé: «Bueno, pues aquí que se estén conmigo. ¿Qué hago? ¡Ni modo de echarlos a la calle!» Todavía le pregunté al viejo:

—¿Me va usted a hacer caso de formarles casa a los muchachos?

—Sí, Jesusita... y nomás que me empareje, yo le doy para la renta.

Entretanto yo puse los frijoles o algo para que comieran. Las niñas todo el día querían estar encima de mí, y cuando regresaba yo del trabajo, se trepaban a la cama:

—Dame un besito, Jesutiti...

—Ándale, un besito tronadito.

—Un besito en la boquita...

Felícitas así acostumbró a sus hijos. Los besaba en la boca, en las nalgas, adonde cayera. Le daba risa, todo le daba risa. Blanca, la niña más chiquita, se quedó con su tía Rogaciana y Zacarías con la Pantera. Ése siempre jaló por su lado.

José del Carmen se compuso unos días. Luego se reía de mí porque a Julio me lo acomodaba de un lado y a Pico del otro. Juntaba yo dos sillas y les ponía unas tablas.

—Parece gallina culeca con sus pollos.

—Pues aunque sea gallina culeca, ni modo. Ni modo que no se arrimen junto de mí.

Estaban chiquillos, necesitaban calor de madre y se acercaban los dos a mí. Al poco tiempo, José del Carmen volvió a encontrar a Rogaciana y agarró la borrachera por parejo. Ya no le importaron sus hijos. Tenía cincuenta años. No es alto ni chaparro, ni tampoco es gordo. No es nada que importe. Lo único que hace es beber pulque todo el día.

Cuando el viudo se vino a vivir a mi casa los vecinos no dijeron nada; no me tenían que decir nada si yo pagaba mi renta. Llegaba él en las noches y se tumbaba en el suelo sobre unos cartones y allí dormía la mona. Los niños eran muy encimosos:

—¡Hazme cosquillitas!

Les gustaba manosearse; siempre andaban hurgando en donde no. Vivieron tres años conmigo. Un día les estaba dando de cenar a todos cuando delante de mí, del papá y de los hermanos, Pico cargó su tambache y agarró para la calle. Hasta eso, no le habíamos dicho nada. Se salió porque le dio su gana. Le dije yo a José del Carmen:

—Es su deber como padre ir a detenerlo.

—¡Válgame! Que se lo lleve el tal... Yo estoy cenando. Yo no lo devuelvo.

—Pues no se lo va a llevar el tal. Le pueda a usted o no le pueda, yo lo voy a ejecutar.

—Haga lo que quiera.

Y siguió tragando.

Que agarro y que me salgo. Fui a alcanzar a Perico allá cerca del establo de la colonia La Joya. Y desde allá me lo traje a puros trancazos.

—¡Ándele, regrésese a su casa porque le va a ir más mal!

Y ya lo metí. Esa noche no quiso cenar. El papá nomás se tiró a dormir.

De ahí fue cuando comencé a pegarle a Perico:

—Mucho te quiero pero yo no te voy a dejar que hagas tu voluntad. Te tengo que ejecutar.

A medida que iban creciendo, la tía Rogaciana se llevaba a los muchachos. Apenas los veía macicitos les inculcaba que yo los tenía por conveniencia para ponerlos a trabajar y que me mantuvieran y me los iba quitando de a uno por uno. No era una mujer fuerte; nomás era una vieja borracha. Estaba abotagada por la bebida, botijona botijona. Rogaciana siempre andaba en la calle chancleando, con un rebozo puerco y un delantal mugroso. Los niños se iban porque con ella eran muy libres de hacer todo lo que se les antojara y hasta se tiraba en la cama con ellos a las cosquillitas y al piojito, y al sana, sana, culito de rana... Y ya nomás me quedé con Perico.

En los primeros tiempos dejaba yo a mi Perico encerrado en el cuarto. Echaba candado y así como dejo a estos animales, así lo dejaba a él. Me iba desde las siete de la mañana a la lavada y regresaba hasta las cinco de la tarde. Y el niño aquí solo, sin sus hermanos, llore y llore y llore:

—¿Por qué no comistes? Allí te dejé comida...

—Porque no tengo hambre.

—Y entonces ¿por qué lloras?

—Pues porque me quedé encerrado.

—Bueno, pues entonces vente conmigo.

Como estaba tan necesitado de todo, me costó trabajo criar a Perico. No sabía comer comida. Su mamá le hacía hojas de té limón o café negro; tortillas y frijoles de olla. Y yo, entre medio de mis pobrezas, he andado en tantas casas que sé comer de otra manera, y fue un sufrimiento porque él nada aguantaba. Yo creí que se me moría. Entonces le comencé a meter sopas aguadas y le hacía avena y café con leche y cuando podía chocolate y así le fui entonando el estomaguito. Cuando trabajé con la señora del licenciado Pérez, luego que le iba a dar de comer a sus niños llamaba también a Perico, y de todo lo que les daba a sus niños le daba a él porque me decía que estaba muy débil. Me regaló un tónico de una cucharadita tres veces al día y con ese vino caliente se puso muy colorado como si le pintaran las chapas. Pico era blanco con su pelo colorado. Así era desde su nacimiento. Felícitas era güera y él salió cabeza de cerillo. Mi Pico se enseñó a comer, se puso macizo. Eso sí, le inculqué que no fuera limosnero, que no tenía por qué pedir. Una vez lo castigué porque acabado de desayunar, se salió para afuera y se paró en una puerta. Estaba una familia almorzando y le dieron un taco. ¡Le dieron un taco! Y luego que me asomo y que lo veo con su taco.

—Y ahora tú, ¿qué haces?

—Nada.

Me dicen:

—Ya le dimos un taco, señora.

—Sí, señora, muchas gracias.

Y que meto a Perico para adentro.

—¡Véngase para acá, ándile! Ahora se come su taco y le bajo la cazuela, ándile, y se acaba esta olla de frijoles y se acaba todas esas tortillas si no lo agarro a palos, porque a mí no me gusta que se quede con hambres; y que se vaya a parar a las puertas. ¿Qué no se llenó? Como no se llenó, ahora se va a llenar. ¡Ándile, acábese su taco y embúchese todo lo que le voy a dar!

—No puedo.

—¡Ahora se lo acaba! Para que se le quite la manía de andar como perro en las puertas.

Allí lo tuve sentado y yo con un palo en la mano.

—Tú no te acabas eso y yo te agarro a palos. ¡A ver qué prefieres!

—No puedo.

Se puso a llorar porque no hallaba cómo acabarse aquel montón de frijoles.

—Ándile. Allí está la cuchara y a cucharada o a como pueda, pero usted se lo zampa.

Hice que se lo acabara. Pensé: «¡Se va a ir al camposanto pero se le quita lo guzgo!»

¡Santo remedio! Ni más volvió a pararse en las puertas.

Para una lavandera las sábanas son muy pesadas porque se tienen que tallar y enjuagar tres veces; luego se

echan al sol, se levantan, se tallan y se vuelven a enjuagar. Diario lavaba yo sábanas. Les daba cuatro lavadas.
En la primera les quito el polvo con pura agua; las tallo
bien a que se les salga todo el aire del cuerpo y los pelitos. Luego las enjabono y las echo dentro de una tina a
que aflojen la mugre; ya que están todas remojadas con
jabón, entonces las saco una por una y las voy tallando
en el lavadero y las voy apartando. Luego que acabé de
tallar toda la ropa blanca, entonces echo la ropa de color a que se remoje en ese jabón que quedó en la tina.
Entretanto, subo toda la ropa blanca en una cubeta
para echarla al sol con su jabón limpio. Cuando ya se
secó, la levanto del sol; la vuelvo a restregar con agua
limpia y la vuelvo a enjabonar; ya que veo que no quedó mugrosa ni nada la tallo en el lavadero, la enjuago
bien y la tiendo y luego me sigo lavando la ropa de color. La ropa blanca siempre se lava aparte, hay gente tan
bruta que la lava junta y queda toda percudida. Diario
me salían muchas sábanas, y a veces nomás les daba una
lavada al ver que me las entregaban muy blanquitas de
la cama, pero ya cuando las volteaba a ver estaban negras sobre el tendedero. Les salían chicas manchotas de
grasa. Así es el cuerpo de traicionero. Entonces hay que
lavarlas parejo y con ganas, si no, mejor que no se laven. Lavar es pesado, pero según yo, es más pesado cuidar niños. A mí, los niños nunca me han gustado. Son
muy latosos y muy malas gentes. A Periquito lo tuve
no porque me gustara, pero ¿qué hacía ese escuincle sin
madre y acostumbrado conmigo? ¿Qué hacía yo? ¿Lo
echaba a la calle? Lo tenía que torear como si hubiera
sido hijo mío, propio, muy propio porque hasta eso,
era una criatura sangre de perro porque todos lo querían mucho. No nomás yo, toda la gente lo quería; era
un escuinclito muy dócil, muy, muy dócil. Jamás me
reclamaron a mí:

—Mire que su muchacho me hizo esto.

Porque si yo estaba arriba lavando, allí estaba él junto de mí, jugando a lo que quisiera, pero allí junto a mí; que se me fuera por la media calle, que anduviera haciendo averías por el patio, o corriendo, no, nada. Cuando se cansaba, se metía debajo del lavadero y allí se dormía. Y cuando veía que yo iba con la ropa para la azotea me acompañaba y luego se metía otra vez debajo del lavadero. No me daba guerra. Al contrario, le decía yo:

—Vete a la ciudadela a jugar con los muchachos a la pelota.

—Pero no se vaya a ir...

—Pero ¿cómo me voy a ir si tengo tanta ropa?

—No, mejor le ayudo.

Me subía las cubetas de ropa a tender al sol, y si ya estaba enjuagada la ropa blanca me subía la de color y luego me ayudaba él a tender. Y si no, me recogía todas las servilletas y me las lavaba; los calcetines los tallaba él muy bien y me preguntaba:

—¿Ya están buenos para echarlos al sol?

Y se subía con su cubeta a echar al sol. Pañuelos. Todos los pañuelos Perico me los lavaba y ya que estaban bien lavados, los asoleaba, iba después por ellos y los enjuagaba.

—¿Ya los tiendo? ¿Ya los vio que están bien?

Yo los revisaba y le decía:

—Ándile pues, tiéndalos.

Me ayudó mucho. Si hasta eso era muy distinto el muchachito ése; era buen muchachito. Y eso que nunca lo traje suelto; siempre con la rienda corta. Desde chico fue muy tímido, no sabía andar solo, siempre pegado a mis faldas. No jugaba a las canicas ni nada con los demás, jugaba solo. Si salía no se iba lejos; se quedaba en el zaguán, pendiente del juego y pendiente de mí, porque tenía miedo de que me le perdiera. Siempre tuvo ese miedo. Y mejor dejaba el juego y se estaba conmigo. Luego lo hacían desesperar los muchachos allá en el edificio; que me iban a llevar al baile, que me invitaban a pasear y él agarraba y se mordía las uñas duro y duro, yo creo que de los nervios. A él lo acostaba yo entre dos sillas: ponía una tabla y encima de esa tabla su colchoncito. Se abrazaba de mi brazo, agarraba mis dos manos y se las metía así y decía:

—Así siento cuando me suelta.

—¡Ay, Dios!

—Con suerte se va y me deja dormido...

27

Yo no soy querendona, no me gusta la gente. Mi carácter ha sido muy seco. Nunca me aquerencié con nadie. Soy muy regañona, hablo muy fuerte. «...Tate... ¡deja eso!» No sé hablar de otra manera. Así es de que las criaturas me siguen porque quieren, pero de que yo las ande apapachando o algo así, válgame Dios. Yo le hablo golpeado a toda la gente y a mis animalitos también.

Perico si era cariñoso. Luego agarraba y me decía:

—Acuéstese, acuéstese, yo voy a remojar los frijoles, yo voy a escombrar, yo voy a trapear.

En la mañana saltaba de la cama como resorte:

—¡Quédese allí! ¡Yo voy al mandado!

De todos modos me tenía que levantar porque mientras él iba a traer algo, yo calculaba: «Me pongo a calentar el agua porque si no, no me alcanza el tiempo.» Si se iba muy temprano a formar a la masa, entonces le hacía yo medio kilo de tortillas para que tuviera comida a la hora que quisiera.

Perico siempre me dijo Jesusa. Cuando la gente le preguntaba:

—¿Dónde está la señora?

Respondía:

—¿Quién? ¿Mi mamá? Allá está adentro.

Pero a mí directamente no me decía mamá porque nunca lo dejé:

—Soy tu madre porque te estoy criando pero yo no te nací, ya lo sabes.

Y le acordaba que su madre había muerto.

El dicho ése de que es más madre la que cría que la que nace es enteramente una mentira. Eso de que se apersonen de los hijos ajenos no está bien. Yo sí se lo tomo a mal a la gente que se vanagloria con lo que Dios no le ha concedido. Que lo criaron a uno, pues muchas gracias, muy agradecido, pero que no tomen el lugar que no les corresponde. Mi madrastra tampoco me dijo que la llamara «mamá», nunca. Yo le decía «señora Evarista». Que fue una madre para mí no lo niego porque si ella no me hubiera enseñado, pues ¿qué sería de mí? Pero yo sabía que mi mamá era otra y entre las dos nada de mamá y nada de m'hijita.

Yo llevaba a Perico a la Obra Espiritual el Día de Todos Santos y el Día de las Madres para que saludara a su mamá. Habló con ella varias veces; se lo presenté como es debido, y de todos los nueve hermanos es el único que recibió bendición de madre. Felícitas me dio las gracias y no nomás me encargó a Perico, sino a todos los demás; por eso al principio vi por ellos. Al único que no me encargó fue a su marido. Hizo bien. ¿Qué se ganaba? Ya cuando cruzan los muertos otros espacios no se acuerdan de lo material de la tierra. Ni ellos de ellas, ni ellas de ellos. Pero Felícitas penaba por sus hijos, porque ésa fue su misión. No descansará hasta que no los tenga reunidos a todos, porque ahorita tiene allá arriba nomás a uno, al Rutilio. ¡Hasta que se los devuelva a Dios, hasta entonces hará sus cuentas Felícitas!

Su mamá le dio buenos consejos en el templo espiritual que estaba en Niño Perdido; le dijo que cuidara mucho de mí, que me obedeciera en todo. Perico no le conoció la voz porque cuando ella murió estaba tan chiquillo que no se acordaba. Murió en la madrugada cuando él estaba dormido. Se paró y se fue a jugar como todos los días con los demás chiquillos de la colonia. En la Felipe Ángeles estaban abriendo alcantarillas y allí se sentaban los chamacos a echar relajo. Perico estaba empinado sobre la alcantarilla cuando pasamos con la caja. Allí lo dejamos y la fuimos a enterrar. Así es de que Perico no supo ni qué cosa era la muerte.

A mí no me gusta hablar con la gente. El día que estoy aquí en mi casa mejor alego con mis animales: «¡Métanse!» o «¡Bájense!» o «¡Duérmanse!» o «¡Cállense!», así me oigo la voz pero poco hablo con los vecinos. Soy muy rara. A Tránsito, la del edificio, no había modo de no oírla; estaba todo el día como molinillo. Subía a los lavaderos a platicar; ella solita se daba cuerda. Luego me decía:

—Vamos a tal parte, corazón.

—¿Y mi muchacho?

—Lo llevamos, corazón.

Tenía unas comadres enfrente, en el 20, y fuimos allá a comer, pero yo soy rete rara; en casa ajena no me sabe la comida. Tránsito alegaba que se perdía en el Defe; que yo la acompañara. Es de la manera que salimos juntas, ella con sus faldas bien apretadas y su cotorreo, chulita por aquí, chulita por allá, y yo que iba casi sin hablar, nomás lo indispensable. Es que yo tengo otro carácter y ella es más alegre, más amiguera; platica con el señor Fulano y con el Mengano y con el Perengano y yo soy más delicada. De joven fui muy cantadora, muy pizpireta y todavía cuando llegué a Icazbalceta me gustaba mucho cantar pero ahora ya no quiero hacer plática con nadie.

Hace como unos doce o trece años en el día de su santo, su marido de Tránsito, el que tenía en esa época porque ella los releva como cataplasmas, me sacó a bailar, y con una sola pieza se me entiesaron las piernas.

—Ya no puedo...

—¡Ay, pero si apenas comenzamos! ¿Por qué no?

—No, señor, me dispensa mucho, pero no.

Las piernas se me negaron por completo para recordarme la promesa. Los Hermanos Espirituales me dejan bailar una pieza, pero dos o tres no. Y me fui a sentar junto a mi Perico.

A Tránsito le encantaban los hombres y la juerga. Se ponía de lo más contenta. Hay mujeres así, ganosas, que tienen comezón. Tránsito era lo más desfachatada. Sólo las puterías la tenían sosiega. Un día agarró diciéndome:

—Yo tengo un español, tengo un español, tengo un español, un español...

Andaba como castañuela. ¡Uy, cómo lo presumía! Y una tarde que lo voy mirando. Dije: «Pues este hombre de todo tiene trazas menos de español. Es un indio de lo más prieto.»

Le dije a Tránsito:

—No, pues los españoles no son tan prietos, no me arruine. ¡Ese hombre no es español!

—Pues vino de España.

—Iría allá a dar la vuelta.

Como traía la boinita que usan los abarroteros, pues le vio cara de español.

Ese marido que tenía era hijo del general Felipe Ángeles para más señas. De tanto platicar y platicar salió en limpio quién era Rafael Ángeles. Se vino a México con una señora española que lo cuidó en el hospital porque lo hirieron durante la guerra de los republicanos. En México fue a dar con Tránsito porque ella se le mete hasta al perro... ¡Nomás con que tenga quién le dé para sus natas y no se cambia ni por la reina de espadas! Ángeles vivió con Tránsito un tiempo y tenía el cinismo de llevarle a su española para el Año Nuevo y a mí me dolía ver a la señora inocente con todos sus hijos celebrando con Tránsito. A Tránsito lo que le interesaba es que Rafael le azotara el dinero y la trajera paseada y bien servida. Esa mujer es de lo que empeñó Satanás y jamás pudo desempeñar.

A pesar de ser parrandero, Rafael Ángeles era un hombre bueno. Él metió a trabajar al hijo de Tránsito en esos anuncios grandes de luz que ponen en los techos de las casas y lo reconoció aunque no era hijo de él sino de la Revolución Mejicana, bueno, nació a la mera hora de la trifulca... Ángeles le dio su nombre y le consiguió esa chamba en la luz neón y nunca dejó de darle centavos, ni a él ni a Tránsito. Así es de que el muchacho se llama Miguel Ángeles.

Entre machincuepa y machincuepa, Tránsito daba gritos, pero gritos de veras, porque los dolores de nacer los abortos son peores que los otros.

—¿Qué tiene?

—Fui a ver al doctor y me puso la sonda.

—¿Y para qué?

—Pues para que sí.

—Pues mire usted nada más cómo está de mala con esa hemorragia.

Y con tanta sangre como había perdido se desmayó y se cayó. Pensé: «Esta mujer se va a morir y sus padres van a alegar que no hubo ni quien hiciera el favor de mandarles avisar.»

Y en esa vez sí me asusté y que llamo a su mamá y a su papá:

—Vénganse porque Tránsito está muy mala. ¡Quién sabe si se muera!

Lueguito vinieron la mamá y el papá todos mortificados. Fue la última vez que la vi tan mala. Al otro día la pasé a saludar:

—¿Cómo sigue?

—Ya, ya, ya estoy bien...

—Mire cómo es. ¿Cómo no me avisó con anticipación que estaba mala para calentarle un té?

—No, si ya no había remedio que hacerme; ya era la hora de que lo tirara.

—¿Qué cosa iba a tirar?

—Pues la criatura.

—Pero ¿por qué la tiró?

—Y yo ¿para qué la quiero?

—Y entonces ¿para qué se mete con los hombres si no quiere que la festinen?

—No, si ya con Miguel tengo. Ya con ése es suficiente.

Nomás tiene un hijo pero tiró un titipuchal, así de tres o cuatro meses, ya cuando estaba el chiquito formado. Hay muchas mujeres que se quitan los hijos. Cuando están seguras de no haberse enfermado porque han pasado dos meses, tres meses y nada, entonces van con un médico y el orejón ése: «Otro te lo metió; yo te lo saco. Págame tanto. Yo como con tu hijo muerto.» La mujer le paga y entonces él le mete la tripa aquella y le enrosca quién sabe qué tantos metros adentro y con eso tiene para echarlo fuera. Como ocho o nueve tiró Tránsito. Y eso fue cuando yo trabajaba allá. Por eso engordó. Tenía un cuerpo no feo; era delgadita acuerpadita. Hoy está jamona, fea, con chicos brazotes que parecen jaletina. Además siempre anda sebosa de tanta crema que se unta.

Las mujeres engordan porque agarran mucho aire y el aire es el que las perjudica; las va inflando por dentro. A una mujer embarazada se le abren todos los poros del cuerpo para recibir las buenas corrientes, pero Tránsito andaba sin nada adentro; por eso se llenó del aire de todos los hijos que mató.

Perico tenía diez años entrados a once y no quería ir a la escuela porque creía que yo me le iba a perder. De chiquito lo inscribió su papá pero como era muy corto, los grandes le pegaban y él nunca más volvió hasta que lo fui a apuntar a la escuela de la Ciudadela, cerca de Icazbalceta. No me quería soltar pero un día dije: «¿Cómo se va a quedar así de prángano y de burro? Tiene que saber algo en su vida, no quiero que se quede como yo.» Y le pegué fuerte y ándile, a la escuela. Lo obligué. ¿Me entiendes Méndez o te explico Federico? Yo no quería que fuera cargador, quería que le enseñaran algo de provecho. Le compré los libros, los cuadernos, todo lo necesario. Ahora los libros ya no se compran pero cuando Perico fue a la escuela, a mí me costaron.

Como a las dos de la tarde, lo iba yo a dejar. Lo bañaba, lo peinaba y le ponía su muda limpiecita. Lo llevaba y lo traía y luego sus compañeros le hacían burla:

—Allí viene tu criada.

Se ponía colorado, colorado:

—No es mi criada, es mi mamá.

No le creían. Pensaban: «Esa vieja tan prieta, ¿cómo va a ser su madre?»

Luego lo conformaba yo:

—¡Ay, tú! ¡Qué te quitan!

—Pues que no sean habladores; andan diciendo que es mi criada siendo que es mi mamá.

—Mira tú, me quitaron un pedazo.

—No, pues que no anden diciendo.

—¡Déjalos que digan lo que quieran! ¡Allá ellos!

—Es que usted no es mi criada. ¡Usted es mi mamá!

—Pues eso dices tú.

Perico nunca volvió a tomar café porque en la escuela fue lo primero que me dijeron: que el café le perjudicaba los nervios. Así es de que yo veía lo que hacía, pero antes que nada él iba a traer su leche recién ordeñada al establo. Me tocó la suerte que dos maestras de

383

Perico fueran patronas mías porque yo les lavaba; eran de allí mismo del edificio y con más empeño me lo dirigían. Yo acá lo seguía ejecutando y lo traía a buen paso. Me sentaba frente a él aunque no entendiera nada, lo ponía a hacer tarea. Todos los días del año, hasta en las vacaciones tenía que repasar los libros para que a la hora de las pruebas supiera contestar. No es que lo alabe, pero él obedecía y aparte de que estudió más de la cuenta yo siempre lo traje tirante, que no se estuviera de flojo, nada de estar pensando malos pensamientos. Ahora los muchachos se crían de vagos porque no tienen en qué entretenerse. Ni para despiojarse los unos a los otros sirven. No les alcanzan las calles para jugar y los mismos padres los alcahuetean, los dejan de libertinos, fijándose en lo que no porque cada vez que entran a su casa les gritan: «¡Órale, sáquense, no estén de encimosos!»

Cuando yo me crié no era uno libre ya no de contestar sino de voltear a ver a una persona grande. Yo no fui a la escuela pero no me acuerdo de haberme volteado para decir:

—Ai viene la vieja Fulana.

Decía yo:

—Señor Fulano, señora Perengana...

Sería rica o pobre, pero era «la señora». ¿Qué educación les meten ahora los maestros a los niños? Yo no voy de acuerdo. Por eso le pegué mucho a Perico:

—Usted pórtese como la gente. Usted salude. Se dice: «Buenas tardes o buenos días.»

Un día fui y le reclamé a Tránsito:

—Hágame favor de no andarle dando dinero a Perico porque yo no quiero que se acostumbre a que las mujeres le den dinero. Si quiere gasto que se lo gane.

—¡Ay, si es su domingo!

—No quiero que le enseñe a domingos. Yo he sufrido bastante, me he pasado los días sin comer, pero nunca pedí caridad. Así es de que no me lo mal acostumbre...

—Si a todos los chamacos se les da su domingo, Jesusa.

—¿Y qué? Ya sabe Perico que conmigo frijoles no le faltan. Tiene las tripas llenas; fruta, yo le compro, dinero, le doy, no mucho, un diez para que los muchachos no lo vean sin un centavo, pero que usted me le dé no se lo admito. Yo represento a su madre y soy de la obligación.

Entonces ella se sintió:

—¡Hombre, no sea usted soberbia! Es que a veces me carga el mandado.

—Que le haga a usted el mandado y lo que usted quiera, pero no por paga. ¡No me le ande pagando!

Yo no voy de acuerdo con eso. Pedir limosna echa a perder a las criaturas. El otro día venía en el camión un parcito, niño y niña de ocho y nueve años, cantando. Está bien que mañana cuando sean grandes les guste ser cantantes de la calle. Pero a esas edades ¿a qué los exponen los padres? ¡A que pierdan la vergüenza! Yo siempre le dije a Pico: «Tienes que ser hombre de vergüenza.»

Seguro a ella no le pareció que yo le contestara porque después supe por los vecinos que comenzó a mal aconsejar a Perico; le decía que por qué me estaba aguantando si al cabo no era yo su madre. Ella se pasaba la vida capulina, vida capulina nomás; se compraba bastante ropa, lociones, siempre estaba estrenando, las cejas las tenía en un hilito de tanto que se las sacó y todo era vacilón qué rico vacilón. Claro que a Perico se le iban los ojos: «Corazón, ¿quieres una coca? Hijito, qué guapo te estás poniendo...» Y Tránsito me alebrestó al muchacho.

Andaba yo muy alerta junto a él porque una vez que fuimos al cine de Balbuena, vi que se arrimó junto de dos muchachas, en vez de irse a formar a la cola y les dio para que ellas sacaran nuestros boletos. Como estaba chiquillo yo procuraba comprarle su gusguería y en una bolsa le junté tamales de capulín, caña, cacahuetes, plátanos y naranjas y quién sabe qué más y ya nos metimos. Me di cuenta que ellas lo siguieron, nomás que no le dije nada. Subí a galería porque en luneta me lastima la pantalla por mis ojos y luego fueron ellas tras de nosotros. Al poquito tiempo se le acuadrilaron y luego una de ellas le dio una tentadita. ¡Y yo dándome cuenta de todo! Hasta que por fin le dije:

—Bueno, ¿y ahora tú sirves de cine o qué?

—Yo no tengo la culpa.

—Entonces ¿yo sí la tengo? ¿Qué yo les estoy diciendo que se te vengan a acuadrilar?

—¡Ay, cómo será usted!

—Pues ¿tú qué te traes? Parece que tienes gusanos que no te puedes sentar a ver la película.

Lo veía yo que se volteaba y miraba para todos lados. Pues ¿no se pararon las mujeres y se vinieron a sentar detrás de nosotros?

—¿No me das, güerito? —Y se rieron.

—¿No me das caña? ¡Ay, dame un tamalito!

Más claro no podía ser. Lo estaban toreando.

—Óyeme, Perico, ¿quiénes son éstas?

—¡Ay, cállese usted! ¡Cómo será!

—¿Cómo? ¿Cómo quieres que sea si te están pidiendo esas locas? ¿Qué las conoces o qué?

—No, no las conozco.

—Vamos a ver si es cierto que no las conoces...

Oyeron ellas que repelé y se bajaron para abajo porque andaban por dondequiera brincando como chivas alborotadas; se sentaban aquí y allá las muy jijas, tantito atrás, tantito adelante para estarlo viendo de abajo para arriba. Nos salimos. Y ellas nos siguieron. En la calle venía yo bien encorajinada:

—Mira, cuando tengas tu encargo no me convides a mí al cine.

—Si yo no sabía nada...

—¿Cómo que no? ¿Adónde las conocistes?

—Si no las conozco.

—¿Cómo que no, si les distes el dinero para que sacaran los boletos? ¿Qué te estás creyendo que soy? Yo vi que les distes y ellas te dieron. ¡Por eso sé! Así es de que las conoces.

—Le digo que no las conozco.

—Entonces ¿por qué te están choteando? La gente desconocida no tiene ningún derecho de encuatársele a uno.

—Pues son las muchachas de allá de la Ciudadela.

—¿Las soldaderas, verdad? ¡No tienes vergüenza! ¡No tienes vergüenza tú! Esas perras andan allí jaloneándose a los soldados. ¡Si yo ya las estoy semblanteando a ellas! Ya las he visto allí.

Y que lo agarro a guamazos. Le puse una buena maltratada. Me dio coraje que tan chico ya anduviera detrás de las jediondas y le di sus cachetadas allí en la calle. Luego voltié y les grité a ellas:

—Síganme y ya verán a cómo les toca.

Se dieron la media vuelta y patas pa cuándo son. Cuando llegamos a la casa, todavía me dice:

—¿Para qué me pegó allí enfrente de todos?

—¿Cómo que para qué te pegué? Para que se te quite lo avorazado, carajo. Pues ¿qué te estás creyendo tú? ¿Eres perro o qué cosa andas buscando detrás de esas perras?

Ya eran mujeres grandes, bisteces muy manoseados, de esas de a tiro locas, de las que se van a los cuarteles con todo un pelotón. Perico tenía trece entrados a catorce y lo rastreaban porque desde chiquito han querido entrarle. Siempre le hacían plática. Una güerita que vivía en el edificio, espigadita ella, andaba muy picada con él. Y Tránsito también le tenía echado el ojo: «¡Véngase, Periquito! Corazón por aquí, cabecita de cerillo por allá...» Y ni modo que yo me quedara tragando camote. Como yo lo traía tirante, eso sí, Perico nunca me pudo hacer afrenta.

Al último año, ya para salir de la primaria, me exigieron el certificado de su nacimiento. Entonces fui con el papá y me dijo que no lo tenía; que lo sacara en Texcoco, donde nació el chiquillo.

—Bueno, pues voy a hacer el sacrificio de ir a Texcoco pero me tiene usted que acompañar.

Al regresar a la casa se compadeció mi muchacho:

—¿Para qué va a Texcoco si mi tía tiene mi registro?

—Bueno, pues anda y dile a tu tía que te lo dé.

La tía Rogaciana lo hizo perdedizo. Todo lo que tenía de papeles se le hacían perdedizos. Y yo creo que cuando Perico fue a pedirle el registro, ella le dijo:

—¿Para qué quieres el papel si al cabo ya te puedes mantener?

Su tía lo mal aconsejó; que para qué seguía conmigo si ya sabía lo principal que era leer y escribir y que ya estaba en edad de irse a trabajar por su cuenta. Le metió a Perico esa idea, porque el muchachito que todos los días de la semana andaba conmigo, de buenas a primeras una mañana a la hora de irnos a trabajar se hizo pato:

—Yo no voy.

—Mira, Perico, ¿por qué no me avisaste que te querías quedar en la casa para haberte preparado comida?

—No, pues aunque no me la haya preparado, yo aquí me quedo.

—No, ya sabes que iyendo conmigo, a la hora que me llamen a comer, comes tú también. Yo no estoy conforme con irme y tú aquí sin comer. Ahora vamos, ándile.

Entiendo que él ya tenía su convenio para irse, por eso se me puso tan gallito. Al llegar al edificio me dijo:

—Me voy al parque.

Ya otras veces se había ido al parque y a la hora de comer regresaba, pero ese día le ordené:

—Estáte aquí.

Me puse a planchar. Después de un rato, me dijo:

—Voy a leerle una novela.

—Ándale pues, ponte aquí.

Me gustaba mucho como leía. Me acordaba de Pedro. Siempre me gustó de cuando me platicaba cómo los panes se hicieron muchos. Después de un rato dejó la novela y se salió para afuera. Seguí planchando. Creí que se había ido a los excusados. Se tardaba horas en el excusado. Regresó y a poquito rato se me volvió a desaparecer, pero sabía que no andaba lejos porque oía su voz. Al mucho rato subió con dos pedazos de pastel.

—Oye tú, limosnero, pues ¿adónde andas?

—No, si yo no fui. Me llamó la señorita.

—¿Cuál señorita?

—Pues Carito, mi maestra...

—Pues ora pues, ¿por qué?

—Porque es su santo. Me dieron este pastel para mí, pero yo se lo guardé a usted.

¡Éjele! Ya no le cabía. Le dijo a la señorita Carolina:

—Se lo voy a llevar a mi mamá.

—No, yo le mando aparte a tu mamá. Cómetelo tú.

Pero como ya no le cupo, por eso subió con dos platos; el que se iba a comer y el que me mandaban a mí. Terminé de planchar a las diez de la noche. Envolví los pedazos de pastel y los eché en una bolsa. Cuando ya nos veníamos estaba Tránsito toda apestosa de loción recargada en el canto de la puerta del zaguán del 17 y me dice:

—Espéreme. Le voy a pagar.

—No, déjelo. Ya me voy... Allá mañana me paga.

—De una vez, véngase... Sí, de una vez.

Me regresé con Tránsito y Perico se quedó afuera en la banqueta. Cuando salí lo alcancé a ver a media cuadra. Luego dio vuelta y allí voy yo siguiéndolo, detrás, detrás. Dije: «Pues ya me esperará a la subida del camión.» No me esperó ni vi por dónde se metió. En ninguna puerta lo encontré escondido. Pensé: «Se iría a pie...» Después de un rato tomé el camión. Llegué a la casa, me estuve esperándolo, me dieron las once de la noche, las doce y la una, hasta que me acosté. «Ya vendrá», pensé. Pues no vino. Yo me acordaba todo el tiempo del pastel: «Ya vendrá a comérselo en la noche.» Pues no volvió. Así es de que del pastel no dio razón. Al otro día muy temprano me levanté, fui a ver a las hermanas y ninguna sabía de él. Fui a ver a los hermanos y tampoco. Dije yo: «Como con ninguna hermana está ni con los hermanos, pues entonces ahorita me voy a ver a la tía.» Y sí, allá estaba con ella.

—Y ahora, ¿qué haces aquí? ¿Que aquí es tu casa?

—No, no es mi casa, pero aquí va a ser mi casa ya.

Me habló con tanto orgullo, con tanto garbo que hasta se me secó la boca.

—No es mi casa, pero aquí me voy a quedar.

—¿Por qué?

—Porque aquí me voy a quedar.

—¿Aquí te vas a quedar? ¿Y qué? ¿Ya te hallas competente para sostenerte la escuela?

—Pues voy a trabajar.

Columpiaba las piernas encima de la cama como si nada. Me dio tanto coraje que sentí ganas de darle sus trancazos, pero dije: «No, mejor me aguanto.»

—Entonces ¿no vas a estudiar?

—Sí, voy a a estudiar en la Nocturna. En el día trabajo y en la noche estudio.

—¡Ah, bueno! Entonces ¿te vas a quedar?

—Sí.

Pensé: «Me voy, mejor me voy...»

Entonces me dice la tía Rogaciana porque me notó mal:

—Mañana se lo llevo.

Y es mañana que nunca volvió.

28

Seguí trabajando de lavandera. Aunque me haiga puesto triste, ¿qué gano? Él andaba divirtiéndose. ¿Me caigo para atrás? Pues no. En la casa arreglé un veliz con ropa. Dije: «Ya no quiere estar conmigo, que se vaya.» Se me quedó la ropa y poco a poco la fui vendiendo. ¿Para qué la quería? Ropa de muerto. «No vino por ella, cuando venga ya no tiene nada.» Sus hermanos son los que luego me cuentan cómo está. Hace un mes me vinieron a avisar que andaba en Acapulco. Por una ahijada de Felícitas supe que ha sentido bastante el haberme dejado porque le fue mal. Pero se arrepiente ya tarde. Aquí estaría en un trabajo bueno y a la vez estudiando porque yo hubiera hecho sacrificios. No quiso. Ahora yo ya no jalo.

Ninguno de sus hermanos tuvo escuela. Los mandaban al primer año y al segundo no. Así es que el único que estudió fue él, porque en medio de mis pobrezas, yo quería que se formara un hombre, que supiera cómo se llamaba. Esperé a que me viniera a decir que ya había ido a la escuela, que le ayudara con los libros porque de tener voluntad me hubiera buscado, pero se creyó muy valiente y así se quedó. Primero me contaron que se metió de albañil y que le daba a la tía Rogaciana veinte pesos semanarios, pero que ella le exigía cada vez más:

—Mira, Perico, no ajusto.

Entonces dejó a la tía Rogaciana, se juntó con unos amigos y se fueron a la pizca de café en Veracruz. Anduvo por los cañaverales. Vino engranado, echado a perder, con los brazos en alto por los golondrinos que se le hicieron en los sobacos. Sufrió bastante para aliviarse, pero a mí nunca me llamó ni nada. Yo lo sabía por las amistades que me encontraban en la calle:

—¡Ay, que Pedrito está malo, que mire usté, que quién sabe cuánto...!

—Ni modo, ¿qué quiere usted que yo haga? Yo no lo voy a ir a buscar.

Sé por los hermanos que no se ha casado. Será que como ya se acostumbró a andar de vago, unos días aquí, otros más allá, no quiere comprometerse. Tendrá garraletas por cinco, diez minutos, pero ¿vivir con ellas?, eso sí que no porque anda de chino libre sin quien le diga: «¿Por qué te dilatastes?» El hombre es muy libertino y la mujer le ruega: «Llévame a tal parte», y él no ha de querer cargar con su parche. Por eso digo yo que Perico no se ha buscado mujer.

A los pocos días de que desapareció Perico me resultó aquí una bola y se me hinchó todo el lado izquierdo, pierna, brazo, cara y del lomo me colgaba una vejiga de pellejo inflamada. Parecía que las manos las había metido en congo de tan amarillas, y entonces fui a un dispensario como a tres cuadras de Balderas, por allá por Bucareli, y un doctor viejecito hizo que me bajara las medias y nomás me tentó las corvas y se me cayeron las escamas. De la misma hinchazón se me resecó la piel y por eso se me pelaron las piernas como víboras...

—Tiene usted que ir a las calles de Tolsá a que le inyecten cada tercer día porque está usted en el cuarto periodo del sífilis.

—Pues no sé de dónde me agarra el sífilis.

—Pues quítese el vestido y quédese en fondo porque la vamos a pasar por un aparato.

Después me contaron que en ese aparato ven todo el cuerpo encuerado, dicen que devisan el esqueleto, dicen que ven hasta el alma. Me pusieron veintidós inyecciones de bismuto allá en Tolsá unas enfermeras que me decían que mi voz se parece a la de esa actriz que trabaja por radio: Prudencia Grifell.

—Está bien. Le toca a usted venir mañana.

Hasta que me cansé:

—Ya no es hora de que me estén chupando sangre. Si estoy bien, si estoy mal, déjenme morir en paz. Yo ya no vengo.

En mi casa, herví romero y me di siete baños de asiento y con el puro vapor del romero se me aminoró la dolencia.

Con tal de ya no ver a Tránsito, no volví a Icazbalceta. Seguí lavando en otras casas y me puse a restregar overoles en un taller del Buen Tono. En las noches, ya en mi cuarto, me acordaba de Perico, pero con un recordatorio natural, porque hay recordatorios malos que está uno dale y dale con la tristeza como los perros que se rascan una costra hasta que se la infectan. Entonces uno mismo se vuelve un tambache de tristeza, una bola de tristeza, sin ojos para ver nada de lo que pasa afuera. Yo no tenía por qué estar triste, pues ya sabía que Perico andaba con su familia. ¡Que después ganó su camino y se largó por donde le dio su gana, allá él! Jamás me volví a parar a buscarlo. ¿Para qué? Ya me había dicho él que no.

Yo no sé lo que es la tristeza. Nunca he tenido tristeza. Me habla en chino porque yo no entiendo de tristeza. ¡Ah, el llorar es uno, pero la tristeza es otra! Es mala, no sirve, a nadie le importa más que a uno mismo. Yo lloro cuando tengo coraje, pero nunca he sido triste. Lloro porque no me puedo desquitar y me brotan las lágrimas de pura rabia. Necesito desquitarme a mordidas, a patadas, a como sea. Pero llorar como dejada pa que digan: «pobrecita», mejor me lo trago. Los tristes son malas gentes que no se acuerdan más que de sus pesares. Yo nunca le dije que fuera triste, le dije que era triste la vida que he llevado, pero yo, no. La vida sí, la vida sí es pesada, pero ¿yo triste? A mí me gusta mucho cantar a grito abierto; cuando era joven fui muy alegre, muy bailadora —ahora serviría nomás de risión—, pero por mí cantaría y canto, pero dentro de mí nomás. ¿Triste? Soy muy feliz aquí solita. Me muerdo yo solita y me rasguño, me caigo y me levanto yo solita. Soy muy feliz. Nunca me ha gustado vivir acompañada.

Así me las gasto. En mi casa, acabándole al quehacer me acuesto y me duermo. A veces está el pobre radio, hable, hable y hable y yo dormida. Mañana me tengo que ir temprano al taller. Me levanto a las seis de la mañana para darle de comer a mis animales: pájaros, gallinas, palomas, gatos. Me ha entrado otra vez la loquera de los canarios, me ha entrado mucha ansia por cuidar animales —ya como ansias—, yo creo que por lo que le hice a la Duquesa. Pero se lo avisé:

—No, yo te voy a matar porque no te aguanto.

Me duró como nueve años. Yo la quería porque decía yo: «Pobre animal, siquiera para cuando me muera que me arrastre por allí, que me vaya a tirar al llano.» Pero mejor la maté. Me agarró de malas y pensé: «De todas maneras no se compone la perra. Es cuzca de por sí.» La Duquesa no criaba a sus perros, se los comía. Y a los quince días de nacidos, ya estaba en la calle y era rete ladrona, ¡la condenada! Se robaba los huevos de los gallineros y las vecinas se peleaban conmigo porque les hacía averías. La llevé aquí a la calzada de Inguarán a que me dieran un veneno en la botica:

—¿Por qué la va a matar?

—Porque no la aguanto, señor. Así es de que decedidamente véndame algo para que se muera.

—Pues con la condición de que sea para la perra.

Me dijo que le echara tantito en un pedazo de carne y me vendió un frasquito así de «La Última Cena». Dije yo: «¿Para qué quiero el frasco? Cualquier día no sé qué es y me lo empino.» Y que se lo doy todo en un pan, porque no tenía carne. Y ni se lo acabó. En cuanto le pasó el veneno, nomás se cayó como piedra en el pozo. Estaba muy gorda, muy gorda mi perra, comía mucho pero me hizo enojar. Cualquier día me van a envenenar a mí también por haber envenenado a la perra. Por donde andaba yo, andaba ella; todo México recorría. Si me metía a trabajar, allí se estaba todo el día afuera en la calle y hasta que no salía yo, no se venía ella. Tomaba yo el camión y ella se venía a pie, mueve y mueve la cola. Se sabía las calles. Llegaba bien cansada, por taruga, pero ¿quién le mandaba irse tras de mí? Le ordenaba yo: «¡Quédate!» Le pegaba, la amarraba y se desataba. Todo se paga en esta vida. Lo que se debe, se paga aquí, en la otra no hay pago, porque lo regresan a uno a la tierra a compurgar las penas. Por eso la Duquesa pagó, aunque era muy viva la perra. También este gallo es vivo. Lo tengo amarrado porque les pega mucho a las gallinas, las pisa y las pisa y las vuelve a pisar y si no se dejan, les pega. Una vez es gracia, pero no tantas, pues ¿qué cree que ellas no sienten? Tiene cuatro días que se lo quité a las gallinas porque si no me las arruina. Mi gallo está bueno para un patio donde haiga dos docenas de gallinas. Apenas allí se da abasto. Pero éstas son dos gallinas y todo el día quiere estar montado encima de ellas. Claro, necesitan que las pise para poner, pero no tanto, una cosa natural, una vez al día, no una docena de veces. Si yo lo dejara, este gallo no se les bajaría. Pobres gallinas.

En su última camada, la Duquesa me dejó un perrito de ocho días de nacido, el Negro. ¡Perro malagradecido igual a ella! Nomás creció y se fue. A mí se me fue mi Perico y se me fue el Negro. Anda todavía por estas calles. A veces lo veo. La última vez que vino, le grité:

—¿Qué vienes a hacer? Vete. Si te vas a ir, vete para siempre. Si no, quédate.

No se lo dije dos veces. Que da la vuelta y que se va.

Forzosamente en cada hogar necesitan tener un animalito del que sea, porque es él el que defiende a sus dueños, según la leyenda antigua. Si es perro, se engrifa desde la media noche y lucha con Barrabás, porque Barrabás quiere venir a apoderarse de sus dueños y el perro le dice:

—Sí, pero vamos a hacer un trato...

Y se esponja todo y los pelos se le hacen de erizo.

—Me cuentas los pelos del espinazo desde el cerebro hasta la cola a ver cuántos tengo.

—Bueno —contesta Barrabás—, voy a ponerme a contar, pues.

Comienza a contar, 1, 2, 3, 4, 5, 6, despacito, pues tantos pelitos y ya que va llegando a la cola, el perro se sacude y Barrabás le grita bien muino:

—Ya te sacudistes y me hicistes perder la cuenta.

—Pues vuelve a contar —le contesta el perro con mucha calma—. Vuelve a contar, ¿qué te cuesta?

Barrabás vuelve a contar. Así se están hasta las cuatro de la mañana. Dando las cuatro: tan, tan, tan, tan, dice el demonio:

—Me has llevado la contra.

—No, Barrabás.

—Sí. Me tengo que ir porque está amaneciendo. Mañana nos vemos.

Ya amaneció, ya el perro salvó a sus dueños. Pero

es lucha que trae con el demonio los trescientos sesenta y cinco días del año. También los gatos hacen lo mismo y los pollos, a su manera cuidan a sus dueños. Así es de que cada animal superviviente de la tierra trae su misión que cumplir y no está aquí de balde. Cumplen como nosotros los cristianos. Pero los animales quizá cumplan más que nosotros porque somos más engreídos y a cierta edad agarramos el camino que mejor nos conviene. Y los animales son más dóciles.

Un día, el papá de Perico, José del Carmen Vidales, llegó a la casa.

—Le vengo a avisar que Pico está en la cárcel.

Yo me enojé:

—¿Y a mí qué me importa? Yo no lo mandé...

—Ah, pues le vengo a avisar porque es su hijo.

—Si mi hijo fuera, aquí estuviera conmigo y no en la cárcel. Pero como no es mi hijo, ganó su camino a donde mejor le pareció. Vaya y avísele a la madre que tiene ahora.

Se fue como vino. Me quedé pensando, pero no se me aguachinó el corazón. Si Perico no me escribió, ¿yo qué iba a andar rogándole de Marta la Piadosa ahora que estaba en el bote? Por eso le dije al papá de Pico que le avisara a la mamá, la tía Rogaciana, donde se fue a meter. Pero la tía jamás lo fue a ver a la Peni durante el año que estuvo. Fue la que más mal lo trató.

He tenido unas videncias muy bonitas que no me merezco, revelaciones que hasta embalsaman el aire como si estuvieran quemando copal. A veces huele a azahares, otras a verbena, otras a frutas, a almizcle, y en el cuarto cae una lluvia de luz violeta muy delgadita. Pero las videncias pasan volando como cintas de película.

Aunque trate de abrir los ojos, en un instante aparecen y al otro ya se borraron. Lo más grande que he alcanzado a ver es un pedacito de cielo así chiquito, como de la altura de un timbre del correo. Por eso cuando los días miércoles en el templo se levantan los hermanos a dar sus videncias y dicen que vieron la montaña muy alta, muy alta, y un gran torrente de agua, ¿cómo voy a creer que desde aquella inmensidad del más allá se van a ver las cosas tan grandes? «¡Ay, Señor, pues yo creo que lo dicen para que se admiren los de atrás, pero para mí esas son mentiras!» Muchas facultades se vanaglorean de sus videncias y cuentan que lo ven a Él pastoreando el rebaño... ¡No se los creo! Porque si Él está en aquella inmensidad que es el espacio, ¿cómo diablos lo van a alcanzar a ver? No. Eso es exageración sobre la Obra y yo no estoy de acuerdo.

Aquí en el Canal del Norte hay uno que se llama Manuel Alcalá. A mí, Dios nunca me ha permitido irme a parar a la puerta de Alcalá, aunque sea de la misma Obra, porque ha hecho exageración. Cuando voy en el camión lo alcanzo a ver sentado a la entrada de su Oratorio con una túnica morada, una corona y una banda que se faja en la cintura y le cuelga de un lado. Yo digo que está ido de la cabeza porque la gente en sus cinco no hace tales desfiguros. Sí la Obra es muy sagrada. Hace como ocho o nueve años supe que Alcalá se había ido a un lago y quiso caminar sobre el agua como nuestro Señor Jesucristo, eso oí yo, y se hundió y lo sacaron ahogado por payaso. Pero hace como unos tres años pasé por el Canal del Norte y lo vi sentado en la puerta:

—Bueno, éste ya resucitó, ¿o qué pues?

Yo a ese pobre no le creo ni el bendito. Una cosa es que Dios Nuestro Señor nos conceda una misión, y otra hacer semejantes simulacros.

Ahora en las noches que cierro los ojos para quererme dormir, me acomodo y no acabo de cerrarlos cuando comienzo a ver una nube que va pasando o siento que voy en una calesa con capota de vaqueta y todos me saludan con respeto y al despertar logro oír la clave, asegún. He visto muy bien cómo Nuestro Señor va caminando de perfil al pie de un tajo, penando con su cruz, su manto y sus espinas. Es una revelación que no me la merezco. Soy indigna de ella pero Dios me la concede por más de que le ruego:

—¡Ay, Señor, no soy tan merecedora de tus grandezas y bienes porque una mujer tan mala como yo no debería contemplar semejantes maravillas!

Pero me las pone enfrente y sigo como tonta en vísperas, viéndolas, hasta que imploro:

—No, Señor, ya déjame dormir porque si no, voy a despertar atarantada con todos tus prodigios.

A mí me avisaron que cuando se llegara el tiempo de cumplir con la misión encomendada iba a contemplar tres rosas. Una noche vi rosas menuditas, menuditas como las cuentitas de la flor de la nube, una amarilla, una rosa y una blanca, pero así finititas. Pensé: «Pues me dijeron que tres rosas pero ésas están muy chiquitas...» Yo esperaba ver unas rosas naturales como si fuera a cortarlas en un jardín; así las quería yo. Por eso no le dije nada al Guía del Oratorio, pero al tercer día de cátedra me sacó las palabras a fuerza y le conté al Hermanito que era muy aguzado que había contemplado una cosa muy pequeña, una mirruña; una de un rosa pálido, otra de un amarillo descolorido y una rosa blanca empañada, pero que eran unas pincheraditas del tamaño de la flor de la nube.

—Sí, tú esperabas una flor material, pero yo no te la envío así, te la envío espiritual, desde los más lejanos espacios.

Por eso yo alego que las inmensidades se contemplan así chiquitas y que aquéllos que dicen: «Veo un río inmenso», pues debe ser como un hilito de seda que atraviesa el cielo. Por eso yo no vi semejantes rosones sino unas briznitas. Cada vez que el Señor me ha concedido contemplar sus grandezas divinas ha sido a mi tamaño.

Un día de cátedra que se acercaba la Semana Santa, con los ojos abiertos, vi que de arriba de la cabeza del Hermano Pedestal se desprendió un silloncito envuelto en una luz roja, y caminó hasta donde yo estaba parada y yo mirándolo sin parpadear. Y se paró a medio metro de mí. Al ver que llegaba tan cerca cerré los ojos y cuando los volví a abrir el sillón había retrocedido hasta quedar de nuevo encima de la cabeza del hermano. Y luego volvió a desprenderse y a volver a mí. Tres veces llegó ese silloncito hasta donde yo estaba, pero yo no le entendí y a la tercera habló el Señor y dijo:

—Mi niña, te he entregado tres veces mi luz. Por eso te vuelvo a tocar en este instante porque te he hablado de espíritu a espíritu, pero tú te has hecho la desentendida. Escúchame. Vine hacia ti espiritualmente y te he llamado pero vives sorda porque tus audífonos no oyen la palabra que te he entregado. Aunque no me has contestado, hoy me sirve de bocina la inmunda carne cual es la tuya, a ver si me entiendes.

Me turbé. Yo buscaba para todos lados a ver quién contestaba y como nadie lo hizo sentí que yo era la que me estaba ahogando. Entonces fue cuando dije:

—Señor, por ventura ¿es a mí a quién te diriges?

—A vos, mi niña, a vos... El tiempo se ha llegado para que cumplas. Puedes entregar a tus hermanos lo que has logrado contemplar.

—Señor, pues con tu permiso divino les entregaré a mis hermanos lo que tú me has concedido ver. Desde medio metro del cráneo de la carne por la cual te manifiestas se ha desprendido un silloncito rojo de luz que avanza y retrocede y en el mero centro del silloncito viene sentada una cuentita blanca. Eso es lo que me has concedido contemplar y lo que puedo entregarles a mis hermanos.

Entonces me dijo:

—Pues cumple con tu misión sobre la tierra.

Yo entré en trance. Sólo Dios sabe lo que hablaría. Fue tan fuerte la impresión que cuando volví, no estaba en mis cinco y no sabía ni dónde quedaba mi domicilio.

Una hermana, Zenaida, me fue a dejar:

—Aquí es donde vive, hermana Chuchis... Es que no se encuentra usted bien todavía de la impresión.

Hasta el otro día me compuse, pero por de pronto aunque caminaba y tenía los ojos abiertos, no vi por donde iba ni reconocí mi casa.

Yo estaba dispuesta a cumplir con la misión, pero como el egoísmo es muy grande todos me vieron mal. En primer lugar yo era pobre; no tenía buenas batas blancas y largas hasta el tobillo como las demás y se me quedaron mirando como a cualquier microbio. Y Jesucristo no nos dejó esa enseñanza, porque para Jesucristo tan es su hijo el adinerado como el méndigo, quiero decir el mendigo. Todos son sus hijos, pero aquí según la ropa que le ven a uno, así es como lo tratan. Yo tenía mi Cristito, mis ceras, mi varita, la loción Siete Machos y todo lo que se necesita para dar curación, pero eran corrientitos aunque muy efectivos. En segundo lugar, yo no trabajo sentada sino parada porque las mismas facultades del Oratorio me quitaron las ganas de sentarme. A la hora en que iba a tomar el éxtasis y que todas estábamos sentadas para que nos penetraran los seres, llegaban otras facultades que según ellas ya habían comprado su silla y me daban un codazo:

—Hermanita, pásese a otro lugar más atrasito.

O el mismo guía, olvidándose que me había distinguido, iba:

—Hermanita Chuchis, recórrase para allá porque

ya llegó la Hermanita María del Sagrario, por otro nombre, María la Chata.

Me pasaba a otra silla trinando. Si yo estaba, como quien dice, ya en trance para el desdoblamiento, me cortaban la fuerza. Sentía yo en todo el cuerpo como piquetes de agujas y tenía que dormirme otra vez. Volvía a concentrarme y ya cuando estaba otra vez en amasajamiento para poder pasar el trance espiritual, me decía la Hermana tal por cual:

—Hermanita, recórrase otro poquito porque ya llegó la Hermana Guillermina, una de las más señaladas por sus visiones. Así que hágame el favorcito.

Hombre, pues entonces quiere decir que todas las sillas eran de las hermanitas menganas y zutanas y para mí ni una estaca.

—Pues allí están sus sillas y aplástense con entrambas nalgas.

Pensé: «¿Qué necesidad tengo de que me arruguen las narices? No vuelvo a venir...» Pero se me hizo feo porque si Dios mismo nos explica: «Te he dado mi luz para que la levantes en alto y no para que la ocultes», pues si Dios me dio la antorcha tengo que pasarla de mano en mano y esperé a que entraran todas, se sentaran frente a la congregación junto a la escala divina y ya cuando todas las potestades estaban bien sentadas me paré junto a la puerta, parada hice la oración, cerré los ojos, le pedí a Dios que me ayudara y tan buena gente allí parada me amasajó mi protector Manuel Antonio Mesmer: «¡A ver si no me caigo!» Toda yo estaba en tensión, me recorrían los calambres, el cuerpo entero lo tenía dolido y la boca llena de saliva y así pasaba yo a la Fuerza Espiritual. Así es de que hasta la fecha, a la hora en que me penetra el protector me paro porque sé muy bien que él y yo nos entendemos parados. Y a las demás les da coraje:

—Ay, hermana, parece que quiere llamar la atención.

—No puedo tomar éxtasis sentada, hermanas, comprendan la razón.

Mi protector Mesmer vio muy bien que en ninguna parte me reservaban silla y vio el desprecio que me hacían y por eso me enseñó a recibir los poderes divinos en cualquier circunstancia. Pues claro que Él así me tiene dominada ahora. Me levanta, me hinca, hace lo que quiere conmigo y los presentes me ponen más atención que a las demás facultades. A mí la gente que me ha visto trabajar no me quita los ojos de encima:

—Ay, hermana, pues con razón, si usted camina de rodillas.

—Yo no me veo.

—Pues usted no trabaja como las demás.

—Pues es orden del protector. No me mando yo. Así es de que todo lo que el protector quiere, pues que lo haga en mi envoltura. Yo no puedo oponerme.

Aquí en Inguarán me consagraron para que fuera yo la sacerdotisa del Padre Elías, o sea Roque Rojas, y el día que tenía que bajar el Padre Elías fui preparada expresamente por los espíritus para recibirlo. En lo material no tomé alimento. Desde la casa hice mi oración y me vacié totalmente para que Él pudiera poseerme. Pues ese día llegó otra sacerdotisa, se atravesó y agarró mi silla. Todo el pueblo y todos los hermanos sabían que me tocaba a mí, que yo iba a imponer las manos y a curar, pero Delfina me hizo a un lado y nadie protestó porque esa Delfina tenía muchos bienes y una bata naylon y unas medias blancas y zapato blanco de enfermera. Entonces dije yo:

—Ya no vengo. Si al cabo hacen lo que se les da su gana, pues entiéndanse con el Padre Elías. Aunque sería mejor con Barrabás. Nos vemos en el otro mundo.

En la Obra Espiritual no nos piden que ayunemos ni hagamos esas jijeces que discurren en la Iglesia Católica: «... que no coman carne, que coman pescado.» Ésas son pendejadas, pues si a veces no tienen ni para los frijoles, ¿cómo van a comer pescado? A nosotros nos piden que ayunemos de las almas que van pasando, que no comamos prójimo crudo: «Mírale la facha. Parece caballo de limosnera...», «¡Va con la pata coja...!», «¡Se colgó hasta el tejolote del molcajete y se echó grajea en la cabeza como pastelito repulgado...!», «¡Que va hecha una agarradera de plancha!» Ése es un morral que uno mismo se está echando a cuestas y después no puede uno con él.

La comida es para alimentar el cuerpo. El ayuno es espiritual. No debe uno ver a la gente ni si comieron o no comieron, «ésa es una muerta de hambre», «éste no tiene ni en qué caerse muerto», si son borrachos o no lo son; ése es el ayuno. Míreme a mí. Era muy bailadora, muy tomadora, muy peleonera. Dejar de tomar y dejar de pelear; ése es el ayuno que me puso el Ser Supremo.

Hace mucho que no asisto a ninguna congregación porque en donde yo pertenecía fueron levantados de la tierra. Así es de que sigo con la misma fe pero no me acerco a ninguna parte porque a la Obra la han tomado a negocio, se dedican a la birriondez, engañan a los fieles y son capaces de cabronada y media. ¡Y es que el mundo entero se ha materializado! En el Defe no hay cañerías ni vertederos. Todo huele, todo se pudre, puras calles jediondas, puras mujeres jediondas. Todo es un mismo pantano. Y esto es porque el mundo material ha desoído al Señor. Le estamos moliendo la paciencia hasta que un día Él diga:

—Bueno, ya estuvo bueno. Ahí muere.

Y ese día, que Dios nos coja confesados.

29

Una me lleva el coyote, no me lleva dos. Hay personas que se pelean y se hablan y se vuelven a pelear y otra vez se encontentan. Para mí es una pura fregadera, un estira y afloja, un quita y pone. Yo no le entro. ¡Al carajo! Yo tenía una amiga: la Iselda. Es cuñada de la dueña de la vecindad: Casimira. Con ella, con la Iselda traté el cuarto y le agarré mucha voluntad. Sus hijos me decían: «Abuelita». Éramos las amigas inseparables; de lo que yo comía le llevaba y de lo que ella comía me daba. Pero quién sabe qué le contaron, nunca supe, y dio el cambiazo. ¡Si no me quieren que no me hablen! No necesito. Si trabajo como y, si no, no como y ya. ¡Pues qué! La Faustina, su hermana, fue la del chisme. Eso sí supe porque lo rumorearon. Pasó mucho tiempo y un día 10 de mayo, después de tantos años de no hablarme, me dice Iselda cuando fui temprano por mi leche:

—Fíjese que las muchachas le van a llevar regalo por ser el día de las madres.

—¿A mí? Y ¿por qué? Yo no soy su madre.

—Pues no, pero ellas la quieren mucho.

Después de tantísimos años de tener amistad, como a las doce del día viene la mayor, una desorejadita, gestuda, que conocí pingüica hace quién sabe cuánto, me entrega una tacita con un platito y me dice:

—Mire, aquí le traigo este regalito.

—¿A mí? ¿Por qué?

—Porque es el día de las madres.

—¿Y hasta cuándo te ocupaste de traerme un regalito? Yo no soy tu madre, no soy nada tuyo. Este regalito llévaselo a tu mamá. Yo no lo necesito. ¿Para qué? ¿Para tomar agua? En cualquier bacinilla tomo agua, pues qué, qué te estás preocupando...

La chismosa de Faustina, que vivía en el muladar de enfrente, uy, que se pone rete perra:

—Ya ves, Prisca, por andar de ofrecida.

—¡Como no se lo ando pidiendo, le digo, no anda ella de ofrecida ni tiene por qué andar de ofrecida! Usted por lo visto es la que lo necesita.

Y que volteo con la muchacha:

—Llévaselo a tu tía, anda llévaselo.

Y se regresó la Prisca con su regalo. Yo lo hubiera recibido si desde niñas agarran la costumbre de darme aunque fuera un plátano, algo, maíz de teja, pero en tantos años... Ya tenía veintidós la muchacha cuando se acuerda de venir a darme coba... Y nada menos que el día de la madre. ¡De la madre seca, porque yo fui como las mulas!

La Prisca nunca más volvió y cuando era una pirinola la cargaba yo a la miona. Los otros, pues yo los vi nacer. Se los saqué del vientre a la madre como se los saco a mi gata porque si no me la ahogan. Iselda no fue con el médico como las otras que van a que les abran las canillas y allí se andan divirtiendo de ellas. ¿Qué les curan, pues? Ni a los niños los atienden bien porque los crían con el ombligo de fuera; quedan desfurretados. No sirven los doctores porque no les amarran bien la tripa. Se hace el amarre fuerte, fuerte, atornillándoselo pegadito a la carne del recién nacido y después se miden cuatro dedos de tripa y se corta. Asegún, si es mujer tres dedos, si es hombre cuatro. Al hombre, no pueden ser menos de cuatro dedos, y luego se troza con tijeras de despabilar y la punta esa es la que se quema. En el Defe no se quema. En cambio, a la Iselda, todo lo que le salió después de la criatura, la sangre, la placenta, el cordón, el ombligo, lo fui a enterrar al llano. No se puede tirar porque es parte de la criatura; es carne viva. Hice un agujero en la tierra y allí los sepulté. En los hospitales tiran no nomás las placentas, sino a veces hasta a los niños enteros. Sólo en el Defe, donde ni parecen cristianos, aparte de que cobran trescientos, cuatrocientos pesos dejan la placenta al garete. Yo pasé una vez por un basurero que estaba lleno de placentas oreándose. ¡Y los perros, imagínese nomás! ¡A los médicos, todo les viene guango! Aquí nomás se están entreteniendo con los gestos que hace la mujer y se ríen de los gritos que da. No la acuclillan ni la tapan, nomás la abren de canillas: «Ándele, ándele, no grite tanto, acuérdese de su luna de miel...» Los hombres que después ni se ocupan de los hijos, sí se ocupan de andar contando por las esquinas que ya les nació un hijo. Y con ese pretexto agarran la borrachera. ¿Qué es esa cochinada de andar contando lo que no se debe? Lo que pasa es que no tienen vergüenza. Ahora hacen anuncio de todo lo que se les hace bueno. Hasta en el periódico quieren que los saquen... Ya Dios los socorrió con un hijo, muy bueno, a darle gracias y no andar como el convite del circo. Ya nació, pues bien nacido. Si no nació, pues bien ido también. Dios lo mandó recoger y ya. Antes era la gente muy prudente y salían las criaturas silencitas. Ahora gritan las madres en el Seguro Social y los hombres en la cantina. Yo creo que es por esas historias del derecho de nacer que están en la televisión.

A la Iselda no se le murió uno solo de sus chilpayates. Se le dieron fuertes. No quería amamantarlos porque los bandidos médicos no dejan que las madres les den de comer a sus crías porque tienen un convenio con los dueños de las harinas esas que venden. Durante tres días están los niños en los sanatorios tomando suero y la mamá con las ubres hinchadas, si es que no le da fiebre de leche y se le cuaja adentro. A todas les dicen: «Dénle pecho cuando mucho un mes» porque cuentan que después la leche se hace delgadita, como resolana de lluvia, como postreros de vaca y no sirve. La Iselda sí supo criarlos y yo se los curaba. A la Juanita le curé la opilación con raíces. Apolinaria estaba mala de los riñones y con pura cola de caballo se alivió. A Herlinda le di granjel para la vejiga y doradilla para la vesícula, y boldo y cuachalate y tantas yerbas. El romerillo y la mapizita contra la punzada y el polvo de culebra para que la sangre no se le apretujara a la Prisca. Y todos sus muchachos tienen muy buen ombligo, como se usa a la antigüidad, no un botón salido, del tamaño de un tejocote.

A la mamá de Prisca, a Iselda Gutiérrez, la quise muchísimo, y si me saluda ella cuando paso por la calle, le doy los buenos días, las buenas noches, pero con el aprecio que nos tuvimos ayer, ya no. La he extrañado todos estos años y la extraño hasta la fecha, pero no podemos ser amigas de nuevo porque yo no sé rogar con mi amistad. Hasta la fecha no sé por qué nos apartamos. Ella nunca aclaró y esas cosas no se pueden trasmañanar. No necesito de ella porque si estoy enferma me atranco bien atrancada y aquí me estoy revolcando, sola, solita. No ando diciendo:

—¡Vénganme a untar saliva!

¡No, hombre! Toda la vida he sido así. Aunque esté mala, ando haciendo mi quehacer. Me quejo porque soy de carne y hueso, estoy llena de jiotes, con el alma en un hilo, pero no me doy. Por eso a la mera hora me iré a un cerro a que me ayuden a bien morir los zopilotes. Mientras tanto sigo iyendo al taller a hacer limpieza. Apenas puedo subirme al camión de tanto que me duelen las corvas, pero nunca he dejado de trabajar ni porque me ande cayendo. Nunca. Desde chiquilla, así me acostumbraron, así es de que para mí, no hay enfermedad que valga. Me quedo sola con mis ay, ay, ay, y ni quién me oiga. A nadie le doy lata. Digo «¡Ay!», pero aquí sigo en estos mundos de Dios, lavando mis overoles, limpiando los metales de la imprenta con gasolina, acomodando las cubiertas buenas y tirando las defectuosas, escombrando mi casa, iyendo al establo por la leche, aunque ya sé que no hay remedio para mí. No tengo ni un cachito bueno, estoy vieja, vieja, vieja, todo es vejez, pura vejez. Si Jesucrito se quejó porque no se pudo aguantar, cuantimás yo que no soy más que basura.

En las otras épocas, por esos mundos de Dios, la vida se iba callandito y de a poquito, y duraba uno mucho en la tierra. Ahora, para cuanta dolencia hay, trastrás: «Métale cuchillo.» Y la gente hasta la vuelven idiota porque cortan lo que no y les dejan todos los nervios deshilachados como esos cables de luz que están allá afuera sin conexión a ninguna parte. Quedan lelos porque les desenchufan tantos hilitos que tenemos adentro del cerebro. ¿Qué hicieron conmigo en vez de curarme? ¿No me infelizaron con haberme sacado el líquido del espinazo...? Y luego me recetaron a lo loco:

—Si le duele la cabeza, se acuesta.

Pues ése no es más que un tenmeaquí, tenmeacá de los viejos pelafustanes que se dicen médicos. Dizque me iban a examinar el juguito ése que tiene uno en la columna. Pues nunca supe más. Seguro me sacaron el tuétano, por eso estoy así apergaminada, por eso se me encogió la vida. Me desagüitaron. Me curé con la voluntad de Dios. Porque ¿quién me curaba? Ni quien me dijera: «Por ahí te pudres.»

En la época primera nuestros abuelos caminantes comían legumbres y pescado. Sus antepasados bebían leche y miel en los ríos y les llovía el alimento del cielo. Ellos no trabajaban, sólo caminaban despacio a no cansarse. Pasaban los años pero ellos estaban fuertes, no se doblaban, tenían energía. Salen en las estampas con sus barbas blancas pero no están apergaminados ni joronches porque la alimentación era buena, y se iba derechito al tuétano. Ahora con la refrigeración moderna, ¿de cuántos meses se come uno el pescado? Antes sacaban los peces del mar y enseguida los multiplicaban y todavía moviéndose los abrían, los limpiaban en la playa y a freírlos, frititos, fresquecitos. El ganado se mataba y en el mismo día se comía y se bebía su sangre caliente, roja. Y los corderos también se comían recién sacrificados, santiguados por la mano del Omnipotente Jehovát. Por eso los años no pasaban por nuestros antepasados. Lo sé por las revelaciones; he visto el desierto y cómo se abren las aguas para dejarlos pasar; lo sé porque escrito está. Pero pues como quisieron tener más que Él, que el mismo Padre Eterno, entonces mandó a Adán y a Eva. Primero fueron los primitivos que andaban caminando por el haz de la tierra, los viejos, y de esa descendencia vinieron Adán y Eva. No. ¡Qué changos ni qué changos! A lo mejor allá en la Francia creen esas changueses, pero aquí en México somos cristianos y tenemos el cerebro más abierto. ¡Qué changos ni qué changos! Adán y Eva eran unos pedazos de lodo y el Padre Eterno les hizo un agujero y los infló y ya les dio la vida. Pero no tenían para qué trabajar. Nada les faltaba. No se apuraban. Les daba hambre y comían tan a gusto. ¿Cuál apuración? Vivían debajo de los árboles abrigados en el poder infinito del Padre Eterno. Así es de que no había frío ni calor, ni luz ni oscuridad. No había nada. Todo era una sola cosa y ellos estaban bien alimentados. No pasaban hambres. Y eso es lo único que importa, no pasar hambre. Hasta que Luzbella, ahora en figura de serpiente, se enredó al árbol de la ciencia del bien y del mal que ellos no habían visto y llamó a Eva:

—Come —dice—, mira qué bueno está...

La serpiente había mordido la manzana antes que Eva. La serpiente habló porque está pactada con Barrabás. Se transforma en distintos animales; en puerco, en chivo, en guajolote, y empolla en el vientre de las mujeres. Eva comió la manzana y al comerla le brotó el busto, porque no tenía busto ni tenía greñero aquí ni acá. Era una mona nomás así de plana, de una sola pieza, lisita, sin busto ni menjurje. Y al morder la manzana, en ese mismo instante se le levantaron los pechos y el greñero de acá y de allá le empezó a salir tupido como la chía. Ella no se dio cuenta y fue a dar con Adán y le dice:

—Toma, la serpiente me convidó y está muy buena.

Ella no se veía y él la seguía viendo como antes, pero al meterse la manzana en la boca se dio cuenta y se asustó. Y al querer pasarse el cuartito de manzana se le atoró en el pescuezo. Y ésa es la manzana de Adán. Entonces ella lo vio atragantado y le dice:

—¿Qué te pasa?

Y él le grita:

—¡Ay, tienes pelos y señales!

Y ella también le grita:

—¡Ay, pues si tú no tenías!

Y corre ella:

—No te había visto, mira cómo andas.

A él le salió una cruz de pelo en el pecho y todos los que son de la creación de Adán tienen la manzana y la cruz de pelos. En eso andaban ellos, buscando a ver cómo se cubrían, cuando que les habla el Padre Eterno. Y no hallaban cómo presentarse. Fue cuando Adán cortó una hoja de parra y se tapó y le dio tres a ella. Pero antes andaban al tasajo vivo. Ni frío ni calor sentían. Les habló el Señor y luego Adán le dijo:

—Yo no, Señor, fue Eva la que me dio...

Y entonces Eva le alega:

—Fue la serpiente la que me dio.

Los dos se descabulleron. Sin más ni más el Señor alzó el brazo y los arrojó del paraíso terrenal. Les dijo que agarraran su camino y que se fueran. Y allí viene el ángel por ellos. No me acuerdo cómo se llama ese ángel, si Mercurio o Gabriel, pero me aseguraron en la Obra Espiritual que, de todos modos, fuera lo que fuera, pasara lo que pasara, Eva no habría ajustado ni veinticuatro horas en el paraíso. En cambio, Adán vivió allí lo mejor de su juventud cuando estaba solito. El ángel los empujó hasta la puerta y entonces comenzó la tierra. Empezaron a luchar, a trabajar, a dormir y a despertar. Fue cuando el matrimonio de ellos dos. Eran pareja, pero no de casados porque nunca se habían devisado con ojos terrenales. Se vieron por primera vez y formaron su creación. Ya no la del Señor, sino la de ellos, la de los hombres. Tuvieron muchos hijos, muchos y fueron muy felices. Para formar toda la creación, se imagina cuántos hijos no serían...

Un jueves del mes pasado, el 18 de agosto, que llega el hijo desobediente. Les preguntó a la Iselda y a las muchachas en la puerta que si allí vivía la señora Jesusa Aguilar:

—Sí, aquí vive, pero orita no está.

Y como yo les he platicado que él tenía la cabeza colorada, se le quedaron mirando.

—¿Es usted el hijo de Chuchita?

—Sí, yo soy el hijo de ella. ¿Qué habrá posibilidad de que me reciba mi madre? Vengo a pedirle perdón. Vengo a pedirle perdón de todo lo que le hice.

—Sí, sí lo recibe. Espérela, vuelva más tarde.

—Pues ahora no puedo regresar porque voy a ver a mi hermana, pero vengo mañana.

Al otro día, viernes, tocó como a las siete de la noche. Cuando lo vi no sentí nada, sólo coraje. Me dice:

—¿Qué...?, ¿no me conoce?

—No, señor, no, señor, no lo conozco a usted.

Claro que sí lo reconocí pero le dije que no.

Empezó a rascar el suelo con los pies como becerro:

—Únicamente he venido a pedirle perdón de lo que le he hecho.

—¿A mí...? A mí no me ha ofendido en nada... Así es que como usted no me ha ofendido en nada, no tenemos por qué platicar.

—Pues yo soy Fulano de Tal... Yo soy Perico.

—¡Ay! Pues ese Perico hace muchos años que se fue y no sé ni quiero saber nada de él.

—Ni modo. Usted no me quiere conocer, entonces me voy a ir, pero ahora si para siempre, para no regresar nunca a México.

Yo no lo quería meter a mi casa pero que me acuerdo que había dejado prendida la parrilla y quise que no quise le dije al muchacho:

—Pues entre para adentro... Tengo un huevo en la lumbre para los canarios y se me va a achicharrar.

Platicó un rato conmigo. Como estaba oscureciendo lo voltié a ver:

—Ya es de noche... Pues no tengo qué darle... ¿Qué le doy? Le voy a hacer un cafecito, ¿se lo toma?

Él me contestó muy apocado, siempre mirándose los zapatos.

—Sí.

Le hice el café, le freí unas papas y un huevo y le di pan. No tenía más que darle. Todo se lo comió. Cuando se agachó para comer vi que se le había acabado mucho el pelo; ya no estaba bonito, rojo, le cayó el chahuistle. Y luego me pregunta:

—¿Qué no me permite que la venga a ver todos los días?

—Pues puede usted venir.

Fue con su hermana a pedirle cincuenta pesos para comprar material y ponerse a trabajar por su cuenta porque no quería que sus hermanos se los facilitaran, no se lo fueran a cantar después las cuñadas. Toda la familia vende marco, y eso es lo que Perico vende por la calle: sagrados corazones o marcos vacíos para poner retratos.

A la semana compró su material y allí andaba en la calle de ambulante con los marcos ensartados en un brazo.

A su padre y a sus hermanos les avisó: «Fui a ver a mi madre», porque todos saben que me conoce como madre. «Ya me perdonó y de ahora en adelante todos los días voy a visitarla.» Y todos los días vino.

A mí me da gusto y no me da, porque como toda la vida me han visto sola, pues siento vergüenza. Las únicas que saben que sí es mi hijo son las de la puerta, por el retrato que les enseñé, por la cabeza colorada y por lo que les he contado, pero la mayoría de la gente puede condenarse el alma. Dirán: «¡Vieja esta inservible y anda con un muchacho!»

De recién ido Perico me dijeron en la Obra Espiritual que iba a regresar, que esperara y aguardara, que el momento sería llegado, que no me atormentara y que ellos velarían por él. Me contó Perico que se vio en muchos precipicios. Traía un golpe aquí en la cabeza y el Niñito Jesús que yo compré para que lo cuidara tiene todas las heridas que Perico sufrió en Nayarit, en el

Norte, en Acapulco, por dondequiera que anduvo. El niño está abierto de la cabeza, tiene la espalda y las costillas abolladas, el brazo todo desconchabado y uno de los pies también. En Acapulco, Perico todavía vende marco, pero muchas veces lo han asaltado en la playa. Ahora que ha estado viniendo me platica todo. Vive rete lejos pero todos los días está aquí a las cinco, las seis de la tarde a más tardar, y se va como a las nueve de la noche. Nos ponemos a repasar desde cuando era chico y él se lamenta de ver todo lo que he sufrido con la dueña de la vecindad. Me dice:

—Entonces ¿ya se hizo mala Casimira?

Él la conoció de otro modo. Cada vez que se tapaba la coladera del pasillo la mandaba componer; en época de secas, dos albañiles venían a resanar los techos y a pesar de que después se metía el agua, uno siempre se lo agradecía, pero ahora ya no. Ahora a cada rato nos amenaza porque dice que le ofrecen muy buen precio por el muladar éste. Y hasta puso un letrero en la azotea: «Se vende como terreno», nomás que se lo tumbó el aire... Ahora Perico tiene treinta años y siempre le puede ver cómo me ha ido en todos estos tiempos.

Perico estuvo conmigo mientras me necesitó; pero apenas pudo agarró su camino. Yo nunca he deseado hijos, ¿para qué? Si con trabajos me mantengo yo. Pero al que Dios no le da hijos, el diablo le da cosijos: Perico. A Perico lo crié porque no tenía madre. Eso es recoger a un inocente. Pero no lo crié para que me durara toda la vida. Nomás hasta que se formara y se supiera defender. Ya cuando él se creyó competente jaló y se fue. Bueno pues, ándile pues, bendito de Dios, vete, vete, vete, al fin que todo está predestinado por la mano omnipotente. Así está muy bien. Ya creció, ya se fue, como los pájaros que empluman, luego que empluman, vuelan y se van y ni se acuerdan de quién fue la paloma que los nació. Así son ellos. A cierta edad ganan y se van a buscar a sus verdaderas madres, a las mujeres que se encuentran por la calle y les dicen, ven hijito, déjame arrullarte... Y ellos, pa luego es tarde, les hacen su muchachito... Ahora Perico volvió a reconocer que le hago falta; porque pues a como él vive, le hago falta; así es de que me viene a visitar por conveniencia. Pero que yo crea que él va a ver por mí, no. Al contrario, él quisiera que muy pronto me muriera. Por eso he pensado en irme deshaciendo de cuantos telebrejos tengo; con que me tienda un pedazo de papel en el suelo, al cabo no es la primera vez que duermo así. ¿Para qué quiero cosas? A la hora que me muera, que a él le cueste su trabajo; yo bastante me he ceñido los lomos para tener los palos ésos que tengo. A eso le tira Perico, a hacerse de lo que tengo, seguro. Cuando se fue yo no tenía máquina de coser, ni radio, ni ropero, ni tocador de media luna, ni buró, ni las sillitas, no tenía nada porque lo que ganaba era para darle de comer. A la hora que se fue me hice de lo que está viendo. Así es de que ¿a qué viene él? Viene a ver qué me pela. Yo le tengo cariño, sí, pero ya sé que él no me buscó porque me quería. Si vino sin un centavo, jodido de cabo a rabo, ¿a qué vino? Más claro no me lo pudo decir. ¡No, hombre, no sea pendeja, no se haga ilusiones! Véame a mí, a mí es a la que me da lástima cuando sale usted con su batea de babas de que la gente es buena y de que la quieren a uno. Perico vino a que le diera yo de comer, ¡seguro! A las cinco de la tarde, muy puntual, allí está. A veces todavía no llego cuando lo deviso a él recargado en la pared, esperándome. No me pesa darle la tortilla, lo que me pesa es ver la ventaja que lleva...

Un día Perico trajo su cama y aquí se metió. Si fuera un hombre de vergüenza, diría, me levanto temprano y voy a ver qué consigo. Pero nada de eso. Se queda durmiendo. ¿A qué horas se limpia las lagañas? ¿A qué hora se va? Pues quién sabe. Yo salgo a trabajar y él se baña. Se baña diario, hágame favor. Agarró esa mala costumbre en Acapulco. También se cambia de camisa una vez por semana pero esta semana se echó tres mudas; se cambió de todo a todo y ganó pa la calle. Así es que no es buena la vida que llevo. Asegún las comadres le dijeron que yo tenía dinero porque una noche dormido, borracho, empezó a hablar:

—No, si ya me cansé de buscar... No tiene nada...

¿De quién estaba hablando? Pues seguro es que de mí. Ni que tuviera yo el cerebro tan escueto. Éste me quiere chupar hasta lo que no tengo... Un día que le digo:

—¡Ay, pues todavía me falta tanto para acompletar lo de la renta...!

Como si no se lo dijera. Por donde le entra, le sale. La gente de razón contestaría:

—Pues mire, le voy a ayudar con tanto... Mañana le traigo para la renta...

Pero él nada. A veces me avisa:

—Mañana me voy a vender marco.

Será cierto o no será. Me contaron que se puso enchilado con la «Lagarta», una que le sobra para dar y tomar, una de las hurgamanderas de por aquí. Sabrá Dios. Nunca trae dinero. En cambio tiene que tomar leche, comer pan; cuando menos tres pesos de pan diario, porque él no come pan corriente; puro pan dulce, panqueses, bizcochos, todo lo que no llena y cuesta más. Por mí le retacaba de frijoles una docena de bolillos, pero no. Y tampoco quiere tortillas automáticas, de esas mestizas sin carita que no se inflan por más que estén en el comal. Dice que no sirven, que la masa la muelen con todo y olote. No sé de dónde salió tan delicado. A lo mejor yo tuve la culpa. El otro día me va diciendo:

—Ya alíviese usted para que me eche mis gordas calientes.

Además cada que me pongo a pensar, presiento la ambición de Perico. Sé que está aquí por mis pertenencias, no porque me quiere. Me acuesto pero no me duermo. Siento coraje. Todo viene de muy lejos y de muy dentro. Cuando llega me jode porque prende la luz y allí se está leyendo sus paquines. O quiere ponerse a platicar de sus cosas y me desespero porque tengo que madrugar y él como no se levanta temprano, ¿qué le importa que yo me esté desvelando? Los hombres son muy ventajosos, no los guía más que la pura conveniencia. Antes el hombre cuidaba de la mujer; traía lo que se ganaba tal y como se lo ganaba. Ella apartaba el gasto y lo que sobraba eran los guardados. Y todos los hijos tenían ropas dobles. Ahora de nada sirve que haiga una mujer que quiera ahorrar, porque se lo quitan. El hermano de Perico, Fidencio, así le hizo a su mujer. Tranquilina tenía cuatro puercos que compró chiquititos y ya estaban así de grandes cuando vino él en una borrachera, y sacó los animales, los cambalachó y ni un cinco fue para ella. Ni pío le dijo porque nunca le reclama. Fidencio le grita:

—¡Tú a mí me haces los purititos mandados!

Por eso me dijo Tranquilina:

—Que me dé Fidencio el gasto y me lo como y que me vuelva a dar y otravezmente me lo como, pero yo ya no alzo los centavos. ¿Para qué? Yo me sacrifico de guarina para que sus compadres se lo beban... No, ya no.

Por eso digo yo que a los hombres de hoy no les llama la atención más que aprovecharse. Nadie estima a su mujer ni la cuida. Al contrario, entre más le sacan, mejor. Cualquier día no podré hacer ya nada y ni modo de decir: «Mi muchacho va a ver por mí.» No, hombre, mejor me largo. Ya para qué le sirvo, estoy imposibilitada de lavarlo ni hervirle sus frijoles. Cuando ya no pueda más, agarro mi morral y como sé que en el camposanto no hay pozo para mí, me voy al cerro a que me coman los zopilotes. Me caen en gracia desde chiquilla.

Hablo mucho de ellos porque me gustan. Son animales que a lo mejor mañana, pasado, voy a ser su pasto y quiero que ellos me coman en el campo. Ya parece que los estoy viendo volar en ruedas cada vez más bajito, cada vez más bajito. Son más o menos de la estatura de una pipila, iguales de negros y con la cabeza colorada también. Los jóvenes brillan bonito, como chapopote caliente. Ésos son los que limpian los pueblos de las epidemias; viene la mortandad de la indiada, de la caballada, de la juanada, del animalero de cristianos y de bestias y los zopilotes se lo embuchan todo. ¡Y ni los rumores! Ojalá los zopilotes también pudieran tragarse la maldad cuando nos dejan limpios como calacas, pero ésa siempre se queda en la tierra.

Las cosas están predestinadas por cierto tiempo, porque de mis familiares ninguno conoció la Obra. Ninguno. Ninguno supo. A ninguno le quitaron la venda de los ojos y estuvieron en el mundo dándose de topetadas y se quedaron en veremos. Y entre todos mis familiares también, sólo yo fui la ambulante, la caminanta, la que ha ido a todas partes. Porque mi papá nunca vio lo que yo vi. Yo he recorrido todos los caminos porque escrito está que tenía que andar mucho. Conozco muchos parajes. Y mi papá no. Nomás caminó tantito y al rato se quedó tirado en el campo de batalla. Mi marido decía que no me iba a dejar sobre la tierra viva, pero faltaba que Dios se lo concediera. Por eso digo yo que las cosas están escritas y que Dios las determina. Uno no tiene nada que ver ni puede adelantar las manecillas del reloj. Aquí estoy jirimiquiando, ya saco la lengua como los colgados, ya me estoy muriendo y sigo en pie como los árboles podridos. Sólo Dios sabe hasta cuándo.

Es rete duro eso de no morirse a tiempo. Cuando estoy mala no abro mi puerta en todo el día; días enteros me la paso atrancada, si acaso hiervo té o atole o algo que me hago. Pero no salgo a darle guerra a nadie y nadie se para en mi puerta. Un día que me quede aquí atorzonada, mi puerta estará atrancada. Por eso le digo a Dios que me deje morir allá en la punta de un cerro. Si Dios me cumpliera, no me costaría más que las fuerzas para remontarme al cerro. Pero como Dios no les da alas a los alacranes ponzoñosos, pues quién sabe. Yo se lo pido a Él, pero si no, pues que se haga su voluntad. Tengo muchas ganas de irme a morir por allá donde anduve de errante. ¡Que Dios se acuerde de mí porque yo quisiera quedarme debajo de un árbol por allá lejos! Luego que me rodearan los zopilotes y ya; que viniera a preguntar por mí y yo allí tan contenta volando en las tripas de los zopilotes. Porque de otra manera, se asoman los vecinos a mirar que ya está uno muriéndose, que está haciendo desfiguros, porque la mayoría de la gente viene a reírse del que está agonizando. Así es la vida. Se muere uno para que otros se rían. Se burlan de las visiones que hace uno; queda uno despatarrado, queda uno chueco, jetón, torcido, con la boca abierta y los ojos saltados. Fíjese si no será dura esa vida de morirse así. Por eso me atranco. La dueña, la Casimira, tendrá que venir a tumbar la puerta para sacarme ya que esté tiesa y comience a apestar. Me sacarán a rastras, pero que me vengan aquí a ver y que digan que si esto o si lo otro, no, nadie... nadie... Sólo Dios y yo. Por eso yo no me quiero morir en el Defe sino por allí en una ladera, en una barranca como mi papá que murió en el campo abierto debajo de un árbol. Así me diera Dios licencia de caminar. Es muy bonito saber la hora de su muerte de uno. Yo se lo pido a Dios para prepararme y caminar hasta donde sea su voluntad, y allí servirle de pasto a los animales del campo, a los coyotes, como Pedro el que fue mi marido. No es que no quiera que me entierren, pero pues ¿quién quiere que me entierre? Dirán:

—En caridad de Dios, ya se murió esta vieja raza.

Yo no creo que la gente sea buena, la mera verdad, no. Sólo Jesucristo y no lo conocí. Y mi padre, que nunca supe si me quiso o no. Pero de aquí sobre la tierra, ¿quién quiere usted que sea bueno?

Ahora ya no chingue. Váyase. Déjeme dormir.

Lilus Kikus sabía poner orden en el mundo solo con estarse quieta, sentada en la escalera espiral de su imaginación, donde sucedían las cosas más asombrosas, mientras veía cómo se esfumaba el rocío y un gato se mordía la cola o crecía la sonrisa de la primavera. Luego, de pronto, sentía que los limones estaban enfermos y que solo inyectándoles café negro con azúcar podía aliviarlos de su amargura. Pero Lilus era también endiabladamente inquieta: corría a preguntarle a un filósofo si él era el dueño de las lagartijas que tomaban el sol fuera de su ventana. También divagaba en cómo hacerle a Dios un nido en su alma sin cometer adulterio e investigaba con su criada Ocotlana de qué tamaño y sabor eran los besos que le daba su novio…

Todo en este libro es mágico y está lleno de olas de mar o de amor como el tornasol que solo se encuentra en los ojos de los niños.

AVE FÉNIX [L] DEBOLSILLO

ELENA PONIATOWSKA
LA FLOR DE LIS

Mariana es una duquesa francesa que vive fascinada por su madre desde la infancia hasta el inicio de la edad adulta. Mariana nace en Francia, donde transcurren los primeros años de su vida entre valets, mayordomos, vajillas con monograma y niños de su edad que también son duquesitos y duquesitas. Pero llega la Segunda Guerra Mundial y el padre de Mariana se va al frente, y las mujeres, los viejos y los niños sufren, huyen y se dispersan...
Entonces Mariana, junto con su hermana y su madre, escapa a España y luego a México, país del que hasta ahora nada sabía y que se convertirá en su patria. Pues resulta que su madre es mexicana.
Mariana poco a poco va entendiendo lo que son su vieja clase y su nuevo país.
A la postre, la guerra culmina en un final feliz y un buen día el padre regresa y rehace su vida en un país desconocido. La familia se reúne... Y es entonces cuando aparece el segundo personaje fascinante de esta novela, el padre Teufel, verdadera mezcla de ángel y demonio...

Una colección de cuentos, relatos y reflexiones en torno a una temática rica y compleja: las relaciones entre los sexos y las clases en América Latina. La impotencia de la «niña» Mónica ante el fatalismo de las mujeres pobres en el hospital y el orgullo secreto con que ellas le responden («El limbo»), o las recomendaciones a una «señorita bien educada» («Canción de cuna»), pueden llevar al lector de la risa a la pena y de la ternura a la indignación.

Elena Poniatowska nos pone cara a cara con nosotros mismos con especial lirismo, humor, sensibilidad y genio para crear atmósferas y personajes. Pocos autores poseen su talento para observar a las personas, los objetos y las costumbres. Pocos son también los capaces de reproducir, como ella, el habla mexicana del que proviene: sus diminutivos, sus dislalias, sus crueldades, sus onomatopeyas, sus momentos reveladores…